P.G.Wodehouse

ウッドハウス・コレクション

ウースター家の掟

The Code of the Woosters

P・G・ウッドハウス 著

森村たまき 訳

国書刊行会

目次

ウースター家の掟

○登場人物たち

バートラム（バーティー）・ウースター………気のいい有閑青年。物語の語り手。オックスフォード大学モードリン・コレッジ出身。ドローンズ・クラブ所属。

ジーヴス………バーティーに仕える執事。ジュニア・ガニュメデス・クラブ所属。

ダリア・トラヴァース（ダリア叔母さん）………バーティーの叔母。婦人雑誌『ミレディス・ブドワール』主宰。クゥオーン狩猟クラブ所属。

トーマス・トラヴァース（トム叔父さん）………ダリア叔母さんの夫。バーティーの叔父。古銀器蒐集家。胃弱。

オーガスタス（ガッシー）・フィンク゠ノトル………バーティーの学友。イモリ研究家。

マデライン・バセット………ガッシーの婚約者。バーティーと一度婚約していたことがある。

ステファニー（スティッフィー）・ビング………バーティーの女友達。マデラインの従姉妹。

ハロルド（スティンカー）・ピンカー牧師………スティッフィーの婚約者。バーティーの学友。

サー・ワトキン（パパ）・バセット………マデラインの父。スティッフィーの伯父。元ボッシャー街警察裁判所治安判事で退職後トトレイ・イン・ザ・ウォルドの治安判事を務めている。

ロデリック・スポード………パパバセットの友人。英国救世主党（黒ショーツ党）党首。マデラインを崇拝している。

ユースタス・オーツ巡査………トトレイ・イン・ザ・ウォルドの警察官。

バターフィールド………バセット家の執事。

アナトール………トラヴァース家のフランス人シェフ。

1. 銀のウシ型クリーマー

僕は毛布の下から手を伸ばし、ジーヴスを呼ぶベルを押した。

「こんばんはだ、ジーヴス」

「おはようございます、ご主人様」

これには驚いた。

「朝なのか！」

「はい、ご主人様」

「本当か？　外はずいぶんと暗いようだが」

「霧が出ております、ご主人様。ご想起いただけましょうか、今や時は秋——狭霧《さぎり》とまどかなる実りの季節［キーツの詩「秋に寄す」冒頭］にございます」

「何の季節だって？」

「狭霧でございます、ご主人様。それとまどかなる実りにございます」

「ああ？　そうか。そうだな、わかった。じゃあそれはそれでいいとしてだ、君の例のおめざをもって来てくれないか、どうだ？」

「すでに用意がございます、ご主人様。冷蔵庫に入れてございます」

彼はゆらめき消え去った。それで僕はというとベッドに身を起こし、人がおりふしに感じるところの、あと五分で自分は死ぬんだみたいな不快感を覚えていた。その前夜、僕はドローンズ・クラブにて、友人のガッシー・フィンク＝ノトルとサー・ワトキン・バセットＣＢＥ［大英帝国勲位叙勲者］の一人娘マデラインとの婚礼の前祝たる餞《はなむけ》の宴を主催したのだ。そういうことには代償が伴う。実際、ジーヴスが入ってくるつい一瞬前、僕はどこぞの無作法者が僕の頭に大釘を叩き込んでくる夢を見ていたのだった——それもヘベルの妻ヤエル［『士師記』四・十七以下］が使ったような普通の大釘ではなくて、赤く燃えた灼熱《しゃくねつ》のやつをだ。

彼は身体組織回復剤を手に戻ってきた。僕はハッチを開けてそいつを流し込み、特許ジーヴスの朝の回復剤を飲んだときに不可避的に生じる、頭蓋骨のてっぺんが天井に飛び上がって眼球がソケットから飛び出してラケットボールみたいに向こうの壁に跳ね返ってくるときの束の間の不快を経た後、気分がよくなった。とはいえ今このときですら、バートラム氏は再びシーズン只中の絶好調に復活を遂げたと述べたらば、それは言い過ぎであろう。しかしながら少なくとも僕は回復期患者の組にすべり込ませてもらって、ちょっとした会話くらいなら我慢ができるような態勢にはなっていた。

「はぁっ！」眼球を回収して然《しか》るべき位置にそいつを配置し終えた後、僕は言った。「さてとジーヴス、偉大なるこの世界にはどんなことが出来《しゅったい》しているのかな？　君が手に持っているのは新聞だろうか？」

「いいえ、ご主人様。旅行代理店より届きました文献でございます。お目をお通しあそばされたいのではあるまいかと拝察をいたしました」

「ああ?」僕は言った。「そう拝察したと、そうか?」

それから短く、そしてまた――この言葉で正しければだが――意味深長な、沈黙がしばらくあった。

僕は思うのだが、鋼鉄の男が二人、ごく近しい結びつきでもって生活を共にするとき、時折の衝突は不可避である。そういうもののひとつが近ごろウースター家内において出来《しゅったい》しているというわけだ。ジーヴスは僕を世界一周クルーズに連れ出したい。だが僕はそんなのは金輪際《こんりんざい》いやだ。僕がそういうことをきっちり申し伝えているにもかかわらずだ、顧客を獲得せんとの意図でもって「広い世界を目指して、ホー」とかいう連中が送ってよこす写真入りの折り広告の束だか花束だかを彼が僕の所に運んでくることなしに、一日たりとも日の過ぎることはないのだ。彼の態度全般には、繰り返し繰り返し言葉と身振りでもってそういうものに対する市場は停滞してる、いやもはや存在しないんだとまで通告しているにもかかわらず、性懲りもなく居間の敷物の上に死んだネズミを並べてみせる勤勉な猟犬を思わされずにはいられない。

「ジーヴス」僕は言った。「こういううるさい真似はもう終わりにしてもらわなきゃいけない」

「ご旅行とはきわめて教育的なるものでございます、ご主人様」

「僕はもうこれっきり教育的なことは勘弁してもらいたいんだ。何年も前にもうすっかり飽き飽きしてる。だめだ、ジーヴス。君の方の事情がどんなだか、僕にはわかってる。例の古《いにし》えのヴァイキングの血がまた騒ぎ出したんだろ。君は潮風の強烈な匂いを焦がれ求めている。ヨット帽をかぶって甲板上を歩く己《おの》が姿が君には見えるんだな。バリ島の舞姫の話を誰かに聞かされたのかもしれない。僕は理解もするし共感もする。だが僕はだめだ。僕はクソいまいましい遠洋航路の旅客船なんかに放り込まれて無理やり世界一周させられるなんてのは断固拒否する」

「かしこまりました、ご主人様」

彼の口調には何と言ったか何とかみたいなところが確かにあった。僕の見たところ、彼は不機嫌であったわけではないが、まるきり上機嫌には程遠かった。そういうわけで僕は如才《じよさい》なく話題を転じた。

「ところでジーヴス、昨晩の祝宴は実に満足のいくものだったぞ」

「さようでございますか、ご主人様?」

「ああ、最高だった。誰もが至福の時を過ごしていたな。ガッシーから君によろしくってことだった」

「ご親切痛み入ります、ご主人様。フィンク゠ノトル様はさぞかし意気軒昂のご様子であらせられたものと確信いたすところでございますが?」

「途轍《とてつ》もなく気分上々だった。今に時計の砂が落ちきって、間もなく奴がサー・ワトキン・バセットを舅《しゆうと》さんに持つことになるってことを考えたらな。僕より先に奴にそうなってもらいたいもんだ、ジーヴス。僕より先に奴にな」

僕は強烈な感情を込めて話した。なぜかをお話ししよう。何カ月か前、ボートレースの夜を祝賀するにあたり、僕は警察官からそのヘルメットを分離せしめようと試み、ために法の手中に陥ったのだ。拘置所の板ベッドで眠れぬ一夜を過ごした後、翌朝ボッシャー街に移送された僕は、五ポンドの罰金刑を科されるに至ったのだった。こんな極刑を宣告した――さらに言い添えるなら、かてて加えて裁判官席からいちじるしく侮辱的な説示を垂れてよこした――治安判事が、ガッシーの未来の花嫁の父たる、他ならぬこのパパバセット御大《おんたい》なのである。

それでまた、これは後からわかったことなのだが、僕は御大の最後の顧客の一人だったのだ。というのは、それから何週間かしたところでこの親爺《おやじ》さんは遠い親戚からどっさり遺産を相続して田舎に引退したのだった。少なくとも、まかり通っているのはそういう話だ。僕の見解では、奴は罰金にノリみたいにペタリと貼りついて蓄財したのだ。こっちで五ポンド、あっちで五ポンド、とまあそんなふうにだ――そんな具合に何年もやっていたらば、どんなに山ほどごっそり貯まろうものかわかりそうな話ではないか。

「あの怒れる人物のことは忘れちゃいないだろう、ジーヴス？　困難な事件だった、な？」

「おそらくサー・ワトキン様は、私生活ではさほどに恐ろしいお方ではないのでございましょう、ご主人様」

「そいつはどうかな。どこからでもいい、御大を輪切りにしてみろよ。地獄の番犬はどこを切ったってやっぱり地獄の番犬さ。まあバセットの件はもういい。今日手紙はあったかな？」

「ございません、ご主人様」

「電話はどうだ？」

「一件ございました、ご主人様。トラヴァース夫人からでございます」

「ダリア叔母さんだって？　じゃあこっちに戻ってきてるんだな？」

「はい、ご主人様。奥様はご都合のつく限りお早くに、お電話を頂きたいとのご希望をご表明でいでになられました」

「もっといい手がある」真心込めて僕は言った。「僕が直接訪問してやろう」
それから半時間後、僕は彼女の邸宅の階段をトコトコ上がり、馴染みの執事のセッピングスに招じ入れられていた。それからアヒルが尻尾を二振りする間に、かつてないほどにウースター家の魂を試練にさらすことになったあの込みいった難事に巻き込まれる次第となろうとは、玄関の敷居をまたいだ時の僕には知る由もないことだった。僕がここでお話しするのは、ガッシー・フィンク゠ノトル、マデライン・バセット、パパバセット御大、スティッフィー・ビング、H・P・（「スティンカー」）ピンカー牧師、十八世紀製のウシ型クリーマー、そして小さな茶色の革装の手帖に関わる、陰惨な事件の顚末《てんまつ》である。

しかしながら、しのび寄る呪《のろ》われし運命の予兆は、僕が到着した折の晴朗さの上に何らの影をも落としてはいなかった。僕は輝かしい予感を抱きつつ、ダリア叔母との再会を待ち望んでいた。このダリア叔母さんというのは、前にもお話ししたことがあったと思うが、僕の善良で、感心なほうの叔母である。ワレ壜を食い破り有刺鉄線を素肌にまとっている方のアガサ伯母さんと混同してはならない。彼女とおしゃべりする純粋に知的な悦びを別にしても、昼食の招待をおねだりできはしないかという光り輝く期待が僕にはあった。彼女の抱えるフランス人コック、アナトールの超絶技巧がため、彼女のところをひょいと訪れるのは、食通にとってはいつだってはなはだしく魅力あることだからである。

僕が玄関ホールを通り抜けると、居間のドアが開いていたからトム叔父さんが古い銀器のコレクションをいじくり回しているのが目に入った。一瞬、ちょっと立ち止まってピッピーっと挨拶《あいさつ》して宿痾《しゅくあ》の消化不良の調子はどうだか訊《き》いてやろうとの思いを胸にもてあそんだのだが、やめたほうが賢明だと思い直した。この叔父という人物には、甥《おい》の姿を一目見たら、ひき止めて長話を始めて、渦巻装飾と高浮彫りにおけるリボン型リースと丸ひだ装飾を施された縁飾りについてはもとより、燭台やら葉形飾りやらに関する造詣を深めさせずにはおかない傾向があるのだ。そういうわけで沈黙が最善と思われた。したがって僕は唇を封印したまま図書室へと向かった。今そこにダリア叔母さんが根を張り居ついていると聞いていたのだ。

僕はそこで、懐かしきこの肉親がマルセルウェーヴをかけた頭のてっぺんまで校正刷りに埋ずもれているのを目にした。世界中が知っていることだが、彼女はたおやかなる女性のための週刊誌、その名も『ミレディス・ブドワール』の、思いやりある、人に愛される主宰者なのだ。僕はこの雑誌にかつて、『お洒落な男性は今何を着ているか』に関する一文を寄稿したことがある。

僕が入っていくと彼女は水面に浮上してきた。そして僕に陽気な「ヴュー・ハロー［狐が飛び出した時にハンターが用いる「出たぞー」の声］」を言ってよこした。彼女が日がな狩猟に出ていた日々にあって、この声は、クゥオーン、ピッチリー、その他英国キツネ界に災禍をもたらす諸組織において彼女をいちじるしく傑出せしめていたのだ。

「ハロー、ブサイクちゃん」彼女は言った。「何でまたうちにきたのよ?」

「僕が理解するところじゃあ、お年をめした叔母さん、何か僕と話したいことがあるってことだったろ」

「あんたに押しかけて来られて仕事の邪魔をされるのは嫌なの。電話で二言、三言話せたらそれでよかったのよ。だけど今日はあたしの忙しい日だってことが、あんたにはきっと本能でわかるんだわね」

「もし僕が昼食に来られるかどうかを知りたいんだったら、心配しないで。喜んで招待に与かるよ、いつもの通りにね。アナトールは今日は何を出してくれるのかな?」

「あんたには何にも出してくれやしないわ、あたしの陽気なサナダムシちゃん。今日の昼食には小説家のポモラ・グリンドル女史をお招きしてあるんだから」

「是非お目にかかりたいな」

「ああだめよ。絶対に二人だけの話なの。彼女になんとかブドワールに連載を書かせようとしてるところなのよ。だめ、あたしがあんたに言いたかったのは、ブロンプトン・ロードにある骨董《こっとう》屋に行って——ブロンプトン大教会のすぐ先にあるから、すぐわかるわ——そこでウシ型クリーマーをせせら笑ってもらいたいってことだけだったの」

彼女の言うところの趣旨が僕にはわからなかった。僕が受けた印象は、この叔母さんは何かヨタ話をしているらしいということである。

「何に何をするんだって?」

「そこに行くとね、十八世紀のウシ型クリーマーがあって今日の午後トムがそいつを買うことになってるの」

僕の目からウロコが落ちた。

「ああ、銀器の何かなんだ、そういうことだね?」

「そうよ。一種のクリーム差しなの。そこに行ってそいつを見せるようにって言って、見せてもらったら嘲笑しておやんなさい」

「どういうことさ?」

「あの人たちの自信をぶちのめすためよ、決まってるでしょ、バカ。連中の心に猜疑と不安をひき起こして値段をちょっと下げさせるのよ。安けりゃ安いほどトムは喜ぶわ。それでね、あたしはトムにとーっても陽気な気分でいてもらいたいの。なぜってもしこのグリンドルに連載を書かせる契約がうまくいったら、あたしはトムのアバラに食い込んでどっさりお金を引き出してやんなきゃいけなくなるんだから。ああいうベストセラー女流作家ってのがどんなに吹っかけてくるもんかってのはもうバチあたりなくらいよ。だからあんたは早くとっとと出かけてって、そいつに向かって頭を振ってやるのよ」

　僕はいつだって正しいほうの叔母の言葉には従いたいと切望している。だが僕は、ジーヴスが言うところのノッレ・プロセクウィ［手続き停止の意。公訴取り下げ等を指す法律用語］に入ることを余儀なくされていた。ジーヴスのこしらえてくれるおめざの効果は魔術的なほどだが、いくらそいつを飲み干した後だといったって、オツムを振動させるのはできない話だ。

「頭は振れない。今日はだめだ」

　彼女は右の眉毛をひどく批判的な具合に揺すりながら僕を見つめた。

「んまあ、そういうことなの？　んもう、あんたいやらしい飲みすぎでもって頭が振れないとしたって、少なくとも口をひん曲げるのはできるわね」

「ああそれならオッケーさ」

「じゃあそれでいきなさい。それと鋭く息を吸い込むこと。舌をチッと鳴らすのもやってご覧なさいな。ああそうだったわ、それでそこの人にそいつは現代オランダ製だと思うって言っておやんなさい」

「どうして？」

「知らないわよ。だけどウシ型クリーマーってもんはそれじゃ絶対にいけないらしいの」

彼女は小休止し、おそらくいささか死体みたいに見えるであろう僕の顔じゅうを思慮深げに見渡した。

「あんた昨日は夜遊びが過ぎたみたいね、ねえあたしの可愛いピヨピヨちゃん？　まったくたいした話だわよ——いつだって会う度あんたったら遊蕩《ゆうとう》の淵から這《は》い上がってきてるところなんだから。たまには飲むのをやめたらどう？　寝てるときくらいはどうなの？」

僕はこの中傷に論駁《ろんばく》を加えた。

「叔母さん、貴女《あなた》は僕のことを誤解しているよ。特別な大騒ぎのときを除いて、僕の飲酒量はいたって節度あるものだ。気付けのカクテル、食事時にワインを一杯、コーヒーといっしょにリキュールを飲むかどうか——それがバートラム・ウースターさ。だけど昨晩僕は、ガッシー・フィンク＝ノトルのためにささやかな独身お別れパーティーを開いてやったんだ」

「あらそう、そうなの？」彼女は笑った——僕の虚弱な健康状態からすると、ちょいとばかりやかましすぎる声でだ。とはいえこの女性には、面白がると天井からしっくいが降って来るような声で辺りを揺るがせる傾向があるのだ。「スピンク＝ボトルさんね？　彼のハートに祝福あれだわ！　あのイモリ愛好家はどんな調子だったの？」

「ノリにノってたさ」

「あんたのその酒池肉林で、あの人スピーチはしたの？」

「ああ。びっくりしたよ。顔を赤らめて拒絶するものとばかり思ってたんだ。だがちがった。みんなで奴の健康を祝して乾杯したんだ。そしたら奴は、アナトールならこう言うところなんだろうけど、キュウリみたいに冷え冷えの様子で立ち上がってさ、そして僕らを魔法みたいに魅了したんだ」

「ぐでんぐでんに酔っ払ってたのね？」

「まったくちがう。いやになるくらい素面《しらふ》だった」

「まあ、そりゃあ立派な変わりようじゃないの」

僕らは思いにふけりながらしばし沈黙した。あの時ガッシーは、ウースターシャーの彼女の家であった、あの夏の日の午後の出来事のことを考えていたのだ。事のなりゆきからへべれけに酔っ払ったあげ句、マーケット・スノッズベリー・グラマー・スクールの年に一度の表彰式において、若き学生諸君に向けて演説をしたのだった。

以前にお話ししたことのある人物について語る際、前もってどの程度の説明を投入すべきか、僕にはわからない。あらゆる角度から精査する必要のある問題である。つまり本件において、読者がガッシー・フィンク＝ノトルについて当然すべてをご存じのものとしてすぐ先に進むなら、僕の弁舌に魅了された経験がまだおありでない読者は途方に暮れられることとなろう。他方、本論に進む前にこの男の生活と歴史について全八巻に渡る詳説を加えようとするならば、この話を先刻承知の諸賢はあくびをかみ殺し「古い話だ。勘弁してくれ」とつぶやかれることだろう。

おそらく唯一の方法は、重要な事実をできる限り手短かにまとめて前者の了解するところとし、その間後者に対しては弁解がましく手を振って、一、二分かそこら注意を他所《よそ》にさまよわせていてくれれば、すぐに戻ってくるからと伝えることだろう。

それでこのガッシーというのはさかな顔をした僕の友達で、学業を終えて一人前になったところで田舎に隠遁してイモリの研究に全身全霊を捧げ、この小さい生き物を水槽に飼育してはその生態を勤勉な目もて観察していたのだ。慢性の隠遁者、と人は言うかもしれない。そんな言葉をもしたまたまご存じであればの話だが。それでその言い方は確かに正しかった。奴が貝殻のごとき耳たぶに優しい言葉を囁《ささや》きかけ、続いてプラチナの指輪を買って結婚許可証を手にするなんて見込みは金輪際ありそうにないというのが、予想紙の揃って判断するところだったのだ。

しかし愛とは方途《ほうと》を見いだすものだ。ある日マデライン・バセットに出会い、熱烈な一目ぼれをした結果、奴は隠居の身を脱して求婚を開始し、数多《あまた》の有為転変を経た末に、遠からぬ日には、縞のズボンをはいてボタンホールにガーデニアの花を挿し、あのおぞましい娘と祭壇へ向かって歩み進もうというのである。

僕があの娘をおぞましい娘だと言ったのは、彼女がおぞましい娘だからである。ウースター家の者は騎士道をわきまえている。が、それでも思うところを口にすることはできるのだ。ベチャベチャしてベトベトした、感傷的な物件である。それでとろけるような瞳とクークー言う声、それから星とかウサギとかに関するトンデモない見解の持ち主なのだ。かつて彼女が僕に、ウサちゃんは妖精の女王様に仕えるノーム［地中の宝を守る地の精で、しなびた醜い老人姿の小人］で、お星様は神様のひなぎくの首飾りだと言ってよこしたのを僕は憶えている。むろん完全なバカ話だ。そんなもんであるわけがないのだ。

ダリア叔母さんは低い、ゴロゴロ言うような含み笑いを発した。マーケット・スノッズベリーにおけるガッシーのスピーチは、いつだって彼女のもっとも幸福な思い出のひとつなのだ。

「懐かしき善きスピンク＝ボトルさん！　あの人は今どこにいるの？」

「バセットのお父上の家に滞在してる——グロスターシャー、トトレイ・イン・ザ・ウォルド、トトレイ・タワーズだ。今朝あっちに戻ったんだ。地元の教会で結婚式を挙げるんだそうだ」

「あんたも参列するの？」

「絶対にしない」

「そう、あんたにはあまりにも忍び難き苦痛ってことね。あんたあの娘が好きだったんでしょ？」

僕は目をみはった。

「好きだって？　妖精がちっちゃい鼻をかむたびに赤ちゃんが生まれるとか何とか思ってる女の子のことをかい？」

「だってあんた一度はあの娘と婚約してたじゃない」

「五分くらいの間だ。確かにそうさ。でも僕のせいじゃない。ねえ愛する叔母さん」僕はじりじりしながら言った。「貴女はあの恐るべき一件の内幕を、よくよく承知してるはずじゃないか」

僕は辟易《へきえき》した。それは僕の経歴における思い出したくない出来事なのだ。手短かに言うとこうだ。イモリとの長いつき合いで神経を蝕《むしば》まれたガッシーは、マデライン・バセットへの愛の告白をしりごみした。それで僕に告白の代行を頼んできたのだった。僕がそうしたところ、あのマヌケな娘は僕が僕自身の愛の告白をしていると思い込んでしまった。その結果、ガッシーが表彰式で赤っ恥をさらした後、彼女は奴に一時的に手袋を渡して婚約を解消し、僕にとっついてきたのだ。僕としてはこの刑罰を甘受するほか、どうしようもなかった。つまりだ、もし女の子がその男は彼女を愛していると思い込んでしまって、それでその男のところにやってきて、フィアンセはもう店に返品したからいつでもあなたの購入契約が結べるわ、と言ってよこしたなら、男に何ができるというのだ？

有難いことに、どたんばで両マヌケ間の和解が成立したことにより事態は解決を見たのだが、あの危機を思い返すといまだに僕の身体はおののき震える。牧師が「汝この者を妻とするか、オーガスタス？」と言い、ガッシーが内気に「イエス」とささやくその時まで、僕の心が完全に安らぐことはないのだ。

「まあ、あんたに関心があるかどうか」ダリア叔母さんが言った。「あたしも結婚式に出るつもりはないの。あたしはサー・ワトキン・バセットが嫌いだし、あの男をつけ上がらせちゃいけないって思うのよ。どうでもいいような男だわ！」

「それじゃあ貴女はあの親爺さんを知ってるんだね？」僕はちょっと驚いて言った。とはいえそんなのは僕がいつだって言っていること——すなわち、世界は狭いということだ——を裏付けるだけのことに過ぎない。

「ええ、知ってるわよ。トムの友達なの。二人して古銀器を蒐集《しゅうしゅう》してて、そのことで年がら年じゅうオオカミみたいにいがみ合ってるわ。先月あの男はブリンクレイに泊まってたの。うちの客人だった間、あたしが惜しみなく降り注いであげた愛と配慮のお返しにあの男がいったい何をしてくれたか、どうか聞いてくれない？　あたしにこそこそ隠れてアナトールを奪おうとしたのよ！」

「ウソだろう！」

「ほんとのことよ。幸いにもアナトールが忠誠心のあるところを見せてくれたわ——給金を倍にしてやったらだけど」

「また倍にするんだ」僕は熱を込めて言った。「倍々にし続けるんだ。ローストとハッシュの至高の巨匠を失うくらいなら、湯水のごとく金銀を降り注ぐんだ」

僕は目に見えて動揺していた。かの比肩する者なき料理人、アナトールがあやうくブリンクレイでの活動を停止し、いつだって僕が自分で自分を招待して滞在しては彼の作品を享楽できるあの館から、世界じゅうで一番、バートラム氏のためにナイフとフォークをセッティングしてくれなさそうな人物、バセット御大に仕えるために姿を消してしまうところだったとの思いは、僕の心を激しく揺さぶった。

「そうよ」ダリア叔母さんは言った。この恐るべき事態に思いを馳せるにつけ、彼女の目は鬱屈《うっくつ》の色を湛《たた》えた。「サー・ワトキン・バセットってのはそういうペテン師のサギ師だってことなの。あんた結婚式の日には気をつけるようにってスピンク＝ボトルさんに言ってあげたほうがいいわよ。ちょっとでも警戒を怠《おこた》ったら、あの強盗ジジイはあの人のタイピンをくすね取るわ。さてと、それじゃあ」赤ちゃんの病気時と健康時のお世話に関する深い思想に満ちたエッセイと思われるものに手を伸ばしながら彼女は言った。「とっととお帰んなさいな。校正しなきゃなんないゲラが六トンもあるの。ああそう、これをジーヴスに渡しといて。会ったときでいいわ。〈夫君のコーナー〉の原稿なの。男性のドレススラックスのサイドのブレイドについて深遠なことが書いてあるわ。彼によく読んで念入りに調べてもらいたいのよ。あたしの知る限りじゃ、アカのプロパガンダかもしれないってことなの。それであんたが仕事をごっちゃにしてないってことは信用していいのかしらね？　自分の言葉で、何をすることになってるのかを言ってご覧なさいな」

「骨董屋に行く――」

「――ブロンプトン・ロードのよ――」

「――うん、その通り、ブロンプトン・ロードのだ。ウシ型クリーマーを見せてくれるようにって言う――」

「――それでせせら笑ってやるのよ。よしと。じゃあお行きなさい。ドアはあんたの後ろよ」

表に出て、通りかかった四輪馬車を呼び止めた僕の心は明るかった。朝のひとときをこんなふうに邪魔されるのを間違いなく多くの人々は不快に感じよう。だが、僕が意識していたのはただひとえに、自分にはこんなふうに小さな親切をしてあげられる力があると思うことの喜びだけだった。バートラム・ウースター氏をスクラッチしてご覧になるがいい、と、僕はしばしば言う。現れ出るのはボーイ・スカウトの姿だ。

このブロンプトン・ロードの骨董屋というのは、予告されたとおり、ブロンプトン・ロードの骨董屋にほかならなかった。それでボンド街界隈にあるおしゃれな骨董屋を除いたありとあらゆる骨董屋と同じく、外側はすすけて薄汚れ、内側は変な臭いがした。どういうわけかはわからないが、こういう店の経営者というものは、いつも奥の部屋で何かしらシチューをぐつぐつ煮ているものであるらしい。

「ああ、ちょっと」店内に入りながら言いかけた僕は、店員が他の二人の客の相手をしている最中なのに気がついて言葉を止めた。

「あっ、失礼」ついうっかり割り込んでしまった、との意を伝えようと僕は言葉を続けようとした。と、僕の口の端で、その言葉は凍りついたのだった。

ねっとりした狭霧のまどかなる実りのやつが店頭に流れ込んできていて、それで視界はどんよりと曇っていた。しかし、辺りの薄暗さにも関わらず、二人の客のうち、小柄で年長の方が僕の見知った人物であることがはっきり見てとれたのだった。

誰あろう、それはパパバセット御大その人にほかならなかった。当のご本人だった。写真ではない。

ウースター家の者にはタフなブルドックの気質が顕著であるとは、しばしば言われるところである。そいつが今、僕のうちから立ち現れてきた。間違いなく、もっと弱い男だったら、この場からしのび足で退散し、地平線を目指して駆けだしていたはずだ。しかし僕は大地に足を踏みしめしっかりと立っていた。つまるところ僕は思うのだが、死に去りし過去は死に去りし過去だ。あの時五ポンド札を手渡したことで、僕は社会に対する借りは返したのだし、こんな何とかいうエビ顔のケチな息子のことなど恐れるいわれはない。したがって僕はそこに留まり、この人物にこっそり品定めの目をやった。

僕が入店すると、御大は振り返って僕にすばやい一瞥《いちべつ》をよこした。それから合間合間に横を向いては僕を覗《のぞ》いてみせた。彼の記憶のうちの隠れた琴線《きんせん》がそっと触れられ、傘にもたれてたたずんでいるそこはかとない気品を漂わせたこの人物が、昔馴染みであることに気づくのは時間の問題だと僕は感じていた。さてと、いまや御大が気づいたのは明白だった。店の主人が中の部屋にゆるゆると入っていってしまうと、彼は僕の立っている所にやってきて、鼻メガネのフロントガラス越しに僕を上から下までじろじろ見渡した。

「やあこんにちは」彼は言った。「わしは君を知っておるぞ、お若い人。わしは人の顔は決して見忘れんのじゃ。君は一度わしの前に立ったことがあったの」

僕はわずかに首を縦に振った。

「だが二度ではないな。よろしい！　教訓を学んだわけじゃ？　今では改心しておるか。偉いもんじゃ。さてと、罪名は何じゃったかの？　言わんでいい。じきに思い出すからの。よしわかった、カバンのひったくりじゃ」

「いいえ、ちがいます。あれは――」

「カバンのひったくりじゃった」彼はきっぱりと繰り返した。「はっきり憶えておる。とはいえ今はもうすべて済んだことじゃ、のう？　すっかり心を入れ替えたのじゃな？　素晴らしい。ロデリック、こっちへ来るがいい。実に興味深いことじゃ」

金属製の盆をしげしげ見ていた連れの男は、そいつを置くと我々の輪に加わった。

すでに僕は認知していたのだが、彼は人をして思わずはっと息を呑まさずにおかない人物だった。身の丈は二メートル以上。格子柄のアルスター外套《がいとう》に身を包み、さし渡し一八〇センチはあるように見える。その姿は人目をわしづかみにして離さない。あたかも大自然がゴリラを作ろうとして、最後の最後の瞬間に気が変わったみたいな案配である。

しかし、感銘深かったのはただ彼の身体つきの広がりの果てしなさだけではなかった。接近してみると、もっと顕著だったのは彼の顔つきであった。そいつは四角くて力強く、まん中辺にちょび髭がついていた。眼光は炯々《けいけい》として人を射抜く力を帯びていた。尖《とが》ったあご先をして、まなこ燃ゆるがごとき独裁者が、新しいスキットル場のオープニング会場で火を吐くがごとき熱弁を振るって大衆を熱狂させている写真を新聞で見たことがおありかどうかわからないが、彼が僕に思い起こさせたのはそれだった。

「ロデリック」バセット御大が言った。「この男に会ってもらいたい。わしが常々主張しておることの正当性がまさしくここに実証されておる――すなわち、刑務所生活は人を堕落させはせん。獄中生活が人格の偏向を招来し、己が亡骸《なきがら》を踏み台により高次の存在へと成長を遂げる［テニスン「イン・メモリアム」一・一］妨げとなることはない、ということじゃな」

僕はこのギャグを理解した――ジーヴスのよく言う奴だ――それで御大はどこでこいつを聞いてきたんだろうかと不思議に思った。

「この男を見よじゃ。そう遠くはない以前に、鉄道駅でカバンをひったくった罪でわしはこの男に三月の拘禁刑を宣告したのじゃった。この男が監獄で勤めた刑期がきわめて優れた改善効果を及ぼしたことは明々白々じゃ。彼は更正を果たしたのじゃな」

「ああそうですか？」独裁者は言った。

そいつが必ずしも「ああ、そうですね？」でなかったことはまあよしとして、僕はこいつの言い方が気に入らなかった。奴は僕をいやらしい、小バカにしたような顔つきで見ていた。この男ならウシ型クリーマーをせせら笑わせるのにうってつけだろうと、僕は思った。

「どうしてこの男が改善更生したと思われるのですか？」

「無論改心したに相違ないさ。彼を見たまえ。身だしなみよし、身なりよし。立派な社会の成員じゃ。今現在この男が何をして暮らしておるのか、それはわからない。だがもはやカバンを盗んでおらんことは明白じゃ。お若い人、君は今何をしておるのかの？」

「明らかに、傘を盗んでいるようですな」独裁者は言った。「貴方《あなた》の傘を持ってますよ、この男は」

それで僕はこの告発を熱烈に否定しようとした――実際、僕はもう口を開きかけていたのだ――と、その時、上顎骨の上を濡《ぬ》れた砂をぎっしり詰めた靴下でぶん殴られたような衝撃がして、その言葉に聞くべきところの多いことが理解されてきてしまったのだった。

つまりこうだ。今になって僕は思い出したのだが、僕は出かけるとき傘を持ってはいなかった。ところが今ここに僕は、疑問の余地なく、傘をフル装着して立っている。十七世紀製の椅子に立てかけてあったそいつを僕の手にとらせたものが、いったい何であったのか、僕にはわからない。それが花にそのかんばせを太陽へと向かわせるがごとく、傘を持たない人間に目に入った一番手近な傘へと手を伸ばさせる、原初の本能でないかぎりはだが。

男らしく謝罪して然《しか》るべきだろう。このいまいましい道具を手渡しながら僕は言った。

「すみません。本当に残念に思っています」

バセット御大は自分もそう思っていると言った——残念だし落胆もした、と。人の心を苦悩させるのはこういうことなんだと彼は言った。

独裁者の奴もクチバシを入れてきた。彼は警官を呼ぼうかと訊き、バセット御大の目が一瞬キラリと輝いた。治安判事でいると、警官を呼ぶことをことのほか愛好する性向が招来される。血の味を見ているトラみたいな様子だった。とはいえ彼は首を横に振った。

「やめておこう、ロデリック。わしにはできん。今日はだめじゃ——わが生涯の最良の日じゃからの」

独裁者は口をすぼめた。まるで最良の日であればあるほど、そういうことはますます結構じゃないか、と思ってるみたいにだ。

「だけど聞いてください」僕は泣きを入れた。「間違いだったんです」

「ハッ！」独裁者が言った。

「この傘は僕のだと思ったんです」

「それじゃ」バセット御大が言った。「そこが君の根本的な問題なのじゃ。君はメウムとトゥウム、すなわち自分のものと他人のものの区別がまったくできんのじゃな。うむ、今回のところわしは君を検挙させはせん。だが今後はごくごく慎重にふるまうよう、助言させてもらおう。行こうか、ロデリック」

彼らは出て行った。独裁者はドアのところで足を止めると、僕をもう一度見てよこしてまた「ハッ！」と言った。

感性の人たるこの僕には、これら全てがへなへなとへたりこみたくなるような経験だった。僕の中に湧《わ》き起こった速やかな反応は、ダリア叔母さんの指令は全面的に中止にしてフラットに戻り、ジーヴスのおめざをもう一杯身体に流し込みたい、という渇望だった。狩場で追い立てられ、興奮した雄ジカが、ハアハアあえぎながら冷たい小川の水をどれほど焦がれ求めるものか、ご存じのことと思う。まさしくそれと同じだ。あれを一杯腹に納めただけの身体でロンドンの街角へと歩き出した狂気の沙汰を、今や僕は切実に痛感していた。僕は溶解して消え去ってもう少しで水源の彼方《かなた》へと帰っていってしまうところだったのだ、が、その時、シチューと砂だらけのネコの香気とを馥郁《ふくいく》と立ちのぼらせながら、奥の部屋からこの店の店主が現れいで、ご用向きは何でございましょうかと訊ねたのだった。こうして主題が提示されてきたわけだから、僕はというと十八世紀のウシ型クリーマーが売りに出ていると聞いているが、と申し向けたのだった。

彼は首を横に振った。その男はちょっとカビの生えたような憂鬱《ゆううつ》そうな顔つきをした男で、その顔は白い頬ひげの滝の奔流の陰にほぼ完全に隠れていた。

「遅すぎました。それはもうあるお客様に売約済みです」

「その客の名はトラヴァースというのかな?」

「ええ」

「そういうことならいいんだ。聞きたまえ。おお汝《なんじ》、まごうかたなき容貌と愉快なる気質備えし汝」僕は言った。礼儀正しくありたかったからだ。「かのトラヴァースは我が叔父貴なりき。彼が僕をここに送りつけてそいつを見ておくようにって言ったんだ。だからちょっと出してくれないかな? どうせつまらんシロモンなんだろう?」

「あれは美しいウシ型クリーマーです」

「ハッ!」僕は言った。ちょっと独裁者のセリフを拝借してみたのだ。「そちらの考えじゃそうなんだろう。見てみようじゃないか」

　自分が古銀器なぞさして好きな男ではないことを告白するに僕はやぶさかでないし、本人に直接そう言って痛めつけたことはないものの、トム叔父さんの古銀器好きは彼のバカさ加減の証左であって、転移する前に注意と抑制とが必要だと僕は常々考えてきた。だからこの物件を見たらば僕のハートは大変な勢いで飛び上がることだろうとなどと期待はしていなかった。だがこの頰ひげの古代人が闇の中にだらだらと消え去り、そいつを持って戻ってきた時、僕には泣いていいのか笑っていいのかわからなかった。こんなシロモノに叔父は大事な大事な金を支払うのだとの思いが、僕の胸を激しく苛《さいな》んだ。

　それは銀色のウシだった。だが僕が「ウシ」と言うとき、真っ当で、自尊心のある反芻《はんすう》動物、最寄の草地でせっせと自分の身体内に草を積載しているような生き物を考えてもらっては困る。こいつは邪悪で底意地の悪い目つきをした、闇の世界の生物といった類いのシロモノで、口の端っこから二ペンスで唾を吐きそうな勢いだった。高さ十センチ長さは十五センチ程度。背中は蝶番《ちょうつがい》で開閉できるようになっている。尻尾はアーチ状に曲がっていて、先っぽが背骨にくっついている——これがクリーム愛好家が握る持ち手の用をなすのだろう。こいつを一目見て、僕は異世界の恐怖の国へとまっしぐらに連れ去られるような気がした。

したがって、ダリア叔母さんの指示通りに計画を実行することは僕にはごく容易《たやす》い仕事だった。僕は唇をひん曲げ、同時に舌をチッと鳴らした。また鋭く息を吸い込みもした。これらすべてが、僕がこのウシ型クリーマーに全く好感を抱かぬ男であることを示す効果をあげていた。そして僕は、このカビの生えた男が、感じやすい部位を傷つけられたみたいにビクッとおののくのを見た。

「ああ、チッ、チッ、チッ!」僕は言った。「ああ、こりゃ、こりゃ、こりゃあ! ああ、だめだ、だめだ、だめだ! 僕はこいつが気に入らないな」僕は盛大に唇をひん曲げたり舌を鳴らしたりしながら言った。「まるでだめだ」

「まるでだめですとな?」

「まるでだめだ。現代オランダ製だな」

「現代オランダですと?」彼は口から泡を吹いていたかもしれないし、あるいは吹いていなかったかもしれない。その点は定かではない。しかし精神の苦悶《くもん》は明らかに激烈であった。「現代オランダ製とはどういう意味ですか? これは十八世紀イギリスのものです。このホールマークをご覧なさい」

「ホールマークなんかどこにも見えないな」

「あんた目がないんですか？　ほれ、表の通りに持って出てみてください。外のほうが明るいから」

「よしきた、ホーだ」僕は言った。そしてドアに向かって歩き出した。最初は物憂げな気配でぶらぶらゆっくりと、貴重な時間を無駄にされてうんざりしている美術鑑定家みたいな感じでだ。

僕は「最初は」と言った。というのはほんの何歩か進んだところで僕はネコにけつまずいたからだ。人はネコにけつまずきながら、物憂げなぶらぶら歩きができるものではない。突如ギアはハイにシフトし、警察に追いかけられたウインドウ破りの強盗が逃走用の車に急ぐみたいな具合に僕はドアの外にとび出した。ウシ型クリーマーは僕の手からとび上がり、たまたま幸運にも通りがかりの同胞市民に衝突していなかったら、僕は側溝に落っこちてしまっていたところだった。

うむ、とはいえ実を言うと必ずしも全面的に幸運であったわけではない。その人物はサー・ワトキン・バセットだったのだ。彼はそこに立ちすくみ、鼻メガネ越しに目をぎょろつかせ、恐怖と憤激とを湛《たた》えた表情で僕を見つめていた。彼が指を立てて点数を数え上げているのがほとんど見て取れた。最初がカバンのひったくり、それから傘の置き引き、そして今度がこれだ。彼の態度物腰は我慢の限界に直面している男のそれだった。

「警官を呼ぶんじゃ、ロデリック！」気が狂ったみたいにぴょんぴょんとび上がりながら御大は叫んだ。

独裁者はこの任務に飛びついた。

「警察！」彼は怒鳴った。

「警察！」バセット御大がかん高い声で吠《ほ》え立てた。テノールパート担当だ。

「警察！」独裁者ががなり立てた。こちらはバスだ。

それから一瞬の後、何やら大きなものが霧の中からぼうっと立ち現れて言った。「いったい何事ですかな?」

この場に留まって説明すれば、おそらくはすべてをわかってもらえたものと思う。だが僕はこの場に留まって説明したくなんかなかったのだ。すばやく横へ一歩踏み出すと、僕は風のごとく走り去ったのだった。「止まれ!」という声がしたが、無論僕は止まらなかった。僕の方こそ止めてもらいたい。こんな馬鹿げた真似はいったい何てこっただ! 僕は側道やら横道やらを通り抜け、ようやっとどうやらスローン・スクウェアの近くらしき場所にたどり着いた。そこで僕はタクシーに乗り、文明の地への帰路についたのだった。

最初僕はドローンズに直接乗りつけて、そこで昼食をちょっと食べようかと考えていた。が、道半ばを過ぎぬうちに、それが今の僕にふさわしいことではないのに気づいたのだった。ドローンズ・クラブを高く評価する点で、僕は人後に落ちるものではない。——才気ほとばしる会話、友愛の精神、そしてその雰囲気、帝都における最上、最高の知性の醸《かも》しだすかぐわしき高き香気……だが、僕にはわかっていた。昼食のテーブルでは今日もあっちやこっちでパン投げが盛んに執り行われることだろう。僕は空飛ぶパンなんかとつき合える気分ではなかった。瞬時に戦略を変更し、僕はタクシーの運転手に一番近くにあるトルコ風呂に連れて行ってくれるようにと告げた。

トルコ風呂に長居をするのはいつものことで、結果的にフラットに戻るのはだいぶ遅くなった。小個室でなんとか二、三時間眠り、合間合間に温熱室で癒しの汗を流し、水風呂に飛び込むのを何度か繰り返したところで、僕の頬は再び少なからず薔薇色の差すところとなっていた。実際、玄関の鍵を開けて居間に足を踏み入れる僕の唇からは、陽気なトゥラララの声が響いていたくらいだったのだ。

次の瞬間、僕のシュワシュワはじけるご機嫌な気分は、テーブルの上に積み上げられた電報の山を目にしたことにより、根元から終息させられたのだった。

2. 暗黒塔

皆さんがガッシー・フィンク＝ノトルと僕の前回の冒険譚をご存じの組のほうに入られる方なのかどうか、僕は知らない。あるいはたまたまそうじゃないほうの仲間に入る方でおいでかもしれない――だがもしご存じのほうの方だとしたら、あの事件のときの汚れ仕事が電報の大津波でもって始まったことをご記憶だろうし、したがって僕がこの封筒の山を猜疑《さいぎ》の目を持ってながめやっているのに気づいたと聞いても驚かれはされまい。あれ以来というもの、いかなる量であれ電報は僕には常に災厄の種に見えるようになってしまったのだ。

最初一目見たとき、僕はこのいまいましいシロモノは二十通はあると思った。だが精査の結果、たったの三通であることが判明した。これらはみなトトレイ・イン・ザ・ウォルドから発信されており、すべてに同じ名前が署名されていた。

それらは以下のようなものであった。

一通目

《ウースター
　バークレイ・マンション
　　バークレイ・スクウェア
　　　ロンドン
すぐ来い。マデラインと我深刻に仲違いす。返事請う。
ガッシー》

二通目

《マデラインと我深刻に仲違いすとの電報に返事なきことに驚く。返事請う。
ガッシー》

そして三通目

《なあバーティー、どうして電報に返事してくれないんだ？　マデラインと我深刻に仲違いすって電報を今日二通送ってるんだ。可能な限り早期に和解を招来すべきあらゆる努力をしてくれるつもりで来てもらわないことには、結婚は破談となろう。返事請う。

ガッシー》

トルコ風呂での滞在はメンズ・サナ・イン・コルポーレ何とか［mens sana in corpore sano. 健全なる精神は健全なる肉体に宿る］の再建にだいぶ与かって力あった、という話はした。しかしこれらの恐るべき通信を閲読し、僕の病は即座に再発した。僕の危惧《きぐ》にはもっともな根拠があったのだ。このいまいましい封筒を見たとき、さてまたお目にかかりましたねと何かが僕にささやいてよこしたのだが、さてと確かにこうしてまた再びあい見えているわけだ。

聞きなれた足音がして、ジーヴスが裏手からたゆたい現れた。一目見て雇用主殿がすべてよし、という状況にないのを理解してくれたようだ。

「お加減がお悪いのでいらっしゃいますか、ご主人様？」気遣うように彼は訊いた。

僕は椅子に沈みこんで、震える手でひたいを拭った。

「具合が悪いんじゃない、ジーヴス。興奮してるだけだ。こいつを読んでくれ」

彼は一件書類上に目を走らせ、それからそいつを僕に返してよこした。その姿からは若殿の御身《おんみ》の善き生に関して、彼が感じている礼儀正しき憂慮の念が読み取れた。

「はなはだ不穏なことでございます、ご主人様」

彼の声は厳粛だった。彼が要点をつかみ損ねてはいないと僕は理解した。この電報の不吉な意味は、僕と同じく彼にとっても明白だったのである。

無論僕らはこの問題を議論したりはしなかった。つまりそうすることは女性の名を軽々しく口にすることになるからだ。しかしジーヴスはバセット＝ウースターをめぐるごたごたに関する事実を完全に承知しているし、そっち方面から僕に迫ってくる脅威については完全に了解している。したがって僕が熱っぽい様でタバコに火を点し、目に見えて努力しながら下あごを上あごに引き寄せているのはなぜかを彼に説明する必要はなかった。

「いったい何が起こったんだと思う、ジーヴス？」

「当て推量を申し上げるのは難しゅうございます、ご主人様」

「破談になるかもしれないと奴は言ってる。なぜだ？　僕が考えているのはそのことだ」

「はい、ご主人様」

「また間違いなく君もそのことを考えていることだろうな？」

「はい、ご主人様」

「水底は深いな、ジーヴス」

「はなはだ深うございます、ご主人様」

「現段階で我々に唯一断言できることは、何らかのかたちで――どういうかたちかはおそらく後に明らかになるものと思う――ガッシーがまたバカな真似をしでかしたってことだ」

僕はオーガスタス・フィンク＝ノトルについてしばしつくづくと考えた。奴がバカの優等試験においてて常に卓抜の成績を収め続けてきたということを想起しつつだ。最高の審判員たちが長年にわたり彼の卓越性を認定し続けてきた。僕が奴にはじめて出会った私立学校で、奴は一番の「大マヌケ」として知られていた。しかもその名誉は、ビンゴ・リトル、フレディー・ウィジョン、そしてこの僕自身との競争の結果、勝ち取られた栄冠であったのだ。

「どうしたらいいかなあ、ジーヴス？」

「トトレイ・タワーズに向かわれるのが最善と思料いたします、ご主人様」

「だけどどうして僕にそんな真似ができる？　バセット御大《おんたい》は僕が着いた瞬間に投石器で石を投げ

つけてよこすぞ」

「フィンク＝ノトル様に宛てて、あなた様のご窮状をご説明なさる電信をお打ちあそばされるならば、何らかの解決策をご提案いただけるのではありますまいか」

手堅い方策と思えた。僕はあわてて郵便局に行き、以下のような電報を発信した。

《フィンク＝ノトル
トトレイ・タワーズ
トトレイ・イン・ザ・ウォルド
うん、全部わかった。お前はすぐ来いって言うが、一体全体どうして僕に行けるんだ？　お前はパパバセットと僕の関係をわかってない。バートラム氏を歓迎してくれるような関係にあらずず。耳をつかんで放り投げて犬をけしかけるは必定なり。付け髭でもして配水管の点検に来た男のふりをしろなんて言ったってだめだ。あのワル親爺は僕の顔を憶えていて即座にペテンを見破るだろう。どうしたらいいいんだ？　何が起こったんだ？　どうして深刻な仲違いなんだ？　どういう深刻な仲違いなんだ？　結婚は取りやめってのはどういう意味だ？　いったいあの娘に何をしたんだ？　返事請う。
バーティー》

これに対する回答は晩餐《ばんさん》時に届けられた。

《ウースター
バークレイ・マンション
バークレイ・スクウェア
ロンドン
困難了解した。だが何とかできると思う。緊張しておれど、マデラインとは依然言葉交わす関係。君から招待を懇願する緊急の手紙受け取ったと告げた。近々招待状届く、待て。
ガッシー》

翌朝、眠れぬ夜をすごした後、僕は三通の電報を受け取った。

一通目はこうだ。

《善処した。招待状発送す。こっちに来るときロレッタ・ピーボディー著『イモリは友達』（ポップグッド・アンド・グルーリー社）を持ってきてくれるか。有名書店にて発売中。
ガッシー》

二通目

《まぬけのバーティー君、こっちへ来るって聞いたわ。嬉しいな。あなたにやってもらいたい、とっても大事な仕事があるの。

スティッフィー》

三通目

《お望みならばいらして。ああ、でもバーティー、賢明なことかしら？　会っても無用に苦しむだけではなくて？　傷口にナイフをねじ込むだけのことだわ。

マデライン》

これらの書状を読んでいると、ジーヴスが朝の紅茶を運んできた。僕は黙ってこれらを彼に渡した。彼も黙ってこれを読んだ。彼が話し始める前に僕は熱い強心のお茶を一オンス、摂取することができた。

「すぐに出発いたさねばなりません、ご主人様」

「そうだな」

「早急に荷物をおつくり申し上げます。トラヴァース夫人に電話をお掛け申し上げたほうがよろしゅうございますか？」

「どうしてだ？」

「今朝すでに何遍もお電話をおよこしでいらっしゃいます」

「そうか？　じゃあ掛けてもらった方がいいな」

「もはや不要と存じます、ご主人様。ただ今奥様がご到着あそばされたものと、拝察いたすところでございます」

長く、持続的なベルの音が玄関ドアから鳴り響いていた。あたかも一人の叔母さんがブザーに指を押しつけてそのままじっと動かさないでいるとでもいうみたいにだ。ジーヴスが姿を消し、一瞬の後、彼の直感が正しかったことが明らかとなった。フラットじゅうに野太い声が轟《とどろ》きわたっていた。この声はかつてキツネの接近を告げる際、クゥオーンやピッチリー狩猟クラブのメンバーらをして、その帽子をつかましめ鞍の背から飛び上がらしめた声である。

「あの若いろくでなしったらまだ起きないのかしら、ジーヴス？……ああ、いたいた」

ダリア叔母さんが勢いよく敷居をまたいで姿を現した。


長年ありとあらゆる天候下でキツネ狩りに精励してきたお陰で、いついかなる時もこの親戚の顔にはだいぶ紫色の差すところとなっている。だが今やそれはいつもより濃い藤紫色に見えた。呼吸は痙攣《けいれん》的で、目には狂乱めいた光が輝いていた。バートラム・ウースター氏よりも観察力のはるかに乏しい人物であったとしても、彼の前に立っているのが、何ごとかに対していちじるしく気分を害している叔母であることは言い当てられたことだろう。

彼女がこれから吐き出そうとしている情報が、その身のうちで泡立てて煮えたぎっていることは明らかだったが、こんな時間にベッドに横たわっている僕を非難するため、そいつはひとまず後回しに置かれた。彼女の直截《ちょくさい》な謂いによれば、僕は豚のごときまどろみに惑溺《わくでき》しているというのだ。

「豚のごときまどろみに惑溺してなんかいない」僕は訂正した。「ちょっと前から起きてるんだ。実を言うと、今まさに朝食をとろうとしていたところなんだ。よかったらいっしょに食べない？　ベーコン・アンド・エッグスはお決まりなんだけど、一言言ってくれればキッパーもつけられるよ」

彼女は突如、二十四時間前の僕だったら完全に廃人にされていたであろうみたいな勢いで、暴力的に鼻を鳴らした。まあまあ壮健な現在の僕の身体にも、そいつは死者六名のガス大爆発みたいな勢いで襲いかかってきた。

「卵ですって！　キッパーですって！　あたしが欲しいのはブランデー・アンド・ソーダよ。ジーヴスに一杯こしらえるようにって言ってちょうだい。ソーダを入れ忘れてもあたしは全然かまわないからって。バーティー、恐ろしいことが起きたのよ」

「食堂のほうへ行こうか、わが愛するわななくポプラよ」僕は言った。「そっちのほうが落ちついて話ができる。ジーヴスがこの部屋で荷づくりをしたいと思うんだ」

「あんたどこかへ出かけるの？」

「トトレイ・タワーズさ。恐ろしくいまいましい電報を……」

「トトレイ・タワーズですって？　まあ、なんてことでしょ！　あたしがここに来たのはね、あんたに今すぐそこに向けて出発しなさいって言うためだったの」

「へえっ？」

「人の生死にかかわる問題よ」

「どういうことさ？」

「すぐにわかるわ、これから説明してあげる」

「じゃあいっしょに食堂に行こう、できるだけ早いこと説明してよ」

「さてと、僕の愛する謎かけ屋の叔母さん」ジーヴスが食べ物を運んできて消え去ったところで僕は言った。「全部話してよ」

一瞬、沈黙があった。その沈黙をさえぎるものは、一人の叔母がブランデー・アンド・ソーダを飲み、僕がコーヒーのカップを置く、その音色の音楽的な響きのみであった。やがて彼女はグラスを置き、深く息を吸い込んだ。

「バーティー」彼女は言った。「サー・ワトキン・バセットCBEに二、三の言葉を捧げるところから話を始めたいの。ああ、あの男のバラ園にアブラムシが取りつきますように。あの男のところのコックが大晩餐会の夜にぐでんぐでんに酔っ払いますように。あの男の家のメンドリたちが、みんなして腰くだけになりますように」

「彼はメンドリを飼っているの？」僕は問題点を指摘しておいた。

「あの男の家の貯水タンクが水漏れしますように。ああ、それでシロアリが、もしイングランドにそれがいるのであれば、トトレイ・タワーズの土台を食い散らかして駄目にしちゃいますように。あのマヌケのスピンク＝ボトル花婿殿に引き渡そうって、あの男がマデラインといっしょに祭壇に向かって歩いてるときに、クシャミの発作が襲ってきてそれで気がついたらポケットチーフを忘れてきてたってことになりますように」

彼女は一呼吸置いた。今までのところはだいぶ威勢のいい話だったが、問題の核心というわけではないように僕には思えた。

「まったくその通り」僕は言った。「貴女のおっしゃることにイン・トート、っていうかそっくり丸ごと同感だよ。だけどいったい彼が何をしたっていうんだい？」

「その話をこれからするところなの。あんた、あのウシ型クリーマーのことは憶えてるわね？」

僕は目玉焼きにフォークを突きたてた。いささか身体が震えていた。

「憶えてるかだって？　忘れようがないじゃないか。ダリア叔母さん、こんなことを言っても信じちゃもらえないだろうけど、僕があの店に着いたとき、たまたま恐ろしい偶然でもってあの場に居合わせたのがほかならぬ当のバセット……」

「偶然じゃないの。あの男はあそこに例のものを見に行ってたんだわよ。あれが本当にトムが言ってたとおりの品物かって確かめにね。つまりね、――あんたそんなキチガイ沙汰の話って信じられる、バーティー？――あんたのバカな叔父さんはね、あの男に全部話してあったの。そうでもしないとあの悪霊が何か悪魔的な策謀をたくらんでよこすとでも思ったのかしらね。それで彼は話しちゃったわけ。トムはサー・ワトキン・バセットといっしょに、後者がメンバーになってるクラブで昨日食事したの。昼餐の献立はロブスターの冷製よ。あのマキャベリの奴ったら、そいつでもってトムの胃をすっかりめちゃめちゃにしちゃったのよ」

僕は信じられない、といった目で彼女を見た。

「まさか貴女は僕に」驚愕して僕は言った。トム叔父さんの胃腸の過度の繊細さ、精妙な均衡《きんこう》の上にようやく成立している仕組みのことをよくよく承知していればこそである。「トム叔父さんがロブスターを食べたなんて言おうっていうんじゃないよね。去年のクリスマスのあれだけの大惨事の後でさ？」

「あの男の煽動に乗って、トムったらロブスターを何ポンドも食べただけじゃなくて薄切りのキュウリも一山食べたらしいの。トムの話ではね、今朝になってやっと話ができるようになったんだけど――昨日帰ってきたときにはただただ呻《うめ》いてるだけだったのよ――最初は抵抗したんだって。彼の意志は強固で堅忍不抜だったたってことよ。だけどトムにとっては状況があんまり酷に過ぎたんですって。バセットのクラブってのはね、冷製の皿を部屋の中央にどんと据えて、どこに座ろうといやでもそいつが目に入らずにはすまないっていうふうにして置いとくんですって」

　僕はうなずいた。

「ドローンズでもそうだよ。キャッツミート・ポッター＝パーブライトは一度、離れた窓のところからパンを投げて猟獣のパイに六回連続で命中させたことがあるんだ」

「それで可哀そうなトムったら転落しちゃったたってことなの。バセットがロブスターを勧めてよこすセールス・トークのことは無視するだけの胆力があったのよ。だけど現物を見ちゃったらばもう駄目だったのね。トムは誘惑に屈服したの。それで飢えたエスキモーみたいにがつがつ食べちゃったんだわ。六時にあたし、玄関のポーターから電話をもらって、それで向こうは亡骸《なきがら》を引き取りに車をよこしてくれないかって言うんだわよ。図書室の隅で身もだえして苦しんでるところをボーイに発見されたんですって。それから半時間して、トムは到着したわ。重曹をくれって弱々しげに叫びながらね。重曹だなんて、とんでもない話だわよ！」苦い、陰気な哄笑《こうしよう》を放ちながらダリア叔母さんは言った。「医者を二人呼んで胃洗浄をしなきゃならなかったのよ」

「そして、ところかわって――？」僕は言った。この話の落ち着き先が見えてきたのだ。

「そうよ、もちろんところかわってだわ。あのバセットの悪霊の奴がさっさと出かけてウシ型クリーマーを買っちゃったの。店主は三時までトムのためにそいつを取り置きしとくって約束してたの。だけど当然三時になってもトムは現れないし、ここにはそいつをよこせってわめき立ててる客がいるっていうんで、店主はあれを売っちゃったの。そういうことよ。バセットがウシ型クリーマーを持ってるわ。それであの男は昨日の晩そいつをトトレイに持ち去ったの」

無論悲しい話だった。それにこれは僕がパパバセットについて常々感じてきたことを示す証左である。すなわち、単なる譴責《けんせき》で十分以上というような事案で人から五ポンドを巻き上げるがごとき非道をしてのけられる治安判事には、どんな真似だって可能なのだ。だが僕には、彼女がこれからどうしようと考えているのかが、まるでわからなかった。この状況全体は本質的に、拳《こぶし》を固め、押し黙ってぎろりと天を仰ぎ見、そしてすべてを忘れ去って新たな生活を始めてみるしかないような性質のものだと僕には思えたからである。僕はトーストにママレードを塗りながらそういう趣旨のことを述べた。

彼女は一瞬黙って僕を見つめた。

「あら？ あんたはそんなふうに思うわけ？」

「ああそうだよ」

「ありとあらゆる道徳律に照らして、あのウシ型クリーマーはトムの物だってことはあんたは認めてくれるのかしらね？」

「ああ、断然認めるとも」

「それでもあんたはこの嫌らしい極悪な所業をほっとくっていうの？ あんたはこのピストル強盗男に略奪品を持ってとんずらさせといても平気だっていうの？ この文明国においてかつて働かれた陰険なインチキの中でも一番っていうような露骨な非道を目《ま》の当たりにしながら、あんたはじっと座ったまんま〈やれやれ！〉とかうそぶいてよこして、それで何にもしないってそういうことなの?」

僕はこの発言をよくよく吟味検討してみた。

「おそらく僕は〈やれやれ!〉とは言わないと思うよ。この状況にはもっと強烈なコメントが要求されるところだってことは認めるさ。だけどやっぱり僕は何にもしないだろうな」

「ああそう。あたしは何かするの。あたしはあのクソいまいましいシロモノをくすね取ってやるんだわ」

僕は驚愕して彼女を見つめた。僕は口頭で非難めいた言葉をつぶやきはしなかったが、僕の凝視のうちには、まごうかたなき「チッ、チッ!」の響きが感じとれたはずだ。この憤激が凄《すさ》まじいものであることを僕は認めるが、こんな強硬手段を容認するわけにはいかない。それで僕が休眠中の彼女の良心を目覚めさせるべく、そんなことしたらクゥオーンの連中が何と思うか——あるいはピッチリーの人たちがどう思うか——と、優しく彼女に説き聞かせようとした、まさにその時、彼女はこう付け加えたのだった。

「て言うか、あんたがやるのよ!」

彼女がこの言葉を口にしたとき、僕はちょうどタバコに火を点けたところで、したがって広告の文句によれば、悠然たる心持ちでいて然《しか》るべきときだった。だが、タバコの銘柄が悪かったかどうかしたにちがいない。というのは、まるで誰かが錐《きり》で座部を下から突き刺してよこしたみたいに僕は椅子から飛び上がったからだ。

「誰だって、僕が?」

「そうよ。それで全てうまくいくわ。あんたはこれからトトレイ・タワーズに滞在するんでしょ。

例のブツをくすね取る絶好の機会なんてごまんとあることでしょうよ」

「だけど、何てこった！」

「それにあたしはそうしなきゃならないの。でなきゃポモラ・グリンドルの連載権を買うための小切手をトムに切らせることなんか、金輪際《こんりんざい》できやしないわ。トムは絶対にその気になってくれないんだわよ。あのオバさんと昨日信じられないような値段で契約を交わしたところなの。半金は本日より一週間以内に前払いってことでね。だから急いでちょうだいな、坊や。あんたがこんなことを大仕事がるって了見があたしにはわからないの。愛する叔母さんのためなら、全然たいしたことじゃないってあたしには思えるんだけど」

「愛する叔母さんのためだとしても、たいした大仕事過ぎるって僕には思えるんだ。僕は断然そんなことは夢にも……」

「ええ、そう、そうね。あんたはやるのよ。なぜってやらなきゃどんな目に遭うかあんたにはよくわかってるんだから」彼女はここで、意味ありげに言葉をとめた。「ここまではわかったかな、ワトソン君？」

　僕は何も言えなかった。彼女が言わんとするところが何であるかを説明してもらう必要はなかった。ビロードの手を鉄の手袋に包んで――いや、逆だったか――彼女がこんなふうに言うのはこれがはじめてではなかったからだ。

　この無慈悲な親類には、いつも僕の頭上に――何という御仁《ごじん》だったか？――ジーヴスだったら知っているはずだ――その何とかさんの剣「ダモクレスの剣」みたいにつり下げてよこしている全能の武器があるのだ。そいつの威力でもっていつも彼女は僕を無理やりその意に屈従せしめてきた。つまり活動開始せずば僕をトラヴァース家の食卓から締め出し、アナトールの料理を未来永劫賞味させないという恐怖の力でだ。彼女が丸々一カ月もの間、僕にこの制裁を加えたときのことはそうやすやすとは忘れられない——それは折しもキジのシーズン真っ盛りの頃であった。あの超人が、比肩する者なき絶好調の時分のことだったのだ。

僕は彼女を説得しようと最後の努力を試みた。

「だけどどうしてトム叔父さんはあんな恐ろしいウシ型クリーマーなんかを欲しがるのさ？　悪魔じみたシロモノだぜ。あんなもの持ってない方がよっぽど幸せさ」

「あの人はそうは考えないの。じゃあいいわね。この簡単至極な任務をあたしのために遂行してちょうだいな。でなきゃうちの晩餐の卓の客人たちは、そのうちこんなふうに言うようになるわよ。〈バーティー・ウースター氏と近頃まったくご同席しないのはどういうわけですかな？〉ってね。ああ神の祝福あれ！　昨日アナトールのこしらえてくれた昼食の何て素晴らしかったことかしら！〈絢爛《けんらん》たる〉としか言いようがないわ。あんたが彼の料理を気に入ってるのも驚いたことじゃないのよ。あんたがよく言うように、口の中でとろける、のよね」

僕は厳しい眼で彼女を見た。

「ダリア叔母さん、これは脅迫だよ！」

「そうよ、そうだわよ」彼女は言い、コガネムシみたいにブンブン飛び去っていった。

僕は再び席に着き、物憂げに冷めたベーコンを一切れ口に運んだ。

ジーヴスが入ってきた。

「お荷物のご用意ができました、ご主人様」

「よし、ジーヴス」僕は言った。「じゃあ出発しよう」

「ジーヴス、生まれてこの方、僕は」およそ百四十キロほども続いた思慮深い沈黙を破って、僕は言った。「いろんな窮境を通り抜けてきた。だがブチ模様のカキを勝ち取るのはこいつだな」

僕らは二人乗りの愛車でトトレイ・タワーズに向かい粛々とドライブしていた。僕が運転席、ジーヴスは僕の隣で御者席に着いているような格好だ。出発したのは十一時半ごろで、温暖な午後の陽気は今がまさにたけなわというところだった。さわやかに晴れわたったすがすがしい日で、空気の中には快い芳香が感じられた。これでもし状況がちがっていたら、間違いなく僕は心身ともに絶好調の気分で陽気におしゃべりし、ゆきすがりの田舎びとに手を振り、おそらくはちょっと一節歌を口ずさみすらしていたことだろう。

しかしながら残念なことに、状況はちがってはいなかったわけだし、唇から歌のこぼれる気配は絶無だった。あのいまいましいトトレイ・タワーズで僕を待ち受けることどもに思いが及べば及ぶほどに、僕の心はますます滅入りふさいだ。

「ブチ模様のカキだ」僕は繰り返した。

「ご主人様?」

僕は眉間にしわを寄せた。この男は奥ゆかしい人物ではあるが、今は奥ゆかしさが求められるときではない。

「何にも知らないみたいな顔をしてとぼけるのはよすんだ、ジーヴス」僕は冷たく言った。「君は僕がダリア叔母さんと話している間じゅう隣の部屋にいたんだ。それで叔母さんの声ときたら、ピカディリーにいたって聞こえたにちがいないんだからな」

　彼は仮面を外した。

「はい、ご主人様。お話の大略は承知いたしておりますことを告白申し上げます」

「よし。じゃあ君はこれが大変な状況だってことには同意してくれるな？」

「あなた様の行方にはいささか不穏な危機が兆《きざ》しておるものと拝察されるところでございます、ご主人様」

　僕は思いにふけりながら運転を続けた。

「もし人生を最初からやり直せるならば、ジーヴス、僕は一人も叔母さんのいないみなしごに生まれたい。トルコじゃあ叔母さんを袋に押し込んでボスポラス海峡に落とし入れるんじゃなかったか？」

「オダリスク［イスラムの女奴隷。バイロンの詩「異教徒」に、女奴隷を不貞のゆえに海中に投じるトルコの風習への言及がある］でございます、ご主人様。叔母上様ではございません」

「うーん、どうして叔母さんじゃいけないんだ？　この世に彼女らのもたらす災いを見よだ。なあ、ジーヴス、僕がこう語ったって引用してもらっていいぞ——哀れで無垢《むく》で無害な男が生まれてはじめてこれからスープに浸かろうって時には、十分注意して周囲を見渡すならば、そいつをスープ中に落とし込んだ叔母の影が必ずや見いだされる——と、こうだ」

「人をして深く首肯せしむるお言葉と存じます、ご主人様」

「僕に向かって、いい叔母さんもいれば悪い叔母さんもいるなんて言ったってだめだ。芯《しん》の芯のところでは彼女らは皆おんなじなんだ。遅かれ早かれひづめが割れて悪魔の本性が現れ出るんだ。このダリア叔母さんを見よだ、ジーヴス。かつてウサギを追っかけたフォックスハウンドを罵《のの》った人物中、一番真っ当な人物だと、僕はいつだって考えてきた。それでもって彼女はこんな任務を僕に言いつけてよこすんだ。警官のヘルメット略奪者たるウースター氏、これは知っている。カバンのひったくり男と目されたるウースター氏、このこともわかってる。ところがこの叔母さんときたら、退職治安判事の邸宅に呼ばれていってそのうちのパンと塩とを口にしながら、そいつのウシ型クリーマーをくすね取っちゃおうだなんてウースター氏を世界にひろくご紹介しようっていうんだ。けっ！」

僕は言った。感情の昂《たか》ぶりに圧倒されたのだ。

「きわめて不快なことでございます、ご主人様」

「バセット御大は僕をどう受けとめてくれることだろうな、ジーヴス」

「あの方の反応を観察いたすのはさだめし興味深いことでございましょう、ご主人様」

「僕を放り投げちまうわけにはいかないだろう、バセット嬢が僕を招待してくれてるわけだからな？」

「さようと存じます、ご主人様」

「他方御大にはこういうことならできるんだ——きっと彼はこうすると思う——つまり僕を鼻メガネのてっぺんで睨《にら》みつけておかしな音で鼻を鳴らすんだ。この見通しはいただけないな」

「はい、ご主人様」

「つまり、このウシ型クリーマーのことがなかったとしたって、ことは面倒だったろうなってことなんだ」

「はい、ご主人様。僭越《せんえつ》ながら、あなた様におかれましては、トラヴァース夫人のご意志を実行なさるべくご尽力なされるご所存はおありか否かを、お訊ね申し上げてもよろしゅうございましょうか?」

　時速八十キロで車を運転しているときに情熱を込めて両手を振り上げることなど、できはしない。だが状況がちがっていたら、僕はきっとそうしていたことだろう。

「その問題のおかげで僕は苦しんでるんじゃないか、ジーヴス。僕にはどっちとも決められないんだ。君が前に一、二度話してくれた男のことを憶えてるだろう。ほら、何とかより何とかを先にするんだったけか?　誰の話をしてるかはわかるだろう――ほらあのネコ男のことさ」

「マクベスでございます、ご主人様。故ウィリアム・シェークスピアの戯曲の登場人物でございます。〈なす〉よりも〈ならぬ〉が先、諺《ことわざ》にいう哀れなネコのように、でございます」

「うん、それだ。僕もそうなんだ。僕の心はぐらついて、また躊躇《ちゅうちょ》もしてるんだ――この言い方で正しければだけど?」

「完全に正当でございます、ご主人様」

「アナトールのメニューを剥奪《はくだつ》されることを考えれば、思い切ってやってみようかって僕は自分で自分に言うんだ。それから省察して、トトレイ・タワーズにおける僕の名前はすでに泥まみれで、バセット御大は僕のことを、クギ打ちしてないものは何だって盗まずにはいられないラッフルズ〔E・W・ホーナングの小説に登場する泥棒紳士〕とクレプトマニアの盛合わせ男だって固く信じ込んでるっていうことに思いが及んでみれば――」

「はて、ご主人様?」

「その話はしてなかったか?　僕は昨日御大と会ったんだ。わが生涯最悪の日だ。彼は今や僕のことを犯罪者界のクズだって思ってる。公衆の敵第一号じゃないとしても、間違いなく二号か三号だってな」

僕は手短かに昨日のできごとを彼に伝えた。それでなんとだ、彼がこの話のうちに何らかの面白おかしさを感じ取っているらしいと気づいたときの、僕の感情をご想像いただきたい。ジーヴスはそうそう笑う男ではない。だが今や彼の口もとには、明らかなにやにや笑いが浮かんでいた。

「笑える誤解でございますな、ご主人様」

「笑えるだって、ジーヴス？」

この上機嫌が時宜《じぎ》をわきまえないものであることに彼は気づいた。彼は居住まいを正し、微笑を駆逐してのけた。

「ご寛恕《かんじょ》を願います、ご主人様。〈不快な〉と申し上げておりますべきでございました」

「その通りだ」

「かような状況でサー・ワトキンにお会いあそばされますのは、たいそうお辛いことでございましょう」

「そうなんだ。それでもし僕が御大のウシ型クリーマーをくすね取ってるところをつかまるようなことにでもなったら、もっともっととんでもなくお辛いことになるんだ。僕は繰り返し繰り返しその場面の幻を夢に見続けているんだ」

「了解いたしました、ご主人様。決意の生き生きした血の色が、憂鬱《ゆううつ》の青白い顔料で硬く塗りつぶされてしまうのだ。乾坤一擲《けんこんいってき》の大事業も、その流れに乗りそこない、行動のきっかけを失うのが落ちか〔『ハムレット』三幕一場〕、でございます、ご主人様」

「その通りだ。まさしくわが意を得たりだ」

僕はますます深く思いをめぐらせながら、運転を続けた。

「してみると、ここにもう一つ問題が浮上してくるんだ、ジーヴス。仮に僕がウシ型クリーマーをくすね取りたいとしたって、どうやってそんな隙《すき》を見つけるんだ？　こいつは気楽にやっつけられるような仕事じゃない。構想を練り、計を巡らせ、具体的な計画をこしらえなきゃならない。それでまた例のガッシーのことだって、細心の注意が必要なんだ」

「おおせの通りでございます、ご主人様。困難はよくよく了解いたしております」

「その上まるで僕の心配事はこれじゃまだ不足だみたいに、あのスティッフィーの電報の件がある。今朝届いた第三の電報のことは憶えているだろう。あれはステファニー・ビング嬢から来たんだ。バセット嬢の従姉妹《いとこ》でトトレイ・タワーズに住んでる。君は会ったはずだ。一、二週間前にうちのフラットに昼食を食べに来たろう。ジェシー・マシューズ［英国のミュージカル映画女優］くらいのトン数しかない、ちっちゃい女の子だ」

「ええ、ご主人様。ビングお嬢様のことは記憶いたしております。魅力的なご令嬢でおいででいらっしゃいました」

「その通りだ。だけど彼女は一体僕に何をして欲しいっていうんだ？　それが問題なんだ。おそらく人間の食用にはまるきり適さないシロモノにちがいない。そういうわけで僕はこの件の心配もしなきゃならないんだ。なんて人生だ！」

「はい、ご主人様」

「上唇を固くするんだ。我慢だな、ジーヴス。どうだ？」

「おおせの通りでございます、ご主人様」

こうしたやりとりの間じゅう、僕らは結構なペースで疾走していた。また僕はしばらく前に通り過ぎた標識に「トトレイ・イン・ザ・ウォルド、十三キロ」という文字が記されていたのを見逃してはいなかった。かくして今や我々の眼前には、壮麗なる英国の館が、木立ちの間からその威容を現していたのであった。

僕は車のブレーキを踏んだ。

「旅路の果てだな、ジーヴス？」

「わたくしもさようと思いいたすところでございます、ご主人様」

それで実際その通りだった。門内を曲がり入り、正面玄関に到着した我々は、確かにここはサー・ワトキン・バセットのねぐらであると執事に告げられたのであった。

「ローランド殿、暗黒塔に到着す［シェークスピア『リア王』三幕四場。ブラウニングの同名の詩］、でございますな、ご主人様」僕らが車から降り立ったとき、ジーヴスが言った。とはいえ彼が何を言っているのか僕には皆目《かいもく》わからなかった。短い「ああ、そう」でこれに応え、僕は執事に注意を向けた。彼は僕に何ごとかを伝えようとしていた。

僕が聞き得た限り、彼の言わんとするところはすなわち、ここの在監者たちと速やかに面会したいのであれば、僕らはこの地を訪なうには都合の悪いときを選んでしまったということであった。彼が説明するには、サー・ワトキンはしばし息抜きに出かけてしまったということだ。

「旦那様はロデリック・スポード様とごいっしょに、庭園内のいずかたかにおいであそばされるものと拝察いたします」

僕はビクッと飛び上がった。骨董品屋での一件の後、ご想像いただける通り、ロデリックの名は僕のハートに深く刻み込まれていたのだ。

「ロデリック・スポードだって？　チョビ髭で、六十歩離れたところからカキの殻を開けられるくらいな目をしたでっかい男のことかい？」

「さようでございます。あの方は昨日サー・ワトキンとごいっしょにロンドンよりご到着あそばされました。お二方はご昼食後間もなくおでかけになられました。マデライン お嬢様は邸内においであそばされるものと存じます。とは申せお嬢様がどちらにおいでかを探し当てますまでには、いささか時間がかかろうかと拝察いたします」

「フィンク＝ノトル氏はどうだい？」

「お散歩におでかけになられたものと存じます」

「えっ？　そうなのか、じゃあよしきたホーだ。僕はちょっとぶらぶらして過ごさせてもらうよ」

しばらく一人でいられる時間ができて僕はうれしく思った。色々考えたいことがあったからだ。思いをめぐらせながら、僕はテラス沿いにぶらぶらと歩きだした。

この館にロデリック・スポードがいるというニュースは僕をひどく動揺させた。僕は彼のことをバセット御大の単なるクラブの友人か何かで、その活動範囲は帝都内部に限定されるものと考えていたのだ。トトレイ・タワーズにおける同人の存在は、もっとも強靭《きょうじん》な男の気力すら萎《な》えさせる先ゆきの見通しを、サー・ワトキン単体の監視下におけるよりも二倍増しに恐ろしいものにしていた。

うむ、つまりおわかりいただけよう。つまりだ、ある不運な犯罪者の頭目がなじみの大邸宅に殺人をしようとやって来たところ、シャーロック・ホームズがそこで週末を過ごしているのみならず、エルキュール・ポアロまでそこに滞在していると知ったらばどんなふうな気がするだろうか、ご想像をいただきたい。

あのウシ型クリーマーをくすね取るという考えを直視すればするほどに、僕はそいつがいやになった。中道を行く途があって然《しか》るべきだし、何らかの方策を見いだす希望をもって方途を探求せねばならないと僕には思えた。この目的がため、オツムを集中させながら僕はテラスをゆっくり歩いた。

僕は気がついたのだが、バセット御大は実に有意義な金の使い方をしている。田舎の邸宅については、僕はちょっとした目利きなのだが、ここは実にまったくお手本どおりの邸宅と僕は見た。美しいファサード、広大な庭園、なめらかに刈り揃えられた芝生、いわゆる旧世界の平和として知られる雰囲気全般。遠き方よりウシたちのモーという鳴き声が聞こえ、ヒツジらや小鳥らは各々メーと鳴き、ピーと囀《さえず》っている。そしてどこか近くで銃声がして、誰かが地元のウサギを追い掛け回していることが知れる。トトレイ・タワーズにあって、人は卑小かもしれないが、間違いなくありとあらゆる意味で幸福であろう［ヒーバー主教作の賛美歌より］。

それで僕はぶらぶら行ったり来たりを繰り返し、あの成り上がり者の年寄りが、一日にたとえば二十人に一人あたま五ポンドの罰金を科したとして、これだけの買い物ができるまでに蓄財するには一体どれだけの時間が要ったものかを計算しようとしていた。と、僕の注意は、開け放たれたフランス窓越しに見える一階のとある一室の内部にひき寄せられたのだった。

そこは一種の小居間だった。と言っておわかりいただければだが。またその部屋には家具が多すぎるような印象だった。というのはその部屋じゅうにはガラスの陳列棚がはち切れんばかりに詰め込まれていたからであり、また各々の陳列棚には銀器がはち切れんばかりに詰め込まれていたからである。僕が前にしているのがバセット・コレクションであることは明々白々だった。

僕は立ち止まった。何かがフランス窓の内側から僕を引っぱったような気がしたからだ。そして次の瞬間、僕は、わが旧友たる銀のウシ君と、この表現でよかったと思うのだがヴィ・ザ・ヴィ、すなわち差し向かいでご対面していた。そいつはドアの近くの小さめのケースの中に佇立《ちょりつ》していた。僕はそいつをのぞき込み、ガラスに顔を当て激しく呼吸した。

そのケースが施錠されていないことに気づいた僕は少なからず興奮していた。

僕はハンドルを回した。そしてケースに手を差し入れ、そいつを取り出した。

さてこのとき、僕の意図は単に検査吟味することにあったのか、それとも仕事をやっつけることにあったのか、僕にはわからない。思い出せるのは本当に確固とした計画などはなかったということだけだ。僕の心理状態は多かれ少なかれ諺にいう哀れなネコみたいな具合だった。

しかしながら、僕の感情についてジーヴスが言うところの最終分析を加えるだけの暇はなかった。というのはこの時点で僕の背後で「手を上げろ」という声がしたからで、それで振り返ってみると窓のところにロデリック・スポードの姿があったのだった。彼はショットガンを手に持っていて、僕のウェストコートの第三ボタンに向けてそいつを無造作に構えていた。僕は彼の態度物腰から、この男が銃を腰にあて、早撃ちするのが好みの連中の仲間であることを理解した。

3. 黒ショーツの独裁者

僕は執事にロデリック・スポードのことを、六十歩離れたところからカキの殻を開けられるような目をした男だと述べたが、今彼が僕に向けている目がまさしくそういう性質の目だった。彼は、さあこれから粛清《しゅくせい》を始めましょうかというときの独裁者みたいに見えた。それでまた僕は気づいたのだが、彼の背の高さが二メートル十センチくらいだろうと思ったのは僕の間違いだった。少なくとも二メートル四十センチはある。さらにまた、ゆっくり動くあごの筋肉の持ち主でもあった。

僕は彼が「ハッ!」と言わなければいいなあと思ったが、彼はやはり言った。受け答えができるだけに声帯を調整し終える前のこととて、それでもってさしあたり我々の対話は終了した。それから依然僕の上にまなこ据えたまま、彼は叫んだ。

「サー・ワトキン!」

遠くから、ああなんだいここにいるがどうかしたかね? の音がした。

「どうぞこちらにいらしてください。ご覧に入れたいものがあります」

バセット御大《おんたい》が窓から姿を現した。鼻メガネを上げ下げしながらだ。

僕はこの人物が帝都にふさわしい然《しか》るべき服装でいるときにしか、これまで会ったことはない。

田舎暮らし時の彼の姿を目の当《ま》たりにし、あれだけの苦境にあってすらなおさらに、おののき震えられる自分に気づく僕であった。小柄な人物であればあるほど市松模様のスーツはやかましく感じられるというのは、ジーヴスの使った語を用いるなら、もちろん公理である。それでバセット御大のいでたちというのが、その身長の低さをよくよく強調したシロモノだったのだ。プリズム色、というのが、あの恐るべきツウィードを形容しうる唯一の語であろう。実におかしなことだが、この壮観な光景には僕の神経を鎮静させる効果があった。そいつのお陰で僕は、もうどうとでもなれといった肝《きも》の据わった気分になったのだ。

「ご覧下さい！」スポードは言った。「こんなことが起こりうるなどと、お考えになられたことがおありですか？」

バセット御大は驚愕の表情で目玉をきょろつかせ、僕を見た。

「なんたること！　カバンのひったくり男ではないか！」

「そうですとも。信じがたいことではありませんか？」

「まさしく信じられんことじゃや。何たること、執拗ないやがらせではないか。連中はわしについてくるんじゃや、メリーさんのヒツジみたいにの。一瞬たりとも自由はない。で、君はどうやってこやつをつかまえたのかな？」

「自分がたまたま車道を歩いていると、うさんくさい人影が窓からこっそり入るのが見えたのです。それで急いで近づき、銃を向けたというわけです。ちょうど間に合いました。こいつはもう略奪行為に及んでいるところでしたよ」

「いやはや、深謝せずばなるまいな、ロデリック。しかしわからんのはこやつの執念深さじゃや。ブロンプトン・ロードでこやつを撃退してのけたときに、これは失敗とあきらめたものと君は思っただろう。しかしちがった。翌日こやつはここまで来おった。まあ、こやつもそうしたことを後悔することになろうて」

「略式手続きで済ませるには重大すぎる事案ですかな？」

「わしはこやつの逮捕状を発行できる。こやつを図書室へ連れて行ってくれ。さっそく開始しよう。本件事案は巡回裁判所か治安判事法廷に係属することになろうて」

「こいつはどうなると思われますか？」

「はっきりとは言えん。だが確実に、少なくとも――」

「ホーイ！」僕は言った。

僕は冷静で理知的な声で話すつもりだった――彼らの関心をひとまず引きつけたところで、僕がここに来ているのは招待客としてであることを説明するつもりだったのだ。だが何らかの理由で、この言葉はダリア叔母さんが八百メートル離れた畑の向こう側にいるピッチリーの狩仲間に声を掛けてでもいるみたいな具合に飛び出したのだった。それでバセット御大は焼け焦げた棒で眼を突っつかれでもしたみたいに後ろに跳び下がった。

スポードが僕の発声法に関するコメントを発した。

「そんなふうに叫ぶんじゃない！」

「もう少しで鼓膜が破れるところじゃった」バセット御大が不満げに言った。

「だけど聞いてください！」僕はわめきたてた。「聞いてくれませんか！」

その後しばらく混乱した答弁が交わされた。僕は弁護の論陣を張り、訴追側は僕の発声法についいてまだしつこくくどくど言った。そしてその最中に、僕の雄弁がまさに最高潮に達したとき、ドアが開き誰かが「まあ、なんてこと!」と言ったのだった。

僕は振り返った。あの半開きの口……あの受け皿みたいな目……あのほっそりした身体、蝶番《ちょうつがい》のネジがちょっと緩んだような……

マデライン・バセットが我々の只中にいた。

「まあ、なんてこと!」彼女はまた言った。

僕がこの女性と結婚すると思うと胸が悪くなると教えてやったとして、ちょっと見の傍観者であれば、眉を上げ、まるで理解できないというふうな顔をするであろうことは想像に難くない。「バーティー」おそらくそいつは言うだろう。「お前は自分にとって何が幸せか、まるでわかってないんだ」それでさらにそいつは僕の不平の半分でも分けてもらいたいものだと付け加えることだろう。つまり、マデライン・バセットは否定の余地なく魅力的な外観を備えている。ほっそりして、すんなりスヴェルトで、もしこの語で正しければだが、それでもって金髪その他の付属品をどっさり満載しているのだ。

だがこのちょっと見の傍観者の誤りは、彼女のベチャベチャベチャベトベト感、すなわち今にも赤ちゃんしゃべりを始めかねないような名状しがたい雰囲気を看過している点にある。僕の血を凍りつかせるのはここのところなのだ。彼女は絶対に、亭主が二日酔いの頭をかかえて朝食のテーブルに這《は》いずって行こうというときに、後ろから両手を回して目隠しをし、「だぁーれだ?」と言ってよこすような類いの女の子なのだ。

僕は一度新婚の友人宅に滞在させてもらったことがある。そいつの花嫁は、居間の暖炉の上の嫌でも人の目に付かずにはおかれない場所に、大きな字でこんなふうに銘を刻みつけていた。すなわち、「二人の恋人がこの愛の巣を築いた」、と。この夫婦のもう一方の片割れがこの部屋に入ってこいつを見るたびにその目に湛《たた》えていた苦悩の色を、僕は今でもまざまざと思い起こせる。マデライン・バセットが婚姻関係に進んだとして、かくも恐ろしき過激な行為に及ぶかどうか、僕に確言はできない。しかしながらその蓋然性《がいぜんせい》はきわめて高いと思われる。

彼女は我々を、一種可憐な、ぱっちりと目を見開いた驚きの表情でもって見つめた。

「これはいったい何の騒ぎなのかしら?」彼女は言った。「あら、バーティー! いつこっちに着いたの?」

「やあ、こんにちは。今着いたばかりさ」

「旅行は快適だった?」

「ありがとう、快適だったよ。車で来たんだ」

「じゃあきっとお疲れね?」

「いや、そんなことはない。疲れちゃいないさ」

「すぐにお茶を用意させるわ。パパにはもう会ったのね」

「うん、スポード氏にもだ」

「ええ、スポードさんにもね」

「オーガスタスはどこにいるかわからないけど、お茶の時間には会えるはずよ」

「待ち遠しいな」

バセット御大はこうした儀礼的やりとりを茫然自失の体《てい》で聞いていた——時折ちょっと口をパク

パクさせながらだ。曲げ針で池の外にたぐり上げられて、このなりゆきの圧力に耐えられるかどうか皆目《かいもく》わからないでいるさかなみたいな顔でだ。無論、僕には彼の心理過程が理解できる。バセット御大にとってバートラム氏とは、カバンやら傘やらを盗んでまわるアンダーワールドの生き物に他ならず、その上もっと悪いことに、それだってうまいことやれないときている。わが掌中の玉がそんな輩《やから》と仲良しなのを見ては、いかなる父親であれ心穏やかではおられまい。

「まさかお前はこの男と知り合いだなどと言うんではなかろうな？」御大は言った。

マデライン・バセットはコロコロと鈴を鳴らすような声で笑った。この笑い声も、心ある人々の間で彼女がかくも嫌悪される理由のひとつである。

「だってパパ、なんておバカさんをおっしゃるの。もちろん私この方を知っててよ。バーティー・ウースターさんは私のとっても、とっても大事な旧いお友達ですもの。今日到着なさるって言ってあったはずでしょ」

バセット御大はこの話についていけないでいるみたいだった。スポードもこの展開についていっているふうではなかった。

「こやつがお前のご友人のウースター氏だと言うんではなかろうな？」

「もちろんそうよ」

「だがこやつはカバンのひったくりなんじゃ」

「傘もです」王室収入徴収官か何かみたいにスポードが言い足した。

「そうじゃ傘もじゃ」バセット御大は同意した。「その上白昼堂々骨董《こっとう》屋を襲撃するのじゃ」

マデラインも話についていっていなかった――合わせて全部で三人だ。

「パパったら！」

バセット御大は頑強に自説に固執した。

「だがそうなんじゃ。現場でわしが捕えたのじゃから間違いない」

「自分が現場でこいつを捕えたのです」スポードが言った。

「わしら二人で捕まえたんじゃ」バセット御大が言った。「ロンドンじゅうじゃ。ロンドンのどこへ行こうと、こやつがカバンやら傘やらを盗んでまわっておるのにお目にかかれる。そして今やここグロスターシャーの真ん中においてもじゃ」

「ナンセンスだわ！」マデラインが言った。

この騒ぎに終止符を打つべき時は来たと僕は見て取った。そろそろカバンのひったくりがどうしたとかいう話にはうんざりしていたところだったのだ。当然、治安判事に対し、彼が担当した顧客に関する詳細すべてに精通していろなどと期待できるものではない——無論、クライアントの顔を憶えているだけでも上出来である——だがこういうことを如才《じょさい》なく、大したことじゃないとか言って済まし続けているわけにはいかない。

「もちろんこんなのはナンセンスです」僕は大声で言った。「全部が全部、笑える誤解に過ぎないんです」

説明すれば簡単にわかってもらえるものと僕は期待していた、と言わねばならない。僕が予想していたのは、事情を説明する言葉を二、三口にしたところで、ただちに陽気な笑いどよめきが生じ、謝罪と肩をぽんぽん叩くのがそれに続くという展開だった。だがバセット御大は、警察裁判所の多くの治安判事と同様、納得させるのが困難な人物だった。治安判事の性格は偏向しやすいものである。彼はしょっちゅう説明を中断させては質問を発し、そうしては僕を心得顔にじろりと見た。僕が言わんとするところはおわかりいただけよう――「ちょっと待ってくれたまえ――」や「君はこう言ったが」や「すると君は我々にこう信じろと言うわけかな」で始まるもろもろの質問のことだ。実に不快である。

しかしながら、長たらしくて退屈な鋤仕事の後、傘の件について僕は彼を納得させるのに成功した。その件に関する判断は不当だったと彼は認めたのだ。

「だがカバンについてはどうかな?」

「カバンなんてありませんでした」

「ボッシャー街でわしが君に何らかの罪に対して刑を科したのは確かなことじゃ。鮮明に記憶しておる」

「僕は警官のヘルメットを盗《と》ったんです」

「そいつはカバンのひったくりと同じくらい悪質じゃ」

思いがけないことに、ここでロデリック・スポードが言葉を挟んできた。この――まったく何てこったただ!――この完全なる『メアリー・ドゥーガン裁判』［ノーマ・シアラー主演の一九二九年の映画。冤罪を取り扱った法廷メロドラマで舞台化もされた］の間じゅう――奴は脇に立ち、もの思わしげに銃口をしゃぶりながら、そいつはいかにも見え透いた嘘だなと言いたげに僕の話を聞いていたのだった。だが今や奴の花崗岩のごとき堅固な表情のうちには、人間的感情の閃《ひらめ》きがほの見えていた。

「そうではありません」彼は言った。「それは言い過ぎです。自分もオックスフォード大学時代、警官のヘルメットを一度盗ったことがあります」

僕は驚愕した。この人物との交際の限りにおいて、彼もまた、まあいわゆるだが、かつてアルカディアにありきだなどと僕に思わせるものは皆無《かいむ》であったからだ。これでわかることだが、僕がいつも言うように、最低の人間にだってどこかに取り柄はあるのだ。

バセット御大は端的に不意打ちされた様子だった。やがて彼は気を取り直して言った。

「だが、あの骨董品屋での一件はどうかな？　どうじゃ？　わしのウシ型クリーマーを攫《つか》んで逃げ去るところを現行犯で捕えたのではなかったかな？　それについてはどう説明してくれるのかの？」

スポードはこの言葉の説得力を認めた様子だった。それで今まで唇の間で左右させていた銃を口から離し、うなずいた。

「あの店の店主が僕によく見るようにって渡したんです」僕は短く言った。「外に持って出たほうが、明るいからいいって勧めてくれたんです」

「君は走り出す途中だったが」

「ふらふらよろめいてたんです。ネコにけつまずいたんです」

「どういうネコじゃな？」

「あの店の店主の所有に係る動物と見えました」

「フン！　わしはネコなぞ見なかった。君はネコを見たかの、ロデリック？」

「いいえ、自分はネコのことは見ませんでした」

「はっ！　ではネコのことは飛び越していくとしよう――」

「でも僕にはネコを飛び越していけなかったんです」稲妻のごとき機知の閃きでもって僕は言った。

「ネコのことは飛び越して先に進むことにする」僕のギャグは無視して放ったままバセット御大は

言った。「それで別の論点に移るが、君は一体あのウシ型クリーマーをどうしようとしていたのじゃ？　君はあれを見ていたと言った。君は自分があれを完全に悪意なしに精査に付していたに過ぎないと我々に信じろと言う。なぜじゃ？　君の動機はなんじゃ？　君のような男があいうものに関心を持ちうる、その理由はなんなのじゃ？」

「まさしくその通り」スポードが言った。「その点をまさに自分も訊《き》こうとしていたところだ」

仲間から得られたこの掩護射撃は、バセット御大に最悪の効果を及ぼした。こいつのお陰でものすごく元気づけられたもので、今や御大は、あのいまいましい警察裁判所にたち帰ったかのごとき幻想に浸りだしたのだ。

「君は店主があれを君に手渡したと言った。わしは君があれをひったくって逃走するところだったと解釈した。そして今スポード氏がそれを手に持っている君を取り押えた。君はこのことをどう説明するのかな？　この疑問に君はどう答える？　えっ、どうかな？」

「だって、パパ！」マデラインが言った。

こうした議論の活発な応酬の間、このパンケーキ娘が沈黙を保っていたのはなぜかと、皆さんは不思議に思っておられたにちがいない。その理由は簡単に説明できる。この答弁過程の初期の段階で「ナンセンスだわ！」と言ってから間もなく、彼女はたまたま何らかの形状の小型昆虫を吸い込んでしまい、それ以来向こうの方で静かにむせ込んでいたのだった。それでむせ込んでいる女の子に注意を払う暇もないほどに我々の置かれた状況は込みいっていたものだから、男たちが議題上の問題を徹底して議論している間じゅう、彼女は自力で何とかその問題を解決せざるを得なかったわけだ。

今や彼女は前に進み出てきた。まだちょっと涙目だった。

「だって、パパ」彼女は言った。「パパの銀器のコレクションをバーティーが一番に見たがるのは当然よ。もちろん関心があるに決まっているわ。バーティーはトラヴァース小父様の甥御《おいご》さんなんですもの」

「なんと！」

「知らなかったの？　あなたの叔父様は素晴らしいコレクションをお持ちでいらっしゃるのよね、バーティー？　小父様はパパのコレクションのことをよくお話しでいらしたんでしょ、ねっ？」

しばらく間《ま》があった。バセット御大は激しく息を荒げていた。僕は彼の顔つきがまるで嫌だった。御大は僕を見てはウシ型クリーマーを見、ウシ型クリーマーを見ては僕を見、また僕を見てはウシ型クリーマーを見た。バートラム氏よりも眼力のはるかに劣る者であったとしても、バセット御大の胸のうちに去来する思いが何であるかを読み誤りはすまい。二と二を足して答えをだそうとしている間抜けの姿を僕がこれまでに見たことがあったとするなら、その間抜けはサー・ワトキン・バセットだ。

「ああ！」彼は言った。

それだけだった。あとは何もなしだ。だがそれで十分だった。

「あのう」僕は言った。「電報を送れますか？」

「図書室から電話して送れるわ」マデラインが言った。「私が案内するわね」

彼女は僕を電話のところまで引率してゆくと、終わったらホールで待っているわと言い残して去って行った。僕はそいつに飛びついて郵便局に繋ぎ、村のアホと思われる人物との短いやりとりの後、以下のような電報を打った。
《トラヴァース夫人
　チャールズ街四十七番地
　　バークレイ・スクウェア
　　　ロンドン》

僕は一旦停止して、考えをまとめた後、以下のように続けた。すなわち
《ご案内の任務遂行不可能につきまことに遺憾。猜疑の空気はなはだ濃厚なればいかなる種類の行動も即座に致命傷とならん。僕とトム叔父の血縁関係を知りたる時のバセット御大の目を貴女も見るべきなり。機密文書在中の金庫を物色中のヴェール姿の女性を見つけた外交官のごとし。まことに遺憾、申し訳なし。されど如何ようにもなしがたし。愛を込めて。
　　　　　　　　　　　　　　　　　　　　　　　　　　　　　　　バーティー》

それから僕はホールに行ってマデライン・バセットと合流した。

彼女は晴雨計の横に立っていた。もしそいつにほんのちょっとだって正気があったら、「晴れ」の代わりに「暴風雨」を指していたはずだ。それで僕が脇に行くと彼女は向き直って僕を優しいまんまるい目で見つめた。そうされると僕の背骨にはゾクゾクいう恐怖が伝わり下りるのだった。ここ

に立つこの女性がガッシーと冷ややかな関係にあり、婚約指輪とプレゼントをつき返してしまうやもしれぬとの思いは、僕を名状しがたい恐怖でもって打ちのめした。

世慣れた男が発する二、三の穏やかな言葉によってこの不和が癒されるならば、その言葉を発しようと僕は意を決していた。

「ああ、バーティー」ジャグからビールがトクトク注がれるときみたいな低い声で彼女は言った。「あなたはここに来るべきではなかったの！」

バセット御大とロデリック・スポードとの最近の会見の結果、僕自身もそのような線で考えるところとなっていた。だがこれは単なる暇つぶしの社交的な訪問ではないし、もしガッシーがＳＯＳを送ってよこさなかったらこんな恐ろしい場所の半径百六十キロ以内に近づこうなんて考えもしないところだったなどと説明する時間は僕にはなかった。僕のことを間もなくノームに進化しそうなウサギだみたいに見ながら彼女はさらに続けた。

「どうしていらしたの？　ああ、あなたが何ておっしゃりたいか私にはわかってよ。あなたは、どんな犠牲を払おうとも、私に再び会わずにはいられなかったのね。そうよ、たった一目でいいから。あなたは最後の思い出を手にしたいという激しい衝動に抗《あらが》い得なかった。あなたはその思い出を胸に、残る人生の孤独な日々を生きるんだわ。ああ、バーティー、あなたは私にリュデルを思い出させるの」

そんな名前は聞いたことがない。

「サントンジュのブライアの殿様、ジョフレ・リュデルよ」

僕は首を横に振った。

「残念だけど一度も会ったことはない。君の友達なの？」

「中世の人よ。偉大な詩人だったの。トリポリ伯夫人に、彼は恋をしたの」

僕は落ち着かぬげに身を揺すった。彼女がわかりやすく説明してくれることを願いつつだ。

「ずっとずっと彼は彼女を愛し続けたの。そして、とうとう彼にはもう耐え切れなくなった。彼はトリポリに向かう船に乗ったのよ。そして彼の家来たちが彼をその地に運び上げたんだわ」

「船酔いだったの？」僕は探るように言った。「海が荒れたのかなあ？」

「彼は死にかけていたの。愛のために」

「ああ、そう」

「輦台《れんだい》に乗せられて彼はレディー・メリサンドの御前に運ばれたの。手を伸ばしてやっと彼女の手に触れるだけの力しか、彼にはもう残っていなかった。そうして、彼は死んだわ」

彼女は言葉を止めた。そしてシュミーズからじかに出てきたみたいなため息をもらした。沈黙がそれに続いた。

「すごいな」僕は言った。何か言わないといけないような気がしたのだ。とはいえ個人的な感想を述べさせてもらうなら、こんなのは旅するセールスマンと農夫の娘の物語に比べたら、まるで比べ物にならないつまらん話だ。無論、その男を直接知っていれば、事情もちがってこようものだが。

彼女はまたため息をついた。

「これで、あなたが私にリュデルを思い出させる、って言ったわけがおわかりでしょ。彼のように、あなたは自分が愛した女性に一目会いたくてここに来たんだわ。いとしいバーティー。このことを私は決して忘れない。かぐわしい思い出として、いつまでも胸のうちに芳香を放ってくれることでしょう。古いアルバムの頁に挟んだ押し花のように。だけれどこれは賢明なことかしら？　あなたはもっと強くならないといけないのではなくて？　ブリンクレイ・コートでさよならを言ったあの日に、すべてをきれいにおしまいにして、傷口を再びこじ開けないほうがよかったのではなくて？　私たちは出会い、あなたは私を愛した。そして私は、私の心が別の人のものだとあなたに伝えなければならなかった。あのときが私たちのお別れだったはずなの」

「まったくその通り」僕は言った。つまりだ、それならそれでまったく結構なのだ。もし彼女の心が別人のものであるなら、それでよしだ。そう聞いてバートラム氏ほど喜ぶ者はない。肝心なのは――本当にそうなのか？――という点だ。「だけど僕はガッシーから、君と奴が別れたっていうような報せをもらったんだ」

一番上の右隅のマス目に「エミュウ」と入れて、クロスワード・パズルをたった今完成し終えた誰かさんみたいな様子で、彼女は僕を見た。

「それであなたはいらしたのね！　まだ希望がありはしないか、と思ったのね？　ああ、バーティー、ごめんなさい……ごめん……ほんとうにごめんなさい」彼女の目は涙で潤《うる》み、スープ皿くらいの大きさに見開かれていた。「だめなの、バーティー、希望はないの、少しも。あなたは夢想の楼閣を築いていてはだめ。傷つくだけだわ。私はオーガスタスを愛しているの。彼が私の夫となるべき人なの」

「じゃあ君たちは仲違いしてなんかいないんだね？」

「もちろんそうよ」

「じゃあどうしてあいつは〈マデラインと我深刻に仲違いす〉なんて書いてよこしたんだ？」

「ああ、あのこと？」彼女はまたコロコロと銀の鈴みたいな笑いを放った。「なんでもないことなの。完全におバカさんでバカバカしいことだったの。ちっちゃくってつまらない、ほんのちっぽけな誤解よ。彼が従姉妹《いとこ》のステファニーと浮気してるところを見つけたって思ったの。それで私ったらおバカさんでヤキモチ焼きさんだったの。だけど彼が今朝すべてを説明してくれたわ。彼女の目に入ったブヨを取ってあげてただけだったんですって」

こんなどうでもいいことのために、はるばるこんなところまでわざわざやって来たのだと知ったら、ちょっとは怒ったって不思議はなかったと僕は思うのだが、とはいえ僕は腹を立てたりはしなかった。僕は驚くほど元気一杯になった。すでに示唆したように、ガッシーのあの電報は僕の魂を根底から揺さぶり、最悪の事態を恐れるところとしていた。そして今やすべての暗雲は全消去となり、この不快な女性と奴との関係はすべて良好この上なしと、馬の口から直接発された鉄壁の厩舎情報を僕は手にしたというわけだ。

「じゃあ何もかも大丈夫って、そういうこと？」

「何もかもよ。私は今ほどオーガスタスを愛した時はないわ」

「今まで奴を愛してなかったってこと？」

「彼といっしょにいる一瞬、一瞬ごとに、彼の素晴らしさが私の前に愛らしいお花のように花開くの」

「ああ、そうなんだ」

「毎日、毎日、私は彼の比類のない、素晴らしい美質を新たに見いだすの。たとえば……最近あなたは彼にお会いになった？」

「ああ会ったよ。一昨日の晩ドローンズで奴のために晩餐の宴《うたげ》を催したばかりさ」

「それならあなた、彼の変化に気づかなかった？」

僕は件《くだん》の飲み騒ぎに記憶を戻した。僕が思い出せる限り、ガッシーはいつも僕が知っているとおりの、さかな顔の変態だった。

「変化だって？　いや、気づかなかったな。無論ディナーの席じゃ奴のことを入念に観察して——奴の性格を最終分析に付す、と言ってわかればだけど——暇なんかはなかった。奴は僕の隣に座って、あれやこれや話をした。だけど自分がホストのときってのがどんなもんかはわかるだろう——ありとあらゆることに心を砕いてなきゃならない……ウエイターに目をやって、皆があれこれおしゃべりできるように気を配って、キャッツミート・ポッター＝パーブライトがビアトリス・リリー［英米両国で活躍したカナダ生まれの喜劇女優］の物まねをしようとするのを押し留めて……って、小さな仕事がごまんとあるんだ。だけど奴は大体おんなじように見えた。どういう種類の変化だい？」

「向上よ。これ以上そんなことが可能だとしてだけど。ねえ、バーティー、あなたは過去に、もしオーガスタスに欠点があるとしたら、それはちょっとだけ気が小さすぎるきらいがあるってことだって思ったことはなくて？」

僕は彼女の言わんとするところを理解した。

「ああ、うん。もちろんそうさ」僕はジーヴスがガッシーのことをこう呼んだのを思い出した。「オジギ草、だな？」

「まさしくそうなの。シェリーをご存じなのね、バーティー［シェリーの詩「おじぎ草」］」

「あれっ、そうなの？」

「私もいつも彼のことをそういうふうに考えてきたの——人生の粗雑さや荒々しさには慣れないオジギ草。だけど最近になって——実は先週からのことなの——素晴らしい、夢のごとき甘美な優しさに加えて、今まで持っているなんて思いもしなかった性格の力強さを、彼は見せてくれているの。彼は完全に自信のなさを克服したようなのよ」

「いや本当だ」僕は思い出しながら言った。「そのとおりだ。僕の主催した宴席で奴はスピーチをしたんだった。じつに素晴らしい出来だった。それだけじゃない……」

僕は言葉を止めた。僕は、それだけじゃない、奴は最初から最後までそいつをオレンジ・ジュースしか飲んでない身体でやってのけたのだ、マーケット・スノッズベリーでの表彰式のときとはちがって、三リットルものアルコール飲料をチャンポンにラッピングした身体ではなく、と、思わず言ってしまいそうなところだった。だが、この発言は思慮を欠くものであろうと僕は判断した。敬慕の対象がマーケット・スノッズベリーでやらかしてくれたあの恥さらしの一件は、疑いもなく彼女が忘れようとしている事柄にちがいないからだ。

「そうだわ、今朝のことなんだけど」彼女は言った。「彼ったらロデリック・スポードにすごく手厳しいことを言ったのよ」

「奴がかい?」

「そうなの。二人で何かについて口論していたと思ったら、オーガスタスは彼に、出ていって頭を茹《ゆ》で上げて来いって言ったのよ」

「それは、それは!」僕は言った。

当然、僕にはしばらくの間そんなことは信じられなかった。つまりだ、つまりあのロデリック・

スポードにだ――おとなしくしている時にだってフリースタイルのレスラーにすら言葉を止めさせ、言葉を選ばしむる、あの男にである。そんなことはあり得ない。

無論どういうことなのか僕にはわかった。彼女はボーイフレンドのことを過大に評価しており、あらゆる女の子と同様、そいつをやりすぎているのだ。同様のことは若妻の間ではごくありがちである。ハーバートでもジョージでも名前は何でもいいのだが、あの人の人間性には隠れた奥深さがあるのに、気の抜けた、省察を欠いた傍観者はそれを見逃しがちであるとか何とか、彼女らは御託を並べてよこすのだ。

ビンゴ・リトル夫人が新婚間もなく一度僕に、ビンゴが日没について何やら詩的なことを言ったと話してよこしたのを思い出す――無論奴の親友なら、あいつが生まれてこのかた日没なんかに一度だって気がついたことのあるようなタマじゃないことは完全に承知している。それでもしたまたま奴がまぐれ当たりでそんなものに気づくようなことが仮にあったとして、奴が唯一言うであろうことは、そいつは火の通り加減のいい薄切りのロースト・ビーフを思い出させる、とかいった辺りがせいぜいであろう。

しかしながら女性を嘘つき呼ばわりすることなどできはしない。それで僕は「それは、それは！」と言ったわけだ。

「彼を完璧たらしめるのに必要なのは唯一ただそれだけだったの。ときどきね、バーティー、私はかくも稀有《けう》な魂にふさわしい女性だろうかって、自問するの」

「ああ、君はそんなばかなことを言っちゃいけないよ」僕は心の底から言った。「もちろん君は奴にふさわしい女性さ」

「そんなふうに言ってくださって、あなたって本当にいい人ね」

「そんなことはない。君たち二人はポーク・ビーンズのブタ肉と豆くらいにお似合いさ。誰が見たってこれがいわゆる、何だったたっけ……あー、理想の組み合わせだってことはわかるさ。僕はガッシーのことを子供の時分から知ってる。それで奴にはちょうど君みたいな女性がお似合いなのにって思うたびに、ああそんな娘が現れればいいのにって思ってたんだ」

「ほんとう？」

「断然ほんとさ。それで君に出逢った時、僕は自分に言ったんだ。〈この娘だ！　この娘こそ奴の妻だ〉ってさ。で、式はいつなんだい？」

「二十三日よ」

「僕ならもっと早くするな」

「そう思って？」

「絶対にだ。早いこと片づけて済ませちまわないことには、そいつは心を離れておしまいってことになりかねない。ガッシーみたいな男となら、結婚をいくら早めたって早すぎるってことはあり得ないんだ。偉大な男さ。素晴らしい男さ。これほど僕に尊敬の念を抱かしむる男はいない。ガッシーみたいな男はざらにはいない。じつにこの上ない人物だ」

彼女は手を伸ばして僕の手を握り、そいつをぎゅっと握り締めた。無論不快だった。とはいえ、人生楽あれば苦ありだ。

「ああ、バーティー！　なんという寛容な精神なの！」

「いや、いや、そんなことはない。思ったことを口にしたまでさ」

「そう伺って嬉しいの……このことすべてが……あなたがオーガスタスのことを好きだと思う、その気持ちの妨げとなっていないということを」

「断然そんなことはない」

「あなたみたいな立場に置かれたら、苦々しく思う男性は多いはずよ」

「つまらないバカさ」

「でもあなたはあまりにも善良すぎるんだわ。あなたは今でもオーガスタスのことを、こんなにもよく言ってくださるのね」

「そりゃそうさ」

「ああ、愛すべきパーティー！」

かくしてこんなふうな陽気な調子でもって我々は別れたのだった。彼女は家内の雑用やら何やらを片づけに、僕は居間に向かってちょいとお茶を頂きにだ。彼女はダイエット中らしくお茶は飲まないようだ。

それで僕が居間に近づいて、今まさにドアを開けようというとき、開き加減だったドアの合間から中の声が聞こえてきた。そいつはこんな具合だった。

「すまないがくだらん話はやめろ、スポード！」

こいつが誰の声かは間違えようがなかった。ごく幼少期から、ガッシーの声質にはどこかしら独特で個性的なところがある。聴く者にガスパイプのガス漏れの音と春先の出産期に母ヒツジが仔ヒツジに呼びかける声とを半分半分に思い起こさせるような声だ。

奴が言ったことに関しても、これが聞き間違いだという可能性は皆無《かいむ》である。言葉は一語一句違わず僕が今述べたとおりだった。驚いたと言うだけではまだまだ言葉が足りない。ここにきて、結局のところマデライン・バセットの語った途方もないヨタ話には聞くべきところがあったというのも完全にありうべき話だと僕は理解した。つまり、ロデリック・スポードにくだらん話はやめろと言うフィンク＝ノトルであれば、それはそいつに出ていって頭を茹《ゆ》で上げて来いと十分言いそうなフィンク＝ノトルではある。

僕は驚嘆しつつ、部屋に入った。

ティーポットの後方に位置どっていた、おそらくは結婚して従姉妹になったかどうかしたといった感じの誰かしら影の薄い女性のほか、その場にいたのはサー・ワトキン・バセットとロデリック・スポードとガッシーだけだった。ガッシーは暖炉の前の敷物の上に仁王立ちになって、火にあたり暖をとっていた。その位置はこの館の主人のためにとって置かれるべきだ、と言う者もありそうなものだ。それで速やかに僕は、マデライン・バセットがガッシーは自信のなさを克服したと言ったときに、何を意味していたかを理解したのだった。部屋のあちらとこちらに離れていても、自信という点に関しては、ムッソリーニだって奴の通信教育コースで勉強できたであろうことは容易に見て取れた。

入ってきた僕の姿を認めると、僕にはいまいましいくらいに庇護者ぶって見える態度で、奴は手を振ってよこした。赤ら顔の大地主が小作人たちの代表者にありがたくも謁見してやっている、みたいな具合にだ。

「ああ、バーティー。着いたんだな」

「ああ」

「こっちへ来い、こっちへ来い。クランペットを食べろよ」

「ありがとうだ」

「頼んだ本は持ってきてくれたか?」

「悪いな、すまない。忘れてた」

「はあ、世界中のとんまとまぬけの中で、お前は確かに一番程度が悪い。他の連中は言われたことは黙ってやる。おぬしは放埒《ほうらつ》じゃ［マシュー・アーノルドの詩「シェークスピア」］」

うんざりした身振りでもって僕を下がらせた後、奴はポッティッド・ミートのサンドウィッチを要求した。

トトレイ・タワーズでの最初の食事を、わが最も幸福なる思い出として想い起こすことはできない。田舎の邸宅に到着してまず頂く一杯のお茶というのは、僕がいつもことのほか愛してやまないものである。薪のはぜる音、薄暗い明かり、バターつきトーストの薫香、安逸な居心地よい雰囲気全般が僕は好きだ。女主人のにこやかな微笑み、そして主人がこっそりしてよこす耳打ちのうちには、僕の心のごく深くに訴えかけてくるものがある。僕のひじをぐいと引っぱりながら、こんなふうに言うのだ。「なあ、こんなところは失敬して、銃器室でウイスキー・アンド・ソーダを一杯やろうじゃないか」と。このような場面においてこそ、バートラム・ウースター氏の最善の姿が見られるとは、しばしば言われるところである。

しかし今や、ガッシーのおかしな態度——まるで奴がこの館を買い取りでもしたかのような変な態度のことだ——のせいでビアン・ネートル、すなわち満足感は破壊されてしまった。他の連中が皆その場を退散し、僕たち二人きりになった時にはほっとした。ここには解明を必要とする謎がある。

しかしながら僕は、奴とマデラインの関係の現段階に関するセカンド・オピニオンを得るところからことに着手するのが最善だと判断した。彼女は僕にすべては再びめでたしめでたしに収まったと話したが、しかしこのような問題に関しては、いくら念を入れても入れすぎということはない。

「たった今マデラインに会ったんだ」僕は言った。「彼女はお前のことをまだ恋人だと言ってた。本当か？」

「まったく本当だ。僕がステファニー・ビングの目からブヨを取ろうとした件で、ちょっと一時的な冷ややかさがもたらされ、僕は少しパニックになって君に来るようにって電報を打った。君が弁解してくれやしないかって思ったんだ。しかしながら今やその必要はない。僕は確固不抜の態度でいるし、すべて大丈夫だ。とはいえ無論、せっかくここまで来たんだから一日かそこらは泊っていってくれ」

「ありがとう」

「もちろん君はおばさんに会えるのを楽しみにしてるんだろう。彼女は今夜来るって聞いてるぞ」

皆目わからなかった。アガサ伯母さんは黄疸《おうだん》で入院しているのを僕は知っている。ほんの数日前に花束を持って行ったばかりだ。また当然ダリア叔母さんではあり得ない。トトレイ・タワーズを侵襲する計画のことなど僕には何も話していなかったのだから。

「何かの間違いじゃないか」僕は言った。

「間違いなんかじゃない。マデラインが今朝彼女から来た電報を見せてくれた。一日、二日お邪魔させてもらえないかってことだった。ロンドンから発信されてたから、彼女はブリンクレイを発ったんだな」

僕は目をみはった。

「お前は僕のダリア叔母さんの話をしてるんじゃないよな?」

「もちろん僕は君のダリア叔母さんの話をしているんだ」

「お前は今晩ダリア叔母さんがここに来るって言うのか?」

「そのとおりだ」

これはとんでもないニュースだった。気がつくと僕は憂慮の色を隠しもせず、下唇を嚙《か》みしめていた。彼女が僕を追ってトトレイ・タワーズにやって来るという、この突然の決断が意味するところはただひとつだ。すなわちダリア叔母さんはこの事態を再考した結果、勝利に向けた僕の意志に対して懐疑的になり、自ら現地に赴き、僕を監督して、命じられた任務の履行を懈怠《けたい》せぬよう見守るのが最善と思い定めたのだろう。それで僕はといらと履行懈怠を固く決意していたわけだから、この先は荒れ模様の天候が予測された。頑迷に抵抗を続ける甥に対する彼女の態度は、古き「タリホー!」の日々に獲物の隠れ場を打ちあさるのを拒否した猟犬に対して向けられたのと酷似したものとなるはずだと僕は恐れた。

「話してくれないか」ガッシーは続けた。「最近彼女はどういう種類の声を出しているんだい? こう訊くのは、もし彼女が滞在中に僕に対してあの狩声を張り上げてよこすなら、僕としては厳しく叱りつけてやらざるを得ないからなんだ。ブリンクレイにいるときに、あれにはずいぶんうんざりさせられたもんだった」

出来《しゅったい》した不快な状況についてつくづく思いにふけってもいたいところだったのだが、しかしこの時、探査活動開始のキューが発せられたように僕には思えた。

「何が起こったんだ、ガッシー?」僕は訊いた。

「えっ?」

「いつからそんなふうになったんだ?」

「君の言う意味がわからないな」

「うーん、たとえばダリア叔母さんのことを叱りつけてやるなんて言うことさ。ブリンクレイじゃあ、叔母さんの前でお前は濡《ぬ》れた靴下みたいに縮こまってたじゃないか。あと、たとえばスポードにくだらん話はよせとかって言うこととかさ。ところで、奴はどんなくだらん話をしてたんだい?」

「忘れた。あいつはずいぶんとくだらんことを言うからな」

「僕にはスポードにくだらん話はするななんて言う度胸はないな」僕は率直に言った。僕の虚心坦懐さには即座の反応があった。

「うん、実を言うとさ、バーティー」ガッシーは白状して言った。「一週間前までは僕だってそうだったんだ」

「一週間前に何が起こったんだ?」

「僕はスピリチュアルな意味で生まれ変わったんだ。ジーヴスのおかげだ。すごい男だな、バーティー!」

「そうか!」

「僕らは闇におびえる幼い子供みたいなものなんだ。それでジーヴスが賢い乳母で、手をひいていっしょに歩いてくれるんだ。それで――」

「明かりのスウィッチをつけてくれる、と?」

「まさしくそのとおりだ。この話を聞きたいかい?」

聞きたくてうずうずしているんだと僕は請けあった。椅子に身を落ち着け、マッチを擦ってタバコに火を点け、僕はうちあけ話の開始を待った。

ガッシーはしばらく黙ったまま立っていた。頭の中で事実の概要を整理しているのだと僕にはわかった。奴はメガネを外し、そいつを拭いた。

「一週間前のことだ、バーティー」奴は始めた。「僕は大変な危機に直面したんだ。そいつは神判のごとき試練にほかならなかった。そいつのことを思っただけで地平線は闇に沈んだ。僕は発見したんだ。結婚式の朝食の席でスピーチをしなきゃならないってことを」

「まあ、当然だろう」

「そうだ。だが、何らかの理由で僕はそいつのことがまるで頭になかったんだ。それでそのニュースは気絶するほどの衝撃を僕に与えた。どうして結婚式の朝食のスピーチをするって考えるだけでこれほど純然たる恐怖に僕は打ちのめされなきゃならないのか、そのわけを説明しよう。つまり、聴衆の中にロデリック・スポードとサー・ワトキンがいるからなんだ。君はサー・ワトキンのことをよく知っているかい?」

「あまりよくは知らない。親爺《おやじ》さんは前に一度警察裁判所で僕に五ポンド罰金を科したことがある」

「うん、じゃあ僕の言うことを信じてもらっていい。親爺さんは難物で、僕を義理の息子にすることについちゃ強硬に反対している。ひとつには、彼はマデラインをスポードと結婚させたい――あいつは、遠い昔から彼女のことをずっとずっと愛し続けてきたんだ」

「えっ、そうなのか？」僕は言った。こいつ本人みたいな折り紙つきの間抜けのほかに、あの娘を意図的に愛することのできる男がいるということへの驚愕《きょうがく》を礼儀正しく隠しながらだ。

「そうなんだ。だが彼女が僕と結婚したがっているという事実は別にしても、奴は彼女と結婚しようとはしてないいんだ。あいつは自分のことを〈運命の男〉だと考えている、わかるだろ。それで結婚は奴の使命の遂行の妨げになると思ってるんだ。奴はナポレオンの線で行こうとしてるんだな」

さらに議論を進める前に、このスポードについて内幕を知らせてもらわねばならないと僕は感じた。僕はこの「運命の男」とかいう話が皆目理解できなかったからだ。

「奴の使命ってのは何のことだ？　奴は何か特別な人物なのかい？」

「君は新聞を読んだことがないのか？　ロデリック・スポードは英国救世主党の創設者にして党首なんだ。ファシスト団体で黒ショーツ党って言った方が通りはいい。奴のおおよその考えは、奴とその追随者たちがしょっちゅうやってる街のけんか騒ぎで頭をビンでぶち割られなけりゃの話だけど、独裁者になりたいってことなんだ」

「なんと、なんてこった！」

僕は己《おの》が直感の鋭さに驚いていた。ご記憶だろうか、スポードを一目見た瞬間に僕は思わず言った。「なんてこった、ホー！　独裁者だ！」と。それでやっぱり奴は独裁者だったのだ。もし僕が道を歩いてる男を見て、そいつは退職したポペット弁の製造業者で名前はロビンソンで片腕にリューマチがあってクラッパムに住んでいる、などと推理してみせる名探偵の仲間だったとしたって、これほどの大当たりはあてられまい。

「うーん、なんてこった！　そういう類いの男なんじゃないかって僕は思ってたんだ。あのあご……あの目……それより何よりあの口ひげだ。ところでお前が今ショーツって言ったのは、もちろんシャツって言おうとしてたんだろう」

「いやちがう。スポードが奴の結社を組織したときに、シャツは売り切れだったんだ。それで奴とその信奉者は黒ショーツを身につけてるんだ」

「短パンのことだな？」

「そうだ」

「完全にバカじゃないか！」

「そうだ」

「ひざの出るやつか？」

「ひざの出るやつだ」

「すごいな！」

「そうだ」

そこで思いついたことがあって、それでそれがあまりに忌まわしい想像だったもので僕は思わずタバコを取り落としてしまいそうになった。

「バセット御大も黒ショーツをはくのか？」

「いやちがう。彼は英国救世主党のメンバーじゃないんだ」

「じゃあ一体どういうわけで親爺さんはスポードなんかと付き合ってるんだ？　あの二人は港に着

いて休みをもらって二人で出かけた仲良し水兵みたいにロンドンをうろつきまわってたぞ」

「サー・ワトキンは奴の叔母さんと婚約中なんだ——故H・H・ウインターグリーン大佐の未亡人、ポント街在住のウインターグリーン夫人さ」

僕はしばらく思いにふけった。あの骨董品屋の薫香《くんこう》を胸に想起しつつだ。

被告人席に立たされ、治安判事が僕を鼻メガネ越しに見てよこして僕のことを「被告人ウースター」呼ばわりしたとき、僕には彼の印象を深く感受する十分な機会があった。あの日、ボッシャー街で僕を圧倒したのは、主としてサー・ワトキン・バセットの不機嫌そうな態度であった。他方、あの店で親爺さんは青い鳥を見つけた男みたいな印象を発していた。熱いレンガの上ののんきなネコみたいに跳ね回っていた。品物をスポードに見せては「君の叔母上はこれが気に入ると思うんじゃが」チュン、とか「これはどうじゃろう?」チュン、とか、そんなようなことをチュンチュン囀《さえず》っていた。今ここに、あのうきうきぶりを説明する手掛かりが与えられたのだ。

「ガッシー、わかるか」僕は言った。「あの親爺さんにひらめいたにちがいないアイディアがなんだかわかったぞ」

「いかにもありそうな話だ。だがその点にかかずらわるのはやめよう。重要な点じゃない」

「いや、それはそうだが、面白いじゃないか」

「いや、そんなことはない」

「多分お前の言うとおりだな」

「話の横道に逸れるのはやめようじゃないか」ガッシーは言い、会談の静粛を求めた。「で、どこまで話したっけ?」

「わからん」

「僕にはわかる。サー・ワトキンは僕を義理の息子に持つって考えを嫌ってるってところだった。スポードもこの結婚に反対だ。また奴はその事実を隠そうともしない。あちこちから顔を出しては僕にブチブチ脅迫を言ってよこすんだ」

「お前の気に入る話じゃあり得ないな」

「気に入らないとも」

「どうして奴はブチブチ脅迫を言ってよこすんだ?」

「なぜなら奴はマデラインとは結婚しない、仮に彼女が奴を受け入れたとしたってそれはだめだって固く思いつめてるんだが、でも奴は自分のことを彼女を見守る一種の騎士だと考えてるんだ。あいつは僕に、あの女性の幸福は自分にとって本当に大切なことなんだって繰り返し言ってよこしてくるんだ。それでもし僕が彼女をがっかりさせるようなことがあったら、僕の首をへし折ってやるって言うんだ。奴がブチブチ言ってよこす脅迫の要諦はそんなところだ。それでまたこれが、マデラインが僕とステファニー・ビングがいっしょにいるところを見つけて、よそよそしい態度を取るようになったとき、僕がいささか動揺していた理由のひとつなんだ」

「話してくれ、ガッシー。お前とスティッフィーは本当は何をしてたんだ?」

「彼女の目に入ったブヨを取ってたんだ」

僕はうなずいた。そう言い張りたいならそう言い張るがよしだ。

「スポードについてはここまでだ。次はサー・ワトキンに関する点に進もう。一番最初に会ったときから、僕が彼の夢の男じゃないってことは見て取れたんだ」

「僕だってそうだ」

「僕はマデラインと、知っての通り、ブリンクレイ・コートで婚約した。したがって婚約のニュースは手紙にて御大に伝えられた。それで考えてみてくれ、あの愛すべき女性は僕についてずいぶん気合を入れて書いちゃったにちがいないもんだから、御大のほうじゃ僕がロバート・テイラー〔アメリカの映画スター〕とアインシュタインを足して二で割った線だって思い込むに至っちゃったんだな。とにかく、僕が愛娘《まなむすめ》の結婚相手だって紹介されたとき、親爺さんはしばらく僕をじっと見詰めて〈なんと?〉と言ったきりだった。信じられない、とかいったふうにさ、わかるだろう。まるでこれが陽気なプラクティカル・ジョークか何かで、本当の婚約者が間もなく椅子の後ろから飛び出してきて〈バア!〉って言うんじゃないかって期待してるみたいにだ。やっとのことでこれが正真正銘真面目な話だってことを理解したとき、彼は部屋の隅っこに行ってしばらくそこに座り込んで、頭を抱えていた。それからというもの、親爺さんは鼻メガネのてっぺんから僕を見てよこすようになった。あれは僕を落ち着かない気持ちにさせるんだ」

　僕は驚かなかった。バセット御大の、鼻メガネのてっぺんから見てよこすあの目つき効果、についてはすでに述べてある。あれがガッシーに向けられるとすると、この男が激しく動揺させられるであろうことは想像に難くない。

「御大はフンと鼻も鳴らすんだ。それでマデラインから僕が寝室でイモリを飼ってることを聞いたとき、彼は何か侮辱的なことを言ったんだ――小声だったけど、僕には聞こえた」

「するとお前は一個連隊引き連れてやってきてるんだな?」

「当然だ。今は非常にデリケートな実験の真っ最中なんだ。アメリカの教授が満月が深海の生き物の愛情生活に影響することを発見したんだ。すなわち、一種の魚類、二種のヒトデ類、八種のぜん虫類とリボンに似たディクティオータっていう海草にだ。二、三日中に満月の日が来る。僕はそれがイモリの愛情生活にも影響するかどうかを解明したいんだ」

「だがイモリの愛情生活ってのは早い話がなんなんだ？　お前は一度僕に、奴らは繁殖期になるとお互いに尻尾を振り合うって言ってなかったか？」

「まったくその通りだ」

僕は肩をすくめた。

「うん、まあいい。奴らがそれでいいならな。だけどそれは僕の考える燃えたぎる熱情ってのとはちがうな。それでバセット御大は、お前のもの言わぬ友達を認めてくれないってわけなんだな？」

「そうだ。あいつは僕に関することは何だって認めやしないんだ。おかげですべてがものすごく難しく、不愉快な具合になってるんだ。そこにスポードを投入してみろ。どうして僕が完全に恐れおののき始めてたか、わかりそうなもんだ。それから青天の霹靂《へきれき》のごとく、僕は結婚式の朝食でスピーチをしなきゃならないって話になったんだ――聴衆に向けてだぞ。前にも言ったがその中にはロデリック・スポードとサー・ワトキン・バセットがいるんだ」

奴は言葉を止め、痙攣《けいれん》的に息をぐっとのみ込んだ。錠剤をのみ込んだペキネーズ犬みたいにだ。

「僕は内気な男だ、バーティー。自信のなさは、僕がごくごく繊細な性質を持って生まれついてきたことの代償なんだ。それにいかなる状況であれ、僕がスピーチってもののことをどんなふうに思ってるかはわかってるだろう。考えただけでぞっとするんだ。前に君がマーケット・スノッズベリーの表彰式に僕を引きずり出したとき、ニキビだらけのガキの群れと向き合って演台に立つって考えただけで僕は恐怖でパニックになっちゃったんだぞ。夢の中でまで僕を悩ましたんだ。じゃあ結婚式の朝食のことをじっくり考えたら僕がどうなるか、想像がつきそうなもんじゃないか。叔母さんやら従姉妹やらの群れに向かって熱弁を振るうって仕事に関しちゃあ、僕は覚悟しよう。それが簡単だとは言わない。だけど何とかするだろうさ。だけど一方にスポード、もう一方にサー・ワトキン・バセットがいる所に立ち上がるってのは……どうしたらいいのか見当もつかなかったんだ。だけどその時、僕を包んでいた暗闇の中に、世界じゅうが地獄みたいに真っ黒でいた中に、ちいさな希望の微光が点った。僕はジーヴスのことを思いついたんだ」

奴は腕を上に挙げた。僕は奴がうやうやしく脱帽しようとしているのだと思った。しかしながらこの試みは、奴が帽子をかぶっていなかったという事実により無意味かつ無効なものとなった。

「僕はジーヴスのことを思いついた」奴は繰り返した。「それで僕はロンドン行きの汽車に乗り、問題を彼の前に差し出したんだ。間に合って僕は運がよかったよ」

「間に合ってって、どういう意味だ?」

「彼がイギリスを発つ前にさ」

「彼はイギリスを出て行きやしないぞ」

「君と彼は世界一周クルーズ旅行に、ほとんど今すぐにでも出発するんだって彼は言っていたぞ」

「ああ、それなら中止だ。僕は行きたくないんだ」

「ジーヴスがそいつは中止だって言ったのか?」

「いや、だが僕が言ってるんだ」

「そうか?」

奴はおかしな具合に僕を見た。それでこの問題についてもっと何か言うのだと思った。だが奴は変な感じの短い笑い声を発しただけで、再び語りを開始した。

「えーと、言ったとおり、僕はジーヴスのところに行った。そして事実を説明した。僕がからめ取られているこの恐るべき状況から僕を救出する方法を探しあててくれって彼に懇願したんだ――それでうまく行かなくても僕は君を責めやしないって請け合ってやった。なぜならこの問題を数日間検討した結果、この僕を救出するのは人間業では不可能だって僕には思えたからだ。だがさ、バーティー、信じられないと思うんだけど、彼が僕に供給してくれたオレンジ・ジュースのグラスを半分飲むかどうかのところで、彼はすべてを解決してくれたんだ。そんなことが起こり得ようだなんて信じられなかった。彼の脳みその重さってのは、一体どれだけのものなんだろうなあ」

「そりゃずいぶんあるんだろうさ。それに魚もたくさん食べてる。で、そのアイディアはすぐれもんだったのかい?」

「すごいやつだ。彼はこの問題に心理学的角度から接近したんだ。彼は言うんだが、最終分析によれば、人前で話すのを嫌うという傾向性は、聴衆に対する恐怖のせいなんだそうだ」

「うーん、そんなことなら僕にだって言えるぞ」

「ああそうだ。だが、彼はどうしたらこれを克服できるかまで示唆してくれたんだ。彼は言った。我々は自分が軽蔑する相手を恐れはしない。したがってなすべきは、聴衆となる人々に対して彼らを人とも思わないような軽蔑の念を涵養《かんよう》することだ、と」

「どうやって?」

「ごく簡単だ。心の中を彼らを軽蔑する思いで一杯にするんだ。自分にこう言い続けるんだ。〈スミスの鼻の吹き出物のことを考えてやれ〉……〈ジョーンズのビラビラした耳のことを考えるんだ〉……〈ロビンソンが三等車の切符で一等車に乗って治安判事の前につきだされたときのことを思い出すんだ〉……〈ブラウンが子供の時、パーティーで吐いちゃったことを忘れちゃならない〉……とか、そんなふうさ。それでもうスミス、ジョーンズ、ロビンソン、ブラウンの前で演説するようにって呼ばれたって怖くない。僕は彼らを支配してるんだ」

僕はこのことをよくよく考えてみた。

「わかった。うん、なかなかよさそうな考えに聞こえるな、ガッシー。だがそいつは実際に使えるのか?」

「何言ってるんだ。魔法みたいに効いたじゃないか。テストしたんだ。君の主催したディナーの席における僕のスピーチを思い出してくれ」

僕は驚愕した。

「お前は僕たちを軽蔑していたのか?」

「ああ、していた。徹底的にだ」

「なんと、僕のこともか?」

「君とフレディー・ウィジョン、ビンゴ・リトル、キャッツミート・ポッター゠パーブライト、それからバーミー・ファンジー゠フィップス、その他そこにいた全員すべてをだ。〈イモムシめ!〉僕は自分に言ったんだ。〈なんてろくでもない連中だ!〉僕は自分に言った。〈バーティーの奴もいる〉僕は自分に言ったさ。〈なんてこった!〉僕は自分に言った。〈奴について僕が知ってることときたら!〉君たちをたくさんある弦楽器みたいに演奏して、その結果、僕は華々しい勝利を勝ち取ったんだ」

僕は無念の思いを噛み締めたと言わねばならない。ちょっとあんまりだ。つまり、ガッシーみたいなまぬけに軽蔑されるということがだ——それも僕のおごりで肉とオレンジ・ジュースをはち切れんばかりに腹に詰め込んだ上でだ。

とはいえ、すぐにもっと寛容な感情がそれに打ち克った。僕は自分に言い聞かせた、結局のところ、大事なのは——他のありとあらゆる考慮に優先すべき大事なことは——フィンク゠ノトルを何とか無事ゴールインさせてハネムーンへと旅立たせることだ。それにジーヴスのこのアドヴァイスがなければ、ロデリック・スポードのブチブチつぶやいてよこす脅迫と、サー・ワトキンが鼻をフンと言わせて鼻メガネのてっぺんから見てよこすのとのせいで、奴の士気は完全に粉砕され、結婚の段取りは全部キャンセルしてアフリカにイモリ採集に行ってしまっていたとも限らないのだ。

「うーん、そうか」僕は言った。「お前の言いたいことはわかった。だけどコン畜生だ、ガッシー。バーミー・ファンジー゠フィップスやキャッツミート・ポッター゠パーブライトや——それにまあ可能性をちょっと拡げるなら——僕、のことを軽蔑するのはできないこっちゃないっていう事実についてては譲るとしてもだ、だがスポードのことを軽蔑するのはできない相談だろう」

「できない相談だって?」奴は軽く笑いを放った。「僕は楽々とそいつをやり遂げたのさ。サー・ワトキン・バセットについても同様だ。なあ、バーティー、僕はこの結婚式の朝食に身震いなしで臨めるんだ。僕は陽気で、自信に満ち、颯爽《さっそう》としてる。真っ赤になったりどもったり、指をもじもじいじくり回してテーブルクロスをつまんで引っぱるなんて、こういうときにたいがいの花婿がやらかすようなぶざまな真似はまったく見られないはずだ。僕はあの男たちの目をしっかり見つめ、奴らを圧倒するんだ。叔母さんと従姉妹たちのほうは抱腹絶倒させてやるつもりだ。ジーヴスがこいつを教えてくれた瞬間から、僕はじっくり腰を据えて、ロデリック・スポードとサー・ワトキン・バセットを仲間の人間の正当な軽蔑にさらすべき事柄について、すべて考えてきてるんだ。どうしてこんな道徳的にも身体的にもイギリスの景観の汚点に他ならないような男が、今までずっと野放しでこられたのかって思わされるようなことを、サー・ワトキンについてだけでも五十は話してやれるんだ。僕は手帖に書きとめてるんだからな」

「手帖に書きとめてるだって?」

「小さい、革表紙の手帖さ。村で買ったんだ」

僕はいささか動揺したと告白しよう。おそらく鍵と錠前をかけて保管してあるだろうとはいえ、そんな手帖が存在するというだけで不安な心持ちになるというものだ。そいつがもし間違った者の手のうちに落ちたなら、いったいどんな結果やら帰結やらが生じることになるか、僕は考えるのも嫌だった。そんな手帖はダイナマイトみたいなものだ。

「どこにしまってあるんだ?」

「胸ポケットさ。ほら。あれ、ないな。変だなあ」ガッシーは言った。「きっとどこかに落としてきちゃったんだな」

4. 茶革の手帖

同じようなご経験がおありかどうか知らないが、人生においては、裸眼ですぐさまこいつは見どころだと認識できるような瞬間というのが間々あるものだ。何者かが、こいつは永遠に記憶のうちにエッチングみたいに鮮明に刻み込まれよう、と、もしエッチングという言葉で正しければだが、それでもって何年も何年も折々に思い起こされようと、つまり、これから眠りにいよいよ落ちようというときに、眠気もふっとんでかぎ竿で引き上げられたサケみたいに枕の上でビシビシ跳ね回らずにはいられないような具合にさせてくれるだろう、と語りかけてくるのだ。

僕がよく思い出すこういう瞬間に、最初に行った私立学校のとき、校長室の書棚の下の戸棚の中にビスケットの缶がしまってあるとの極秘情報を得て真夜中にこっそりと忍び込んだところ、部屋の中にすっかり入ってしまって控えめに慎ましやかにそっと退室することなどもはや不可能になった段階であのクソ親爺《おやじ》が机の所にしっかり鎮座ましましているのに気づき――その上つねづね僕がおかしな偶然と考えるもののために――親爺さんは僕の学期末の成績表作成の真っ最中で、おまけにそいつはその後、途轍もなくどうしようもなく腐り果てたシロモノであったことが判明した、というのがある。

あのときバートラム氏が常のサン・フロワすなわち冷静さ、を、損なわず維持し続けていたと述べたらば真実をゆがめることになろう。しかしながらあの時僕がオーブリー・アップジョン牧師をみつめた折の恐怖が、このガッシーの言葉を聞いて戦慄した折の血も凍るような恐怖の半分もあったと述べたならば、僕は嘘つきだ。

「落としただって?」僕は震えた。

「うん、だけど大丈夫だよ」

「大丈夫だって?」

「一語一句忘れずに憶えてるから大丈夫さ」

「ああそうか、そりゃよかった」

「うん」

「ずいぶん色々書いてあったのか?」

「ああ、たくさんさ」

「うまいやつか?」

「最高のやつさ」

「うーん、そりゃあよかった」

僕はいよいよ不思議な気持ちになってこいつを見た。そろそろこの辺りでこの傑出した低能男にだってここに潜む恐るべき危難が見て取れたってよさそうなものだ。だがちがうのだ。奴のべっこうブチのメガネは陽気な光に輝いていた。奴はエランすなわち活気、と、エスピエグルリすなわち稚気とに満ち溢れていて、世界じゅうに心配なんぞないみたいだった。首のところまではすべてよしだ。だがそこから上が混じりけなしの純粋コンクリート製ときている――それがオーガスタス・フィンク＝ノトルなのだ。

「うん、そうなんだ」奴は言った。「全部念入りに記憶してあるんだ。そうしておいてほんとによかったな。この一週間というもの、僕はロデリック・スポードとサー・ワトキン・バセットの性格を仮借のない検討に付してるんだ。この二人の腫《は》れハグキ男を、その存在のまさしく中核の部分に至るまで透徹した精査検討に曝《さら》しているんだ。本当の意味で人間というものの分析を始めてみるならば、いったいどれだけの材料が集められるものかってのはまったく驚異なんだ。サー・ワトキン・バセットがスープのボウルを扱う時の音を君は聞いたことがあるか？　スコットランド行きの特急がトンネルを抜けるが如しと言えなくもない。君はスポードがアスパラガスを食べるザマを見たことはあるか？」

「いや」

「胸がムカムカするぞ。人間が万物の霊長だなんて観念は根底からくつがえされるんだ」

「その二つともその手帖に書いてあるのか？」

「各々半頁ずつ紙幅を割いてある。こんなのはほんの瑣末な、皮相な欠点に過ぎない。僕の研究の大部分はもっと深遠なものだ」

「わかった。そこでお前はひときわ冴《さ》え渡ったところを見せてるってわけなんだな？」

「まったくその通りだ」

「それで全部が全部、きらりと光る、気の利いたやつなんだな」

「一語一句全部そうだ」

「そりゃあすごい。それじゃあつまり、バセット御大《おんたい》がそいつを読んだとしたら、退屈してる暇なんかないってことだな？」

「読むだって？」

「いやあ、彼が手帖を見つけるってことだって十分ありうるだろう？　他の誰とおんなじくらいにさ」

前に一度、ジーヴスが天気というものは先がわからないという話の関連で言っていたのを思い出したのだが、王侯の目もて光輝ある朝の山頂を飾るを見しこと数多《あまた》ありしが〔シェークスピア、『ソネット』三三〕、だのにその午過ぎの空は大荒れだったりするわけだ。今のガッシーがそれだ。この問題のこの側面を僕が指摘するまで、奴はサーチライトみたいに光線を放っていたのだが、主電源が落とされたみたいに光放射は急にやんだ。

先に言及した事件の折に僕がＡ・アップジョン牧師を呆然と見つめたみたいに、奴はぽかんと口をあけたまま僕を見つめて立ちすくんでいた。奴の表情は僕がかつてモナコの王立水族館で驚かせたことのある魚、名前は思い出せない、の顔のうちに認めたのとほぼ同一だった。

「考えてもみなかった！」

「今から考えろ」

「わあ、何てこった！」

「そうだ」

「わあああ、どうしよう！」

「その通りだ」

「わあああ、僕の死んじゃった伯母さん!」

「まさしくその通り」

奴は夢の中の男みたいにティー・テーブルのほうへ移動し、冷たいクランペットを食べ始めた。僕の目を見つめる奴の目は、膨満して見開かれていた。

「バセット御大があの本を見つけたとして、そしたらどうなると思う?」

僕はこの問には答えられた。

「御大はすぐさま結婚式をとりやめにするだろうな」

「本当にそんなふうに思うのか?」

「思う」

奴はクランペットを呑み込んでむせ返った。

「もちろんそうするだろうさ」僕は言った。「親爺さんはお前のことを娘婿として買っちゃいないって言ってたじゃないか。あの手帖を読んで事態が急に好転するなんて話はあり得ない。一目見たが最後、ケーキの注文を取り消して、あやつと結婚したくば、わが屍《しかばね》を踏み越えてゆけってマデラインに言い渡すんだ。また彼女は親の言うことに従わないような娘じゃない」

「ああ、何てこった!」

「それでもだ、僕はそんな心配はしないな、親友よ」僕は言った。明るい側面を指摘しつつだ。「だってさ、そんなふうになるずっと前に、スポードがお前の首をへし折るだろうからさ」

奴は弱々しげにもうひとつクランペットをつまみ上げた。

「恐ろしいことだ、バーティー」

「ああ、結構すぎる話ってことはないな」

「僕はスープに浸かっちゃってるんだ」

「胸のところまでしっかりな」

「どうしたらいい？」

「わからん」

「何か思いつかないのか？」

「なんにもだ。ハイヤー・パワーを信じるしかない」

「ジーヴスに訊けってことだな？」

僕はオツムを横に振った。

「いくらジーヴスだってここで僕らを助けるのは無理だ。バセットの親爺の手に渡る前に手帖を見つけて取り戻すっていう単純な問題だ。一体全体どうしてどこかに鍵掛けてしまっておかなかったんだ？」

「できなかったんだ。僕はいつだって新しい発見を手帖に書き足していたからさ。いつどこでどんなインスピレーションが湧《わ》いてくるかわからないから、手許に持っとく必要があったんだ」

「胸ポケットに入れてたのは確かなんだな？」

「絶対に確かだ」

「もしかしてお前の寝室に置きっぱなしってことはないな？」

「ない。いつだって肌身離さず持ってたんだ――絶対安全なようにって」

「安全な、わかった」

「それに今言ったように、僕にはそいつを常に携行しとく必要があった。最後に見たのはどこだったかって今考えてるところなんだ。ちょっと待てよ。思い出してきた。うん、わかった。ポンプのそばだ」

「どういうポンプだ？」

「納屋《なや》にあるやつだ。馬にやるバケツの水を汲み上げるやつさ。うん、最後に見たのはあそこでだ。昨日の昼食の前にだ。朝食のときサー・ワトキンがポリッジをがつがつ食らう様を書きとめなくっちゃって取り出したんだ。ちょうど書き終えたところでステファニー・ビングに会って目からブヨを取ってやったんだった。バーティー！」一呼吸おいて奴は叫んだ。奴のメガネには不可思議な光が宿っていた。奴は固めた拳《こぶし》をテーブルに打ち下ろした。バカだ。ミルクがこぼれやしないかどうかわかりそうなもんだ。「バーティー、たった今思い出した。緞帳《どんちょう》が上がってすべてが明るみに出たみたいな感じだ。あの場面がありありと思い起こされてきたぞ。僕は手帖を取り出した。そしてポリッジの項を書き入れた。それから胸ポケットにそいつを戻した。そこにいつも僕はハンカチを入れてるんだ」

「それで？」

「そこに僕はハンカチを入れてるんだ」奴は繰り返した。「わからないか？　知性を使えよ、君。目にブヨが入った女の子に出会ったら、まず第一に何をする？」

僕は感嘆の声を上げた。

「ハンカチに手をやる！」

「その通りだ。それからそいつを引っ張り出して目からブヨを取ってやる。それでももし小さな、茶革の手帖がハンカチの隣にあったら――」

「ポンと飛び出して――」

「地面に落ちる――」

「――どこに落ちたかはわからない、と」

「ところがわかるんだ。ここが重要なところだ。その場所に案内だってしてやれるぞ」

一瞬僕はちょっと元気になった。だがすぐに陰気な気分が戻ってきた。

「昨日の昼食の前って言ったな？　それじゃあもう誰かが見つけてるにちがいない」

「僕が言いたいのもそこだ。また別のことを思い出したんだ。僕がブヨ問題に対処し終えた直後、ステファニーが〈あら、これ何かしら？〉って言うのを聞いたのと身体をかがめて何か拾い上げるのを見たのを思い出した。あの時僕はその件にたいして注意を払わなかった。だってまさにその瞬間にマデラインが目に入ったわけだからさ。彼女は納屋の入り口に立ち、顔には冷ややかな表情を浮かべていた。ブヨを取り出すためには、ステファニーのあごの下に手を置いて頭を支えてやらざるを得ないと述べてかまうまい」

「その通り」

「この状況では不可避のことだ」

「まさしく然《しか》りだ」

「頭をしっかり固定しておかないと、作業ができない。僕はこの点をマデラインに指摘しようとした。だが彼女は聞かないんだ。彼女は行ってしまった。僕は彼女を追った。やっと今朝になって、事実をつまびらかにし、彼女に僕の説明を得心させることができたんだ。その間ずっと、僕は、ステファニー身体かがめ何か拾い上げ事件、について完全に忘れてた。あの手帖が現在ビング嬢の占有下にあることは明らかだと思われる」

「そうにちがいない」

「それじゃあ全部大丈夫だ。彼女を探してあれを返してくれるようにって頼めばいい。返してくれるさ。あれを読んでずいぶん笑ってもらえたと思うんだ」

「彼女はどこだ?」

「村のほうへ歩いてみるとか何とか言ってたような気がする。副牧師のところに行って仲良く話してるんじゃないかな。何も用事がないなら、歩いてでかけてみれば会えるんじゃないか」

「そうしよう」

「彼女のスコットランド犬にはよくよく警戒しないといけないぞ。たぶん彼女に随き従っていることだろうからさ」

「ああ、わかった。ありがとうだ」

僕の主催したディナーの最中にこいつがその動物について話してよこしたのを思い出した。実際、舌平目のムニエルがサーヴされた、まさにその瞬間に奴は足の傷を僕に見せたのだ。おかげで僕はこの料理に手がつけられなかった。

「毒へビみたいに噛みついてくるんだ［『箴言』二三・三二］」

「よしきた、ホーだ。気をつけるよ。となると早く出かけたほうがいいな」

私設車道の終わりに到着するまで、長くはかからなかった。門のところで僕は立ち止まった。スティッフィーが帰ってくるまでこの辺でぼちぼち待っていたほうがずっといいように思えたのだ。

僕はタバコに火を点け、瞑想《めいそう》に身を委ねた。

さっきよりちょっとは心安らかになったとはいえ、僕はまだずいぶんと動揺していた。あの手帖の安全が確保されるまで、ウースター氏の魂は真に安らかとはなり得ない。その平安はこいつの奪取回復にあまりにも大きく依存しているのだ。ガッシーに言ったように、バセット御大が猛父となって結婚に異議を申し立て始めたとなれば、マデラインがあごをツンと上げて、今どきの「フン、そうお？」で反撃する見込みはゼロだ。あの娘を見れば、両親が物事に対して何かしら言うべきことを持っていると考える、数少ない娘たちの集団に属することは一目瞭然ですぐわかる。だからたった今大枠説明したような状況で、彼女がため息をつき、もの言わず涙をこぼすであろうことに僕は百対八の賭け率を出してやったっていい。で、すべての煙が晴れた後には、ガッシーは自由の身だ。

僕はまだまだ陰鬱《いんうつ》に思いにふけり、危惧の念を覚えていた。と、その時、僕の黙想に邪魔が入った。僕の眼前の道路でヒューマン・ドラマが展開しつつあったのだ。

そろそろ夕闇は惜しげもなくどんどん落ち翳《かげ》りつつあった。だがまだ可視性は十分だったから、道路の向こうから大柄でがっしりした、月みたいにまん丸い顔の警察官が自転車に乗って近づいてくるのが見えた。それでもってこの警官が、天下泰平といったふうなご機嫌でいるのが見て取れた。彼の一日の任務は終了していたかもしれないし、していなかったかもしれない。とまれ、明らかに同人の気分はこの瞬間任務を離れていた。態度全般が、この人物が頭の中に何にもなし、ただヘルメットが載っているばかりの警察官であることを示していた。

うむ、彼が両手ばなしで自転車をこいでいたとお伝えしたらば、このうららかなお気楽男の野放図なまでの陽気さ加減がおわかりいただけようかと思う。

それでだ、明らかにこの警官の注意が、自分がつきまとわれている――強く、静かに、熱烈に、この血統の動物特有の執拗さでもってだ――という事実に振り向けられていないという点に、このドラマの拠って立つ所以《ゆえん》があった。すなわち一頭のみごとなアバディーン・テリアによってである。さてそこにこのスコットランド犬の奴が、口ひげと眉毛ばっかりになって、猛スピードでウサギを追うみたいに奴を追っかけているのだ。後に僕がこのシーンのことを語ったときジーヴスが言ったことだが、この状況全体があるギリシャ悲劇の名場面に酷似している、ということだった。そこでは誰だったかが軽快に、大股に、そして颯爽《さつそう》と疾駆しており、それでその間ずっとネメシス［復讐の女神］が踵《かかと》の所にとっついているることにまるきり気づいていないのだそうだ。で、ジーヴスの言うことはおそらく正しい。

それでその巡査は、両手ばなしで自転車に乗っていた。でなければあの大惨事もあれほどまでに完璧なものとはならなかったろう。僕も子供の時分に少しばかり自転車競技をかじったことがある――とある村の運動会で少年合唱団員ハンデ戦で優勝したことがあるというお話はしたと思う――それで僕は証言できるのだが、両手ばなしで自転車に乗っているときには、妨害が完全に排除された状況とプライヴァシーが必須である。そういうときにスコットランド犬が予期せず足首の骨に接触を仕掛けてくるなんてことがもしほんの少しでもあったら、それだけで突然道を逸れるは必至である。また、誰もが知っていることだが、両手がしっかりとハンドルを握っているのでなければ、突然道を逸れることすなわちどすんと落っこちるを意味するは必定である。

それで今起こったのがそれだった。どすんと落っこちる――それも今まで僕が目撃する光栄に浴した中で最高のどすんだ――というのが、この法執行官のたどった末路だった。あるとき彼は我々と共にあった。とっても陽気で明るくだ。そして次の瞬間彼はドブの中にいた。一種、腕と足と車輪のマセドワーヌというかごたまぜ風になってだ。それで縁にはテリアが立って同人を見下ろし、またその表情というのが僕がしばしばアバディーン・テリアと人類との衝突の折に彼らの顔に認めるところの、高潔ぶっていやに気取った侮辱的なやつときているのだ。

それでこの巡査がドブの中をころげ回り、己が姿を原状に回復せんと奮闘しているところに、一人の娘が角を折れてやってきた。交ぜ織りのツウィードで身を固めた魅力的な若いスモモだ。僕は旧友S・ビングの特徴をそこに認めた。

ガッシーが言ったことがあったわけだから、僕としてはすでにスティッフィーの登場を予期していて然《しか》るべきだった。アバディーン・テリアを見た時点で、そいつが彼女の飼い犬だと了解すべきだったのだ。僕はこうひとりごちていたってよかった。すなわち、スコットランド犬もし現れいでなば、スティッフィーの遠く離れてある時あり得ようか、と。

スティッフィーは明らかにこの警官に対していら立っていた。彼女の様子からそいつは見て取れた。彼女はスコットランド犬の首輪にステッキの先の鉤《かぎ》を留め、そいつを引き戻した。それからあたかも泡の中から生まれたヴィーナスのごとく、ドブの中からようやっとたち現れ始めたこの男に向かい、彼女は思うところを話し出した。

「いったいぜんたい」彼女は訊いた。「あなた何してるのよ?」

無論僕の知ったことではない。だがしかし困難かつデリケートなものとなるであろうこの会談を始めるにあたり、彼女はもっと機略に富んだアプローチをとったってよかったのではないかと僕は思わずにはいられなかった。警官の方も同じように感じていると、僕には見て取れた。彼の顔にはどっさり泥がついていたが、それでも傷ついた表情は隠れてはいなかった。

「あなたこの子のことすごく怖がらせちゃったでしょう。そんな風に大声をあげたりして。バーソロミューちゃんたら可哀そうに、あのブ男がこの子のことぺしゃんこにしたのね？」

またもや僕には機略に富んだ言い様が感じ取れなかった。この公僕をブ男呼ばわりする点において、技術的には間違いなく彼女は正しい。サー・ワトキン・バセットとドローンズ・クラブのウーフィー・プロッサー、それとあと何人かそういうような連中が一堂に会するのでなければ、この男が美男コンテストで優勝する望みはまずあるまい。とはいえそんなことはあえてあてこすって言うような事柄ではない。慇懃《いんぎん》な応答こそこういう場合にはふさわしい。慇懃な応答におまかせだ。

警官は今や奈落の混沌《こんとん》のうちから身を起こし、自転車を引っぱりあげていた。それで損傷の度合いを測るため、後者のほうを一連のテストに付していた。損傷が些少《さしょう》であることに満足し、彼は向き直って、僕がボッシャー街の被告人席に座っていたときにバセット御大が僕を見たような目でスティッフィーを見た。

「本官は公共の幹線道路を通行しておりました」彼は話し始めた。ゆっくりした、計ったような調子で、まるで裁判所で証言に立っているみたいにだ。「するとイーヌがボーウリョク的に本官にとびかかって来たのです。本官はジーテンシャから放り出され――」

スティッフィーは場数を踏んだディベーターのように論点を把握した。

「あら、あなたは自転車に乗るべきじゃないわ。バーソロミューは自転車が嫌いなの」

「お嬢さん、本官がジーテンシャに乗るのは、さもなくば徒歩で警邏《けいら》に巡回せねばならなくなるからです」

「そのほうが身体によくてよ。少しは脂肪を減らしなさいな」

「そのようなことは」この警察官も下手なディベーターではないようで、制服の奥底から手帖を取り出し、そこからミズスマシを払い飛ばしながら言った。「さしあたって問題ではありません。肝心なのは、これで本動物が本官の身体に加重暴行を加えたのは二度目だということです。お嬢さん、猛犬を適切な管理下に置かぬまま飼育している件につき、本官はあなたをもう一度召喚いたさねばなりませんな」

この一撃は鋭かったはずだが、スティッフィーは強力な反撃を加えた。

「バカなこと言わないでよ、オーツ。自転車に乗った警官をやり過ごすようになんてこと、犬に期待できやしないわ。人間じゃないのよ。それにあなたが先に手を出したに決まってるじゃない。この子のことをいじめたかどうかしたにちがいないんだわ。この事件については貴族院まで行って争ったっていいのよ。こちらの紳士を重要証人としてお呼びしたってよろしくてよ」彼女は僕のほうに振り返った。そしてはじめて僕がこちらの紳士なんぞではなく、旧い友達のバーティーであるのに気がついた。「あら、ハロー、バーティー」

「ハロー、スティッフィー」

「いつこっちに着いたの?」

「ついさっきさ」

「何があったかあなた見てた?」

「見たとも。リングサイド・シートでかぶりつきさ」

「じゃあ召喚状を待っててね」

「よしきた、ホーだ」

警官は一種の目録を作成中で、そいつを手帖に書きしたためていた。さて、彼は今や集計結果を報告する立場にあった。

「右ひざ擦過傷。左ひじ挫傷ないし打撲傷。鼻裂傷。制服泥まみれにつきクリーニングの要あり。心理的ショックもまた深刻なり。いずれ出頭命令が行くことになりましょうな、お嬢さん」

彼は自転車にまたがり、行ってしまった。それで犬のバーソロミューが情熱的にとび上がったものだから、もう少しで拘束ステッキを外れてしまいそうになった。スティッフィーは一瞬、ちょっとあこがれ慕うかのごとく彼を目で追った。手許にレンガが半分あったらよかったのにと思い願っている女の子みたいにだ。それから彼女は踵《きびす》を返した。それで僕はすぐさま核心に切り込んだ。

「スティッフィー」僕は言った。「また会えて嬉しいよとか今日もきれいだねとかそういうことはちょっと措いとくとしてだ、君は小さい、茶色の、革表紙の、ガッシー・フィンク＝ノトルが昨日納屋で落っことした手帖を持ってやしないか？」

彼女は答えなかった。何か考え込んでいるようだ——今さっきのオーツのことに相違ない。僕が質問を繰り返すと、彼女はトランス状態から回復した。

「手帖ですって？」

「小さくて茶色い革表紙のやつだ」

「イカした個人的中傷がいっぱい書き込んであるやつのこと？」

「それだ」

「ええ、持ってるわ」

僕は両手を天にさし伸ばし、歓喜の雄叫《おたけ》びを放った。犬のバーソロミューは僕に不快げな目を向けてゲール語で小さく何か言ったが、僕は奴を無視した。アバディーン・テリアたるもの、この喜悦の瞬間を損なうことなく、目をぐるりと回して親知らずをむき出しにしていることだってできたはずである。

「やった。ああよかった！」

「あれってガッシー・フィンク＝ノトルのなの？」

「そうだ」

「じゃあ、あの、ロデリック・スポードとワトキン伯父様のほんとに秀逸なキャラクター研究を書いたのはガッシーだっていうこと？　あの人にあんな才能があるなんて思ってもみなかったわ」

「誰だってそうさ。すごく興味深い話なんだ。つまりどうも――」

「だけどオーツの奴が悪口を書いてくれって声高らかに叫んでるときに、スポードとワトキン伯父様のことなんか書いてどうして時間を無駄にしなきゃならないのかしら、あたしにはわからないんだけど。ねえバーティー、あたしこのユースタス・オーツって奴くらい気に障る男に会ったためしがないの。あの人あたしを疲れさせるのよ。あの自転車に乗ってカラ威張りしてまわって自分で災難を招いてるくせに、いざそうなると文句を言うんだわ。それにどうして可哀そうなバーソロミューちゃんを、あんなふうにムカつくようなやり方で差別するのかしら？　村じゅうの元気な犬は誰だってあいつのズボンに飛びかかるんだし、あいつにだってそれはわかってるはずじゃない」

「あの手帖はどこだ、スティッフィー？」僕は言った。レスというか本題に立ち戻ってだ。

「手帖のことなんかいいの。ユースタス・オーツの話をしましょうよ。あいつ、あたしに出頭命令をよこすと思う?」

行間を読み取るならばいかにもそういう印象を受けたと僕は言い、彼女はムーとして知られるふくれ顔……ムーでよかったろうか?……をこしらえて見せた。つまり、唇を突き出して、すぐさまそいつを引っ込めるやつだ。

「わたしもそう思うわ。ユースタス・オーツを言い表す言葉はただひとつよ。〈ワル代官〉っていうの。自分の食い物にできる相手を探してまわってるんだわ。あーあ、ワトキン伯父様の仕事がまた増えちゃったわ」

「どういうこと?」

「伯父様の前に呼び出されるのよ」

「それじゃあ親爺さんは退職したけどまだ現役ってこと?」僕は言った。先の、元治安判事とロデリック・スポードとの展示室での会話を不安な思いで想起しつつだ。

「ボッシャー街から退職したってだけなの。治安判事職ってのはいったん身体の血の中に入ったらやめられるもんじゃないのよ。伯父様は今も治安判事なの。図書室に一種の星室庁［十四世紀半ばから十七世紀に存在した刑事裁判所。専断不公平な裁判と拷問等の苛烈な刑罰で知られる］を置いてるのよ。そこにあたしいつも呼び出されるの。お花の世話をしたりして忙しく飛び回っているときとか、良書を読みながらゆっくり自分のお部屋にいるときなんかに、執事が来ては旦那様が図書室でお待ちですとかって言うの。するとワトキン伯父様が机のところに座ってジェフリー判事［一六八五年のモンマスの乱の反徒を厳罰に処した裁判官］みたいな顔でいて、それでオーツの奴が証拠を提出してやろうって待ち構えてるんだわ」

僕はそのシーンを思い描くことができた。無論不快である。女の子の家庭生活に陰気な影を落とすことではある。

「それでいつも終わり方はおんなじ。伯父様が黒い帽子をかぶって［英国ではかつて死刑宣告の際、裁判官は黒いビロードの帽子をかぶった］あたしに極刑を下すの。あたしの言うことなんか一言だって聞いてくれないのよ。あの人が正義のＡＢＣを理解してるだなんてあたし信じないわ」

「御大の裁判に掛けられたとき、僕もそう思った」

「それで一番悪いのは、伯父様にはあたしのお小遣いがいくらあるかってことがわかってるってところなの。それできっかりいくらまでなら支払えるかって知ってるのよ。今年もう二回もあたし身ぐるみはがされてるの。どっちもこのオーツって男がそそのかしたせいよ。一度は住宅密集地で制限速度を越えたってことで、もう一度はバーソロミューがあいつの足首をほんのちょっぴりひと噛《か》みしたってだけのことでよ」

僕は同情の意を込めてチェッと舌を鳴らした。だが僕はこの会話を何とかあの手帖のところに戻したいものだと願っていた。女の子というものには、重要な主題をないがしろにする傾向がきわめて頻繁に見られるものだ。

「オーツの言い方ったら、まるでバーソロミューがあいつの肉を一ポンド取ったとでもいわんばかりだったわ。で、またあれがこれから始まるんだわ。警官の尋問なんてもううんざりよ。ロシアにでもいるみたいじゃない。警察官って虫が好かなくない、バーティー？」

僕はこの一件に関する態度を、優秀な警察官諸君全体に向けるつもりはなかった。

「いや、アン・マッス、すなわち集団としてはそんなことはない。この表現で君にわかるかどうかだけど。彼らも人それぞれなんじゃないか？ 他の色々なコミュニティーと同様さ。静かなる魅力を湛《たた》えた人物もいれば、そんなに湛えてない人物もいる。実に真っ当な警官に会ったことだってある。ドローンズの外で任務についてる警官とは、僕はすごく仲良しなんだ。だが君のオーツに関しては、もちろん僕は意見を持つまでに付き合いは深くないからな」

「あいつは最低だって言葉を信じてもらっていいわ。苦い応報があいつを待ち構えているのよ。あなたのフラットで昼食をご馳走してくれた日のこと憶えてる？ あなたレスター・スクウェアで警官のヘルメットをどうやってくすね取ろうとしたかって話してくれたでしょ」

「あの時君の伯父さんにはじめて会ったんだ。あの一件が我ら二人を引き合わせたのさ」

「でね、あの時はたいして考えてもみなかったんだけど、ある日突然あたしあのことを思い出したの。あたしは自分にこう言ったわ。〈いとけないみどり児と乳飲み子の口から思いもかけず鋭い言葉が発せられた！ 〔『詩編』八・二〕〉何カ月もずっと、あたしこのオーツの奴に仕返ししてやる方法を考えてたの。そしたらあなたがそいつを教えてくれたのよ」

　僕はビクッと飛び上がった。彼女の言葉にはただひとつの解釈の余地しかないように思われた。

「君は奴のヘルメットをくすね取ろうって言うの？」

「もちろんちがうわ」

「そりゃ賢明だ」

「そういうのは殿方の仕事よ。そういうものでしょ。それであたしハロルドにやってって言ったの。彼いつもあたしのためなら何だってするって言ってるんですもの。ああ、彼に神の祝福あれだわ」

　スティッフィーの顔は、常日頃から厳かで夢見るような表情を湛える傾向があり、したがって何らかの深遠かつ美しい思索にふけっているかのごとき印象を人に与える。無論まったく人を誤り導くものだ。彼女に深遠かつ美しい思想が理解できようとは、僕には思えない。たとえそいつを串に刺してタルタルソースをかけて手渡してやったとしたってだ。ジーヴスと同じで、彼女はあまり笑わない。だが今や彼女の唇は開け放たれていた――恍惚《こうこつ》に我を忘れ、でよかったと思う――ジーヴスに訊いてみないといけない――そして彼女の目はキラキラと輝いていた。

「何て素敵な人かしら！」彼女は言った。「あたしたち婚約したの」

「えっ、そうなの？」

「そうよ、だけど誰にも言わないでね。絶対秘密なの。ワトキン伯父様のご機嫌をしっかりとってからじゃなきゃ、知らせるわけにはいかないの」

「で、そのハロルドってのは誰だい？」

「村の副牧師よ」彼女は犬のバーソロミューの方へ身体を向けた。「すてきな優しい副牧師がクラクラしちゃってる子のために悪者でブ男の警官のヘルメットをくすね取るの。そおして彼女のことをとても、とおっても幸せにするのよ」彼女は言った。

というか大体そんなようなセリフであったと思う。僕はもちろん方言はわからないのだ。

僕はこのバカ娘をまじまじと見た。彼女の道徳律に仰天しつつだ。もしこんなものを道徳律と呼べればの話だが。おわかりいただけようか、女性というものを知れば知るほど、法というものの存在の必要性を僕は思い知るのだ。この性は、どうにかしないといけない。さもなくば社会全体の基本構造が崩壊することとなり、そしたら僕たちは皆、どんなにかバカに見えることだろう。

「副牧師だって？」僕は言った。「だけどスティッフィー、副牧師に警官のヘルメットをくすね取ってくれだなんて頼めるもんじゃないぞ」

「どうしていけないのよ？」

「うーん、そんなのは普通のこっちゃない。その可哀そうな男は聖職衣を剝奪《はくだつ》されるぞ」

「聖職衣を剝奪されるって？」

「聖職者が悪事を働いてるところをつかまるとそういうことになるんだ。その神聖なるハロルドさんに君が割り当てた恐るべき任務の必然的帰結がそれだ」

「こんなのがそんな恐るべき任務だなんてあたし思わないわ」

「じゃあ君は僕に、こういうことは副牧師がごく当然にするような仕事だって言うのか？」

「そうよ。ハロルドのまさしく飛びつくような仕事だわ。聖職の道に進む前、モードリン・コレッジにいるとき、彼ったらほんとにやんちゃっ子だったの。いつだってそんなことはやってたんだわ」

モードリンと聞いて興味が湧《わ》いた。僕の出身コレッジもそこなのだ。

「モードリン出身なのか？　何年卒業だい？　多分知ってるんじゃないかな」

「もちろん知ってるわよ。彼よくあなたの話をしてくれるわ。あなたがこっちに来るって話したらとっても喜んでたの。ハロルド・ピンカーよ」

僕は驚愕《きょうがく》した。

「ハロルド・ピンカーだって？　スティンカー・ピンカーかい？　何てこった！　一番の親友のひとりなんだ。いったいどこに行っちまったのかって時々心配してたんだ。それでその間じゅうずっと、あいつはこっそり隠れて副牧師なんかになってたのか。この世の二分の一の連中が、残りの四分の三がどう暮らしてるか知らずにいるってことがこれでわかろうってもんじゃないか。スティンカー・ピンカーだって、ああ何てこった！　あのスティンカーの奴が魂の救済をやってるだなんて、君は本当に言うんだな？」

「本当よ。とっても優秀にやってるわ。お偉方は彼のことをとっても高く評価してくれてるの。これからすぐにでも教区司祭職を得て、それで見ててね、彼はいつか主教様になるんだわ」

長らく行方の知れなかった旧友を見つけ出した興奮は、潮が引くように失せていった。僕は実務的な問題に立ち戻っている自分に気がついた。僕は陰気な心持ちになっていた。

それで僕がどうして陰気な気分になったかをお話ししよう。この手のことがスティンカーの奴のまさに飛びつくような仕事だというスティッフィーの発言に、僕は全面的に賛成する。だが彼女は僕ほど奴のことを知らないのだ。人格形成期を通じて僕はずっとハロルド・ピンカーの姿を見守ってきた。僕には奴がどういう男かがよくわかっている——大柄で、鈍感で、ニューファンドランド犬の仔犬みたいな男だ——情熱にあふれ……その通りだ、最善を尽くし……正しい、だが絶対に目的達成はできないのだ。要するに、企画全体をおじゃんにしてスープの中にぼちゃんと着地させる可能性がほんの少しでもあるとしたら、そのチャンスは絶対に逃さない男だ。オーツ巡査のヘルメットをくすね取るという繊細きわまりない任務遂行を奴に頼るなど、考えただけで血が凍る。絶対にうまくやれるはずがないのだ。

僕は若かりし頃のスティンカーに思いを馳せていた。身体のつくりはどちらかというとロデリック・スポードとおんなじ線で、ラグビー選手として、大学代表はもとより、イングランド代表としてプレイした。敵方の選手をドロドロの水溜りに放り込んだりスパイクシューズでそいつの首もとに跳び乗ってやる技術にかけては、奴より優れた人物は仮にいるとしたってほんの数人だろう。怒り狂った雄牛の許から僕を救出してくれる人物を誰か探すとしたら、奴が僕の第一希望だ。秘密の九人の地下の隠れ家に何らかの理由で囚われの身となってしまったのに気づいたら、煙突を伝い降りてくる姿を見たいと僕が願う人物はハロルド・ピンカー牧師を措いて他にない。

しかし単なる筋力とか体力は、人をして警官のヘルメットをくすね取る資格十分たらしむるものではない。フィネス、すなわち技巧が必要なのだ。

「ああ、主教になるのか、そうか?」僕は言った。「自分の教区のご同朋からヘルメットをくすね取っているところを捕まったら、ずいぶんたっぷりヘマしたことになるんだろうな」

「彼は捕まったりなんかしないわ」

「捕まるに決まってるんだ。懐かしき我らが母校で奴はいつだって捕まってた。奴にはどうもことを巧妙に、機敏にやってのけようって頭がまるでないみたいなんだ。やめるんだ、スティッフィー。この計画を全面的に放棄するんだ」

「いやよ」

「スティッフィー!」

「いやよ、ショウは続けなきゃならないわ」

僕はあきらめた。少女じみた白日夢を捨てるよう説得を試みたってそんなのは時間の無駄でしかないことは容易に見て取れた。僕の見るところ、彼女はロバータ・ウィッカムと同じ種類の思考様式を持っている。あの女性はかつて僕を説得して深夜に田舎の邸宅の滞在客の寝室に忍び込ませ、先っぽにかがり針をつけた棒でもってそいつの湯たんぽを突き刺させたのだ。

「うーん、続けなきゃいけないなら仕方ないか」僕は観念して言った。「だけど少なくともこれだけは絶対重要だってことは、あいつの肝《きも》に銘じておいてもらいたい。いいか、警察官のヘルメットをくすね取るときには、上に持ち上げる前に必ず前方に押すんだ。そうしないと相手のあごがあご紐にひっ掛かる。レスター・スクウェアにおける僕の敗因はこの点を致命的にも見逃していたところにあった。あご紐がひっ掛かったからポリ公の奴は振り返ってつかみかかってこられたわけで、それで何が何だかわけがわからないうちに、僕は被告人席にいて〈はい、閣下〉とか〈いいえ、閣下〉とかって君のワトキン伯父さんに言ってるハメになってたんだ」

旧友を待ち構える暗黒の未来に思いを巡らせつつ、僕は思慮深い沈黙にふけった。僕は弱虫な男ではない。だが僕は、世界一周クルーズに僕を旅立たせようというジーヴスの努力をああもそっけなく鎮圧したのは果たして正しかったろうかと思い始めていた。この旅行を悪しざまに言うことはいくらだって可能だ——狭苦しい船上生活、うんざりする連中と付き合わねばならぬ可能性、出かけていってタージマハールを見なけりゃならない億劫さ——だが少なくともこいつのために言ってやれることはこれだ。すなわち、教区民の帽子を奪っているところを見つかって、汚れなき副牧師がキャリアを全部だめにして、教会の最高位に上りつめる可能性を全部喪失するのを目の当《ま》たりにする精神的苦痛は回避できる、と。

僕はため息をつき、再び会話にとりかかった。

「それで君とスティンカーは婚約してるってわけなんだな？　うちのフラットでいっしょに昼食を食べたとき、どうしてそれを話してくれなかったんだい？」

「あの時はまだ婚約してなかったの。ああバーティー、あたし幸せすぎて酔っ払っちゃいたい気分だわ。もしワトキン伯父様が〈ああ、我が子らよ、汝らに祝福あれ〉路線で考えてくれるようにって仕向けられたら、少なくともあたしはそうするつもりよ」

「ああそうだ、君は言ってたじゃないか、そうじゃなかったっけ？　御大のご機嫌をとるとか何とかってさ。ご機嫌をとるってのはどういう意味だい？」

「そのことについてあなたとお話がしたかったの。あたしが電報で言ってたこと憶えてる？　あなたにやってもらいたいことがあるって件なんだけど」

僕はとび上がった。明確な根拠のある不安が僕の心のうちに徐々に広がってきた。彼女の電報のことを、僕はまるきり忘れていたのだ。

「とっても簡単なことよ」

それは疑問だ。つまりだ、彼女が考える副牧師にうってつけの仕事が警官のヘルメットをくすね取ることであるなら、いったい彼女はどんな種類の課題を僕に押し付けようというのかと、僕は自問せずにはいられなかった。災い蕾《つぼみ》のうち摘み取り仕事、の時は来たように思われた。

「ああそう？」僕は言った。「ああ、ここで言っとくけど、僕はそういうことはするつもりはないからね」

「黄色い弱虫だわ、ね？」

「まっ黄ッ黄だ。僕のアガサ伯母さんみたいにさ」

「あら、小母様どうかなさったの？」

「黄疸にかかったんだ」

「あなたみたいな甥がいるんじゃや、黄疸になったって仕方ないわ。だってあなたそれが何かだってまだ聞いてないじゃない」

「あえて知らぬままでいたいんだ」

「じゃあ話しちゃうわね」

「聞きたくない」

「それじゃあバーソロミューの引き綱を外したほうがいいかしら？　この子が変な様子であなたのこと見てるのに、あたし気がついてるのよ。この子あなたが好きじゃないみたいね。この子って突然人間嫌いになることがあるの」

ウースター家の者は勇敢である。だが無謀ではない。僕は彼女に僕をテラスを囲む石垣のところまで連れて行くのを許し、そこで二人して腰を下ろした。僕は思い出すのだが、その晩は完全に静かなる宵で、一種のうららかな平安が特別出演していた。と、こう述べたならどんな様子かはおわかりいただけよう。

「長い時間はとらせないわ」彼女は言った。「全部完全に単純で明快なことよ。だけどまず最初に、どうしてあたしたちがこの婚約のことを隠して秘密にしてなきゃならないのかを説明するところから始めなきゃいけないわね。みんなガッシーのせいなの」

「奴が何をしたんだ？」

「ガッシーがガッシーだっていう、ただそれだけのことなの。あごのない顔してうろつきまわって、メガネの奥で目をきょろつかせて、それで寝室でイモリを飼ってるってことだけなの。ワトキン伯父様のお気持ちは理解できるでしょう？　ひとり娘がこれから結婚するって言うの。〈ああ、そうか〉伯父様は言うわ。〈じゃあちょっとそいつに会わせなさい〉そこにガッシーがやって来るわけよ。父親にとっては猛烈な衝撃だわ」

「そりゃそうだ」

「それじゃあなただって、伯父様がガッシーを義理の息子にするって衝撃でくらくらしているときに、あたしが副牧師と結婚したがってるって話を打ちあけるのはいいタイミングじゃないって思うでしょ」

彼女の主張は理解できた。フレディー・スリープウッドが僕に、奴の従姉妹《いとこ》が副牧師と結婚したがったことでブランディングズ城にひと騒動あったと話してくれたのを思い出した。僕が理解する限りその件では、この男がリヴァプールの船舶会社の百万長者の跡継ぎだということが判明して緊張は和らいだのだった。しかし、広い意味で、一般法則として、両親というものは娘が副牧師と結婚するのを好まぬものである。また僕の解釈では同様の法則は伯父と姪《めい》の関係にも適用されうる。

「現実は認めなくちゃいけないわ。副牧師っていうのはそんなにホットな職業じゃないの。だから、秘密のヴェールを取り払う前に、あたしたちはハロルドをワトキン伯父様に売り込まなきゃならないの。あたしたちでうまく手札を使えば、伯父様は贈与財産の中にあって持ってる司祭館を、ハロルドに譲ってくれるって期待してるのよ。それじゃあ、あたしたちでなんとかなるように始めましょうか」

僕は彼女が「あたしたち」という言い方をするのが気に入らなかった。とはいえ彼女が何を言いたいかはわかった。彼女の夢と希望をスパナで打ち砕かねばならないことを、僕は遺憾に思った。

「君は僕にスティンカーのことを売り込めっていうのかい？　君は僕に、君の伯父さんを脇に引っ張ってきてスティンカーがどんなに素晴らしい男か話してやってもらいたいって言うんだな？　こんなにも心弾む仕事はないいさ、ねえ可愛いスティッフィー。だけど残念ながら、僕らはそういう関係じゃないんだ」

「ちがう、ちがうわ、そんなことじゃないの」

「うーん、それ以上僕に何かできるとは思わないんだけどな」

「できるの」彼女は言い、僕はまた先ほどのひそやかな不安を覚えた。僕は自分に堅忍不抜たれと言い聞かせた。だが僕はロバータ・ウィッカムと湯たんぽのことを思い出さずにはいられなかった。ある男が自分のことを冷鋼鉄——あるいはもしこちらの表現のほうがお好みなら、無砕石——だと思っている。と、突然狭霧が晴れてみれば、女の子に何か恐ろしいことをするようにと説き伏せられてるのに気がつくのだ。サムソンもデリラについてはおんなじ経験をしたにちがいない。

「えっ、そう?」僕は用心深く言った。

彼女は犬のバーソロミューの左耳の下をくすぐってやるため一呼吸おいた。そしてまた話し始めた。

「ワトキン伯父様に向かってハロルドのことをほめちぎるだけじゃ何にもならないの。それよりずっと賢明なことをする必要があるんだわ。彼がどどんって大当たりをとれるようなすごく頭のいい計画を巧みに工作する必要があるの。それであたし何日か前にそういうのを思いついちゃったの。あなた『ミレディス・ブドワール』って読んだことがある?」

「僕は一度そこに『お洒落な男性は今何を着ているか』に関する小論を発表したことがある。だけどいつも読んでるわけじゃない。どうして?」

「先週号に娘と若い秘書との結婚に反対してる公爵の話が出てたの、それでその秘書は友達に頼んで公爵を湖で舟遊びに連れだして、それでボートを転覆させてもらったの。そこで彼は水に飛び込んで公爵を救出したのね。そしたら公爵は、よしきた、ホーって言ったわけ」

こんなアイディアにかかずらわって時間を無駄にしてなるものかと僕は意を決した。

「僕がサー・W・バセットを湖上に連れ出してボートを転覆させるだなんて考えを君はもてあそんでるみたいだけどさ、そんなのは即却下だ。だいいち御大は絶対に僕といっしょに湖上になんか来やしないさ」

「そうなの。それにここには湖もないわ。それにハロルドが言ってたけど、もしあたしが村の池のことを考えてるなら、そいつは忘れたほうがいいって。今頃の陽気じゃ池に飛び込むには寒すぎるからって言うのよ。ハロルドには面白いところがあるわよね」

「僕は奴の堅実な常識に喝采を送るな」

「それでであたし、別の物語から着想を得たの。それはお友達に浮浪者の格好をして娘の父親を襲ってもらって、そこに飛んでいって父親を救い出したっていう若い恋人の話なの」

僕は彼女の手を優しく叩いた。

「君のアイディアの欠陥はさ」僕は指摘した。「そういう話のヒーローには、そいつのためにバカバカしすぎる立場に喜んで進んで身を置いてくれる、間抜けな友人がいつもついてるらしいってことさ。スティンカーの場合は、そうじゃないんだな。僕はスティンカーが好きだ——兄弟のごとく愛していると言ったって構わない——だけど奴の利益を推進するために僕がしてやれることには、厳格に規定された限界があるんだ」

「そんなのはいいの、だって彼はその話にも大統領拒否権を行使したのよ。そんなことが発覚したら教区司祭がなんて言うかとかって言ってたわ。でも彼はあたしの新しいアイディアのことは気に入ってくれたの」

「ああ、新しいアイディアってのがあるんだ」

「そうなの。すごいやつなの。その優れた点はハロルドの役が非の打ちどころのないものだってところにあるの。教区司祭が千人寄ってたかったたって彼の犯行だなんてわかるはずがないわ。唯一の問題は彼に協力してくれる人が誰か必要だってことなんだけど、あなたがこっちに来るって聞くまで誰に頼もうか思いつかないでいたの。でももうあなたがここにこうして来てくれたんだから、全部大丈夫だわ」

「ああ、そう、そいつはどうかな？　先ほどお知らせしたと思うんだが、ビング君、それでまた僕は再び君にお知らせしたいんだが、僕は何がどうあっても君のクソいまいましい計画の片棒を担ぐ気はないから」

「あら、でもね、バーティー、やってもらわなきゃいけないの。あたしたちあなただけが頼りなんだから。それにやってもらうのはほとんど何でもないことなの。ワトキン伯父様のウシ型クリーマーを盗むってだけなんだから」

交ぜ織りのツウィードの服を着た女の子がこういう話を突然持ち出して人を驚かせるという場合、またそれが藤紫色の顔をした叔母が同じ話を突然持ち出して人を驚かせたわずかに八時間後の話だという場合、どうしてよいものか僕にはわかりかねる。よろめく、という手もあろう。おそらく大抵の人間はそうするだろう。個人的には、僕は仰天するというよりは面白がった。もし僕の記憶に誤りがなければ、僕は声をあげて笑ったのだった。で、もしそうだったとすると、それはそれでよかったのだ。なぜならこの時が、僕が笑えたほぼ最後の機会だったからだ。

「ああ、そうなんだ?」僕は言った。「もっと話してくれよ」僕は言った。このちっちゃな悪党にもっと続けてもらうのも一興だと思ったのだ。「ウシ型クリーマーを盗むんだって、えっ?」

「そうよ。昨日伯父様が新たなコレクションとしてロンドンから持ち帰ってきたものなの。イカれた顔した銀製のウシよ。世界で一番の宝ものって思ってるの。昨夜のディナーのとき自分の前のテーブルの上に置いて、えらいこと吹かしてたわ。それでアイディアが浮かんだってわけ。ハロルドにあれをくすね取らせてあとで返させれば、ワトキン伯父様は大喜びして間欠泉みたいに司祭館をバーンって吹き上げ始めてくれるはずなの。でも、そこであたしは落とし穴に気がついたの」

「ああ、落とし穴があるんだ」

「もちろんよ。わからない? どうやってハロルドがそのブツを手に入れたことにすればいいかってことなの。銀のウシが誰かのコレクションにあるとして、それが消え失せたとしてよ、次の日副牧師がそいつを持ってやってきたとしたら、その副牧師は何か気の利いた、手短かな説明をしなきゃならないじゃない。明らかに外部の者の犯行だってことが、わかるようにしとかなきゃならないの」

「わかった。君は僕に黒覆面をして窓からこっそり忍び込んでオブジェ・ダール、すなわち工芸品を引っつかんでそれでそいつをスティンカーに渡してもらいたいと、そういうわけなんだな? わかった。ああ、わかったよ」

僕は嫌味な苦々しさを込めて言った。僕がこうして嫌味を込めて苦々しく言っているということは誰にだってわかるだろうと思ったのだが、彼女はただただ賞賛と肯定の目でもって僕を見つめるだけだった。

「あなたってお利口だわ、バーティー。その通りなの。もちろん覆面する必要はないけど」

「まさか君は僕がそんな役目を買って出るだなんてゆめゆめ思っちゃいないだろう？」僕は先ほどの嫌＋苦をこめて言った。

「うーん、かもしれない。あなた次第だわ。大事なのは窓から侵入するってところなの。もちろん手袋はしてね、指紋の問題があるから」

「もちろんさ」

「そしたらハロルドが外で待っていて、あなたからブツを取り返すのよ」

「それでそれから、僕はダートムーア刑務所［デヴォンシャーのダートムーアに現在もある長期受刑者を収容する刑務所］に行ってお勤めをするんだな？」

「あら、ちがうわ。あなたは死闘の末、逃げおおせるの」

「どんな死闘だよ？」

「それでハロルドが邸内に駆け込んでくるんだわ、身体じゅうを血まみれにしてね——」

「誰の血だよ？」

「うーん、あなたのってあたしは言ったんだけど、ハロルドは自分のって思ったみたい。事態の興味をより深めるためには、死闘の痕跡を留めてなきゃいけないでしょ。それであたしは彼があなたの鼻に一発お見舞いすればいいって思ったの。だけど彼は自分の身体が全身血塊で覆われてたほうが重々しくっていいって言うのね。それでどっちも相手の鼻を一発殴るってことでその件は決着したの。それからハロルドが家じゅうのみんなを呼び起こしながら邸内に入ってきて、ワトキン伯父様にウシ型クリーマーを見せて何があったのかを説明するの。それでめでたしめでたしよ。なぜってつまり、ワトキン伯父様としてはただ〈ああ、ありがとう〉って言ってすませるわけにはいかないでしょ、ねっ？　伯父様にちょっとだって良識があるなら、例の司祭館をしぶりながらも渡さないってわけにはいかないわ。ねえ、すごく素敵な計画だと思わない、パーティー？」

僕は立ち上がった。僕の表情は冷たく、硬かった。

「まったくだ。だが申し訳ない――」

「まさかやってくれないなんて言うつもりじゃないでしょう。あなたにとって不都合なことなんて全然何にもないってわかったんだから。ほんの十分間かそこら時間をとらせるってだけなのよ」

「僕はやらないって言うつもりなんだ」

「まあ、あたしあなたのことブタだって思うわ」

「ブタか、そうかもしれない。だが賢くて思慮分別のあるブタだ。そんな計画はまっぴらごめんだ。僕はスティンカーのことを知っている。具体的にどういう方法で奴がことをめちゃめちゃにして我々全員を水差しの中にドボンと着水させる芸当をやってみせてくれるものか、僕にはわからない。だけど必ずや奴はやり遂げるんだ。さてと、それじゃ例の手帖を出してもらおうかな、よろしければさ」

「手帖って何？　ああ、あのガッシーのね」

「そうだ」

「手帖をどうするの？」

「僕には必要なんだ」僕は陰気に言った。「なぜならガッシーにそいつの管理を任せとくわけにはいかないからだ。奴はまた失くすかもしれないし、その場合、そいつは君の伯父上の手に落ちるかもしれない。そうなったら親爺さんはガッシー＝マデラインの結婚話をけとばしてお仕舞いにするだろう。そうなると僕はいまだかつて誰も直面したことのないような困難に直面しなきゃならなくなるんだ」

「あなたが？」

「ほかならぬ、この僕がだ」

「あなたにどんな関係があるのよ？」

「話してやるさ」

そして、要を得た、無駄のない言葉で、僕はブリンクレイ・コートで起こった出来事と、この出来事に由来する状況、そしてガッシーが出走取消となった場合に僕を襲う恐るべき危難について大枠、話をしてやった。

「わかってくれるだろ」僕は言った。「君の従姉妹のマデラインと神聖なる結婚生活という紐帯《じゅうたい》で結ばれると考えただけで内臓が凍りつく思いがするって言うからって、彼女の人格を貶《おとし》めようとかそういうつもりはないんだ。この事実はまったく彼女の不名誉に帰せられるべきものじゃない。世界で最も高貴な女性の多くと結婚するとしたって僕はまったくおんなじように感じるんだと思う。尊敬し、崇拝し、崇敬はするけど、そういうのはかなり離れたところに身柄があるときだけっていう女性は存在するんだ。彼女たちが距離を縮めようという素振りをちょっとでも見せた時には、棍棒を持って撃退の構えをしてやらないといけないんだな。君の従姉妹のマデラインは、こういう女性の一群に属するんだ。魅力的な女性さ、それにオーガスタス・フィンク＝ノトルにとっては理想的な伴侶だ。だけどバートラム氏にしてみればパンツの中のアリなんだ」

彼女はこの話を理解してくれた。

「わかったわ。そうね、マデラインってちょっと神よ助けたまえ、って感じよね」

「〈神よ助けたまえ〉ってのは僕はあえて自分では使わない表現だ。騎士道精神をわきまえた男は、どこかで踏みとどまらなきゃならないって思ってるからね。だけど君が言ってくれたから言うんだけど、その言葉で事実はすべて写しきれていると思う」

「あたしそんなことだなんて全然知らなかったわ。それじゃああなたがあの手帖を欲しがるのも当然だわね」

「その通りだ」

「じゃ、これで新たな線の思考が開けるってものだわ」

例の厳かで、夢見るような表情が彼女の顔に再び宿った。彼女は物思わしげな足つきで犬のバーソロミューの背骨を撫《な》でさすった。

「頼むよ」僕はぐずぐずしている彼女をせっついて言った。「そいつをよこしてくれないか」

「ちょっと待って。あたしいろいろ全部頭の中で整理整頓してるところなの。ねえバーティー、あたしあの手帖をワトキン伯父様のところにお届けしなくちゃいけないと思うのよ」

「何だって！」

「あたしの良心がそうしろって言うの。だってあたし伯父様にはずいぶんお世話になってるんですもの。長年ずっとずっと、伯父様はあたしにとって第二の父親だった。伯父様はガッシーがご自分のことをどう思ってるかをお知りになるべきだわ、そうじゃなくて？　つまり、あのご老人にとってはちょっとあんまりひどすぎる話じゃないかしら。無害なイモリ愛好家だと思っていつくしんできた人が、実は伯父様のスープの飲み方を批判してまわってるヘビ男だっただなんて。でもね、あなたがとっても優しくていらしてほら、あのウシ型クリーマーを盗んでハロルドとあたしを助けてくれるって言って下さってるわけだから、あたしとしてはここは特別に勘弁してさしあげないといけないかなって思うの」

我々ウースター家の者は機知縦横である。彼女が言わんとするところの趣旨を理解するのに二、三分以上かかったとは思わない。僕は彼女の意図を読み取り、戦慄《せんりつ》した。

彼女は「書類の対価」を指定しているのだ。換言すれば、朝食時に叔母の脅迫を受けた僕は、夕食前に仲良しの女友達に脅迫されているのだ。実にたいしたなりゆきである。道徳の地に堕ちた、この戦後世界においてすらだ。

「スティッフィー！」僕は叫んだ。

「スティッフィーーーー！　なんて言ったってだめ。あなたが引き受けてくれてちょっとだけ力を貸してくれるか、さもなくばワトキン伯父様が朝ごはんのタマゴとコーヒーを食べながらこれを読んできりりと精彩を放ってくれるかのどっちかなの。考え直してね、バーティー」

彼女は犬のバーソロミューをぐいと引っぱると、屋敷に向かってゆっくり歩き出した。僕が最後に見たのはもの言いたげな彼女の表情だった。そいつは肩越しに僕に向けられ、ナイフのように僕を突き刺した。

僕は壁にもたれかかり、そこに座り込んだ。度肝を抜かれつつだ。どれだけそうしていたものか、僕にはわからない。だがずいぶんと長いことだったのだろう。有翼の夜行性の生き物が不意にぶつかってきた。だが僕はほとんど気にも留めなかった。うなだれた僕の頭の何十センチか上から話しかけてくる声が突然降ってきて、はじめて僕は昏睡から覚めたのだった。

「今晩は、ウースター」その声は言った。

僕は見上げた。僕の前に立ちはだかる断崖のごとき塊《かたまり》は、ロデリック・スポードだった。

独裁者といえども、機嫌のいい時というのはあるものだろう。脚を上げて仲間とくつろぐひとときにあってはだ。だがのっけから、もしロデリック・スポードに好ましい一面があるとしても、彼のほうにそいつを今開陳してくれる気が金輪際《こんりんざい》ないことは明らかだった。奴の態度はぶっきらぼうで、気さくな調子は皆無だった。

「貴様と話がある、ウースター」

「ああ、そう?」

「自分はサー・ワトキン・バセットと話をしてきたところだ。あの方はあのウシ型クリーマーについて、すべてを話してくださった」

「ああ、そう?」

「それで我々には貴様がどうしてここにいるかがわかっているのだ」

「ああ、そう?」

「〈ああ、そう〉なんて言い続けるのはやめるんだ、この意気地なしのイモムシめ。自分の話を聞け」

この男の話しぶりに反感を覚える人は多いだろう。実を言うと僕もそうだった。だが、こういうことがどういうものかはおわかりいただけよう。意気地なしのイモムシ呼ばわりされた瞬間に、すぐさま立ち上がって叱り飛ばしてやれる相手というのは確かにいる。だが、それほどではない相手というのもまた存在するのだ。

「ああ、そうだ」奴は言った。自分で言ってるじゃないか、こん畜生め！「貴様がなぜここにいるかは、我々には完全にお見通しだ。あのウシ型クリーマーを盗み出すように叔父貴に言われて送り込まれてきたんだろう。わざわざ否定してもらう必要はない。今日の午後、自分は貴様があれに手をかけているところを発見した。それで今や、貴様の叔母上が到着するという話を聞いている。ハゲタカの群れだ、ハッ！」

奴は一瞬言葉を止め、また繰り返した。「ハゲタカの群れだ！」まるでこのギャグがすごく気に入っているみたいにだ。僕にはこいつのどこがそんなに面白いのかわからなかった。

「ふん、自分が貴様に告げにきたのはな、ウースター、貴様は監視されているということだ。厳重に監視されているのだ。それでもしあのウシ型クリーマーを盗んでいる最中を捕まったら、貴様は刑務所に行くことになると自分は保証してやる。サー・ワトキンがスキャンダルを恐れて畏縮《いしゅく》するだろうなんて望みを胸に抱いたって駄目だ。あの方は市民として、また治安判事として、ご自分の義務を遂行されるまでだ」

ここで奴は僕の肩に手を置いた。これより不快な経験がこれまであったろうか、僕には思い出せない。ジーヴスなら行為の象徴性と言うであろうことを別にしても、彼の握力には馬が轡《かじ》りついてよこすような力があった。

「貴様、〈ああ、そう?〉って言ったか?」奴は訊いた。

「いや、言ってない」僕は彼に請けあった。

「よし。さてと、間違いなく貴様は自分は捕まらないとその胸に言い聞かせていることだろう。貴様と貴様の大事な叔母さんは二人とも利口だから、誰にも見つからずにウシ型クリーマーを盗みだせると思っているんだろう。そんなことをしても無駄だ、ウースター。もしブツが消えれば、貴様と女性共犯者がどれほどうまく痕跡を隠したところで、それがどこに消えたか自分にはわかるのだ。すぐさま貴様を叩きのめしてゼリーみたいにしてやる。ゼリーみたいにな」奴は繰り返した。この言葉を舌の上でヴィンテージ物のポートワインみたいに転がしながらだ。「よくわかったか？」

「ああ、わかった」

「わかったのは確かだな？」

「ああ、絶対にさ」

「よろしい」

ぼんやりした人影がテラスを横切って近づいてきた。奴は胸が悪くなるような愛想のいい声に、発声を切り替えた。

「なんという素敵な宵でしょう？　この季節にしては珍しく温暖ですな。ああ、これ以上お時間をとらせるわけにはまいりませんか。行ってディナーのために着替えねばなりませんからな。ブラック・タイだけです。ここでは形式ばらないのが流儀なんですよ。そうでしょう？」

この言葉はぼんやりした人影に向けられていた。聞きなれた咳払いでそれが誰かが明らかになった。

「ウースター様にお話がございます。トラヴァース夫人からのメッセージをお届けに参上いたしました。トラヴァース夫人はご機嫌はいかがとお伺いであられます、ご主人様。奥様は青の間《ま》においであそばされる旨、またあなた様がご都合の許す限り早急に奥様の許をお訪ねあそばされるようにとご希望であられる旨をお伝えいたすようにとのご要望でございます。大変重要なご問題についてお話し合いをなされたい由にございます」

僕はスポードが暗闇で鼻をフンと鳴らすのを聞いた。

「じゃあ、トラヴァース夫人は到着したんだな？」

「はい」

「それでウースター氏と話し合いたい、重要な用件があるのか？」

「さようでございます」

「ハッ！」スポードは言った。そして短く、鋭い高笑いとともに行ってしまった。

僕は立ち上がった。

「ジーヴス」僕は言った。「相談と助言のスタンバイだ。プロットが込みいってきてるんだ」

5. Ｂ・ウースター氏の窮状

僕はシャツに身をすべり込ませ、膝丈《ひざたけ》の下着を身につけた。

「なあジーヴス」僕は言った。「どうだ？」

館まで歩いて帰ってくる途中に、僕は最新の展開を彼の知るところとし、頭の中でひねり回して方策を探しあててくれるようにと任せておいた。その間に僕は廊下を抜けて短い入浴を済ませてきたのだ。僕は希望に満ちた目で彼を見た。魚を待ち構えてるアシカみたいな具合にだ。

「何か思いついたか、ジーヴス？」

「残念ながら、まだでございます、ご主人様」

「なんと、収穫は何にもなしか？」

「さようでございます、ご主人様。遺憾でございますが」

僕はうつろなうめき声を放ち、ズボンをはいた。この有能な男がたちまちに素晴らしい名案を持って駆けつけてくれることにあまりにも慣れっこになっていた僕は、今回彼になんにも思い浮かばないなどという可能性は思いもしなかったのである。この衝撃は痛烈だった。僕は震える手で靴下を履いた。おかしな、凍りつくような感覚が全身を覆い、身体過程と精神過程の機能を標準以下に低下させてくれた。まるで両手足と脳みそが、冷蔵庫に入れて忘れられたまま何日間も放置されていたみたいな感じだった。

「おそらく、ジーヴス」思いついたことがあって僕は言った。「君はまだ全体のシナリオを明確に理解し終えてないんじゃないか。胴体を洗いに行く前に、君にはほんの雑駁《ざっぱく》な大枠しか話してやれなかった。スリラー小説でみんながやるようなことを僕らもやったら役に立つんじゃないかと思うんだ。君はスリラーを読んだことがあるかな?」

「さほど頻繁にはございません、ご主人様」

「うん、探偵が思考を明確にするために容疑者や動機、時間やアリバイ、手掛かりやら何やらのリストを書きあげるところがいつだってあるんだ。この方針を試してみよう。鉛筆と紙を持ってきてくれ、ジーヴス。いっしょに事実を整理しよう。このタイトルは『B・ウースター——その置かれた状況』だ。用意はいいかな?」

「はい、ご主人様」

「よし。じゃあ、さてと。項目一——ダリア叔母さんはもし僕があのウシ型クリーマーをくすね取って彼女に渡さなければ、食卓から僕を追放し、アナトールの料理はもう食べさせないと言った」

「はい、ご主人様」

「では項目二に進もう——すなわち、もし僕がウシ型クリーマーをくすね取って彼女に渡したら、スポードは僕を叩き潰《つぶ》してゼリーにする」

「はい、ご主人様」

「さらにだ——項目三——もし僕がそいつをくすね取って彼女に渡して、そいつをくすね取ってハロルド・ピンカーに渡さなければ、僕は右記ゼリー化過程をたどるのみならず、スティッフィーがガッシーの手帖をサー・ワトキン・バセットのところに持っていって渡しちゃうんだ。それで君にも僕にもその結果はどうなるかわかっているな。うーむ、さてとこういうことだ。これが事態の状況だ。わかったかな？」

「はい、ご主人様。これは確かにいささか不幸な状況でございます」

僕は彼をにらんでやった。

「ジーヴス」僕は言った。「あんまり僕を苦しめないでくれ。こういう時はだめだ。いささか不幸だって、そりゃそうだろうさ！　いつだったか君が僕に話してくれた、世界中の悲しみがそいつの頭に寄ってたかって集まってくるっていう奴は誰だったかな？［ウォルター・ペイター『ルネッサンス』。「彼女の頭は、すべての〈世の終りにある者〉の頭であり」］」

「モナ・リザでございます、ご主人様」

「うん、今この瞬間にモナ・リザに会ったら、僕は彼女の手を握って僕には貴女の気持ちがよくわかりますって請け合ってやるんだ。ジーヴス、君の前にいるのは砕土機の下のカエル［キップリングの詩「パジェット議員」］さ」

「はい、ご主人様。そのおズボンはおそらく六ミリほど短すぎるようでございます。無造作に優美に、足の甲にかかるようになされるがよろしゅうございます。最高の修正効果が得られましょう」

「こうか？」

「まことに結構でございます、ご主人様」

僕はため息をついた。

「時にはさ、ジーヴス、〈ズボンなんて問題だろうか？〉って自問したくなる時があるんだ」

「さようなお心持ちはいずれは消えゆくものでございます、ご主人様」

「どうしてそんなことを問題にしなきゃならないのか、僕にはわからないんだ。このメチャメチャな状況から僕を救い出す方法が君に考えつかないなら、僕にはもうおしまいだって思えるんだ。もちろんさ」僕はいく分晴れやかな調子で言葉を続けた。「君はまだ、本当の意味でこの問題に取り掛かっちゃいない。僕がディナーを食べている間に、こいつをあらゆる角度から精査検討してもらいたいんだ。インスピレーションが突然飛び上がってこないとも限らないからな。インスピレーションってのはそういうもんじゃないか？　突然閃光《せんこう》のごとく、ってそういうもんだろう？」

「はい、ご主人様。数学者のアルキメデスはある朝、たいそう突然に、入浴中に置換の原理を発見したと言われております」

「やっぱり、そうだろうが。それにそいつがそんな悪魔みたいに頭のいい奴だとは思えないんだ。君と比べればばって意味だが」

「天才であったとの由にございます、ご主人様。彼がその後一兵卒に殺害されたことは、あまねく世人の悼《いた》むところとなりました」

「そりゃ残念だな。とはいえ、すべての肉は草に等しいんだ〔『ペテロの手紙』一・二四〕、どうだ？」

「まことにおおせの通りでございます、ご主人様」

僕は思いにふけりながらタバコに火を点け、さしあたってアルキメデスのことは当面の関心から放逐し、スティッフィー・ビングの無思慮な行動によって僕が追い込まれた恐るべき混乱に再び思いを馳せた。

「わかるか、ジーヴス」僕は言った。「こいつをよくよく見てみるに、異性とはいかに僕をペテンにかける方法を考え出してくれるものかってのは完全に驚異なんだ。君はウィッカム嬢と湯たんぽのことは憶えているか?」

「はい、ご主人様」

「それとグラディス何とかって言った、脚を折った自分のボーイフレンドを僕のフラットの僕のベッドに押しつけた娘のことは?」

「はい、ご主人様」

「それとポーリン・ストーカーはどうだ? 彼女は深夜に水着姿で僕のコテージを襲撃したんだった」

「はい、ご主人様」

「何て性なんだ! 何て性だ、ジーヴス! しかしこの性のうちの誰だって、男性よりはどれほど恐ろしいとしたってだ、このスティッフィーと同じクラスにランク付けすることはできない。その名がこの世のすべての名前の一番前に来るって奴は誰だったかな?――天使と会う奴だ［リー・ハントの詩「アブー・ベン・アーヘム」末尾］」

「アブー・ベン・アーヘムでございます、ご主人様」

「そいつがスティッフィーだ。彼女がトップなんだ。どうした、ジーヴス?」

「わたくしはただこうお訊ね申し上げようといたしただけでございます。ビングお嬢様がフィンク＝ノトル様の手帖をサー・ワトキンに手渡されるとの脅迫を口になされた折、もしやそのご双眸《そうぼう》にキラキラとした輝きを宿しつつお話しあそばれたという可能性はございますまいか?」

「いたずらっぽいキラキラだな。本当は僕をからかってるだけっていうやつだろ? その心配はない。だめだ、ジーヴス。僕は今までもキラキラ輝かない目はずいぶん見てきた。だが彼女のほど完全にキラキラ抜きの両目ってのは一度も見たことがない。彼女はからかってたんじゃない。本気だった。自分がこれから女性の標準からしてもすごく汚いことをやろうとしてるってことを完全に認識しているんだ。だがそんなことはお構いなしだ。事実はさ、こういう現代の女性解放とかのおかげで、彼女らは鼻をツンと上げてすまして、自分たちのすることなんかは気にもかけないってふうな始末になっちゃってるってことなんだ。ヴィクトリア女王の時代はこんなふうじゃなかった。アルバート公はスティッフィーみたいな女の子については言いたいことがあったろうな、どうだ？」

「殿下におかれましては、ビングお嬢様のなされようをご是認あそばされまいとは、わたくしの想像いたすところでございます」

「彼ならスティッフィーをひざの上に載せて、スリッパでお尻をペンペンぶったろうさ。彼女がわけもわからずいるうちにな。それに彼ならダリア叔母さんにだっておんなじようにしかねない。話が出たところでだが、僕は行ってわが齢《よわい》かさねた親戚と会わないといけないだろうな」

「奥様はあなた様とのご協議をたいそう強くご希望のご様子と拝見いたしました、ご主人様」

「全然相互的じゃないんだ、ジーヴス、その希望のことだが。正直言って僕はその会見を楽しみにしてはいないと告白しよう」

「さようでございますか、ご主人様？」

「そうだ。わかるだろう、僕はお茶の時間のすぐ前に電報を送った。あのウシ型クリーマーをくすね取るのはやめだって書いてあるやつだ。叔母さんはそいつが届くずっと前にロンドンを発ったにちがいない。換言すればだ、叔母さんの命令を遂行したくてうずうず気合いを入れて手綱を引っぱってる若い甥《おい》の姿を期待して彼女はここに来てるんだ。だのにこの取引はおしまいだっていうニュースを彼女に知らせなくちゃならない。これは彼女の気に入るまい。ジーヴス、これから始まるおしゃべりのことを考えれば考えるほど、僕の足は冷たく、心おじけるんだ」

「もしかような提案をお許しいただけますならば、ご主人様――無論、一時の緩和策に過ぎませぬが――しかしながら意気消沈のお心持ちの折には、夜会用のご正装をお召しになられることで士気の高揚が図れるとは、しばしば言われるところでございます」

「君はホワイト・タイを着用すべきだと思うんだな？　スポードはブラック・タイでいいって言ってたぞ」

「緊急時にあってはかような逸脱も容認されようと思料いたすものでございます」

「おそらく君の言ったとおりなんだろうな」

それでもちろん彼の言ったとおりだった。こういうデリケートな心理の問題において彼は決して誤ることはない。僕は夜会用の正装に着替え、すぐさまいちじるしい意識の改善を覚えた。僕の足は温かくなってきた。どんよりした目には輝きが再び戻ってきた。そして僕の魂は自転車用の空気ポンプで膨らましたみたいにぐんぐん膨張した。僕はこの効果を鏡に映して研究し、指先でそっとネクタイをねじくり、ダリア叔母さんが荒れ始めたらば提案すべき二、三の事柄を頭のなかで復習していた。と、ドアが開き、ガッシーが入ってきた。

このメガネをかけた男を一目見て、同情の激痛が僕を襲った。一目見ただけで、奴が最新の、輪転機を止めて差し替えなきゃいけないストップ・プレス級の大ニュースにまだ通じていないことがわかった。奴の態度物腰には、スティッフィーに自分の計画を知らされた男の徴候は皆無《かいむ》だった。奴の挙動はうきうきと軽快で、それで僕はジーヴスとすばやく、意味ありげな目つきを交換し合ったのだった。僕の目は「こいつは全然わかってない！」と言っていたし、彼のもそうだった。

「ヤッホー！」ガッシーは言った。「ヤッホー！　ハロー、ジーヴス」

「こんばんは、フィンク＝ノトル様」

「さてと、バーティー、首尾はどうだ？　彼女には会ったのか？」

同情の激痛はますます痛烈さを増した。僕は静かにため息をついた。この旧友の下あごにきわめて強力な衝撃をお見舞いすることが、僕の悲しい使命なのだ。僕は躊躇《ちゅうちょ》していた。

それでもだ、事実とは向き合わねばならない。外科医のメスだ。まあ、つまりだが。

「ああ」僕は言った。「ああ、会ったさ。ジーヴス、ブランデーはあるか？」

「いいえ、ご主人様」

「ちょっと持ってきてもらえるかな？」

「かしこまりました、ご主人様」

「ボトルごと持ってきてもらったほうがいいな」

「かしこまりました、ご主人様」

彼はふわりと消え去った。そしてガッシーは無邪気な驚嘆の目で僕を見つめた。

「いったいどういうわけだ？　これからディナーが始まるって時にブランデーをがぶ飲みしようなんて話があるか？」

「僕がそうしようっていうんじゃないんだ。お前のためだ。火刑柱に架けられしわが懐かしき殉教者よ。お前のために用意してやってるんだ」

「僕はブランデーは飲まないよ」

「絶対確実に飲むんだ――そうだ、それでおかわりを要求するんだ。まあ座れ、ガッシー。ちょっとの間、話をしよう」

それで僕は肘掛け椅子に奴を預け入れ、天気とか収穫とかどうでもいいことに関する冗漫な会話を始めた。気付け薬が到着するまでことを伝えたくなかったのだ。僕はぺらぺらしゃべり続けた。己《おの》が素振りのうちに一種の患者に対する医師のごとき接し方を投入し、それでもって奴が最悪の事態に備える心構えを醸成するようにと真剣に努力しつつだ。間もなく僕は、奴が僕のことを変な顔で見ているのに気づいた。

「バーティー、お前の目はパイみたいになってるぞ」

「そんなことはない」

「じゃあいったい何でそんなふうにべらべら話してるんだ？」

「ジーヴスがブランデーを持ってくるまで時間をつぶしてるだけだ。ああ、ありがとうだ、ジーヴス」

溢れんばかりに満たされたグラスを彼の手から受け取ると、僕は優しくガッシーの指をステムに絡ませた。

「君にはダリア叔母さんの所に行ってもらって、会合の約束は守れないって伝えてもらったほうがいいな。時間がかかりそうに思うんだ」

「かしこまりました、ご主人様」

僕はガッシーのほうに向き直った。奴は今や狼狽《ろうばい》した大ヒラメみたいな顔に見えた。

「ガッシー」僕は言った。「そいつを飲み干すんだ。そしたら聞いてくれ。悪いニュースがある。あの手帖のことだ」

「手帖のことだって？」

「そうだ」

「彼女が持ってなかったっていうんじゃないだろう？」

「そこがまさしく肝心というか肝要なところなんだ。彼女は持ってるんだ。それでそいつをパパバセットのところに持っていくって言うんだ」

僕は奴がこのニュースをかなり痛烈なものとして受けとめるであろうとは予想していた。そのとおりだった。奴の目はあたかも星辰のごとく己が領域を離れ飛び、奴は椅子から飛び上がった。グラスの中身を飛び散らせて室内を土曜の晩のパブの特別室みたいないやな匂いにさせつつだ。

「なんと！」

「そういう状況なんだ、残念ながら」

「だけど、何てこった！」

「そうだ」

「まさかほんとにそんなことを言ってやしないだろう？」

「言ってるんだ」

「だけどどうしてさ？」

「彼女なりの理由がある」

「だけど彼女には何がどうなるかわからないのか?」

「いや、わかってるんだ」

「破滅ってことじゃないか!」

「まさしくそのとおり」

「何てこった!」

大不幸の際にウースター家の者は最大の力を発揮するとはしばしば言われるところである。奇妙な冷静さが僕の内に降りてきていた。僕は奴の肩をぽんと叩いた。

「勇気だ、ガッシー! アルキメデスのことを考えるんだ」

「どうしてさ?」

「彼は一兵卒に殺されたんだ」

「それがどうした?」

「うーん、彼にとって気分のいいことだったはずはないと思うんだ。だけど間違いなく、彼は笑いながら死んでいったはずさ」

僕の勇敢な態度はよい効果をもたらした。奴は少し落ち着いてきた。このときでさえ、僕らは死刑囚護送車の到着を待つフランス革命時代の二人の貴族の姿にそっくりだったとまでは言わないが、ある程度の類似が存在したのは確かだ。

「いつ彼女はそう言ったんだ?」

「そんなに前じゃない。テラスでだ」

「それで彼女は本気でそうするつもりなんだな?」

「そうだ」

「もしかして彼女の目に――」

「キラキラした輝きが宿ってはいなかったか、だな？　ない。キラキラはなしだ」

「うーん、彼女を止める方法はないのか？」

僕はこの問題を奴が持ち出すとは予期していた。しかし、奴がそうして僕は残念だった。不毛な議論がひとしきり予想されるからだ。

「ある」僕は言った。「あるんだ。彼女はもし僕がバセット御大《おんたい》のウシ型クリーマーを盗んだら、彼女の恐るべき決心はなしにしてくれるって言ってる」

「昨夜のディナーのときに御大がみんなに見せていたあの銀のウシのことかい？」

「そいつのことだ」

「だけどどうしてさ？」

僕は事実の概要を説明した。奴は聡明そうな顔をして聞いていた。奴の表情は明るくなった。

「よし、わかった！　全部わかった！　彼女が何を考えてるのか僕にはわからなかったんだ。彼女の行動はまるきり絶対的に動機なしに思えた。うん、それでわかった。これで全部解決だ」

奴の溢れんばかりの幸福感に水を差すのはいやだった。が、なさねばならぬだ。

「そうでもないんだ。なぜなら僕はそういうことはやらないからだ」

「何だって！　どうしてやらないんだ？」

「なぜならそうするとロデリック・スポードが僕を叩きのめしてゼリーにするって言うからだ」

「ロデリック・スポードに何の関係があるんだ？」

「奴はあのウシ型クリーマーの大義を信奉してるらしい。疑いなくバセット御大への尊敬の念のゆえにだ」

「フン！　君はロデリック・スポードなんか怖かないだろ？」

「いや、怖い」

「ナンセンスだ！　君がそんな男だとは思わなかった」

「いや、そんな男なんだ」

彼は踵《きびす》を返し、部屋の中を歩き回り始めた。

「だけどさ、バーティー、スポードみたいな奴のことを怖がることなんかないぞ。ただの牛肉と豚肉の塊《かたまり》さ。足だって遅いに決まってる。絶対に君を捕まえられやしないさ」

「僕は短距離走者としての適性を試してもらおうなんてつもりはないんだ」

「それに、君はいつまでもここにいなきゃいけないわけじゃない。そいつを取った瞬間に、逃げ出すことだってできる。ディナーの後でその副牧師にメモを渡して、どこそこの場所にて深夜待てって伝えるんだ。それでそこに行く、と。僕の考えるところじゃ、スケジュールはこれでいいな。ウシ型クリーマーを盗む――うーん、十二時十五分から十二時半の間だ、いや、十二時四十分にしよう。不測の事態が起こらないとも限らないからな。十二時四十五分、納屋《なや》に着く。車で出発する、十二時五十分だ。それで素敵な仕事を円滑にやってのけて公道に出るってわけさ。何を心配してるのか僕にはわからないな。全部が全部、ガキにもできる簡単な仕事じゃないか」

「それでもだ――」

「やらないのか？」

「やらない」

ガッシーはマントルピースの所に移動し、ヒツジ飼いの娘の彫像か何かをいじくり始めた。

「それがバーティー・ウースターの言うことか?」奴は訊いた。

「そうだ」

「これが僕が学校時代に崇拝していたバーティー・ウースター——僕らが〈命知らずのバーティー〉と呼んでいたあの少年のなれの果てか?」

「そのとおりだ」

「となると、もう言うべきことは何もないな」

「ない」

「我々のとるべき途はビングからあの手帖を取り返すことだけだ」

「どうやってそんなことをやろうっていうんだ?」

奴は眉をひそめつつ、考え込んだ。やがて奴のささやかな灰色の脳細胞が起動しだしたようだ。

「わかった。聞いてくれ。あの手帖は彼女にとってとても大事なものだ、そうじゃないか?」

「そうだ」

「そうであればだ、彼女はそいつを身につけている。僕がそうしたみたいにさ」

「そうだろうな」

「多分靴下に入れてるだろう。じゃあ大丈夫だ」

「じゃあ大丈夫だってのは、どういう意味だ?」

「僕がどうするつもりか、君にはわからないのか?」

「わからない」

「じゃあ聞くんだ。君が彼女と仲良くふざけてじゃれあう、と言ってわかってもらえればだけど、そんなのは簡単だ。その過程で――なんて言うか冗談じみた抱擁を交わして――そうすれば簡単に――」

僕は鋭く奴の言葉をさえぎった。ものごとには限度というものがある。我々ウースター家の者はそれをわきまえている。

「ガッシー、お前は僕にスティッフィーの足を探れって言うのか？」

「そうだ」

「ふん、僕はそんなことはやらない」

「どうして？」

「僕の理性にわざわざあたるまでもない」僕はきっぱりと言った。「成功する見込みなしって言うだけで十分だろう」

奴は僕を見てよこした。大きく見開かれた、責めるような目つきでだ。奴が定期的に水を交換してやるのを忘れたとき、死にかかったイモリが奴を見るであろうような目つきだ。奴は鋭く息を吸い込んだ。

「君は確かに僕が学校時代に知っていた、あの少年とはまるでちがう人間になっちまったんだな」奴は言った。「君は粉々のバラバラになっちゃったみたいだ。勇気なし。気力なし。実行力なし。アルコールのせいだな、多分」

奴はため息をつき、ヒツジ飼い娘の像を破壊した。そして我々はドアの所に移動した。ドアを開けるとき、奴はもう一度あの目つきで僕を見た。

「君はそんな格好でディナーに来ようってわけじゃないだろ？　いったいどうしてホワイト・タイなんかしてるんだ？」

「ジーヴスが勧めてくれたんだ。士気高揚のためって言ってさ」

「ふーん、完全に間抜けだって気がするだろうよ。バセット御大はスープのしみがいっぱいついたビロードのスモーキング・ジャケットで食事するんだ。着替えたほうがいいぞ」

奴の言うことには大いに聞くべきところがあった。悪目立ちはしたくない。士気低下のリスクを冒して僕は夜会服を脱ぐことにした。と、僕がそれを脱ぎかけた、ちょうどその時、階下の客間から若々しくさわやかな歌声が、ピアノ伴奏つきで聞こえてきた。またそいつというのがイギリス古謡らしき、すべての兆候を示していた。僕の耳は「ヘイ、ノニーノニー」とか、そんなようなのをたっぷり聴き取っていた。

この騒音にはガッシーの目を、メガネの内側でいぶりくすぶらせる効果があった。こいつは人間の忍耐の限度をちょいと少しばかり超えてやしないかと思っているみたいだった。

「ステファニー・ビングだ！」奴は苦々しげに言った。「こんなときに歌ってるだなんて！」

奴は鼻をフンと鳴らし、部屋を出て行った。それで僕がブラック・タイを結ぶ仕上げをしていると、ジーヴスが入ってきた。

「トラヴァース夫人でございます」彼は正式に告知をした。

ひとこと「ああ、まいった！」という言葉が僕の口を吐《つ》いて出た。無論、その正式の取次の告知を聞いたわけだから、彼女が来るのはわかっていた。だが、散歩中に空を見上げ、飛行機に乗った奴がそいつの頭の上に爆弾を落っことすのを見た可哀そうな男にだって、それが来るのはわかっていたわけだ。そうわかっていたからと言っていざそいつが来たとき、いささかなりともよい方向に変化があったというものではなかろう。

彼女が大いに興奮していることは見て取れた――はなはだ狼狽《ろうばい》してと言ったほうがおそらく正確だろう――それで僕は大あわてで礼儀正しく彼女をひじ掛け椅子にはめ込み、言い訳を開始した。

「こっちから行ってお目にかかれなくて本当にごめん、ご先祖様」僕は言った。「ガッシー・フィンク＝ノトルといっしょに、僕たち二人の利害に深く関係する問題について密談してたところだったんだ。最後に会ってから新展開がいくつもあって、僕のほうの事情もずいぶんとこんがらがっていてね、残念なんだけど。地獄の大地も鳴動してるっていう言い方もできるだろうな。なあ、そう言ったって言い過ぎじゃないよな、ジーヴス？」

「はい、ご主人様」

彼女は手を振って僕の弁明を却下した。

「それじゃあんたも厄介ごとを抱えてるってことなのね？　ふーん、あんたのほうの新展開ってのがどんなもんだかあたしは知らないけど、あたしのほうにも新展開があったの。で、そいつがくさい臭いのプンプンするシロモノなんだわよ。それであたしはこんなに大慌てでこっちに来たってわけ。すぐさま迅速な行動がとられないことには、うちは混沌《こんとん》の坩堝《るつぼ》と化しちゃうんだわ」

モナ・リザでさえ、僕が直面しているほどの厄介なりゆきと直面したことがあったろうかと、僕は思い始めていた。つまり次から次に、これでもかこれでもかと、という意味だ。

「なんだいそれは?」僕は訊いた。「何が起こったのさ?」

彼女は一瞬声を詰まらせ、そしてやっとのことでただ一語を口にした。

「アナトール!」

「アナトール?」僕は彼女の手をとり、なだめるようにそっと握った。「ねえ、僕の熱病患者さん、話しておくれよ」僕は言った。「いったい何の話をしてるのさ? どういうことなんだい、アナトールってのは?」

「ぐずぐずしてると、あたしはアナトールを失うの」

冷たい手が、僕の心臓をぎゅっとつかんだみたいだった。

「失うだって?」

「そうなの」

「給料を二倍にした後なのにかい?」

「給料を二倍にした後なのになの。聞いて、バーティー。今日の午後あたしが家を発つ直前に、トムのところにサー・ワトキン・バセットから手紙が届いたの。あたしが〈あたしが家を発つ直前に〉って言ったのは、そのせいであたしは家を発ったってことだからなの。なぜってそこに何て書いてあったかわかる?」

「何さ?」

「ウシ型クリーマーとアナトールを交換しようって申し出が書いてあったの。それでトムったら、そのことを真剣に検討中なの!」

僕は彼女を見つめた。

「何だって？ 信じしない！」

「信じられない、でございます、ご主人様」

「ありがとうだ、ジーヴス。信じられない！ 考えられない。トム叔父さんは一瞬だってそんなことを考えたりなんかしないだろう」

「考えないですって？ あんたの知ってる限りじゃそうかしらね。あんた、ポメロイを憶えてる？セッピングスの前にいた執事よ」

「憶えてるとも。立派な人物だった」

「至宝よ」

「宝石だ。どうして手放したんだろうっていつも不思議に思ってたんだ」

「トムが彼のことを渦巻き型の三本脚のついたヒツジ型チョコレート・ポットと交換でベジントン＝コープスに譲ったのよ」

僕は巨大化する絶望と戦いもがいた。

「だけどあの譫妄症《せんもう》の馬鹿ジジイ――っていうか、トム叔父さんだって――アナトールをそんなふうに無闇に手放したりなんかしないだろう？」

「あの人は絶対そうするわ」

彼女は立ち上がり、落ち着かぬげにマントルピースのところへ移動した。大波のごとく押し寄せる感情を和らげるために――ジーヴスなら緩和剤と呼ぶところだ――彼女が何か破壊できるものを探していることが僕にはわかった。それで僕は丁重に彼女の注意を「祈りを捧げるおさなごサムエル」のテラコッタ像に導いた。彼女は短く僕に謝意を表すと、向こうの壁にそいつを叩きつけた。

「ねえ、バーティー、ほんとのキ印のコレクターはね、これと思い定めた品物を確保するためなら、どんなところまでだって行っちゃうのよ。これを読むようにってあたしにその手紙を手渡しながらトムが実際に言ったセリフは、バセットの奴の皮を生きたまま剝《は》いでやって、この手で煮えたぎった油の釜に落とし込んでやる、だったんだけど、だけどあの人にはあいつの要求を呑《の》むしか他にすべはないのよ。あの人がそこですぐさま取引成立って電報を打つのをひき止めるには、あんたがウシ型クリーマーをくすね取るためにトトレイ・タワーズに行っていて、今すぐそいつを取り返してくれるからって言いきかせるほか、手立てはなかったの。その方面の進展はどうなの、バーティー？ 計画は立てた？ 準備は整った？ 時間を無駄にしてる暇はないのよ。ことは一分一秒を争うんだから」

僕はちょっと骨なしのぐにゃぐにゃになった気分だった。今やニュースを伝えねばならない。それで僕はそれだけで済めばいいがと願った。動揺したときの叔母は、恐るべき生き物だ。また僕はおさなごサムエルに何が起こったかを思い起こさずにはいられなかった。

「それについて話をするところだったんだ」僕は言った。「ジーヴス、我々が用意した書類はあるかな？」

「こちらでございます、ご主人様」

「ありがとう、ジーヴス。それでまたちょっと行ってブランデーをもう少し持ってきてもらいたいんだが」

「かしこまりました、ご主人様」

彼は退出していった。それで僕はペーパーを彼女に手渡し、彼女にしっかり読んでもらおうと努めた。彼女はそれに目をやった。

「一体これは何よ?」

「すぐにわかるさ。タイトルをよく見てよ。『B・ウースター——その置かれた状況』だ。この言葉で内容がわかるだろ。このペーパーには」僕は言った。一歩下がって身をかわす態勢を整えながらだ。「どうして僕がウシ型クリーマーをくすね取ることをきっぱりとお断りしなきゃならないかが説明されているんだ」

「なんですって!」

「そういう趣旨の電報を今日の午後送ってあるんだ。だけどもちろん、叔母さんは読んでないんだよね」

彼女は心の底から嘆願するかのような目で僕を見た。何か恐ろしく間抜けなことをしでかしたバカ息子を盲愛する母親みたいにだ。

「だけどね、バーティーちゃん。あんた聞いてなかったの? アナトールのことなのよ? この状況がわからないの?」

「ああ、わかってるさ」

「じゃああんた気がヘンにでもなったの? あたしが〈ヘン〉って言ったのは、もちろん——」

僕は彼女の言葉を抑えようと手を振り上げた。

「説明させてくれ、齢かさねた親戚よ。僕が最新の進展があったって話したのを憶えてるだろ。そのひとつが、サー・ワトキン・バセットがこのウシ型クリーマーくすね取り計画のことをすべて承知していて、僕の一挙一動を見張ってるってことなんだ。もうひとつは御大はこの疑念を友人のスポードって男に打ち明けてあるってことなんだ。おそらく叔母さんもこっちに着いて奴に会ってると思うんだけど」

「あのでっかい男?」

「でっかいってのは正しい。だけどおそらく途轍もなくドでかいっていうほうがもっとモ・ジュスト、すなわち適語だってことになるだろうな。うん、サー・ワトキンは、さっき言ったように彼の抱いている疑念をスポードに伝えた。それで後者が言うことには、もしあのウシ型クリーマーが消え失せたら、僕を叩き潰《つぶ》してゼリーにするってことなんだ。それだから建設的なことは何にも果たし得ないってわけなんだ」

この発言の後、沈黙がある程度の時間持続した。彼女がこの問題を咀嚼《そしやく》し、難局の時にある彼女を失望せしむるを余儀なくさせているのはバートラム氏の怠惰な気まぐれではないという結論に、しぶしぶながらも到達したことが見て取れた。彼女はバートラム氏が進退窮《きわ》まっていることを理解し、もし僕がひどく間違っているのでなければ、そのことにおののき震えているのだ。

この親類は、僕の青少年期を通じ、僕の行動がそれに値すると考えたときにはしばしば僕の頭を横からガツンと一撃する習性のある女性であった。近頃でもまたもやそういう振舞いに及びかねないのではと思わされることが僕にはしばしばあった。だがしかし、こうした、耳の穴を殴りつけてよこすがごとき外観のその下には、優しいハートが鼓動しているのであり、そしてまた彼女がバートラム氏に対してもつ愛情が抜きがたく深く根ざしたものであることを、僕は知っているのだ。彼女は僕の目が殴られて陥没させられ、あの形の整った鼻がぶん殴られて変形するのを、絶対に、金《こん》輪際《りんざい》見たくはないはずだ。

「わかったわ」彼女はやっと言った。「そうね。そういうことじゃもちろん状況は困難だわね」

「ものすごく困難なんだ。この状況をアンパッス、すなわち袋小路と形容するとしても、僕は全然構わないな」

「あいつはあんたのことを叩き潰してゼリーにするって言ったのね、そうなのね？」

「そういう表現を奴は用いた。それでそいつを繰り返した。だから間違いはあり得ないんだ」

「うーん、絶対にあのでっかい男にそんな手荒なまねはさせられないわ。あんなゴリラ相手じゃ、あんたに勝ち目があるわけがないじゃない。あんたが《ピッピー》とか言ってる間に、あいつはあんたを縦に引き裂いて中の詰め物をごっそり取り出しちゃうわ。それであんたを八つ裂きにしてバラバラの破片をひらひら風に舞わせて四方に散らせるんだわ」

僕はちょっとたじろいだ。

「そんなに委細丁寧に歌い上げてくれなくたって構わないんだ、愛する肉親よ」

「本気で言ってたのは確かなのね？」

「絶対に確かだ」

「ワンワン吠えるほどには嚙《か》みつかない男かもよ？」

僕は悲しげにほほ笑んだ。

「何が言いたいのかはわかるよ、ダリア叔母さん」僕は言った。「それで次の瞬間には、もしかして奴の双眸《そうぼう》にはキラキラした輝きが宿ってはいなかったかって訊ねるんだろ。いないんだ。ロデリック・スポードが先の会談の際、僕に概略話してよこした行動方針は、奴が遂行しまっとうするであろう行動方針にほかならないんだ」

「それじゃあたしたちはにっちもさっちもいかないってことみたいね。ジーヴスが何か考えついてくれない限りはだけど」彼女はちょうどブランデーをもって入ってきた――必要な時に、間に合わなかったわけだ――この従者に向けて言った。どうしてこんなに時間がかかったものか僕には想像もつかなかった。「あたしたちスポード氏の話をしていたところなの、ジーヴス」

「はい、奥様?」

「ジーヴスと僕はすでにスポードの脅威については検討を済ませてるんだ」僕は憂鬱《ゆううつ》に言った。「それで自分にはわからないって彼は告白してるんだ。ただ一度はじめて、あの中身たっぷりの脳みそがうまくカチッとひらめかないなんてことが起こってるんだ。彼は熟考を重ねた。だが策はないんだ」

ダリア叔母さんは嬉しげにブランデーをグイっと一気にあおり、それでやっと顔に思慮深げな表情が戻ってきた。

「今思いついたことがあるんだけどわかる?」彼女は言った。

「続けてよ。親愛なる血は水よりも濃し叔母さん」僕は答えたが、依然暗き憂鬱は晴れなかった。「どうせくだらない思いつきだろ」

「全然くだらなくないのよ。それで全部解決かもしれないわ。あたしはもしやこのスポードって男にはうしろ暗い秘密がありやしないかって考えてるの。あなたこの男について何か知ってる、ジーヴス?」

「いいえ、奥様」

「秘密ってどういう意味さ?」

「あたしが考えてるのはね、もしあいつに鎧《よろい》の割れ目っていうか弱みがあればね、そいつを使って奴をお手上げにして牙《きば》を抜いてやることもできるんじゃないかってことなの。思い出すわ。子供の頃ね、あんたのジョージ伯父さんがあたしの家庭教師にキスしてるところを見たのよ。それからってもの、学校から帰った後で大英帝国の主要な輸出入品を書き上げろって彼女があたしをカンヅメにするようなことがあるときに、そのおかげでどれだけ緊張が和らいだかってのはもう驚くばかりなの。あたしの言ってることがわかるかしら？　スポードが誰かさんを撃ち殺したとか何とかってあたしたちが知ってるとしたらどう？　たいしたことじゃないって思う？」彼女は言った。僕が疑問ありげに口をすぼめているのを見たのだ。

「それがたいしたアイディアだってことは認める。だけど致命的な欠陥がひとつあるように思えるんだ――すなわち僕らはそんなものは知らない、ってことだ」

「そうね、その通りね」彼女は立ち上がった。「まあね、単なる思いつきよね。忘れたほうがいいわね。さてと、あたしは部屋に戻っておでこにオーデコロンをスプレーしてやらないといけないわ。頭が榴散弾みたいに爆裂しそうな気分なの」

ドアが閉まった。僕は彼女が空けていった椅子に沈み込み、眉を拭った。

「さてと、これで済んだ」僕はうれしげに言った。「彼女は僕が思ってたよりうまいことこの衝撃を受け止めてくれたな、ジーヴス。クゥオーン狩猟クラブは婦女子の教育をちゃんとしているようだ。だがさ、彼女は気丈にも上唇を固くして平気を装っていたけど、胸の奥底深くまで、ずしんとこいつは響いていたはずだ。そこでブランデーが役に立ったわけだ。ところで持ってくるのにずいぶんと手間がかかったようだが、セントバーナード犬だって半分の時間で行って帰ってくるはずだぞ」

「はい、ご主人様。申し訳ございません。フィンク゠ノトル様との会話に手間どっておりました」

僕は座って考え込んでいた。

「どうだろう、ジーヴス」僕は言った。「スポードの弱みを握るっていうダリア叔母さんのアイディアは全然悪くない。根本的には真っ当な考えだ。もしスポードが死体を埋めて始末してあって僕らがその場所を知ってるってことであれば、そいつは疑問の余地なく奴に対して無視できない威力を発揮するだろう。だが、君は奴について何も知らないと言ってたな？」

「はい、ご主人様」

「それにそもそもそんな秘密があるかどうかだって疑問だ。一目見ただけで、こいつはプッカ・サヒーブ［インド在住の英国人に対して現地人が用いた尊称。立派な紳士の意］でルールを守って公明正大に行動して、しちゃいけないことはしない、ってわかるような連中ってのはいる。それでまたそういう連中の中でも特別傑出してる、ってのがロデリック・スポードなんだ。どんなに厳密な精査検討を加えたところで、奴の口ひげよりも悪いことが何か明らかになってこようとは思えないんだ。世界じゅうで寄ってたかって調査して、明らかに申し分なしっていうんじゃなけりゃ、あんなとんでもないシロモノをはいたりなんかできやしないだろう」

「まことにおおせの通りと存じます、ご主人様。とは申せ、調査を開始することに意義はあろうかと拝察いたします」

「ああ、だがどうやってだ？」

「わたくしはジュニア・ガニュメデスのことを考えておりました、ご主人様。カーゾン街にございます紳士お側つきの紳士のためのクラブでございまして、わたくしも長年そこに所属いたしております。スポード様お側つきの従者も必ずやメンバーであろうと存じますし、となれば無論クラブの事務局長宛てに、あの方に関する大量の資料をクラブブック登載のため提供いたしておりますはずでございます」

「へえっ?」

「第十一条によりますと、各新入会員は雇用主に関する完全な情報の提供を求められることとなっております。これは面白い読み物でありますと同時に、理想に満たぬ紳士にお仕えしようと考えるメンバーに対する警告としても機能いたします」

こんな話は僕には衝撃だった。僕は飛び上がった。実際、僕は荒々しいまでに飛び上がったのだった。

「君が入会したときはどうしたんだ?」

「はい、ご主人様?」

「君は僕について何もかも話したのか」

「はい、さようでございます、ご主人様」

「なんと、何もかもか? ストーカーの親爺《おやじ》がおっかけてきたんで僕が靴墨を顔に塗って変装しなきゃならなかった時の話もか?」

「はい、ご主人様」

「ポンゴ・トウィッスルトンの誕生パーティーから帰ってきて、フロアランプを夜盗と間違えたときのこともか?」

「はい、ご主人様。メンバーは雨の日の午後にこれらを朗読してもらうことを、たいそう楽しみにいたしております」

「そうか、そうなのか？　じゃあもしある雨の日の午後にアガサ伯母さんがこいつを読んだとしたらどうなるんだ？　そういうことは考えてはみなかったのか？」

「スペンサー・グレッグソン夫人がクラブブックをお手になされる可能性は、まずございません」

「それでも言う。まさしくこの同じ屋根の下で起こった最近の出来事が、女性というものがいかにしてそういうお帳面の類いをお手にされるものか、つぶさに証明してるじゃないか」

僕は再び沈黙した。彼が僕に一瞥《いちべつ》させてくれた、ジュニア・ガニュメデスなる機関において何が行われているかに関するこの驚くべき事実について、よくよく考え込んでいたのだ。そんなものの存在を、僕は今まで知らずにいた。無論、夜になってつましい食事を用意してくれた後、ジーヴスが山高帽子をかぶってどこかに姿を消すことはあった。だが僕はいつも彼の行き先はどこか近くのパブの特別室だろうと考えていたのだ。カーゾン街のクラブについてなど、僕はまったくなんにも知らずにいた。

さらにまた、僕がもっとなんにも知らずにいたのは、バートラム・ウースター氏のおそらくは無分別な行動の中でも一番興味津々《しんしん》たるやつのいくつかが、その本に記載されているという事実である。全部が全部僕の胸にはアブー・ベン・アーヘムと記録天使じみた話に感じられて不快だった。僕は自分がいささか眉をしかめているのに気づいた。

とはいえ、そうしてどうなるものでもあるまいと思いなおし、僕はオーツ巡査がモンダイチェンと呼ぶであろう所に関心を戻した。

「それで君の考えはどうなんだ？　事務局長にスポードに関する情報の提供を申請するってことか？」

「はい、ご主人様」

「君は彼がそいつを渡してくれると思うのか？」

「さようでございます、ご主人様」

「つまり彼はこういうデータを撒き散らかしてるってことか――こういうきわめて危険なデータを――誤った手に渡れば破滅を招来しかねないデータをだ――頼まれたら誰にでも言い触らすと、そういうことか？」

「メンバーのみにでございます、ご主人様」

「彼と連絡をとるのに時間はどれくらいかかる？」

「今すぐ電話にて連絡いたせます、ご主人様」

「じゃあそうしてくれ、ジーヴス。それでできたら料金はサー・ワトキン・バセットにつけて、それで女の子に〈三分です〉って言われてもカッとなるんじゃないぞ。とにかくそれゆけだ。費用はいくらかかったっていい。その事務局長には今こそ善良なる者みな集《つど》いて朋友を助けるときは来《きた》りぬだってことを理解させなくちゃ――完全に理解させなくちゃいけない」

「非常事態であるとの確信を抱かせることができようと存じます」

「もし君にできなきゃ、僕に代わらせてくれ」

「かしこまりました、ご主人様」

彼は救難の旅路へと旅立っていった。

「ああ、ところでジーヴス」彼がドアを通り抜けかけたところで僕は言った。「君はガッシーと話をしてたって言ったっけかな？」

「はい、ご主人様」

「何か新たな報告があったのか?」

「はい、ご主人様。あの方とバセットお嬢様とのご関係が悪化いたした模様でございます。ご婚約は破棄との由にございました」

彼は浮かび消え去った。僕は一メートルも飛び上がった。肘掛け椅子に腰かけながらするにはきわめて困難なことだが、僕はやり遂げた。

「ジーヴス!」僕は叫んだ。

しかし彼は行ってしまった。ぺんぺん草も残さずにだ。

階下から、ディナー開始を告げる銅鑼《どら》の音が突然ゴーンと鳴り響いた。

6. 最後の晩餐

その晩のディナーのことを振り返り、魂の苦悶《くもん》がゆえ然《しか》るべき泰平な心持ちでそいつに向かえなかったことを思うたび、僕はいささか心に苦悩を覚えるのだ。なぜならそいつは、もっと幸福な状況であれば僕が喜んで鼻をうずめたがるようなご馳走だったからである。サー・ワトキン・バセットの道徳的欠陥はさておき、彼が祝祭の食卓において客人に並外れたもてなしをしたのは事実だった。心ここにないコンディションにあってすら、最初の五分間で僕はここのコックが神与の炎を内に秘めた女性であることを理解した。グレードAのスープに甘美な魚料理が続き、甘美な魚料理には猟獣のサラミが続き、それでそいつというのがアナトールでさえ誇らしげに供するような逸品だったのだ。アスパラガスとジャム・オムレツ、それから新鮮なサーディーンのセトーストをそこに加えるとしたら、僕の言いたいことはおわかりいただけよう。

無論僕にはすべてが無駄に費やされた。誰かが言ったように、仲間といっしょに食べる草の葉のディナーのほうが、そうじゃないときの大ご馳走よりも美味しいものである。ガッシーとマデライン・バセットがテーブルの向かい側の席に隣り合って座る姿を見るにつけ、すべてのご馳走は僕の口中で灰に変わった。僕は気づかいながら彼らを見守っていた。

大勢の人たちといっしょのときの婚約中のカップルというのが、普通どういうものかはご存じだろう。彼らは頭をくっつけあってささやき声で話しあう。ふざけあいクスクス笑いあう。パタパタ叩きあい突っつきあう。女性のほうが相方のお口をアーンしてフォークで食べさせてやっている姿すら僕は見たことがある。こういう類いのことはマデライン・バセットとガッシーの間には一切なかった。奴は青ざめて死体みたいに見え、彼女は冷ややかで尊大でよそよそしく見えた。彼らはほとんどの時間をパンを粒々に丸めることに費やし、僕が確認した限り最初から最後まで一語も言葉を交わさなかった。いやそうだった、一度だけあった——その時、奴が彼女に塩を取ってくれと言うと彼女はコショウを渡し、そして奴が「塩って言ったんだ」と言うと彼女は「あら、本当?」と言ってマスタードを手渡したのだった。

ジーヴスが言ったとおりであることに疑問の余地はあり得なかった。この若いカップルは仲違いをしたのだ。それで僕を重たく悩ませたのは、悲劇的側面は別にしても、このことすべての謎であった。僕には何の答えも思いつかなかった。それで食事が終了して女性たちが食卓を去り、ガッシーと二人きりになってポートワインを飲みながら内幕話を聞ける時を、僕は待ち構えていた。

しかしながら驚いたことに、最後の女性がドアを通過するかどうかのところで、ドアを開けて立っていたガッシーは潜水ガモみたいに飛び出していってしまってそれきり戻らなかった。僕をひとりぼっちでロデリック・スポードと我らがホストの許に置き去りにしてだ。それで彼ら二人はテーブルの遠い端に二人で寄り添いあって座り、声をひそめて二人で話しあい、時々僕がまるで門をぶっ壊したかどでおつとめしていた仮出獄者で、厳重に注意して見張っていないとスプーンの一本や二本はくすねてポケットに入れかねないみたいに見つめていたので、間もなく僕もその場を辞去したのだった。煙草入れを取ってこなけりゃとか何とかつぶやきながら、僕は部屋をすべり出て自室に戻った。ガッシーかジーヴスのどちらかが、遅かれ早かれ姿を見せるものと思ったのだ。

暖炉の中では元気よく火が燃えさかっており、時間をやり過ごすため、僕は肘掛け椅子を引っ張ってきてロンドンから持ってきたミステリー小説を取り出した。これまでの調査からすでに明らかになっているのだが、そいつは特別よくできた話で、パリッとした手掛かりやこってりした殺人がどっさり詰まっていて、間もなく僕はそいつに没入していった。しかし、そいつをよくよく味読する間もなく、ドアのハンドルをガチャガチャ言わせる音がして、ゆっくりと部屋に入り込んできたのは誰あろう、ロデリック・スポードその人にほかならなかった。

僕は少なからぬ驚きをもってこの男を見た。つまりだ、こいつは僕の寝室に一番侵入を予期されない人物である。テラスで僕に脅迫をブチブチ言ってよこした上にみじめなイモムシ呼ばわりした無礼な態度や、ディナー・テーブル越しに僕をじろじろ見てよこした非礼について、謝罪をしに来た様子は奴にはなかった。奴の顔を見ればそのことは一目瞭然だった。謝罪に訪れた男が最初にするのはご機嫌取りのにたにた笑いをしながら入ってくることである。それでその点については、そういう徴候は何ら見られなかった。

実際のところ、奴は今までに比べ、邪悪さの度合いをやや増して見えるように僕には思われた。奴の顔つきがあまりに陰険だったもので、僕は思わずご機嫌取りのにたにた笑いを自分でしてしまいそうになったくらいだ。こいつとの和解に向けてそんなものがたいして役立つとは思われないが、とはいえ大切なのはひとつひとつ、ちいさなことの積み重ねである。

「やあ、ハロー、スポード」僕は愛想よく言った。「入ってくれ。僕に何か用かな?」

返答なしに奴は戸棚に歩み寄り、そいつを荒々しく勢いよく開けて中をのぞき込んだ。それが済むと奴は向き直って僕を見た。依然親しみに欠けた態度でだ。

「フィンク＝ノトルがここにいると思ったんだが」

「いないが」

「そうらしいな」

「奴が戸棚の中にいると思ったのか？」

「そうだ」

「そうか？」

一時休止があった。

「奴が来たら伝えておくメッセージはあるか？」

「ああ。あいつに、自分はお前の首をへし折ってやると伝えてくれ」

「首をへし折るだって？」

「そうだ。貴様は耳がないのか？　首をへし折るだ」

僕は鷹揚《おおよう》にうなずいた。

「わかった。首をへし折るだな。よし。それで彼がどうしてって訊いて来たらどうする？」

「奴にはなぜかわかっているはずだ。なぜならあいつは女性の心をもてあそぶ蝶々で、汚れた手袋みたいに女性を捨てるんだ」

「よしきた、ホーだ」僕は蝶々がそんなことをするものだとは思ってもみなかった。たいへん興味深い。「じゃあ、もし奴に会ったらそう伝えとくよ」

「有難い」

彼はドアをバンと閉めて姿を消した。そして僕は座って、歴史が繰り返すことの不思議について思いを馳せていた。つまりだ、この状況は何カ月か前にブリンクレイで起こったこととほぼ同一である。あの時はタッピー・グロソップが僕の部屋に似たような目的でやって来たのだった。確かタッピーは、僕の記憶が正しければ、ガッシーを裏表にして自分で自分を飲み込ませてやりたがっていた。他方、スポードは彼の首をへし折ると言っていた。とはいえ原理はいっしょだ。

無論、僕には何があったのかわかった。僕がかねて予想していた展開である。僕はガッシーがその日の前のほうで言っていた、もし彼がマデラインに何か不正な振舞いをしたら、彼の頸部脊柱の関節を取り外すためにありとあらゆる手段を尽くしてやるとスポードに告げられたという話を忘れてはいなかった。間違いなくスポードはコーヒーを飲みながらこの事実を彼女から聞いたのだ。そしてかねてよりの行動方針を実行に移すべく今や乗り出したのだ。

それでその事実がどんなものかは、僕にはまるきり見当もつかなかった。とはいえスポードの様子から、そいつがガッシーにとって名誉なことでないのは明らかだった。思うに奴は恐ろしくとんでもなくバカな真似をやらかしたにちがいないのだ。

疑いもなく、恐るべき状況である。また、もし僕にできることが何かあれば、躊躇《ちゅうちょ》なく僕はそいつをやったことだろう。だが僕にはどうしようもないことだし、自然のなりゆきに任せるほかはあるまいと思われた。小さくため息をつくと、僕は再びこの肌粟立たせる恐怖譚に取りかかった。それでずいぶんと乗りかかってきたなというところで、うつろな声がこう言うのが聞こえたのだった。

「おい、バーティー!」と。それで僕は四肢を震わせて座り直した。まるで一族の亡霊がにじり寄ってきて僕の首の後ろに息を吹きかけたみたいな気分だった。

振り返ると、僕はベッドの下より現れいでしオーガスタス・フィンク＝ノトルの姿を視認したのであった。


ショックのため僕の舌が扁桃腺《へんとうせん》とこんがらがってしまってむせ返りたくなるような不快な衝動をもたらしたという事実のため、一時的に口の利けなくなっている自分に僕は気づいた。僕にできるのはただガッシーを見つめることだけだった。またそうするうちにすぐさま明らかになったことだが、奴は今あった会話を正確にフォローしていた。奴の立ち居振舞態度物腰は、自分がロデリック・スポードよりほんの半歩先んじているだけであることを明瞭に理解している人物のそれだった。髪の毛は逆立ち、目つきは狂おしく、鼻はひくひくと動いていた。イタチに追いかけられたウサギもちょうどおんなじように見えるだろう——無論そいつはべっこうブチのメガネを掛けてはいないという事実を考慮に入れるとしてだが。

「危ないところだった、バーティー」奴は低い、震える声で言った。奴はひざをちょっとほぐしながら部屋を横切った。奴の顔はとっても緑がかった色になっていた。「構わなけりゃ、ドアに鍵を掛けさせてもらう。奴が来るかもしれない。どうしてベッドの下をのぞいていかなかったのか、想像もつかないよ。僕はいつだってあの手の独裁者ってのはすごく徹底的なもんだと思ってたんだ」

僕はなんとか舌のもつれを解きほぐした。

「ベッドとか独裁者のことはもういい。お前とマデライン・バセットのことはいったいどうなってるんだ？」

奴はたじろいだ。

「どうしても話さなけりゃいけないかい？」

「ああ。どうしても話してもらわなきゃいけない。その話しか僕は聞きたくない。一体全体どうして彼女は婚約を解消したんだ？　いったいお前は彼女に何をしたんだ？」

奴はまたたじろいだ。これがむき出しの神経を逆なでする事柄であると僕は理解した。

「僕が彼女に何かしたっていうんじゃないんだ――僕がステファニー・ビングにしたことのせいなんだ」

「スティッフィーにだって？」

「そうだ」

「いったいスティッフィーに何をしたんだ？」

奴はきまり悪そうな顔をしてみせた。

「僕は、あー……うーん、実はさ、僕は……つまりさ、今じゃ間違いだったたってわかるんだけど、あの時にはいい考えだって思えたんだ……だからさ、実は……」

「早くしろよ」

奴は目に見えて努力を振り絞って態勢を整えた。

「うーん、君は憶えてるかなあ、バーティー、ディナーの前に僕たちがここで話し合ったことなんだけど……彼女があの手帖を身につけてる可能性についてさ……憶えてるかなあ、それは彼女の靴下の中にあるっていう説を僕は展開したんだ……それで憶えてるかな、僕は確かめればいいって言……」

僕はよろめいた。要点がわかった。「お前はまさか――」

「そうなんだ」

「いつだ?」

再びあの苦悩の表情が奴の顔をよぎった。

「ディナーの直前だ。客間で彼女が古謡を歌ってたのを憶えてるだろ。僕がそこに行くと彼女は一人きりでピアノの所にいた……少なくとも、僕は彼女が一人きりだと思った……その時突然これは最高の機会だって思ったんだ……それで僕が気づいてなかったのは、一瞬姿が見えなかっただけで、マデラインもそこにいたってことなんだ。彼女は部屋の隅のついたての奥の楽譜がしまってある道具箱のところに、他の曲はないかって探しに行ってるところだったんだ……それで……要するに、ちょうど僕が……手短かに言うと、ちょうど僕が……何て言ったらいいかなあ……ちょうど僕が、いわゆるその、それに取り掛かっているときに、彼女が来たんだ……それで……うーん、つまりわかるだろ……つまりさ、納屋《なや》であの娘の目からブヨを取り出してやってた事件、のすぐ後だし、こいつは何でもないことだって言いつくろうわけにはいかなかったんだ。実際、僕には言いつくろえなかった。そういうことだ。君はシーツを結わえるのは得意かい、バーティー?」

僕はこのいわゆる思考の転換についていけなかった。

「シーツを結わえるだって?」

「ベッドの下でそのことを考えてたんだ。君とスポードが話してる間さ。それで僕が達した結論は、我々が唯一なすべきは君のベッドからシーツを引きはがして結び目をこしらえることだ。そしたら君に僕を窓から下ろしてもらえる。本で読んだことがあるんだ。映画で見たような気もする。外に出たら君の車を持ち出してロンドンにひた走るんだ。その後の計画ははっきりとは決まっていない。もしかしてカリフォルニアに行くかもしれない」

「カリフォルニアだって？」

「一万一千キロの彼方《かなた》だ。スポードだってカリフォルニアまでは来られまい」

僕は仰天して奴を見つめた。

「お前、ずらかる気じゃないよな？」

「もちろんずらかるんだ。いますぐにだ。君だってスポードの言ったことを聞いたろ？」

「お前はスポードなんか怖くないんだろ？」

「いや、怖い」

「だけどお前は自分で奴は牛肉と豚肉の塊《かたまり》に過ぎないって言ってたじゃないか？」

「わかってる。憶えてるさ。だけどそれはあいつがお前を追っかけてたときの話だ。物の見方ってのは変わるんだ」

「だけどさ、ガッシー、しっかりしろよ。お前は逃げ出すわけにはいかないんだ」

「他にどうしようがあるのさ？」

「もちろんお前はここにしっかり踏み留まって和解を試みるんだ。まだあの娘に弁解してだってやしないんだろ？」

「いや、もうやった。ディナーのときにやった。魚料理のときだ。だめだ。彼女は僕に冷たい目線をよこしただけで、パンを粒々に丸めたんだ」

僕は知恵を絞った。どこかに抜け道があって、踏査されたしと待ち構えているにちがいないと僕は確信していた。そして三十秒くらいで僕はそいつを見つけ出した。

「お前がしなけりゃならないことは」僕は言った。「あの手帖を取り返すことだ。あの手帖を取り返してそいつをマデラインに見せれば、そいつの内容が、お前がスティッフィーにあんなふうに振舞った動機は彼女が勘ぐってるようなもんじゃなくて、最後の一滴まで純粋なものだったってことを彼女に得心させてくれるはずだ。彼女はお前の行動が……舌の先まで出かかってるんだ……窮余の一策だ、そうだ……ってことをさ。彼女は理解し、そして許してくれるさ」

一瞬、奴のゆがんだ顔をかすかな希望の閃《ひらめ》きが照らしたように見えた。

「そいつはいい考えだ」奴は同意した。「いい考えだと思うぞ、バーティー。悪くない考えだ」

「失敗しようがない。約言すればトゥ・コンプランドル、セ・トゥ・パルドネ［すべてを理解することは、すべてを許すこと］ってところだ」

閃きが消えた。

「でもどうやって手帖を取り返すんだい？　どこにあるのさ？」

「彼女は身につけてなかったのか？」

「つけていなかったと思う。もっとも僕の調査は、あの状況じゃ大雑把なもんでしかあり得なかったんだけど」

「それじゃあおそらく彼女の部屋にあるんだろうな」

「うーん、そこだ。女の子の部屋の中を探してまわるなんて僕にはできない」

「どうして？　お前が出てきたとき僕が読んでた本を見たか？　まったく不思議な偶然なんだが――僕は偶然と言ったが、おそらくこういうものは目的を帯びて我々の許に送られて来てるんだ――僕はちょうど一人のギャングがまさしくそういうことをしているところを読んでたんだ。そいつをやってみるんだ、ガッシー。彼女はおそらくあと一時間かそこらは客間にいるはずだ」

「ところが実のところ彼女は村に行っちゃってるんだ。あの副牧師が勤労者労働協会で〈村の母親たち〉に向けて聖地についてカラースライド付きで講演して、そこで彼女はピアノの伴奏をするんだ。だけど、そうだとしても……だめだ、バーティー、僕にはできない。そうするのが正しいのかもしれない……だけど僕にはできないんだ。そうする権利だってあるのかもしれない……だけどそんな神経はない。スポードが入ってきて僕を見つけたらどうするんだ」

「スポードは若い女性の部屋に入り込むような男じゃない」

「そいつはどうかな。そんな軽はずみな前提に基づいた計画なんか実行できるもんじゃない。僕から見れば奴はどこだってうろつきまわる男だ。だめだ。僕の心は悲嘆に暮れてる。僕の未来は空っぽだ。だから事実を受け入れてシーツを結わえるしかないんだ。さあ始めよう」

「お前に僕のシーツを結わえさせるもんか」

「だけど、こんな畜生、僕の命がかかってるんだ」

「知るか。こんな臆病な逃走に手を貸すのは断る」

「それがバーティー・ウースターの言うことか？」

「それはさっき聞いた」

「もう一度言う。最後に一度だ。バーティー、僕にシーツを何枚か貸して、そいつを結わえる手助けをしてくれないか？」

「いやだ」

「それじゃあ僕はどこかに行って、明け方になって牛乳列車が出るまでどこかに隠れてることにするよ。さよならだ、バーティー。君にはがっかりしたよ」

「僕だってお前にはがっかりしてるんだ。もっとハラワタのある男だと思ってた」

「あるさ。それで僕はロデリック・スポードにそいつを引っ張り出されていじくりまわされるのは嫌なんだ」

奴はもう一度例の瀕死のイモリの目つきで僕を見て、慎重にドアを開けた。廊下をあっちこっち見渡して幸いそこが今のところスポードなし状態なのを確認し、奴はそっとドアを通り抜け、行ってしまった。そして僕はまた読書に戻った。それが座り込んでくよくよ苦悩し思いをめぐらせて自分をいたぶらずにいるために、僕に思いつく唯一の方法だったからだ。

さてと、今、僕はジーヴスがここにいるのに気づいた。彼が入ってくる音は聞かなかったが、ジーヴスはしばしばこうなのだ。彼はA地点からB地点まで、何かのガスみたいに音なく流れゆくのである。

7. 暗き秘密

　僕はジーヴスが実際に得意げに笑みを浮かべていたとは言わない。だが彼の顔には静かな満足の表情が確かにあった。そして、僕は突然、このガッシーとの胸ふさぐシーンのせいで忘れていたことを思い出したのだった――すなわち、最後に僕が彼に会ったとき、彼はジュニア・ガニュメデス・クラブの事務局長に電話を掛けに行く途中だったのだ。僕は胸高鳴らせて跳びあがった。もし僕が彼の表情を読み違えていないなら、彼には何か報告してくれることがあるはずだ。

「事務局長と話はできたのか、ジーヴス?」

「はい、ご主人様。ただいま話し終えたところでございます」

「それで彼はネタは握ってたのか?」

「きわめて情報豊富でございました、ご主人様」

「スポードに秘密はあったのか?」

「はい、ご主人様」

　僕は情熱を込めてズボンの上から脚を強打した。

「ダリア叔母さんの言うことを疑おうだなんて百年早かったんだ。叔母さんってのはいつだって何だってわかってるんだ。一種の直感なんだな。全部話してくれ」

「おそれながらさようにいたすわけにはまいりません、ご主人様。クラブブック記載資料の内容漏《ろう》洩《えい》に関する規則はたいそう厳格でございます」

「唇は封印されていると、そういうわけだな?」

「さようでございます、ご主人様」

「それじゃ電話したって何の甲斐《かい》がある?」

「わたくしはことの詳細につきまして他言を禁じられておりますだけでございます、ご主人様。スポード様の邪悪な潜在力をいちじるしく削減するにあたりまして、かように申されるがよろしいとあなた様にお知らせ申し上げる限りにおきましてはいささかの問題もございません。すなわち、あなた様はユーラリーについてすべてご存じである、と」

「ユーラリーだって?」

「ユーラリーでございます、ご主人様」

「それで奴にストップを掛けられるのか?」

「はい、ご主人様」

僕は考えてみた。よくわからない。

「この問題について絶対にこれ以上は話してもらえないのか?」

「絶対にでございます、ご主人様。さようにいたした場合、わたくしは退会を要求される次第となろうかと存じます」

「うーむ、無論そんなことはあってもらっちゃ困る」僕は執事の一個連隊が方陣を組んで、そのまん中で委員会が彼のバッジを切り取っている姿を想像するのはいやだった。「それで君は本当に、もし僕がスポードの目を見つめてこのギャグをかましたら、奴の意気は挫《くじ》かれると、そう言うんだな？ この辺りを明確にしようじゃないか。君がスポードだとしよう。僕は君に歩み寄って言う。〈スポード、僕はユーラリーについてすべて知っているぞ〉すると君はくたくたっとしおれるんだな？」

「はい、ご主人様。ユーラリーの一件は、スポード様が占めておられますような社会的お立場におありの紳士様でしたらば、必ずや口外をお望みにならないものであると、わたくしは確信をいたしております」

僕はちょっと練習してみた。僕はポケットに手を突っ込んで引出し簞笥《たんす》の所に近寄って行って、言った。「スポード、僕はユーラリーについてすべて知っているぞ」もう一度、今度は指を振り立てながらやってみた。それから腕を組んでも試してみた。だがそれでもまだ確信はもてなかった。

しかしながら、ジーヴスはいつだってわかってるんだと僕は自分に言い聞かせた。

「うーん、君がそう言うならばだ、ジーヴス。僕はまず第一にガッシーを探して、この救命策を奴に知らせてやったほうがいいと思うんだ」

「はい？」

「ああ、もちろんそうだった。君は何にも知らないんだったな。説明してやらないといけないんだ、ジーヴス。さっき話した後、プロットはまたもや混迷を深めたんだ。君はスポードが長いことバセット嬢を愛し続けてきたってことは知ってたか？」

「いいえ、ご主人様」

「うむ、そういうことなんだ。バセット嬢の幸福はスポードにとって、とってもとっても大切なんだ。それで今や彼女の婚約が男性契約当事者側のはなはだ不面目な理由でおじゃんになったわけだから、奴としてはガッシーの首をへし折りたいと、そういうことなんだ」

「さようでございますか、ご主人様？」

「請け合ってやる。奴はたった今ここにいてそう話していったんだ。それでガッシーはその時たまたまそこのベッドの下にいて、奴の言うことを聞いた。その結果今やガッシーの奴は窓から脱出してカリフォルニアに行こうって話をしてるんだ。そんなのはもちろん致命的だ。なんとしても奴にはここに留まって和解成立を試みてもらわないといけない」

「はい、ご主人様」

「カリフォルニアに行かれちまったら、和解成立は試みられないからな」

「おおせの通りでございます、ご主人様」

「そういうわけで僕は行って奴を探さないといけない。とはいえ、いいか、この時点で奴を容易に探しあてられるものかどうかは疑問だがな。おそらく屋根の上にいて、どうやって逃げ出したものか思案に暮れてるはずだ」

僕の懸念は十二分に正当であったことが証明された。僕は家じゅうをくまなく探したが、奴の姿はなかった。トトレイ・タワーズがいずかたかにオーガスタス・フィンク＝ノトルをかくまっていることに間違いはない。しかしこの館は秘密を巧妙に隠すのだ。やがて僕はあきらめて自室に戻った。それでなんとまあ驚いた。部屋に入って最初に僕が見たものは、当の人物その人にほかならなかった。奴はベッドの脇に立ち、シーツを結わえていた。

　奴がドアに背中を向けており、敷物が柔らかくて声をかけるまで僕が入ってきたのに気づかずにいたという事実のため、僕の「ヘイ！」の声——すごく厳しいやつだ、僕は自分のベッドがメチャメチャにされたのを見て仰天していたのだ——を聞いて奴は宙返りした。唇まで青ざめながらだ。「うー！」奴は叫んだ。「スポードかと思ったじゃないか！」

パニックの後には憤激が続いた。奴は僕を厳しくねめつけてよこした。メガネの後ろの目は冷たかった。怒った大ヒラメみたいに見えた。

「いったいどういうつもりなんだ、ウースターのこん畜生！」奴は詰問した。「後ろからこっそり忍び寄って〈ヘイ！〉なんて言うなんて。僕は心臓麻痺を起こすかもしれないところだったんだぞ」

「お前こそいったいどういうつもりだ、フィンク＝ノトルのこん畜生！」僕も難詰してやった。「僕がきっちり禁止したにもかかわらず、僕のベッドリネンをぐちゃぐちゃにするだなんて。お前にはお前のシーツがあるだろうが。自分のを結わえればいいじゃないか」

「そんなことがどうしてできる？　スポードが僕のベッドに座ってるんだ」

「奴がだって？」

「そうだ奴がだ。僕を待ちかまえてるんだ。さっきここを出てから僕は部屋に戻った。そしたら奴はそこにいた。あの時奴がたまたま咳払いをしなかったら、僕はまっすぐ入って行っちゃうところだったんだぞ」

　そろそろこの傷ついた精神に休息を与えるべきときは来たと僕は見て取った。

「お前はスポードのことなんか怖がらなくたっていいんだ、ガッシー」

「どういう意味だ、スポードのことを怖がらなくてもいいだなんて？　意味の通る話をしてくれよ」

「その通りの意味なんだ。クゥア脅威、すなわち脅威としてのスポード、もしクゥアってラテン語でよければだけど、そいつは過去のものだ。恐ろしく完璧なジーヴスの諜報システムのおかげで、僕らは人に知られたくない奴の秘密を握ったんだ」

「どんな?」

「おっと、そこまでだ。僕らはそいつを握ったって言ったけど、本当はジーヴスが握ったって言うべきだったんだ。それで残念ながらジーヴスの唇は封印されている。だがしかし、僕はそいつできっちりあいつをやりこめてやれる立場にある。もし奴が何か荒っぽいことを仕掛けてきたら、やってやるんだ」耳をそばだてて、僕は立ち上がった。廊下を近づいてくる足音がした。「ああ!」僕は言った。「誰かがこっちへやってくる。きっとあいつにちがいない」

動物的な叫び声がガッシーの口から放たれた。

「ドアの鍵を掛けろ!」

僕はまるきり気楽に手を振った。

「そんな必要はない」僕は言った。「入って来させればいいんだ。僕は積極的にこの訪問を歓迎しようじゃないか。僕が奴を扱う手並みを見てろよ、ガッシー。きっと面白いはずだ」

僕の思ったとおりだった。そいつは確かにスポードだった。間違いない、奴はガッシーのベッドに座り疲れたのだろう。それでバートラム氏ともう一度おしゃべりしたらば退屈がまぎれるとでも思ったにちがいない。先ほどと同様、ノックなしで奴は入ってきた。それでガッシーの姿を認めると言葉なしに勝利と満足の雄叫《おたけ》びを上げた。そして一瞬そのまま、鼻孔で激しく息をしながら立っていた。

さっき会ってから、奴はまた少し成長したように見えた。今や身の丈は二メートル六十センチあまりあり、奴を撃退する件に関する助言がもっと権威のない出どころから来ていたとしたら、奴の顔つきは僕をものすごく畏縮させていたはずだ。だが、長年ジーヴスのどんなに軽い一語一句をも信じきる、たゆまぬトレーニングを続けてきたおかげで、僕は震えもせずに奴をじっと見返してやることができた。

残念ながらガッシーは、僕の陽気な確信を共有してはくれなかった。おそらく、僕が本件事実を十分完全に説明しきれていなかったのかもしれないし、あるいは生身のスポードとご対面して、神経がおかしくなったのかもしれない。いずれにせよ、奴は今や壁のところまで退却し、僕が見る限りだが、壁抜けをしようと試みていた。この試みに失敗し、奴は腕のいい剝製《はくせい》師の手で剝製にされたみたいな有様で立っていた。一方、僕は侵入者のほうに向き直り、奴に向かって長々と、冷静な視線を投げかけてやった。驚きと尊大さがうまい具合に入り混じったような目でだ。

「おい、スポード」僕は言った。「今度は何だ?」

僕は最後の語に少なからぬ量のトップ・スピンを投入した。不快の念を表明するためにだ。しかしこの男にそんなのは、やるだけ無駄だった。聖書に出てくる耳の聞こえない毒ヘビ［『詩編』五八・四］みたいに僕の質問を無視し、奴はゆっくりと前進を始めた。奴の目はガッシーに熱く注がれていた。僕は気づいたのだが、奴のあごの筋肉は、僕がサー・ワトキン・バセットの古銀器のコレクションをもてあそんでいるところを捕まったときとおんなじような動きを見せていたし、奴の態度物腰には今すぐにでも、感情が昂ぶったときのゴリラみたいに胸板をドンドコ叩きはじめかねないような何かがあった。

「ハッ！」奴は言った。

うむ、無論僕はこんなふざけた真似には我慢がならない。そこいらじゅうを「ハッ！」とか言ってまわる奴の性癖には抑制が加えられねばならないし、その抑制は速やかに加えられねばならないのだ。

「スポード！」僕は鋭く言った。またその時テーブルをバンと叩いたという記憶もある。

奴はその時はじめて僕の存在に気がついたとでもいうみたいだった。奴は一瞬停止し、それから僕を不快な目つきで見てよこした。

「フン、貴様が何の用だ？」

僕は眉を、いや両眉か、を上げた。

「僕に何の用かだって？　気に入ったよ。結構。聞かれたからには答えてやるが、スポード、僕は君が僕の私室に繰り返し入ってきては僕が他の用事に使いたい場所をふさいでその上僕が親しい友人としゃべっているのを邪魔だてするのはいったいどういう了見なのかが訊きたいんだ。まったく、この家にゃあストリップの踊り子並みのプライヴァシーしかないときてる。君には君の部屋があるんだろ。そこに戻るんだ、このでくでくのデブ野郎。それでそこにじっとしてろ」

僕はここでガッシーにすばやく目をやって、奴がこれをどう受けとめているかを見ずにはいられなかった。それで奴の顔に崇拝を込めた賞賛の表情が萌《も》え出でていることを喜ばしく思った。まるで中世の悲しみの乙女《おとめ》がこれから龍退治に取りかかろうとしてる騎士に向けるようなやつだ。奴にとって僕が、再び少年の日の「命知らずのウースター」に戻っていることが、そしてまた奴が僕にくれた嘲笑と冷笑を思い起こして恥と自責の念に身を焼いているであろうことが、僕には見て取れた。

スポードもまた、たいそう深く感銘を受けているようだった。とはいえそれほど好意的ではない様子だったが。奴は、信じられないというふうに目をみはっていた。ウサギに嚙《か》みつかれでもしたみたいにだ。奴はこれが本当に、テラスで話をしたあの内気なはにかみ屋さんなのかと自問してもいるようだった。

奴は僕に、もしかして自分のことをデブと呼んだか訊き、僕は呼んだと答えた。

「でくでくのデブ野郎だって?」

「でくでくのデブ野郎だ。そろそろ頃合だろう」僕はさらに続けた。「誰か公共心のある人物がやってきて、君に降りどころを教えてくれるな。スポード、君の問題はだ、一握りのうすバカ連中をうまいこと煽動して黒ショーツをはかせてロンドンの景観を破壊させているからって、それで何様にでもなったみたいな気でいるってことだ。連中が〈ハイル、スポード!〉なんて呼ぶのを聞いて、それが民衆の声だなんて思っている。そこが君のへまなところさ。民衆の声はこう言ってるんだ。〈スポードが短パン姿でいばりくさってまわってる、あの恐ろしいバカさ加減をご覧よ! あんな完全なバカ姿を見たことがあるかい?〉ってな」

奴はいわゆる発話のための苦闘と呼ばれるところのことを、した。

「ああ?」奴は言った。「ハッ! フン、貴様の面倒はあとで見てやる」

「だが僕は」僕は稲妻のごとく、すばやく切り返した。「今、君の面倒を見てやるんだ」僕はタバコに火を点けた。「スポード」僕は言った。覆いを外し、大砲のありかを明らかにしつつだ。「僕は君の秘密を知っている」

「はあ?」

「僕はすべて知ってるんだ……」

「何についてのすべてだって?」

僕が言葉を止めたのも、まさしくその質問をしようとしてだった。つまり、お信じいただこうといただくまいと構わないのだが、この緊迫した時にあって、僕が切実にそいつを必要としているというときにだ、このいやな男に対抗するための魔法の文句としてジーヴスが僕に教えてくれた名前が、僕の頭から完璧に消え去っていたのだった。それが何という字ではじまるかすら、僕には思い出せなかった。

名前というものには底知れないところがある。おそらく読者諸賢もお気づきではあるまいか。つまりだ、憶えた、と思っているとあっさり滑ってどこかへ消えてなくなってしまうということがである。完全によく知った顔の男が近づいてきてハロー、ウースターなんて声をかけてきて、それでそいつのおなまえシールが貼れなくて息をあえがせるたびに、教えてくれりゃあ一ポンドやるのにと僕は思ったものだ。こういうことはいつだって僕を途方に暮れさせる。だが過去のこういう場面で、今暮れているほどの大型の途方に暮れたことは、かつてなかった。

「何についてのすべてだって?」スポードは言った。

「いやあ、実を言うと」僕は白状せねばならなかった。「忘れちゃったんだ」

舞台後方からした一種の息を呑《の》むゴクリという音が、僕の注意を再びガッシーに向けた。それでこの言葉の意義を奴が捉えそこねていないことを、僕は理解した。もう一度奴はさらに後退しようとし、それでもう後退できる限りのところまで後退しきってしまっていることに気づくと、奴の目には絶望の強烈なきらめきが宿った。そしてそれから、スポードが奴に向かって唐突に前進を開始したその時、奴の目のきらめきは決断と断固たる決意のそれに変わったのだった。

僕はこのときのオーガスタス・フィンク＝ノトルのことを思うのが好きだ。奴はショウをうまく盛り上げてくれた。このときまで僕は奴のことを行動の人だというふうに考えたことはなかった。基本的に夢想家タイプだと、僕は言ったものだ。しかし今や奴は、ごく幼少の時分からサンフランシスコの波止場で乱闘騒ぎに慣れ親しんできた荒くれ男でもなければ不可能なくらいのすばやい勢いで、そいつをバシンと叩きつけたのだ。

奴は壁にのり付けされたみたいに立っていたわけで、その頭上には結構なサイズの油絵が掛かっていた。ニー・ブリーチをはいて三角の帽子をかぶって何かの鳥――ハトか、僕が間違っていなければだが、でなけりゃ小鳩だ――に向かってチュンチュン言っているらしいご婦人のことを見つめている男の絵だ。僕はこの部屋にいたわけだからこの絵のことは一、二度目には留めていた。それで祈りを捧げるおさなごサムエルの代わりに、破壊するようにとダリア叔母さんに渡そうかとも考えたのだった。僕がそうしなかったのは幸運だった。さもなくばガッシーがそいつを係留箇所から引き剝《は》がし、リストを利かせたうまい動きでそいつをスポードの頭にお見舞いすることはできなかったはずだからである。

僕は幸運と言った。というのはこの世の中に油絵で殴られる必要のある人物がもしいるとしたら、そいつはロデリック・スポードだからだ。最初に出会ったその瞬間から、奴の放つ一語一句、一挙一動が、まさしくそれこそこの男に必要なシロモノだということを、十分すぎるくらいに証明してくれている。しかしこうした善行には常に陥穽《かんせい》が伴うものである。ガッシーのこの努力が、よき意図によるとはいえ、建設的な意義をほとんど果たしていないことに僕が気づくまでにはほんの一瞬しかかからなかった。無論、奴がすべきだったのは油絵をサイドに構え、固い額縁の効果を最大限に利用することだ。しかしその代わりに、奴は得物の平面のほうを利用したのだった。それでスポードは、紙フープを通り抜けたサーカスの騎手みたいにキャンヴァスを通り抜けたのだった。換言すれば、決定打となるべきブローは、ジーヴスが言うところの単なるジェスチャーにしかならなかったのである。

しかしながら、それによってスポードの心は数秒間目的から逸らされた。奴は瞬きしながら立ち尽くしていた。そいつはラフみたいに首のぐるりを取り囲んでいた。そしてこの一瞬の停止は僕をして行動開始せしむるに十分であった。

手本を示して激励してもらい、パーティーは熱くなっていてこれから先は何でもありだということを明確にしてもらえれば、我々ウースター家の者は躊躇《ちゅうちょ》はしない。ベッドの上には、結わえるのを邪魔だてされてガッシーが落としていったときのまま、シーツが放置されていた。それでそいつを引っつかみ、スポードにそいつをすっぽりかぶせてやるのは、僕には一瞬の早業だった。僕はこの問題について勉強してからずいぶんになるし、また、何か決定的なことを言う前にジーヴスに訊いてみるべきだとは思う。だが僕の考えるところ、古代ローマの剣闘士たちもアレーナでおんなじようなことをやっていて、それで結果的に人気を勝ち得ていたはずだ。

ハトに向かってチュンチュン呼びかけている女の子の絵で殴りつけられ、その上シーツでぐるぐる巻きにされた男というものは、決して本当の意味で冷静で理知的な外観を維持できるものではない、と、僕は思う。スポードの友人ならこの時点で、彼のためを思い、じっと身じろぎせず、繭《まゆ》から脱出するまでは身動きするなと助言したことだろう。つまり、そうしてはじめて、椅子やら何やらがふんだんに散りばめられた地帯にあって、転倒は回避され得るのである。

奴はこれをやらなかった。ガッシーがバタバタ逃げ出す物音を聞いて、奴はおおよそそちらの方向に跳びあがると不可避的に落下した。その瞬間素軽い動きを見せたガッシーがドアを通り過ぎ、奴は床にいて、ますます解きがたくこんがらがりを深めていた。

僕の友人なら僕に助言して、この時点で速やかな退散を勧めるにちがいない。また、振り返ってみれば、僕の誤りは当該地点から聞こえてくる発言から判断するに同人の頭であろうと解されるふくらみを、マントルピース上のおさなごサムエルの場所から遠からぬ地点にあった磁器製の花瓶で殴打すべく立ち止まった点にあった。それは戦略上の失敗だった。狙いは当たったし花瓶は一ダースの破片に砕け散った。そいつはまったく結構なことだ——なぜならサー・ワトキン・バセットのような男の所有物など、壊れれば壊れるほどいいのだから——だがこの打撃行為は僕のバランスを失わせた。次の瞬間、シーツの下から伸びてきた手が、僕の上着をつかんだのだった。

無論それは重大な失敗だったし、もっと小人物であれば、じたばた抵抗を続けたってムダだと観念してやむを得ない状況であった。しかし、ウースター家の者の肝心なところは、以前にも述べる機会があったように、小人物ではない点にあるのだ。彼らは冷静沈着である。彼らは速やかに考え、速やかに行動する。ナポレオンも同じだった。スポードに君の秘密を知っているぞと伝えようとする際に、僕がタバコに火を点けたという話はした。そのタバコは小パイプに刺さったまま、依然僕の唇にあった。僕はそいつを急いで抜き取ると、火の点いた側を僕の逃走を阻《はば》まんとするハムみたいな腕に押しつけたのだった。

結果は完全に満足のゆくものだった。近時の出来事の動向が、ロデリック・スポードをして何事をも予期し、何事にも準備万端怠りない心境にあらしめていたと、読者諸賢はお考えのことだろう。だがこの単純な策略のことは予期していなかったようだ。激痛の鋭い叫びとともに、奴は上着から手を離した。そして僕はもはや一刻だって遅れをとってはいなかった。バートラム・ウースターは、ご参集の皆々様の前にいつ現れ、いつ退場して然《しか》るべきかをわきまえている男だ。バートラム・ウースターは行く手にライオンの姿を認めたならば、そいつを避けてわき道を行くのだ。目の覚めるようなスピードで僕は退散した。間違いなくガッシーのタイムを一、二秒は短縮する爆発的な速さで敷居を越えていたことと思われる。たまたまその瞬間に入室してきた頑丈な肉体と正面衝突していなかったらの話だが。互いに腕と腕をもつれ合わせながら、トトレイ・タワーズにあっては、一難去ってまた一難となる傾向があると考えたことを、僕は記憶している。

その頑丈な肉体がダリア叔母さんのものだと僕にわからせてくれたのは、ひたいにまだまとわりついていたオー・デ・コロンの芳香であったと僕は思う。とはいえそれがなかったとしても、彼女の唇から溢れ出る、豊穣な、狩場の卑俗な罵り声が僕を正解に導いてくれていたことだろう。僕らはもつれ合い、ひとかたまりになって部屋の内側に向けてしばらく転がったらしい。というのは、次に気づいたのは僕らがシーツをぐるぐる巻きにしたロデリック・スポードの身体と衝突していることだったからで、そいつはさっき見たときには部屋の反対側にあったはずだからだ。疑いもなくこれの説明は、我々は北北東に針路をとって転がり、奴は南南西に針路をとって転がったということだ。その結果我々はどこかまん中辺でめぐり逢ったのだ。

理性の女神が玉座に再び復帰してみれば、僕が見たところスポードはダリア叔母さんの左足をつかんでいて、叔母さんはそいつがあんまり気に入っていない様子だった。横隔膜に甥《おい》が与えた衝撃で、彼女は驚きのあまり息を吐きつくしていた。だがいさめ諭《さと》す言葉を吐くのに十分なだけの息は残っていたようだ。それで彼女はそいつを火を吐くみたいにやってくれた。

「いったいこの家は何？」彼女は興奮した調子で言った。「キチガイ病院？　みんなキチガイになっちゃったの？　最初は廊下をムスタングみたいにレースしてくスピンク＝ボトルに会って、それからあんたがあたしをまるでアザミの冠毛みたいに通り抜けようとしてくれて。それで今度はバーヌース［主にアラブ人が着るフード付きのマント］姿のアラビア紳士があたしの足首をくすぐり始めるとくるじゃない――一九二一年のヨーク・エーンズティー合同狩猟大舞踏会以来かつてなかったことだわ」

こうした異議申し立てはスポードの身体を透過し、おそらくは彼の本性のよりよき部分を呼び覚ましたに相違ない。つまり奴は彼女の足から手を放し、彼女は衣服のホコリを払いつつ立ち上がったからだ。

「さてと、それじゃ」彼女は少し穏やかになって言った。「説明をお願いしようかしら。全部わかるやつよ。どういう了見なの？　いったいどういうことなの？　そのぐるぐる巻きのシーツの下にはいったい誰がいるのよ？」

僕は紹介をした。

「スポードにはもう会ったんだよね？　こちらはロデリック・スポード氏だ、トラヴァース夫人」

スポードは今やシーツを剝ぎ取っていた。だが油絵のほうはまだ定位置にあったから、ダリア叔母さんはそいつを不思議そうに見つめやった。

「いったいぜんたい何のためにそんなもの首の周りに巻いてるのよ？」彼女は訊いた。それから、もっと寛大そうな口調でこうも言った。「もちろん巻きたきゃ巻いてなさいな。だけどあんたにゃ似合わないわね」

スポードは返事をしなかった。奴は激しく息をしていた。僕は奴を責めはしない。つまりだ――奴の身の上なら、僕だっておんなじようにしただろう――だがその音は愉快ではなかったし、僕は奴がそんなふうにしなければいいのにと思った。奴はまた僕のことを熱心に見つめてもいた。僕はやはり奴はそんなふうにしなければいいのにと思った。奴の顔は紅潮し、目はとび出していた。そしてまた人は奴の髪の毛が逆立ちしているみたいな変な錯覚を覚えるのだった――まるで猛り狂ったポーペンタインの針毛のごとくにだ［『ハムレット』一幕五場］。これはニューマーケットの春季開催でずいぶんどっさりと投資した流星の馬が、いいとこなしで六着に終わるのを目にしたバーミー・ファンジー＝フィップスの反応を僕に描写してくれる際にジーヴスが一度用いたことのある表現である。

ジーヴスとの一時的な仲違いの折、彼の代わりに紹介所がよこした男を雇ったときのことを僕は思い出した。それで勤めはじめて一週間もしないある晩、奴は酔いつぶれてイカれて家に火をつけてカーヴィング・ナイフで僕を薄切りにしようとしたのだった。僕の身体の内側の色が見たいとか言っていた。奇ッ怪千万なたわけ言の中でもこいつが一番すごいやつだった。それでこの瞬間まで、僕はあのエピソードを僕が今まで経験した中でも一番のつらい思い出だとみなしていた。今、僕はそいつのランキングを二位にせねばならない。

僕が今話した男というのは粗野で無学な人間で、スポードは立派な教育のある育ちのいい人物だ。しかしこの二人の魂と魂の触れ合う点がひとつあるのは明らかだった。他のいかなる主題を持ち込んだところで彼らの見解が一致する点があるとは思わない。だが僕の身体の内側の色が見たいという件に関しては、彼らの心はパラレルに走り続けるのだ。唯一の違いは、僕の被雇用者は掘削にカーヴィング・ナイフを用いようとしたが、スポードはその仕事は素手で十分可能と考えて満足しているらしいという点であろう。

「この場をお立ち去りいただくようお願いしなければなりませんな、マダム」奴は言った。

「だけどあたし、来たばかりなのよ」ダリア叔母さんが言った。

「自分はこれからこの男を、死ぬ寸前までぶちのめしてやらねばならぬのですよ」

これは僕の齢をかさねた親戚に物を言うにはまるきり誤った態度だった。彼女はきわめて一族意識に富んだ女性であるし、それにまた、前にも述べたように、バートラムのことが好きなのだ。彼女のひたいが曇った。

「あんた、あたしの甥っ子に指一本お触れでないよ」

「自分はこいつの身体の骨を一本残らず折ってやるのですよ」

「あんたにそんなこと金輪際《こんりんざい》させやしないわ。なんてこと！……ヘイ、ユー！」

彼女は最後の語を発声しながらシャープに声調を上げた。彼女にそうさせた原因は、この瞬間にスポードが僕の方向に突然歩を進めたところにあった。

奴が歯を食いしばり、指を凶々《まがまが》しげにより合わせていたのは言うまでもなく、目はギラギラときらめき、口ひげは逆立っていたことを考え合わせると、その動きが僕をアダージョを舞うダンサーみたいにひらひら飛び去らせようとの意図に基づいていたであろうことは間違いない。それでもしそいつが起こったのがもうちょっと早かったら、間違いなくそういう次第になっていたことだろう。だが僕はひらひらと飛び去りはしなかった。僕はもといた場所に、冷静沈着に立ったままだった。

僕が両腕を組んでいたかどうかは思い出せない。だが僕の唇にかすかな、楽しげな微笑が浮かんでいたことを、僕は記憶している。

この短い単音節の「ユー」なる語が、十五分間の調査研究がなし得なかったことをなし遂げてくれたのだった――すなわち、記憶の泉の開封である。ジーヴスの言葉がどっと一度に思い返されてきた。ある一瞬、頭の中は空っぽで、次の一瞬、記憶の泉がものすごい勢いで噴出しはじめる、とまあ、物事とはしばしばそういうものだ。

「ちょっと待て、スポード」僕は静かに言った。「ほんのちょっとだけ待つんだ。いい気になる前に、僕がユーラリーについてすべて知ってる、ということを知っておくのも興味深いんじゃないかな」

これは途轍もなく効いた。僕はボタンを押して鉱山を爆破させる技師になったみたいな気分だった。僕がジーヴスに対して抱いている盲目的信頼が、手堅い結果を僕に期待させていなかったら、この発音がこの男に及ぼした効果に僕は驚倒していたはずだ。そいつが奴のど真ん中に命中して、タマゴの泡立て器みたいに奴の心を激しくかき回したのが見て取れた。奴は何か熱いものに衝突でもしたみたいに後ろにとび下がった。そして恐怖と警戒の表情が、奴の顔にゆっくりと広がった。

この状況全体が僕の脳裏に、かつてオックスフォードにおいて僕の身に起こったことを抗《あらが》い難く想起させた。まだ僕のハートが若かった頃のことだ。それはエイツウィーク［クリケット試合とボートレースの行われる五月の週］のことで、僕は名前は忘れたが何とかいった女の子と川堤をそぞろ歩いていた。と、その時、吠え声がして大型で屈強な犬が僕たちに向かってギャロップしてきたのだった。血気盛んで元気一杯、そして明らかに傷害の故意をもってだ。僕は我が霊を神に託し、三〇ポンドもしたフランネルのズボンが食いちぎられるのは今ここだと覚悟を決めた。と、その女の子が、そいつの白目が見えるまで待ちかまえて引きつけた挙句、非凡な冷静沈着さでもって突然色つきのジャパニーズ・アンブレラをその動物の顔に向けて開いたのだ。その結果、そいつは三回後方宙返りをし、私生活へと退いていったのであった。

後方宙返りを一遍もしなかった点を別として、ロデリック・スポードの反応は、あの時の途方に暮れたハウンド犬とほぼ同一だった。一瞬、奴はぽかんと口を開けて立っていた。それから奴は「ああ？」と言った。それから奴の唇はゆがめられ、おそらく彼なりの和解を求める笑みと解される形状に収まった。その後、奴は六回――いや、七回だったかもしれない――ゴクリと唾を呑み込んだ。まるで魚の骨がのどにつかえたみたいにだ。それからやっと奴は話しだした。それでその話し方というのが、僕が今まで聞いた中でクークー鳴くハトに一番そっくりな有様だった――それも特別、物腰柔らかなハトにだ。

「ああ、そうなのですか？」奴は言った。

「そうなんだ」僕は答えた。

もし奴が彼女について何を知ってるんだと訊いたら、僕は窮地に陥ったことだろう。が、奴はそうは訊かなかった。

「あー、どうやってそのことを知ったのですか？」

「僕には僕の方法がある」

「ああ？」奴は言った。

「ああ」僕は答えた。それからまたしばらく沈黙があった。

これほどタフな男に、こびへつらうみたいに人ににじり寄る真似が可能だとは、僕には信じられなかった。だか今奴が僕ににじり寄ってくる様はそういうふうだった。奴の目には嘆願するがごとき表情があった。

「そのことは貴君の胸に収めておいていただきたいのですが、ウースター君？　貴君ひとりの胸に収めておいていただけるでしょうか、ウースター君？」

「そうしよう――」

「ありがとう、ウースター君」

「もし君が」僕は続けた。「こんなとんでもない騒ぎをこれでしまいにしてくれる限りにおいてだ」

奴はますます近くににじり寄ってきた。

「もちろんです、もちろんですとも。少々振舞いが性急に過ぎたと反省しているところなのです」奴は手を伸ばして、僕の袖を撫《な》でさすった。「貴君の上着をしわくちゃにしてしまいましたかな、ウースター君？　申し訳ない。自分は我を忘れておったのです。こういうことは二度とないようにいたしましょう」

「そうするのがいいな。まったく！　人の上着をつかんでそいつの骨をへし折ってやるなんて言うことはな。そんな言い草は聞いたことがない」

「わかっています、わかっていますとも。自分が悪かったのです」

「そのとおり、君が悪かったんだ。今後こういうことには厳しく対処させてもらうからな、スポード」

「はい、はい、わかりました」

「だいたいこの家に着いてこの方、僕は君の態度にははなはだ不満なんだ。ディナーのとき、君が僕を見たあの目つきと言ったら何だ。そんなことには誰も気づくまいと君は思ってるのかもしれないが、人はそういうことに気がつくんだ」

「もちろん、もちろんですとも」

「それと僕のことをみじめなイモムシ呼ばわりしたこともだ」

「貴君のことをみじめなイモムシ呼ばわりして申し訳なかった、ウースター君。考えなしに口に出してしまったようです」

「いつだって考えるんだ、スポード。さてと、これでおしまいだ。帰ってよろしい」

「おやすみなさい、ウースター君」

「おやすみだ、スポード」

奴は頭を下げたまま慌てて退散していった。そして僕はダリア叔母さんに向き直った。彼女は僕の後ろでオートバイみたいな音を立てていたのだ。彼女は夢まぼろしでも見てるみたいに僕を見つめていた。それで僕は思ったのだが、この一部始終はちょっと見の傍観者には、ものすごく感銘深いものであったろう。

「ふーん、あたしは――」

ここで彼女は言葉を止めた――おそらく幸いなことにだ。というのは彼女は猛烈に心動かされると、もはや自分が狩場にいるわけではないことを忘れる傾向のある女性だからだ。それでもし彼女が続く動詞を口にしていたらば、そいつは男女同席の場には少々きわどすぎるものになっていたはずなのだ。

「バーティー！　今のはいったいどういうこと？」

僕は何気ないふうに手を振った。

「ああ、奴にちょっとわからせてやっただけさ。僕自身を主張したってだけのことだ。スポードみたいな男には、きっちりものを言ってやらないといけないんだ」

「そのユーラリーってのは誰よ?」

「ああ、そこまでなんだ。その点に関する情報についてはジーヴスにあたってもらわなきゃならない。だけどそうしたって無駄なんだ。なぜならクラブの規則は厳格でメンバーはそこのところまでしか口にできないからなんだ。ジーヴスが」僕は続けた。いつもどおり正当に功績を帰すべきところには帰してやりながらだ。「ちょっと前に僕のところに来て、スポードにユーラリーについて全部知ってるって言ってやりさえすれば、奴を燃えた羽根みたいに縮み上がらせてやれるって教えてくれたんだ。それでご覧いただいたように、燃えた羽根ってのはまさしく奴が縮み上がったザマそのまんまだった。当該人物が誰かは、僕はちょっとだって知らない。彼女はスポードの過去のしくじりだってことしか言えないんだ——そいつはまあ、きわめて不面目なやつなんだろうな」

僕はため息をついた。僕も心動かされていなかったわけではないのだ。

「その図の中身は自分で埋めてもらうしかないと思うよ、ダリア叔母さん。人を疑うことを知らない娘が、男ってのは裏切るものだと学んだけどもう遅すぎた、とかさ……かの愛しき女……川岸への悲しき最後の散策……バシャン、水音……泡立つ悲鳴……そんなところじゃないかな? 世間がそいつを知ってるって知って、あいつが日焼けの下で蒼ざめたのも、もっともな話さ」

ダリア叔母さんは深く息を吸い込んだ。魂のめざめみたいな表情が彼女の顔に宿った。

「古きよき脅迫ってやつね! それしかないわね。あたしはいつだってそう言ってきたし、これからもずっとそう言うわ。火急のときにはそいつが魔法みたいに効くの、バーティー」彼女は叫んだ。

「これがどういうことかわかってる?」

「どういうことかだって、叔母さん?」

「今やあんたはあいつの悪行の確証を握ってるのよ。あんたがあのウシ型クリーマーをくすね取るための、唯一の障害が消えたの。あんた階下へ行って今夜あれを回収してこられるわ」

僕は遺憾げに首を横に振った。彼女がそういう見解をとるに至るのではあるまいかと僕は危惧していたのだ。彼女の唇の喜びの杯を打ち砕くことを僕は余儀なくされた。子供の時分に僕をひざであやしてくれた叔母に対してせねばならぬこととしては、いつだって嫌なものである。

「だめだ」僕は言った。「そこのところは間違ってる。そこのところで貴女は、こういう言い方を許してもらうならば、間抜けみたいな口のきき方をしてるんだ。スポードは往来の危険であることはやめたが、だからってスティッフィーがあの手帖を持ってるという事実に変わりはないんだ。ウシ型クリーマー方面にいささかなりとも歩を進める前に、僕はあいつを手に入れなきゃならない」

「だけどどうしてよ? ああ、だけどあんたはまだマデライン・バセットがスピンク゠ノトルとの婚約を破棄したって話は聞いてないのね。たった今絶対に秘密ってことであの子がそう話してくれたの。そういうことなら、ねえ。我々の前にある障害ってのはステファニーがバセット爺さんにあの手帖を見せて婚約を破棄に持ち込むかもしれないってことだったんでしょう。だけどそれはもう破棄ってことになってるわけだから――」

僕はオツムをもう一度振った。

「ねえ僕の愛する誤りがちな説得屋さん」僕は言った。「貴女は二キロくらい離れたところで要点を外してるよ。スティッフィーがあの手帖を持ってる限り、そいつをマデラインに見せることはできない。それでそいつをマデライン・バセットに見せて、スティッフィーの脚をつかんだ動機は彼女が勘ぐってるようなものじゃないって証明することによってのみ、ガッシーはすべてを清算して和解成立を図れるんだ。それで奴がすべてを清算して和解成立を図ってくれることによってのみ、僕はこのいまいましいバセットと結婚する不快な義務から逃れられるんだ。だめだ。もう一度言う。他のことを何とかする前に、僕はあの手帖を取り返さなければならない」

僕の仮借ない状況分析は効果をあげた。彼女の態度から、ことの核心を彼女が理解したのは明らかだった。しばらくの間、彼女は座って黙って下唇を噛みしめていた。苦い杯を空けた叔母みたいに眉をしかめながらだ。

「それであんたはどうやってそいつを手に入れるの?」

「僕は彼女の部屋を捜索しようと思う」

「そんなことして何かいいことがあるの?」

「ねえ僕の愛する叔母さん、ガッシーの調査によって当該物件を彼女が身につけていないことはすでに明らかになってるんだ。厳密な推論の結果、我々はそいつは彼女の部屋の中にあるという結論に到達している」

「わかったわ、だけどおバカさん、あの子の部屋のどこによ? どこでもあり得るわ。またどこにあろうとそいつが慎重に隠されてるのは確かだわ。あんたはそんなこと考えてもみなかったでしょうけど」

実を言うとそのとおりだった。また僕の発した鋭い「あっ、そうか?」の声で、そのことが露見したにちがいない。なぜなら彼女は湿ったくぼ地のバイソンみたいに鼻を鳴らしたからだ。「間違いなくあんたはそいつが鏡台の上にでも置いてあると思ってたんでしょ。いいわ、あの子の部屋を探しなさいな、探したけりゃね。だからって実害はありやしないでしょ。おかげであんたには仕事ができて、それで酒場に行ってる暇もなくなるってわけだわよ。それじゃあたしは失礼させてもらって何か分別のあることを考えることにするわ。どっちかがそうしてる頃合だったの」

マントルピースのところで一旦停止してそこにあった磁器製の馬を取り上げて床に放り投げ、そいつの上でジャンプして彼女は出ていった。僕はいささか心の平静を失っていた。つまり僕はすべてをきちんと計画しつくしたと思っていて、それがそうでなかったと知るのはちょいとばかり気に障ることだったからだ。そして僕は座り、脳みそをひねり始めたのだった。

それでそいつをひねればひねるほど、血のつながった肉親の言うことは正しいと認めざるを得なかった。僕のこの部屋を見渡しても、バセット御大のスープの飲み方の批判で一杯の革装の手帖みたいな小さなものをもし僕が持っていたら、やすやすとそいつを隠せるような場所が一目で一ダースも見つかった。おそらくスティッフィーの私室にも同条件が適用されよう。したがってそこに行くことで、僕はもっとも聡明なブラッドハウンド犬さえも困惑させずにはおかないような探索に着手することになるのだ。ましてや子供の時分から「スリッパ狩り」が苦手だった男が、困惑せずにいられるはずがない。

この問題に再び取り組む前に脳みそに休憩を与えるため、僕はまたトリ肌立ち本を手にとった。それで、何てこったただ、半ページも読まないうちに僕は叫び声を発していた。重大な一節にめぐり会ったのだ。

「ジーヴス」一瞬の後、入室してきた彼に向かって僕は言った。「重大な一節にめぐり会ったんだ」

「ご主人様?」

僕は自分があまりにも唐突に過ぎ、注が必要だろうと気がついた。

「僕が読んでいるこのスリラー小説じゃあ」僕は説明した。「だが待てよ。それを話す前に、スポードに関する君の情報の的確さについて君に謝意を表明しておきたい。心の底から感謝の票を投ずるよ、ジーヴス。君はユーラリーという名は奴をしおれさせると言ったが、そのとおりだった。クゥア脅威、すなわち脅威としてのスポードは……クゥアでよかったんだっけか?」

「はい、ご主人様。たいへん結構でございます」

「そうだと思ったんだ。うん、それでクゥア脅威のスポードはもう終わった。奴は消えてなくなって機能するのをやめたんだ」

「それはまことに喜ばしいことでございます、ご主人様」

「まったくそうなんだ。だがまだスティッフィーがまだ手帖を所持してるってほうのビーチャーズブルック［グランドナショナルの難所のひとつ］には、我々は依然直面してるんだ。この手帖はな、ジーヴス、我々が他のいかなる方向の手をも打てるようになるよう、発見して盗み返してやらないといけないんだ。ダリア叔母さんはがっくりしたムードで今出ていったところだ。つまり例のシロモノがあのおチビさんのねぐらに隠されているのはほぼ確実だってことを認めてはいるんだが、そいつを見つける見込みは絶望的だって彼女は思ってるんだ。どこでもあり得るし慎重に隠されてるのは間違いないって彼女は言うんだ」

「その点が困難なところでございます、ご主人様」

「そのとおりだ。だが、そこでこの重要な一節が役に立つんだ。こいつが道しるべとなって正しい道筋を教えてくれるんだ。読み上げるぞ。探偵は友達に向かって言ってるんだ。〈彼ら〉ってのは現時点では誰だかわからない無作法者たちを指す。女の子の部屋をあさりまわって、消えた宝石を見つけようとしたんだな。注意して聞いてくれよ、ジーヴス。《彼らはありとあらゆるところを探したようだ、ポスルスウェイト君。だが一箇所だけ、何かが見つかりそうな場所だけは探していない。アマチュアだな、ポスルスウェイト君、アマチュアだ。彼らは戸棚の上のことを考えてもみなかったんだ。経験豊富な泥棒ならすぐに思いつく場所だ。なぜなら》——次のところを注意して聞くんだぞ——《なぜならそこがすべての女性のお気に入りの隠し場所だと、知っているからだ》」

僕は厳しく彼を見た。

「この重大な意味がわかるか、ジーヴス？」

「もしわたくしがおおせの意味を正しく解釈しておりますならば、あなた様はフィンク＝ノトル様の手帖はビングお嬢様のお部屋の戸棚の上に隠されているやもしれぬとご示唆あそばされておいでなのでございましょうか？」

「やもしれぬじゃない、ジーヴス。に違いないだ。そこ以外に隠しようがあるとは思えないんだ。この探偵はバカじゃない。彼がそうだと言うならそうなんだ。僕はこの人物に全幅の信頼を置いてるし、彼の先導に問答無用で従う用意があるんだ」

「しかしながら、まさかご主人様は……」

「そうなんだ。僕はすぐにそうするつもりなんだ。スティッフィーは勤労者労働協会に行ってて何十年も先まで帰ってこない。聖地のカラースライドにピアノ伴奏まで満載した、〈村の母親たち〉のかしましい集いが、二時間以下ですむと考えるのは馬鹿げている。沿岸の危険がなくなってる間、今こそ作戦開始のときだ。身構えてゆけ、ジーヴス、僕について来るんだ」

「はい、本当でございますか、ご主人様……」

「それで〈はい、本当でございますか、ご主人様?〉なんて言うのはやめるんだ。僕が何らかの戦略的行動を示唆するときに、〈はい、本当でございますか、ご主人様?〉なんてじめじめした声で言う君のこの性癖については以前に譴責《けんせき》する機会があったはずだ。僕が君に求めるのは〈はい、本当でございますか、ご主人様?〉を減らしてもっと奮励して仕事にあたることだ。封建精神でもって考えるんだ、ジーヴス。君はスティッフィーの部屋は知っているかな?」

「はい、ご主人様」

「それじゃあ、ホー、出発だ!」

上のやりとりで僕が示した勇敢な威勢のよさにもかかわらず、目的地に向かう僕の心のありようは、快活というには程遠かった。事実、近づくにつれ、ますます快活な心持ちは遠ざかっていった。ロバータ・ウィッカムに説得されて湯たんぽを針で突き刺しに行かされた時もまったくこんなふうだった。僕はこういうふうにこそこそうろつき回るのは嫌いだ。バートラム・ウースターはあごを上げ、両足で大地を踏みしめて世の中を渡ってゆくのが好きな男だ。背骨をこま結びにして抜き足差し足で歩くような真似じゃなくてだ。

僕が是非ともジーヴスにいっしょに来てもらって精神的な援助をして欲しかったのは、まさしくこういう反応を予期していたからで、それで僕は彼がもっと元気一杯になって、今よりもっと力を貸してくれるといいのにと願っている自分に気づいたのだった。喜んで進んでする奉仕と献身的な協力こそ、僕が望んでやまないものだった。だのに彼は僕にそいつを差し出してくれなかった。一番の最初から、彼の態度はよそよそしい否認を示していた。彼はこのなりゆきから完全に関係無用と身を引いているように見えた。

彼のほうのこうしたよそよそしさと、僕のほうのこうした敵意のため、我々の道行きは無言だった。そして無言のうちに我々は当の部屋に入り明かりのスウィッチを入れたのだった。

この部屋をざっと見て品定めをした第一印象は、けしからぬ道徳観の持ち主たる若いエビ娘にしては、宿泊設備についちゃあずいぶん立派にやっているじゃないか、というものだった。トトレイ・タワーズはささやかな住まいを設計する人々が、寝室とは、そこで五十組のカップルが非公式の舞踏会を開けるのでなければ寝室とはいえないという観念を持っていた時代に建設された田舎の邸宅のひとつであり、この神聖なる私室はスティッフィーを一ダースは養えそうな勢いだった。天井に掛かる小さな電灯の明かりに照らされて、このいまいましい部屋は四方に何キロも何キロも伸び拡がるかに思われた。それであるいはあの探偵の当て推量は間違っていて、ガッシーの手帖がこの広大な空間のどこかに隠されているかもしれないとの思いは僕の血を凍らせた。

僕はそこに立ち、最善を願っていた。と、その時、僕の黙想はおかしな、ガラガラうがいをするみたいな声によって打ち破られた。何か受信機の雑音みたいな、何か遠くの雷鳴のような、それで長い話を短くすればだが、この声は犬のバーソロミューの喉頭から発せられたものであることが判明したのだった。

奴はベッドの上に立ち、ベッドカバーで前足の爪をとぎ、それで奴の目に浮かぶメッセージを読み取るのはあまりにも容易すぎたものだから、僕らは心は二つながら思いはひとつみたいに行動したのだった。僕が引出し箪笥の上に天翔けるワシのごとく跳び上がった時、ジーヴスはあたかもツバメのごとく戸棚の上にすべるように跳び上がった。その動物はベッドからひょいと跳んで部屋中央に前進し、着座した。笛を吹くみたいな変な音をたてながら鼻から息をして、スコットランドの長老が説教壇から断罪してよこすみたいに眉毛の下から僕らを見ていた。

そしてそのまましばらく、事態は静止した。

8. ビング家の犬

最初にジーヴスがこの緊張に満ちた沈黙を破った。

「あの手帖はこちらにはないようでございます、ご主人様」

「へっ?」

「わたくしは戸棚の上部を捜索いたしましたが、手帖を見いだしてはおりません、ご主人様」

僕の返事はいささか辛辣《しんらつ》に失していたかもしれない。よだれ滴《したた》るあのあごから辛くも逃れ来て、僕は少々ささくれだった心境にあったのだ。

「手帖なんてクソ食らえだ、ジーヴス! あの犬はどうするんだ?」

「はい、ご主人様」

「〈はい、ご主人様?〉ってのはどういう意味だ?」

「わたくしはあなた様がご提起なさった問題点を高く評価いたすものだとの趣旨を示唆申し上げようと努めておりましたところでございます、ご主人様。本動物の予期せぬ出現は疑問の余地なく問題を提起いたすものでございます。かの動物が現在の態度を維持し続けます限り、わたくしどもにとりましてフィンク゠ノトル様の手帖の捜索遂行は容易なことではございません。わたくしどもの行動の自由が必然的に制限されましょう」

「じゃあ、どうしたらいいんだ」

「申し上げるのは困難かと存じます、ご主人様」

「策はないのか？」

「ございません、ご主人様」

このとき僕は何かすごく辛辣で嫌味なことを言うことだってできた——何て言っていいかはわからないが、でも何かをだ——だが僕は差し控えた。そりゃあジーヴスは途轍もない才能を持った男だが、彼に常に間違いなく成功を期待するのは酷に過ぎると僕は理解したのだ。彼のブリリアントなインスピレーションはＲ・スポードに代表される暗黒勢力に対する僕の輝かしい勝利を導いたが、そいつはまた彼を大いに疲弊させ、脳みそを当面の間ちょっぴり弛緩《しかん》させているにちがいないのだ。この機構がすぐまた起動し、彼が再び新たなる高次元のことどもを成し遂げられるを願い、今は待つしかないのだ。

それで僕は心のうちで事態の現段階を反転させせつつ感じたのだが、早ければ早いほどいい。つまりこの余計モノの犬を追い払うには、勇敢に着手され、巧みに遂行された、大規模な攻撃に出る他に手はないのは明らかである。この場に根を下ろし、ウシたちが——あるいは、この場合にはこいつの飼い主が——帰宅するまではここを動かないぞとの印象をかくも生き生きと表現している犬を、僕はこれまで見たことがない。それでまたスティッフィーが戻ってきて僕が引出し簞笥《たんす》の上にとまっているのを見つけたら彼女に向かって何と言おうかについては、僕はまだ細部まで考えつくしてはいないのだ。

その動物が座ってなんにもしないのを見ているのはものすごく苛立たしいことだった。僕はフレディー・ウィジョンが一度田舎の邸宅を訪問中、シェパード犬に衣装簞笥の上に追い立てられたことがあるというのを思い出した。奴はその時一番いやだったのは、そのこと全部の屈辱だったと僕に話してくれた——誇り高き精神にとっては打撃である、と言っておわかりいただければだが——要するに、代々続く名家の継承者たる彼、とも言えようがだ、いまいましい犬の気まぐれのせいで衣装簞笥上でキャンプしていようとは、ということだ。

僕についても同じだった。むろん旧い家柄について大げさに騒ぎ立てたくはないが、しかしつまるところ、ウースター一族はノルマン征服王といっしょにやってきたのであり、征服王とはものすごく仲良しだったのだ。それが結局アバディーン・テリアに肘鉄を食らわされるハメになるというのであれば、征服王といっしょにやってきたからといって何の甲斐《かい》があろうか。

こうした省察は僕をいく分ひねくれた心持ちにさせる効果があり、僕はその動物をいささか不機嫌に見下ろした。

「僕はこれを恐ろしいことだと思う、ジーヴス」僕は言った。思考の流れを声にしつつだ。「この犬が寝室で憩《いこ》ってるってことがだ。きわめて不衛生じゃないか」

「はい、ご主人様」

「スコットランド犬は臭うんだ。一番まともな奴でもだ。君は僕のアガサ伯母さんの犬のマッキントッシュが僕のもてなしを享楽していた際、どんなにいやな臭いをさせてたかを憶えてるだろう。僕はしばしばこの話を君にしてきた」

「はい、ご主人様」

「それでこいつはもっとひどいときてる。こいつは明らかに馬小屋で寝かされてたにちがいないんだ。誓って言うが、スティッフィーの部屋のスコットランド犬とガッシーの部屋のイモリをあわせれば、トトレイ・タワーズは隔離病院と遠からぬものになったと言っても過言じゃあない」

「はい、ご主人様」

「それで別の角度からこの問題を考えてもらいたいんだ」この主題に熱中しつつ、僕は言った。「僕が言ってるのはこういう性質と気質の犬を寝室で飼うことの危険性のことだ。入ってきた者に誰彼なく向かって荒れ狂ってとび出していける場所だってことだ。たまたま君と僕は、さっきみたいな急迫の侵害にあって自分のことを何とかできた。だが僕らがいちじるしく神経過敏の女中だったらばと考えてもらいたい」

「はい、ご主人様」

「僕には彼女がベッドを作ろうと部屋に入ってくる姿が目に浮かぶんだ。僕は彼女を大きな目と気の弱い顔をしたか弱い女の子だと思い描いている。彼女は敷居をまたぐ。彼女はベッドに近づく。そこにこの人食い犬が跳びかかるんだ。続きを長々と述べたくはあるまい」

「はい、ご主人様」

僕は眉をしかめた。

「できれば」僕は言った。「そこに座って〈はい、ご主人様〉なんて繰り返していないでだ、ジーヴス、君は何かすればいいじゃないか」

「しかしながらわたくしに何ができましょうか、ご主人様？」

「行動を起こすことができるんだ、ジーヴス。ここで必要なのはそれだ——シャープで、決定的な行動だ。ハートフォードシャーにあるウーラム・チャーシーのアガサ伯母さんのところに滞在した折のことを思い出してもらえるかな。君の記憶をリフレッシュさせるために言うが、大臣のA・B・フィルマー閣下と行動を共にした機会に、僕は怒れる白鳥に追い立てられて湖上の小島の小屋の屋根に上らされたんだった」

「あの出来事は鮮明に記憶いたしております、ご主人様」

「僕もだ。それで僕の心の網膜にもっとも深く刻印された画像は――この表現でよかったかな？」

「はい、ご主人様」

「――それは君がものすごく豪胆な〈さようなことは許せん〉みたいなやり方であの白鳥に立ち向かって、そいつの頭にレインコートを放り投げ、かくして完全にそいつの目的と企図とを挫《くじ》き、そいつに戦略の根本的修正を余儀なくさせた姿だ。あの手並みは見事だった。あれほど華麗な仕事ぶりは見たことがなかった」

「有難うございます、ご主人様。ご満足をいただけて深甚に存じます」

「素晴らしい仕事だった、ジーヴス、ものすごくな。それで僕の脳裏に去来するのは、同様の作戦をしたらこの犬をバカみたいな気分にさせてやれるんじゃないかって思いなんだ」

「疑問の余地のないところでございます、ご主人様。しかしながらわたくしはただ今レインコートを持ち合わせてはおりません」

「それじゃあ僕はシーツを使っても何とかできるんじゃないかと助言しよう。もし君がシーツも同様の効果をあげうるかという点について疑問を呈するならば、君が僕の部屋に入ってくるちょっと前に、僕はスポード氏に対してそいつを用いて賞賛すべき結果を上げたところだったと話してやろう。奴はそいつから脱出できなかったんだ」

「さようでございますか、ご主人様?・」

「保証する、ジーヴス。シーツに勝る武器はないんだ。ベッドの上に何枚かあるぞ」

「はい、ご主人様。ベッドの上にございます」

一時停止があった。僕はこの男を悪く言いたくはない。だがこれがノッレ・プロセクウィでないならば、何がそれにあたるものか僕にはわからない。彼のよそよそしく、冷ややかな表情は、僕が正しいことを示していた。それで僕は彼のプライドを刺激してやろうと試みた。ガッシーがスポードの件で僕とのプールパルーレ、すなわち折衝の際に僕のを刺激しようと試みたみたいにだ。

「君はちっちゃなかわいい犬が怖いのか、ジーヴス?・」

彼は僕の発言を丁重に修正した。当該生物はちっちゃなかわいい犬ではなく、筋肉の発達という点ではゆうに平均以上であるということを私見として示しつつだ。とりわけ、彼は僕の注意をその動物の歯に向けさせた。

僕はまた彼を力づけてやった。

「僕は思うんだが、君が急な跳躍をすれば、あいつの歯は問題じゃないってことがわかるんじゃないかな。君はベッドに跳び下りてシーツをつかみ、あいつがわけがわからないでいるうちにぐるぐる巻きにしてやるんだ。それで大丈夫だ」

「はい、ご主人様」

「うむ、それで君は急な跳躍はしてくれるのかな?・」

「いいえ、ご主人様」

いささか硬直した沈黙がそれに続いた。その間、犬のバーソロミューはまばたきひとつせずに僕を見つめていた。それでいま一度僕はそいつの顔に傲慢《ごうまん》でもったいぶった表情を認め、それに反感を覚えたのだった。アバディーン・テリアに追い立てられて引出し簞笥のてっぺんに上る経験が快適であり得ようはずはないが、そういう状況で一番期待できないのは、その動物が譲歩してくれて、あたかもあなたは助かったのですかと訊ねでもするみたいに人を見つめて傷口に塩をなすり込まないでいてくれることだ。

僕がこのときジェスチャーをしたのは、この表情をこいつの顔から拭いとろうという希望からだった。僕の横の燭台に短くなったロウソクがあった。僕はこいつをこの小さい悪党に投げつけた。するとそいつはそれをいかにもおいしそうに平らげ、それを吐き出すために中休みを取って、再びまた無言の凝視を開始した。そしてその瞬間にドアが開いてスティッフィーが入ってきた——僕が予期していたより何時間も早くにだ。

彼女を見た者がまず最初に強い印象を受ける点は、彼女がいつものうきうきした気分ではいないということだ。スティッフィーは、いつだってA地点からB地点へと颯爽《さっそう》と移動する女の子だった——若さ溢れる弾力性、という表現でよかったんだと思う——だが、今彼女はヴォルガの船乗りみたいにゆっくりした、引きずるような足どりで入ってきた。彼女は僕らに物憂げな目を向け、それから短い〈ハロー、バーティー。ハロー、ジーヴス〉の後、僕らのことを彼女の思考から放逐し去ったように見えた。彼女は鏡台に向かい帽子を取ると陰気な目で鏡に映った自分の姿を眺めていた。何らかの理由でこの娘の魂がぺしゃんこになっていて、僕が会話の口火を切らない限り気詰まりな沈黙というやつが続きそうなのを見て取って、僕は自分から話し始めることにした。

「ヤッホー、スティッフィー」

「ハロー」

「こんばんは。君の犬が今、じゅうたんに吐いたところなんだ」

無論これらすべては、メイン・テーマに至るための導入部に過ぎない。それで僕は本題に切り込んだ。

「ねえ、スティッフィー、僕らがここにいてびっくりしたんじゃないかと思うんだけど」

「ううん、しないわ。あなたたちあの手帖を探してたの？」

「うん、そうなんだ。そのとおり、探してたんだ。とはいえ実を言うと、まだ本当に始めたわけじゃないんだけど。そのワンちゃんにちょっと邪魔されてね」（いかにも屈託なげに言っている。お気づきいただけようか。こういう状況ではこれが最善の手なのだ）「彼は僕らが入ってきたのを悪く取ったんだな」

「あらそう？」

「そうなんだ。その子の首輪に頑丈なリードをつけて、この世界を民主主義にとって安心できる場所にしてくれるようにって君に頼んだらお願いが過ぎるかなあ？」

「いいわ、やってあげる」

「それじゃあ君は二人の仲間の生き物の命を救ってくれるんだね？」

「ううん、救ってあげない。その二人が男の人である限りね。あたし男の人って大嫌いなの。バーソロミューがあなたのこと骨まで齧《かじ》っちゃえばいいと思うわ」

この問題にこの角度から接近しても多くは得られないと僕は見て取った。僕は別のポアン・ダピュイ、すなわち始点に方向を変えた。
「君が帰ってくるとは思わなかったよ」僕は言った。「君は勤労者労働会館に行ってスティンカーの聖地に関するカラー・スライドつき講演会でピアノ伴奏をしてるものだとばかり思ってたんだ」

「したわ」

「帰りが早かったじゃないか?」

「そうよ。講演は終わったの。ハロルドがスライドを壊したのよ」

「ああ?」僕は言った。奴はいかにもスライドを壊しそうな男だと思いながらだ。「どうやってさ?」

彼女は犬のバーソロミューのひたいに物憂げに手をやった。そいつは友交を求めて、彼女に近寄っていたのだ。

「落っことしたの」

「どういうわけで落っことしたのさ?」

「あたしが婚約を破棄したショックのせいでよ」

「なんと!」

「そうなの」彼女の目にかすかなきらめきが宿った。あたかも不快なシーンを思い起こしているかのようにだ。また彼女の声は僕がアガサ伯母さんと話すとき、その声のうちに頻繁に認めるような一種の金属的な鋭さを帯びた。物憂げなふうは消え、はじめて彼女は少女っぽい熱情を込めて話し始めた。「あたしハロルドの家に行ったの。それで中に入ってあれこれしばらくおしゃべりした後、こう言ったのね。〈ねえダーリン、いつになったらあなたはユースタス・オーツのヘルメットをくすね取ってくれるのかしら?〉って。そうしたら、ねえ信じられて? 彼ったらあたしのこと、すごくいやな、ヒツジみたいなバツの悪そうな顔で見て、自分は良心からOKをもらおうと格闘してるんだけど、良心のほうじゃユースタス・オーツのヘルメットをくすね取るなんて絶対に許しちゃくれないんでその話は全部おしまいだって言うの。〈あらそう？〉あたしは言ったわ。居ずまいを正しながらね。〈全部おしまいですって？　じゃああたしたちの婚約もおしまいね〉それで彼は両手一杯分の聖地のカラー・スライドを落っことしたの。それからあたしは帰ってきたんだわ」

「本気じゃないんだろう？」

「本気よ。それにあたし、逃げおおせたのはとっても幸運だったたって思ってるの。彼があたしが頼んだほんの小さなことをいちいち拒否するような人なら、手遅れになる前にそれがわかってよかったわ。あたし全部によろこんでるの」

ここで、キャラコの生地を裂くような鼻をフンフンいわせる音とともに、彼女はひたいを両腕にうずめた。そしていわゆる身も世もあらぬむせび泣きに突入したのだった。

うむ、無論ものすごく痛ましいことではある。彼女の嘆きへの同情で僕の心は痛みうずいたと言っても大きな間違いではない。ロンドンのW１郵便区内で、僕ほど女性の嘆きに心動かされやすい男はいないと思う。今すぐにでも、もし僕がもっと彼女の近くにいたならば、彼女の頭を優しく撫《な》でさすってやっていたことだろう。だが、ウースター一族の胸にはこういう優しい傾向があるとはいえ、実利的な傾向もあるのだ。それで僕がこの件の明るい側面を見いだすまでに長くはかからなかった。

「うーん、それは可哀そうだった」僕は言った。「ハートは血を流しているんだな、なあ、ジーヴス？」

「ことさらにさようかと」

「うん、何てこった。そいつはおびただしく血を流しているんだ。それで僕に言えることは、偉大な癒し手たる時がやがて傷口を縫い合わせてくれるのを願うしかないってことだ。しかしながらだ、そういう状況ならもちろん君はガッシーの手帖を持ってたってもう仕方がないわけだから、そいつを渡してくれないかな?」

「何ですって?」

「僕が言ったのは君とスティンカーとの結婚の計画がおしまいなら、君はもちろんガッシーの手帖をもう持っていようとは思わないだろうってことなんだ——」

「ねえ、手帖のことなんか今言うのはよして」

「そうだ、まったくその通りだった。断じてよくないよね。ただ僕が言ってるのは——時間が空いたら——都合のいいときを選んで——そいつを渡してくれないかなってことなんだ——」

「ええ、いいわ。今はあげられないけど。ここにはないの」

「ここにはないんだって?」

「そうよ。あたしはそれを……あら、あれは何?」

まさしく興味津々《しんしん》のところで彼女の言葉を中断させたのは突然聞こえてきたコツコツという音だった。コツコツコツ、というやつだ。そいつは窓の方角からしていた。

このスティッフィーの部屋というのは、先に述べておくべきだったが、天蓋《てんがい》つきベッド、高価な絵画、豪華な装飾を施された椅子、その他フラットで昼食をご馳走してやった恩義あるこの手に最大限の心配と落胆を与えて噛みついて回るような若い小娘にはずいぶんと上等すぎるありとあらゆる種類の調度品を備えていたのだが、窓の外にはバルコニーがあった。このコツコツいう音が聞こえてくるのはこのバルコニーからであった。したがって誰かがそこに一人で立っていると推論された。

犬のバーソロミューもこの結論に到達していることは、窓に向かって跳びかかり、噛み破って通り抜けようと始めたそのしなやかな敏捷さによってすぐさま明らかとなった。この瞬間までそいつは座って眺めるだけで満足し、自らが強力な自制心を持つ犬であることを示していたが、今やそいつはわけのわからない悪罵の類いを満載していた。それで僕は告白するが、こいつがいら立つ様を見、こいつの発言を聞くにつけ、引出し箪笥の上にさっと逃げ去った己《おの》が機敏さに僕は喝采を送った。人をして息呑ましむるものがあるとしたら、それはこの骨打ち砕くレスラー、バーソロミュー・ビングである。賢き天の摂理の所為を批判するのは本意ではないが、このサイズの犬がワニ並みのあごと歯をどうして具備せねばならぬのか僕は理解に苦しむ。とはいえそんなことを今更どうしようったって無理なことだが。

スティッフィーは、自室の窓にコツコツいう音を聞いた女の子に期待されるところの、驚きのあまりの無活動の時を経た後、立ち上がって検分に行った。僕の座っていた所からは何も見えなかったが、明らかに彼女の位置取りはもっと幸運だったようだ。カーテンを開け放つと、彼女がさっと手をのどに当てるのが見えた。劇中人物か何かみたいにだ。そして鋭い叫び声が発された。あぶく立つテリアの口許から発せられるぞっとするような騒音の中ですら、そいつはちゃんと聞きとれた。

「ハロルド!」彼女はかん高い声で言った。ここから推論して僕はバルコニーにいる男は僕のお気に入りの副牧師、我が友スティンカー・ピンカーに相違ないと結論したのだった。

このおかしな娘が奴の名を口にする言い方には、一種の喜びの歓声があった。魔性の恋人と出会った女性が発するような奴だ［「魔性の恋人を慕って泣く女」コールリッジ「クブラ・カーン」より］。だが反省の結果、この聖職者と彼女との間にあったことの後で、これはふさわしい声調ではないと思い直したようだ。彼女の次なる言葉は冷たく、敵意に満ちた語調で語られた。僕は彼らの話を聞くことができた。というのは彼女は身をかがめて無作法者のバーソロミューを抱え上げ、そいつの口を手で押さえつけて吠《ほ》え声を鎮めたからだ――僕ならどんなにどっさり金を積まれたってそんなことをするのはいやだ。

「何の用？」

バーソロミューが鎮静化したせいで、今や会話はよく聞こえるようになった。スティンカーの声はガラスに隔てられてちょっと不明瞭だったが、それでもちゃんと聞き取れた。

「スティッフィー！」

「なあに？」

「入ってもいいかい？」

「だめよ、入れてあげない」

「でも、持ってきたものがあるんだ」

この若いかわい子ちゃんの口から、突然喜悦の吠え声があがった。

「ハロルド、あなたったら天使の仔ヒツジちゃんだわ！　結局あれを持ってきてくれたのね？」

「そうなんだ」

「ああハロルド、あたしの喜びの夢！」

彼女はもどかしげな指で窓を開けた。冷たい隙間風が入り込んできて僕の足首の辺りでひと騒ぎした。僕が想像したとおりに、続いてスティンカーの奴が入ってくるというふうにはならなかった。

奴はまだ外でもじもじしていた。そして一瞬の後、奴がそうしていた動機が明らかになった。

「ねえ、スティッフィー、かわいいお嬢さん、君の犬は拘束済みかなあ?」

「ああ、そうね。ちょっと待っててらしてね」

彼女はその生き物を戸棚の所に運んでいって中に押し込み、扉を閉めた。そいつから次なる報告が届く気配はなかったという事実から、奴は丸くなって眠ってしまったものと僕は想像した。こういうスコットランド犬は哲学者なのだ。環境の変化によく適応するのである。がなりたてはするが我慢もできるのだ。

「完了よ、エンジェル」彼女は言い、スティンカーの抱擁にちょうど間に合うタイミングで窓辺に帰り着いた。

現在進行中のもつれ合いのさ中から、男性側構成要素と女性側構成要素とを分別するのはしばらくの間容易なことではなかった。しかし、やがて奴はそこから分離し、僕は奴の姿を丸ごとしっかり見られるようになった。そしてそうしながら、最後に会った頃よりだいぶ奴が増量しているのに僕は気がついた。田舎のバターとこういう副牧師らの営む安逸な生活のおかげで、いつだって見栄えのする体格には何キロかが足し増されていた。未成年期の細身で見事に鍛え上げられたスティンカーを見いだすには、受難節の断食の時に会わないといけないと僕は感じた。

しかし僕はすぐに気づいたのだが、奴の変化は純粋に表面的なものだった。敷物にけつまずいて補助テーブルに激突してそいつをひっくり返す熟達の手並みは、中核の部分では奴が相も変わらぬドタドタ歩きの、両足とも左足でできてる男で、広大なゴビ砂漠だって何かにぶち当たらずには歩き渡れないような体質なのだということを如実に示していた。

懐かしきコレッジの頃、スティンカーの顔は健康と上機嫌とに光り輝いていた。健康のほうは今もそこに健在だった——奴は聖職についている赤カブみたいに見えた——だが上機嫌のほうはというと今現在はやや不足気味であるようだった。奴の顔はやつれていた。良心が奴の生気を苛《さいな》み尽くしたみたいにだ。また事実そのとおりであることに間違いはなかった。というのは、奴の片手には、僕が最後に見た時にはユースタス・オーツ巡査の頭のてっぺんに鎮座していたはずのヘルメットが握られていたからだ。死んだ魚を追っぱらおうとする男がするようなすばやい、衝動的な動きで、奴はそれをスティッフィーに押しつけた。彼女はそいつをやわらかく優しい喜悦の歓声とともに受け取った。

「持ってきたよ」奴はのろくさく言った。

「ああ、ハロルド!」

「君の手袋も持ってきたよ。置き忘れてあったんだ。少なくとも片方は持ってきた。もう片方が見つからないんだ」

「ありがとう、ダーリン。でも手袋のことなんかどうだっていいの、あたしの奇跡の人。あったこと全部話してちょうだいな」

奴はそうしようとして、一時停止した。僕は奴が僕のことを熱っぽい目つきで見つめているのを認めた。それから奴は振り返ってジーヴスを見た。奴の胸に去来する思いが何なのかは読み取れた。奴は僕らは現実なのか、それともこれまでの神経の緊張が見せている幻覚なのかと自問しているのだ。

「スティッフィー」声をひそめて奴は言った。「今は見るんじゃない。だが引出し箪笥のてっぺんに何かいるんじゃないか?」

「えっ? ええそうよ、バーティー・ウースターだわ」

「ああそうなのか?」スティンカーは言った。目に見えて晴れやかさを増しながらだ。「確信はなかったんだ。じゃあ戸棚の上にも誰かいるのかな?」

「バーティーの執事のジーヴスよ」

「はじめまして」スティンカーは言った。

「はじめまして」ジーヴスが言った。

僕らは簞笥から降り、手を差し伸べながら前へ進んだ。再会を喜び合いたいとの思いからだ。

「ヤッホー、スティンカー」

「ハロー、バーティー」

「ずいぶんしばらくになるなあ」

「ずいぶんだったな」

「お前、副牧師になったんだって」

「ああ、そうなんだ」

「調子はどうだい?」

「ああいいさ、ありがとう」

それからちょっとした間があった。僕はさらに続けて誰それは最近どうしてるとか何とかいった奴はどうなったかとか、長い別離の末に大昔のコレッジ仲間が再会したときに流れてゆくような傾向を会話がとった場合にするような具合に、奴に訊ねることだってできたと思うのだが、僕がそうする前に、それまで眠るいとし子の寝台に向かって優しく歌を口ずさむ母親みたいにヘルメットを抱え込んでいたスティッフィーが陽気なクスクス笑いをしながらそいつを頭にかぶってみせて、それでその光景がスティンカーにウェストコートにパンチをくらったみたいに自分のしでかしたことを思い起こさせたようだった。〈その卑劣漢は完全に自分の立場を理解しているようだった〉という表現をおそらく耳にされたことがおありかと思う。これがこのときのハロルド・ピンカーの姿だった。奴は驚いたウマみたいにおびえ、別のテーブルをひっくり返し、おぼつかない足どりで椅子に向かうとそいつをひっくり返し、そいつを起こしてそこに座った。両手に顔をうずめながらだ。

「もし子供のための聖書教室のみんながこれを聞いたら！」激しく身を震わせながら奴は言った。

　奴の言いたいことはわかった。奴みたいな立場にある人間は足許に注意しなければならない。副牧師に人々が期待するのは、聖職者としての彼の義務の情熱的な遂行である。人々は彼のことをヒビ人やらエブス人〔『創世記』に名前が出る古代民族〕やら何やらについて説教し、堕落者には時宜《じぎ》を得た言葉を語り、救済に値する病人にはスープと毛布を運ぶ男だというふうに考えたがる。彼が警官のヘルメットを奪うのを見たときには、互いに顔を向き合わせ、眉を上げて非難の意を表明し、この人物がこの仕事に本当にふさわしい男かどうかを自問するのだ。このことが、その陽気な笑いで前回の学校のお楽しみ会をあれほどの大成功に導いた活力溢れる副牧師たるスティンカーの心を悩ませ、邪魔している事柄なのだ。

　スティッフィーは奴を元気づけようとした。

「ごめんなさいね、ダーリン。気に障るなら片づけるわ」彼女は部屋を横切って引出し簞笥の所に行き、言った通りにした。「だけどどうして心配しなきゃいけないのか」彼女は戻ってきて言った。

「あたしにはわからないの。これはとっても誇りに思って喜んでいいことだと思うわ。さあ、あったことを全部話してちょうだい」

「そうだ」僕は言った。「じかに話を聞きたいもんだ」

「あなたヒョウみたいに奴のうしろに忍び寄ったの?」スティッフィーが訊いた。

「もちろんそうさ」バカな若いエビ娘を諭《さと》しながら僕は言った。「あいつの目の前で踊って跳ねてまわってたとでも思ってるのかい? 間違いなくお前はヘビみたいな執拗さで奴の後をついてまわったのさ、なあスティンカー。それで奴が踏み越し段かどこかに腰かけて静かにパイプを吹かしてた時に、その偉業を成し遂げたんだろう?」

スティンカーは座って正面をまっすぐ見つめていた。やつれた表情がまだ奴の顔にあった。

「彼は踏み越し段に腰かけていたんじゃない。そこにもたれてたんだ。スティッフィー、君が行ってしまってから僕は散歩に出た。色々考えるためにだ。それでプランケットさんのところの草地を横断して踏み越し段を上ってまた次の踏み越し段にかかろうとしたところで、何か黒っぽいものが前に見えたんだ。で、それが彼だった」

僕はうなずいた。その情景が目に浮かんだ。

「お前が」僕は言った。「上に持ち上げる前に前に押すってことを憶えててくれたらいいんだが」

「そんな必要はなかった。ヘルメットは彼の頭に載っちゃいなかったんだ。彼はそいつを脱いで、地面に置いていた。それで僕は忍び寄ってそいつをつかんだんだ」

僕は驚いて飛び上がった。唇をいささかすぼめながらだ。

「正しいゲームのやり方とは言えないな、スティンカー」

「いいのよ」たいそう暖かさを込めてスティッフィーが言った。「とっても賢明なやり方だったたって思うわ」

僕は自説を一歩だって譲るわけにはいかなかった。ドローンズ・クラブにおいて、我々は、こういうことについて断固たる見解を保持しているのだ。

「警官のヘルメットをくすね取るには、正しいやり方と間違ったやり方があるんだ」僕はきっぱりと言った。

「あなたの言ってることって完全なナンセンスだわ」スティッフィーは言った。「あたしあなたって素晴らしいと思うわ、ダーリン」

僕は肩をすくめた。

「君はどう思う、ジーヴス?」

「わたくしは意見を申し上げますような立場にはおりませぬと存じます、ご主人様」

「そうよ」スティッフィーが言った。「あなただってご意見するようなお立場になんかありゃしないわ、のっぺり顔のバーティー・ウースター君。いったい何様だと思ってるのよ?」彼女は改めて温度を上げながら詰問した。「女性の寝室にうろうろ入り込んできて、警官のヘルメットをくすね取る正しいやり方と間違ったやり方がどうとかなんて言って。まるで自分がその道のすごい大家だとでもいうみたいじゃない。逮捕されて翌朝ボッシャー街に引きずり出されて、罰金で済ませてくださいってワトキン伯父様に這《は》いつくばったくせに」

僕は速やかにこれを受けて立った。

「僕はあのジイさんに這いつくばってなんかいない。僕の態度は終始冷静で威厳に満ちていた。危難の際のレッド・インディアンみたいにだ。それに罰金で済ませてもらおうとしたって君は言うけど――」

ここでお願いだから静かにしてちょうだいとスティッフィーが口を挟んできた。

「うむ、とにかく僕が言いたかったのはあの量刑は僕を驚かせたってことだ。単なる譴責《けんせき》で済むケースだったって僕は強く思っている。しかしそんなことはどうでもいいんだ――肝心なのはスティンカーが今回の対決でゲームのルールに従ってプレイしなかったってことだ。彼の行動は道義上抱卵中の鳥を撃つに等しい行為だと僕は考える。僕は自説を変更するわけにはいかない」

「あたしもあなたがあたしの寝室に何の用もないでしょっていう見解を変更するわけにはいかないの。あなたいったいここで何してるのよ?」

「そうだ。僕もその点を不審に思ってたんだ」はじめてこの問題に触れ、スティンカーが言った。無論僕には、愛する女性の排他的な寝室と考えるところのこの部屋で群集シーンにゆきあたって、奴が当然驚いたであろうことは理解できた。

僕は厳しく彼女を見た。

「君は僕がここで何をしているかは知ってるはずだ。僕は君に言った。僕が来たのは――」

「ああ、そうね。バーティーは本を借りにきたの、ダーリン。だけど」ここで彼女の目は僕の目に冷たく、悪意ある視線を注いだ。「悪いけど今すぐは貸してあげられないの。あたしもまだ読み終えてないのよ。ところで」その無理強いするような視線で僕を捉えたまま、彼女はさらに続けた。「バーティーは喜んであのウシ型クリーマー計画に手を貸してくれるって言ってたわ」

「やってくれるのか、友達よ?」熱情をたぎらせてスティンカーが言った。

「もちろんやってくれるわ」スティッフィーが言った。「たった今、喜んでそうしようって言ってくれたばかりなのよ」

「お前は僕が鼻を殴りつけても構わないんだな?」

「もちろん構わないわよ」

「わかるか、僕たち二人とも血を流さなきゃならないんだぞ。血を流すってところが肝心なんだ」

「もちろん、もちろん、もちろんよ」スティッフィーが言った。彼女の様子はせっかちだった。このシーンを早く終結させようと急いでいるみたいだった。「そのことは完全にわかってくれてるわ」

「いつやってくれる気なんだ、バーティー?」

「今夜やる気なのよ」スティッフィーは言った。「先送りにしたって意味はないわ。深夜十二時に外で待っててね、ダーリン。それまでにはみんな眠ってるはずよ。深夜十二時でいいわね、バーティー。そう、バーティーはものすごく好都合だって言ってくれてるわ。さあこれでみんな決まったわ。ああ、あなたもう行かなきゃいけないわね、愛する人。誰かが入ってきてここにいるのを見られたら、変だと思われるわ。おやすみなさい、ダーリン」

「おやすみ、ダーリン」

「おやすみなさい、ダーリン」

「おやすみ、ダーリン」

「待て!」胸の悪くなるようなこのやりとりに割って入って僕は言った。スティンカーの繊細な感情に最後の訴えをしたかったのだ。

「彼は待てないの。行かなきゃならないのよ。忘れないで、エンジェル。全部用意して、現地に深夜十二時よ。おやすみなさい、ダーリン」

「おやすみ、ダーリン」

「おやすみなさい、ダーリン」

「おやすみ、ダーリン」

彼らはバルコニーに移動し、ムカムカするような愛情表現は遠ざかった。僕はジーヴスに向き直った。僕の顔は固く硬直していた。

「けっ！　ジーヴス」

「ご主人様？」

「僕は〈けっ！〉って言ったんだ。僕はずいぶんと心の広い男だ。だが今回はショックだ――骨の髄までと言ってもいいだろう。スティッフィーの行動のせいでムカつくって言ってるわけじゃないんだ。彼女は女性だし、女性たちの理非善悪の弁別能力のなさってのは悪名高いものだからな。だがあのハロルド・ピンカーだ、英国国教会の聖職者たる奴がだ、カラーのボタンをうしろで留めてる男がだ、こんなことを黙認するってことに僕は愕然《がくぜん》とさせられるんだ。奴は彼女があの手帖を持ってるのを知ってる。奴は彼女がそいつで僕をがんじがらめにしてるのを知ってる。だのに奴はそいつを返せと彼女に言ったか？　ノーだ。奴は熱意をむき出しにして汚い仕事に手を貸してるんだ。トトレイ・イン・ザ・ウォルドの教会の信徒の皆々様にはとんだ見張り番だ。まっすぐの細い径に外れずあんな羊飼いといっしょに歩かなきゃならないんだからな！　奴が講義してる子供のための聖書教室の連中にはいいお手本ってもんじゃないか！　ハロルド・ピンカー師のもとで何年か勉強して、奴のとんでもない道徳観倫理観を吸収した暁には、いまいましいガキ連中はひとり残らず恐喝罪でワームウッド・スクラップズ［ロンドンにある初犯者を収容する刑務所］で長いことお勤めだ」

僕は言葉を止めた。すごく心が昂ぶっていた。また息も少々切れていた。

「わたくしはあなた様があちらの紳士様を不当に扱っておいでのものと思料いたします」

「えっ？」

「あなた様が本計画に不本意ながら手をお貸しあそばされるのは、すべてこれあなた様のお心根の善良さと旧友を助けんとの欲求がためとのご印象をあの方はお持ちでおいでのものと、わたくしは確信いたすところでございます」

「君は彼女があの手帖の件を奴に話してないと思うのか？」

「さようと確信いたしております。お嬢様のご様子からそう拝察いたしました」

「僕は彼女の様子なんか何にも気がつかなかった」

「あなた様が手帖のことについてお話しなさろうとされた際、困惑が露呈いたしておりました、ご主人様。お嬢様はピンカー様がその件についてご質問をなさって、事実をお知りあそばされれば、当の物件の返還をお命じになられるものとご危惧あそばされたのでございます」

「何てこった、ジーヴス。きっと君の言う通りなんだろうな」

僕はさっきの場面を再生し思い返してみた。そうだ、彼の言うことは完全に正しい。スティッフィーは軍用ラバの厚顔さと氷の板の上に載った魚の無頓着さを同量ずつ含有している女の子のひとりだが、僕がスティンカーにこの部屋にいた動機を説明しようとしたとき、間違いなくちょっと上ずって地に足がついていない所があった。奴をせき立てて帰したちょっと熱っぽい様子のことも思い出した。パブで大柄な客を追い出している小柄な用心棒みたいだった。

「いやはや、ジーヴス！」僕は心動かされて言った。

バルコニーの方角から鈍い何かのぶつかるような音がした。しばらくして、スティッフィーが戻ってきた。

「ハロルドが梯子から落っこちたの」彼女は心の底から笑いながら説明した。「えーっと、パーティー、段取りはみんなよくわかってるわね？　今宵こそ決行の晩よ！」

僕は安タバコを引っぱりだしてそいつに火を点けた。

「待ちたまえ！」僕は言った。「そんなに急いじゃいけない。ちょっと待ちたまえ、スティッフィー君」

僕の口調の穏やかな権威の響きに、彼女は面食らったようだった。彼女は二回瞬きをして、もの問いたげに僕を見た。一方僕は、煙を吸い込んで、平然とそいつを鼻孔から噴出させた。

「ちょっと待ちたまえ」僕は繰り返した。

ご存じかどうかわからないが、ブリンクレイ・コートにおいて僕がオーガスタス・フィンク＝ノトルといっしょにした前回の冒険譚において、僕はバックだったかボーだったか何とかいった男に関する歴史小説を読んだことがあるという話をした。そいつは人々に分をわきまえさせる必要があるときは、眠たげなまぶた越しに笑って申し分ないメクリン・レースの袖口から塵《ちり》をはたき落とすのだった。それで僕はこの男をモデルに行動した結果、素晴らしい結果が得られたと報告したと思う。

僕は今それをやった。

「スティッフィー」僕は言った。眠たげなまぶた越しに笑い、申し分のない僕のカフからタバコの灰をはたき落としながらだ。「ご面倒だがあの手帖を出してもらいたい」

もの問いたげな表情はますます強くなった。これらすべてが彼女を当惑させていることが僕には見て取れた。彼女はバートラムをうまいこと鉄のかかとの下の地面に踏みつけにしてやったと思っていたことだろう。それがここにいる僕はというと、二歳児みたいに跳ね上がって、ファイティング・スピリットに満ち満ちているときているのだ。

「どういう意味？」

僕はもうちょっと笑ってやった。

「僕の言ったことの意味は」僕は言った。塵をはたき落としながらだ。「まったく明瞭だと思うんだけどな。僕はあのガッシーの手帖が欲しい。今すぐ欲しい。余計なおしゃべりはなしで欲しいってことだ」

彼女の唇がとがった。

「明日渡してあげるわ——もしハロルドが満足のゆく報告をしてくれたらね」

「僕は今欲しいんだ」

「ハハハハッ、まあおかしい！」

「〈ハハハッ、まあおかしい！〉のは君のことだ、スティッフィー君。それだけじゃない」僕は穏やかな権威を込めてやり返した。「繰り返す。僕はそいつが今欲しいんだ。でなけりゃ僕はスティンカーのところに行って奴に全部話してやる」

「何について全部よ？」

「全部について全部だ。今現在、君の計画への僕の関与は、ひとえに僕の心根の善良さと旧友を助けたいという欲求のためだという印象を奴は持っている。君は奴に手帖のことを話してないんだ。僕はそう確信している。君の態度からそうわかったんだ。僕が手帖のことを話そうとしたら、君は困惑を露わにした。君はスティンカーがこの件について調べて事実を知ったら、返還を君に要求すると恐れてるんだ」

彼女の目がちらっと揺らいだ。僕はジーヴスの診断が正しかったことを知った。

「あなたってまったくバカげたことを言ってるわ」彼女は言った。しかしその声には震えがあった。

「結構。それじゃあプップーだ。僕はスティンカーのところへでかけるとしよう」

僕は踵《きびす》を返した。すると予測通り彼女は悲痛な声で嘆願し、僕を引き止めた。

「だめ、バーティー、行かないで。行っちゃだめ！」

僕は戻ってきた。

「そうか！　君は認めるんだな？　スティンカーは何にも知らないんだ、君の……」ダリア叔母さんがサー・ワトキン・バセットを語った際に用いた強烈なフレーズが思い起こされてきた。「君の陰険なインチキのことを」

「あたしあなたがどうして陰険なインチキなんて言い方をするのかわからないわ」

「僕がそいつを陰険なインチキって呼ぶのは、そいつが僕の考える陰険なインチキだからだ。そしてそれは高潔な原理を身体一杯に滴らせてるスティンカーが、もし事実をつまびらかにされれば陰険なインチキだって考えることなんだ」僕はまた踵を返した。「さてと、も一度プップーだ」

「バーティー、待って！」

「ふーん？」

「バーティー、ダーリン」

僕は紙巻きタバコ用パイプの冷たい一振りでもって彼女を制した。

「〈バーティー、ダーリン〉はやめるんだ。〈バーティー、ダーリン〉、フン、もっともだ！〈バーティー、ダーリン〉を始めるにはいい頃合だな」

「だけど、バーティー、ダーリン。説明したいの。もちろんあたしはハロルドに手帖のことを話してなんかないわ。彼ひきつけを起こしちゃうわよ。そんなのは汚い策略だって彼は言うわ。あたしにだってもちろんそんなことはわかってるの。だけど他にしようがないんだもの。あなたに助けてもらえるようにする方法は他にないみたいだったんだもの」

「ないさ」

「でもあなたはあたしたちを助けてくださるんでしょう？」

「いや、助けない」

「でもあなたは助けてくださるってあたしは思うの」

「君が思うのは勝手だ。だが僕は助けないんだ」

このやりとりの一行目か二行目あたりのどこかで、彼女の目が潤《うる》み、唇は震え、真珠のごときものが頬を伝い落ちるのを僕は目にした。ダムの決壊だ。最初はらはらと落ちてきた真珠のごときものは、今や怒濤《どとう》の勢いで流れ落ちている。あたしなんか死んじゃったほうがよかったんだわとか、あたしの棺を見つめおろしながら自分が人非人だったばっかりにこの子はこんな姿になっちゃったんだと思ってあなた自分のことすごくバカみたいに思うでしょうよ、とかいった効果の短い言葉を発しつつ、彼女はベッドに倒れこみ、エーンと声をあげ始めた。

それは彼女が先に見せたのと同じ身も世もあらぬむせび泣きで、またもや僕は自分がしていることは男らしくないことだみたいな気持ちになっていた。僕は神経質にネクタイを引っぱりながら、優柔不断で立っていた。女性の嘆きがウースター家の者に及ぼす効果についてはすでに述べてある。

「ウー」彼女は続けた。

「だけどさ、スティッフィー――」僕は言った。

「ぐすん……ぐすん……」

「だけどさ、スティッフィー、ねえ、ものをわきまえろよ。頭を使うんだ。君は本気で僕にあのウシ型クリーマーをくすね取らせようなんて思ってるわけじゃないだろ」

「それが……ぐすん、あたしたちにとってはすべてなの」

「そうかもしれない。だけど聞くんだ。君は潜在的障害のことを考えてないだろ。君のいまいましい伯父さんは僕の行動を逐一見張ってるんだ。それで僕が何かはじめるのを待ちかまえてる。それでもし彼が見張っていなかったとしたって、スティンカーと共同で作戦を遂行するっていう、その事実がすべてを見込みなしにしてるんだ。共犯者としてのスティンカーに関する僕の見解はすでに君に話してある。どういうわけか、何とかかんとかして、奴はすべてをめちゃくちゃにしちゃうんだな。だってさ、たった今起こったことを見ろよ。奴は落っこちないで梯子を降りることすらできなかったんだぞ」

「ぐすん」

「それで、いいか、君のこの計画に仮借《かしゃく》ない分析を加えて精査してみるんだ。君はスティンカーに血まみれで入ってこさせて賊の鼻を殴ったと言わせる計略だって言ってた。奴がそうやったとしてみよう。どういうことになるか？ 〈ハッ！〉君の伯父さんは言うんだ。彼は間違いなく誰よりも手掛かりってものをよく知ってる。〈そいつの鼻を殴ったとな？ 皆のもの、目をよおくむいて鼻の腫《は》れた男を探すのじゃ〉それで最初に彼が見つけるのが適正サイズの二倍に鼻をふくらました僕だ。結論がどうなるか、言ってもらうまでもないじゃないか」

僕は申し立てを中断した。ずいぶんとうまい主張ができたように思えた。それで僕は屈服の「よしきた、ホーだわ。そうね、あなたの言い分もわかるわ。あたし、あなたの言うことが正しいと思うの」を期待した。だが彼女はいよいよエーンとやるだけで、それで僕はジーヴスのほうに向き直った。彼は終始無言でいたのだ。

「君は僕の推論を理解してくれるか、ジーヴス？」

「完全に理解いたしております、ご主人様」

「君は計画通りの作戦が悲惨な結果に終わるだろうってことには、同意してくれるな？」

「はい、ご主人様。それは疑いもなく一定の深刻な難点を提起いたしております。もし差し支えなくば、わたくしに代替策の提案をお許しいただけましょうか？」

僕はこの男を見つめた。

「君は策を見つけ出したってことか？」

「さようと思料いたします、ご主人様」

彼の言葉はスティッフィーからエーンを取り払った。世界中の他の何を持ってきたってこうはならなかったろう。彼女は座りなおし、さかんな憶測で彼を見やっていた。

「ジーヴス、本当?」

「はい、お嬢様」

「ねえ、あなたったらほんとに世界で一番素敵なふわふわのメーメーいう仔ヒツジちゃんよ」

「有難うございます、お嬢様」

「さてと、それじゃあ聞かせてくれ、ジーヴス」また別のタバコに火を点け、椅子に身を沈めながら僕は言った。「無論君の言うことが正しいことを願ってる。だが僕個人としては道はないように思うんだが」

「道はひとつ見いだせるかと思料いたします、ご主人様。この問題に心理学的角度から接近をいたしますればでございますが」

「ああ、心理学的か?」

「はい、ご主人様」

「個々人の心理だな?」

「おおせの通りでございます、ご主人様」

「わかった。ジーヴスは……」僕はスティッフィーに説明を始めた。無論、彼女はこの男のことをほんのわずかしか知らない。実際、僕のフラットで昼食を食べたときに慇懃《いんぎん》にポテトを供してくれた寡黙な男という以上にほとんど何も知らないのだ。「いつだって個々人の心理についてはクジラ並みの大家なんだ。そいつを躍り食いしてるんだ。どの個人のことだ、ジーヴス?」

「サー・ワトキン・バセットでございます、ご主人様」

僕は疑わしげに眉をひそめた。

「君はあの民衆の敵のジイさんの心を和らげようって言うのか？　握りこぶしに拳鍔《けんつば》でもつけない限りそんなことができるとは思えないんだがな」

「はい、ご主人様。サー・ワトキンのお心をお和らげ申し上げますのは容易なことではございません。あなた様のおおせの通り強烈なご性格の御仁《ごじん》であらせられますゆえ、やすやすとお心に変容を加えうるものではございますまい。わたくしが念頭においておりますアイディアとは、あの方のあなた様に対するご態度を利用いたそうとするものでございます。サー・ワトキンはあなた様がお好きではございません、ご主人様」

「僕だって奴が好きじゃない」

「はい、ご主人様。しかしながら重要なのはあの方があなた様に対して強烈なる嫌悪の念をお抱きであそばされ、それゆえあなた様とビングお嬢様がご婚約あそばされてご結婚を熱望されておいでだとお告げ申し上げたならば、はなはだしいショックをお受けあそばされようという点でございます」

「何だって！　君はスティッフィーと僕がそんな具合だって奴に言えっていうのか？」

「さようでございます、ご主人様」

僕は首を横に振った。

「勝ち目があるとは思えない、ジーヴス。間違いなく笑えるってのはいいんだ――あのいまいましいジイさんの反応を見てってことだ――だが実際的価値があるとは思えない」

スティッフィーもがっかりしたようだった。彼女がもっとましな話を期待していたのは明らかだった。

「あたしにはバカ話に聞こえるけど」彼女は言った。「それでどうなるの、ジーヴス？」

「ご説明をお許しいただけますならば、お嬢様、サー・ワトキンの強力な反応は、ウースター様がご示唆なされたように、きわめて顕著な性質のものでございましょう」

「伯父様は天井にぶち当たっちゃうわ」

「まさしくおおせの通りでございます、お嬢様。きわめて色彩に富んだご想像でございますな。それでもしあなた様が伯父上様に、ウースター様のご言明に真実はないとご断言あそばされ、然《しか》る後に事実はピンカー様とご婚約中であられるとお申し添えになられますならば、そのニュースをお聞きあそばされた圧倒的安堵の念ゆえに、あなた様とあちらのご紳士様とのご結婚をよりお優しいお心もちにてご覧あそばされる次第となろうかと思料いたすところでございます」

僕としては、こんなにイカれた話は生まれてこの方聞いたことがない。それで僕の態度はそういう思いを示すものだった。他方、スティッフィーは、この話にまるきり夢中だった。彼女は春の踊りの最初の何ステップかを踊ったくらいだ。

「ねえ、ジーヴス、それって最高だわ！」

「効果は疑いなしと拝察いたします、お嬢様」

「もちろんそうだわ。失敗しようがないもの。考えてもみて、バーティー、ダーリン。あたしがあなたと結婚したがってるって話を伯父様にあなたがしたら、伯父様どんなふうに思うかしらって。その後であたしは言うの。〈いいえ、ちがいます、大丈夫ですわ、ワトキン伯父様。わたくしが本当に結婚したい方は靴磨きの青年なんですの〉そしたら伯父様はあたしを腕にかき抱いて、結婚式に来てダンスしてくださるって約束するんだわ。それで伯父様が本当の相手は立派で素敵な、素晴らしいハロルドみたいな男性だって知ったら、楽勝よ。ジーヴス、あなたったら本当に特別製の夢ウサギちゃんだわ」

「有難うございます、お嬢様。ご満足いただけて幸いに存じます」

僕は立ち上がった。僕はこんなことすべてにさよならを言おうとしていた。僕の前で人がバカなことを言うのは構わない。だが徹底的なバカ話はだめだ。僕は今や春の踊りの後半に差し掛かっていたスティッフィーのほうに向いた。そしてぶっきらぼうな厳格さをもって彼女に話しかけた。

「さてとあの手帖をもらおうか、スティッフィー」

彼女は戸棚のそばに行ってバラの花を撒《ま》き散らしていた。彼女は一瞬動きを止めた。

「ああ、あの手帖ね。欲しいの?」

「欲しい。今すぐにだ」

「あなたがワトキン伯父様に会ってくれた後で返すわ」

「えっ?」

「そうよ。あなたを信頼してないってわけじゃないのよ、バーティー、ダーリン。だけどあたしがあれをまだ持ってるってあなたが知ってると思うと、もっと幸せな気分になれるの。それであなたは絶対あたしに幸せでいて欲しいでしょ。あなたはとっとと出ていって伯父様と対決して。そしたら話し合いましょ」

僕は眉をひそめた。

「とっとと出ていくさ」僕は冷たく言った。「だが彼と対決するのは、ノーだ。僕は彼と対決したい気分じゃないんだ!」

彼女は目をみはった。

「だってバーティー、そんな言い方したらまるであなたが対決してくれないみたいに聞こえるじゃない」

「そう聞こえるように言ったんだ」

「あなたあたしを見捨てたりしないでしょ、ねっ?」

「見捨てる。僕は君を猛烈に見捨てるんだ」

「あなたこの計画が気に入らないの?」

「気に入らない。ジーヴスがちょっと前にご満足いただけて幸いだとか言った。僕は全然満足してないんだ。彼が展開したアイディアは人間のバカさ加減の度合いにおいて絶対零度を指してると僕は考えている。また彼がそもそもそんな考えをもてあそんだってことに僕は驚いてもいる。スティッフィー、よろしければ手帖だ——ぐずぐずしないで早く」

彼女はしばらく無言だった。

「あたし自分に訊《き》いてたの」彼女は言った。「あなたがこういう態度をとらないでいてくれるかもしれないって」

「それで今やその答えはわかったってわけだ」僕は当意即妙に切り返した。「僕の答えは決まってる。さあ、よろしければあの手帖だ」

「あなたに手帖なんかぜったい渡さない」

「結構。それじゃあ僕はスティンカーのところに行ってすべてを話そう」

「わかったわ。やって。あなたが彼の周囲半径一・六キロ以内に着く前に、あたしは図書室に行ってワトキン伯父様に全部話してあげる」

彼女はあご先を揺すった。自分は気の利いたパンチをうまいこと食らわせてやったと考えている女の子みたいにだ。それで彼女が言ったことを検討した結果、これがまさしく彼女がうまいこと食らわせてくれた点であることを僕は理解した。こういう不測の事態はまったく見過ごしていた。彼女の言葉は僕を一時停止に陥らせた。カムバックの手段として僕にできる最善のことは、いささか困惑した〈フン!〉の語を放つだけだった。事実を隠そうとしたって詮ないことだ――バートラムは途方に暮れていた。

「ほら見なさいな。さあどうするの?」

優位のオスとして振舞っていた男にとって、立場を変えられて愚劣な嘆願に身を貶《おとし》めるのは決して快いことではない。だが僕には他の方途は見いだせなかった。決然として、朗々と鳴り響いていた僕の声は、今やとろけんばかりのトレモロを帯びていた。

「だけどさ、スティッフィー、何てこっただ! そんなこと、君はしやしないだろ?」

「ううん、するの。あなたが行ってワトキン伯父さんの心を和らげてくれない限りは」

「だけど僕がどうやって行って御大の心を和らげるっていうのさ? スティッフィー、君にはそんな恐るべき試練に僕をさらしたりはできないはずだろ」

「できるの。それに何がそんなに恐るべき試練だっていうの? 伯父様はあなたを食べやしないわ」

僕はこの点については譲歩した。

「その通りだ。だが一番よく言ってそこまでだろう」

「歯医者に行くよりはマシなはずだわ」

「六人の歯医者に六回行ったほうがマシだ」

「それが終わった時にはどんなに嬉しいかって考えてご覧なさいな」

そう考えてもほとんど慰めは得られなかった。僕はまじまじと彼女を見た。軟化の徴候が何かありはしないかと期待しつつだ。ひとつだってなかった。彼女はレストランのステーキと同じくらいガチガチだった。キップリングは正しかった。メスの方がオスよりも危険なのだ。この事実から逃れるすべはない。

僕は最後の訴えをした。

「君はその立場から絶対に引かないんだな?」

「一歩もよ」

「こういう話をするのをお許し願いたいんだが、僕のフラットですごくおいしい昼食をご馳走してあげたという事実にもかかわらず、まったく手加減はしちゃくれないんだな?」

「あげないの」

僕は肩をすくめた。ローマの剣闘士が――例の結び目をこしらえたシーツを人々に投げつける連中の一人がだ――舞台袖で呼び出しボーイが自分の番号を叫ぶのを聞いてやったみたいにだ。

「それじゃあわかった」僕は言った。

彼女は母親みたいに僕にほほ笑みかけた。

「その精神よ。それでこそあたしの勇敢な坊やだわ」

これほど頭がいっぱいでない時であれば、彼女が僕のことをあたしの勇敢な坊や呼ばわりするのを聞いて、僕は憤慨したことだろう。だがこの血も凍るような試練の時にあって、そんなことはまるきり問題ではないように思えた。

「君の恐るべき伯父上はどこにいるんだい?」

「今ごろは図書室にいる頃だわ」

「よしわかった。それじゃあ僕は彼のところに行くよ」

子供の頃こういう物語を聞かされたご経験がおありかどうか僕にはわからない。そいつの犬がそいつが執筆中だった値段のつけようもないほど価値のある原稿を噛んでボロボロにしたという話だ。それでご記憶だろうか、これを一蹴《いっしゅう》したせりふがこうだ。そいつはその動物に苦痛に満ちた目つきを向けてこう言った。「ああ、ダイアモンド、ダイアモンド、お前は——あるいはそなたは、かもしれない——知らないのだ——あるいは存ぜぬのだ、かもしれない——お前が——あるいはそなたが——した——為したる——ことを」［ニュートンがロウソクを倒して原稿を燃やしてしまった愛犬に言ったと伝えられる言葉］僕は子供部屋でそいつを聞いた。それでこの話はいつだって僕の胸に残っている。それでどうして僕が今こんな話を持ち出したかというと、部屋を出てくる時、僕はこういうふうにジーヴスを見たということなのだ。僕はこのギャグを実際に口にはしなかったが、だが彼には僕が何を考えていたか、わかっていたと僕は想像する。

僕が敷居をまたぐときに、スティッフィーは「ヨーイックス! タリー・ホー!」と言わなければよかったのにと僕は思った。この状況では軽薄だし好ましからざる趣味だというふうに僕には思われた。

9．愛について

バートラム・ウースターを最もよく知る者の間では、彼の性質には一定の柔軟な回復力があり、それがもっとも不利な状況下にあっても、常に彼をして死に去った自己を踏み台に立ち上がらしむるとは、よく言われるところである。僕があご先を上に向け、目をきらめかせていないことはごく稀である。だが、おそるべき任務を遂行しようと図書室に向かう途中、僕は人生というものにものすごく絶望していたと認めるに僕は少しもやぶさかでない。歩みを運ぶ僕の脚は、こういう表現でよかったと思うのだが、鉛のように重かった。

現在懸案中のこの騒ぎをスティッフィーは歯医者に行くことと比較した。だが旅路の果てに近づくにつれ、僕は懐かしき学校時代に書斎に校長先生を訪なう約束を果たそうとした折に感じた思いのほうにより近しい気分になった。夜半にオーブリー・アップジョン牧師のねぐらにビスケットを求めて忍び入り、期せずしてこの親爺《おやじ》さんと頰と頰とを擦りあわせている自分に気づいた折の話はご記憶でおられよう。僕はしましまの洗っても縮まないパジャマを着て、彼はツウィードを着て怒った顔をしていた。あの折、別れを告げる前、我々の間には翌日四時半に同一地点で会う約束ができあがっていた。そして僕の今の感情は、あの遠き日の午後、ドアをコツコツとノックして、およそ人間味のない声が入りなさいと告げるのを聞いた折に経験したものとほぼまったく同一であった。唯一の違いは、オーブリー牧師は一人であったが、サー・ワトキン・バセットは客人をもてなしている気配だったことだ。僕の指関節が扉板の前方に停止している間、僕は低く轟《とどろ》く声を聞いたように思った。それで中に入ると僕は自分の耳が間違っていなかったことを知った。パパバセット御《おん》大《たい》が机に着席し、その横にはユースタス・オーツ巡査が起立していたのである。

この光景は、すでに僕が苦しんでいたひるみ怯《おび》える心にとどめを刺してくれた。裁きの場に引き出されたご経験がおありかどうか知らないが、もしおありなら、そういう経験の記憶というものはいつまでも消えず残り、後になって着席している治安判事と起立している警察官に突然直面した折に、その連想がいささかのショックとなって意気をくじかれる結果となる、と僕が言うのに同意していただけることだろう。

バセット御大のよこしたすばやく鋭い一瞥《いちべつ》も、このわななく胸の鼓動を鎮めるには何の役にも立たなかった。

「何かな、ウースター君?」

「ええ——あー——ちょっとだけお話ししてもよろしいですか?」

「わしと話したいじゃと?」サー・ワトキン・バセットの胸の内で、己《おの》が聖域をウースター氏に汚される強烈な嫌悪の念とホストとしての義務感とがせめぎあっているのを、僕は看取することができた。五分五分の叩き合いの後、後者がハナ差で先着した。「ああ——結構——それで——君は本当に——ああ、いいとも——どうぞ椅子に掛けたまえ」

僕はそうした。それでずっと気分がよくなった。被告人席では、人は起立せねばならない。バセット御大は、僕が敷物を盗んでいないかどうか見ようと僕の方向にすばやく目をやり、再び巡査のほうに向き直った。

「ふむ、これで全部じゃ、オーツ」

「了解いたしました、サー・ワトキン」

「わしが君にどうしてもらいたいかはわかったな?」

「はい、判事殿」

「また例の別件については、わしがごくごく厳重に検討しておく、君が抱いている疑問について話してくれたことを念頭に置きつつじゃ。きわめて厳密な精査検討が行われることになろうて」

熱心な法執行官はどすどすと歩き去った。バセット御大はちょっとの間、机上の書類を手でもてあそんでいた。それから僕を心得顔でじろりと見てよこした。

「今のはオーツ巡査じゃ、ウースター君」

「そうですね」

「彼を知っておるのかな?」

「会ったことがあります」

「いつじゃな?」

「今日の午後です」

「それからは会っておらんのかな?」

「はい」

「その点は確かかな?」

「ええ、確かです」

「ふーむ」

御大はまた書類を手でもてあそんだ。それから別の話題に移った。

「ディナーの後、居間で貴君にごいっしょいただけなかったのには、がっかりしましたぞ、ウースター君」

無論これにはちょっと当惑させられた。感性の人であれば、彼のホストに対し、私はあなたのことを伝染病患者みたいに避けていましたなどと明かすのは好まないものだ。

「貴君がおられなくて残念でしたぞ」

「えっ、そうですか？　すみませんでした。ちょっと頭痛がしたもので部屋に戻って休んでいたんです」

「そうですか。それで君はそこに留まったのかな？」

「はい」

「君はもしや外気にあたって頭痛を鎮めようと、散策に出たりはしなかったかの？」

「いいえ、しませんでした。ずっと休んでいました」

「そうか。おかしいの。娘のマデラインがディナーが終わった後で二度君の部屋に行ったが、二度とも留守じゃったと言っておったが」

「えっ、本当ですか？　いませんでしたか？」

「いなかったのじゃ」

「それじゃあどこか別のところに行ってたにちがいないですね」

「わしもそう思っておったところじゃ」

「思い出しました。僕は二回ほどちょっとぶらぶら歩きました」

「なるほど」

御大はペンを取り上げると前にかがみ、それを左手の人差し指にコツコツと当てた。

「何者かが今夜オーツ巡査のヘルメットを盗んだのだ」彼は話題を変えて言った。

「ああ、そうですか」

「そうじゃ。残念なことに巡査は悪漢の姿を見ることができなかった」

「そうなんですか？」

「そうじゃ。その無法が行われた際、巡査は背中を向けておったのじゃ」

「そりゃあもちろん、背中を向けてたんだったら悪漢の姿を見るのはすごく難しいですよね」

「そうじゃ」

「そうですよ」

しばらく間《ま》があった。また我々があらゆる点において見解の一致を見ているという事実にもかかわらず、僕は相変わらずこの雰囲気のうちに緊張を感じていた。僕は懐かしきイン・スタトゥ・プピラーリすなわち学生時代のギャグで、この雰囲気を和らげようとした。

「クィス・クストディエト・イプソス・クストーデス［ローマの風刺詩人ユウェナリスの詩］と言いたくなりますね、どうです？」

「何とおっしゃったかな？」

「ラテン語のジョークです」僕は説明した。「クィス――誰が――クストディエト――見張るのか――

イプソス・クストーデス――見張り番自身を？　おかしいじゃないですか」僕は続けた。最低の知性にもわかるようにだ。「人が人から物をくすね取るのを止めるはずの人が、誰かにやって来られて何かをくすね取られるなんて」

「ああ、君の言わんとするところはわかった。そうじゃの、一定の精神類型の者がこの一件にユーモラスな側面を感じ取れることは理解できる。しかしわしは君に保証するが、ウースター君、治安判事としてわしが感得するのは断じてさような側面ではない。わしはこの問題をきわめて重大とする見解をとっておるし、またこの見解こそ、悪党が逮捕勾留されたあかつきに、わしが全身全霊をあげてその者に分有するようにと言い聞かせることになる見解なのじゃ」

　こんな言い方はまったくいやだった。スティンカーの奴の福祉に対する突然の警鐘が僕の感情を圧倒した。

「あのう、そいつはどういう罰を受けるとお考えですか？」

「知りたいという君のその熱意は理解する、ウースター君。しかし現時点でそれを君にお伝えする用意はない。故アスキス卿〔二十世紀初めに活躍した自由党の政治家。ウッドハウスの愛読者でもあった〕の言葉を拝借するならば、わしに言えるのは〈待て、そして見よ〉だけじゃ。遠からず君の好奇心は満足されることとなろうとわしは考えておる」

　僕はいつも死に去りし過去は死んだことにして埋める男であるから、古いことを蒸し返すのはいやだった。だが御大に指針を与えてやった方がいいだろうと僕は思った。

「貴方は僕に五ポンドの罰金刑を科しましたね」僕は彼に想起を促した。

「今日の午後、君はわしにそう言った」鼻メガネ越しに僕を冷たく見ながら、彼は言った。「しかしわしが君の言ったことを正しく理解しておるとするならば、君がボッシャー街でわしの前に連行されてきた際の犯行は、伝統的に一定の放縦《ほうしょう》が当局の認容するところである、オックスフォード大学とケンブリッジ大学の年に一度のボートレースの夜にはたらかれたものじゃった。しかるに本件の場合、かような軽減事由は存在せん。わしはオーツ巡査の身体からの政府所有財産の強奪という凶悪な犯行に対し、たんなる罰金ごときを科刑して済ますわけにはいかんのじゃ」

「まさかムショに入れようなんておつもりじゃあないでしょう?」

「わしは君にその点を話す用意はないと言った。だが話がここまで来たからにはお話しするとしよう。貴君の質問への回答は、ウースター君、肯定じゃ」

沈黙があった。御大はペン先で指をコツコツ叩きながら座っていた。僕は、もし僕の記憶が正しければだが、ネクタイを真っ直ぐに整えていた。僕は大いに心配していた。哀れなスティンカーの奴がバスティーユに放り込まれるなんて考えたら、奴のキャリアと将来とに優しい心持ちで関心を抱いている者なら誰にだって衝撃だろう。副牧師にとって、ムショでひととき過ごすくらいその職業における出世を確実に遅らせるものはあるまい。

御大はペンを下ろした。

「それで、ウースター君、君は何の用事があってここに来たのか、話してくれるところじゃったと思うがの?」

僕はちょっとギクッとした。もちろん僕は己《おの》が任務を忘却してはいなかったが、こういう不幸な出来事全部が、そいつを僕の頭の後ろ側のほうに押しやってしまっていたのだ。それで今それが飛び出してきた唐突さが、僕をちょっとギクリとさせたのだった。

用件を切り出す前に少々予備的なプールパルーレが必要だと僕は見て取った。ある人物とある人物との関係が緊張を帯びた性質のものである場合、後者は前者の姪《めい》と結婚したいというトピックにまっすぐに突撃できるものではない。すなわち、ウースター家の者のように、何が適切かに関するきちんとした感覚を持った者なら、そうはいかないということだ。

「えっ、ああ、そうなんです。思い出させてくださってありがとうございます」

「いやとんでもない」

「ちょっとお会いしておしゃべりがしたいと思っただけなんです」

「さようですか」

無論、ここで必要なのはじりじりと切り込んでいくことだ。そこでうまい接近方法があるのに僕は気づいた。ささやかな自信の到来を僕は覚えた。

「愛についてお考えになったことはおありですか、サー・ワトキン？」

「なんとおっしゃったかな？」

「愛についてです。そいつについていささかなりと、じっくりお考えになられたことはおありですか？」

「君はここに愛の話をしに来たわけじゃあるまいな？」

「そうなんです。まさにその話をしに来たんです。そいつについておかしなことにお気づきかどうかと思うんです——すなわちそれはありとあらゆる所にある、と。そこから逃げるすべはないのです。つまり、愛です。どこへ行こうと、愛はついてくる。ありとあらゆる生命にブンブン言ってつきまとうんです。まったく驚くべきことです。たとえば、イモリを例にとってみましょう」

「君、具合は大丈夫ですかな、ウースター君？」

「ええ、大丈夫です。ありがとうございます。イモリを例にとろうと、お話ししていたところでした。貴方はお信じにならないでしょうけど、ガッシー・フィンク＝ノトルが僕に話してくれたところでは、彼らは繁殖期には鼻の先まで愛でいっぱいになるんだそうです。彼らは長い時間、一列に並んで地元の器量良し娘に向けて尻尾を振りたてます。ヒトデもそうです。深海のニョロニョロ虫もそうなんです」

「ウースター君――」

「また、ガッシーによると、リボン状の海草までそうなんだそうです。驚くでしょう？ 僕も驚きました。だけど本当なんだと彼は保証してくれました。リボン状の海草がスーツにアイロンを掛けてどこへ行くつもりなのかは、僕がお話しできる範囲を越えています。だけど満月の時になるとそいつは愛の声をちゃんと聞いて、起き上がって最高にお洒落を決めるんです。おそらく他のリボン状の海草から格好よく見られたいって期待してるんだと思います。また、もちろん他のリボン状の海草たちも、満月の影響を受けているわけですね。さてと、それはそれでいいとして、僕が言おうとしているのは、今や月は満月です、それでもし満月がそんなふうに海草に影響を与えるというのであれば、僕みたいな男がその衝動を感じ取ったとしても責められはしないでしょう、どうです？」

「すまんが――」

「さてと、どうでしょうか？」僕は繰り返した。御大を強力に押しながらだ。そして僕はことの決着をつけようと「あー、どうでしょうか？」を投入した。

しかしながら御大の目のうちには、これに回答する知性のきらめきは見られなかった。彼は微妙な陰翳《いんえい》などはまったく解さない人間に見える人物だったが、今なお微妙な陰翳などはまったく解さない人物のように見えていた。

「すまんがウースター君、わしを頭の鈍い人間と思われるかもしれんが、だが君の話は何が何やらわしには皆目《かいもく》わからんのじゃよ」

今こそこの親爺《おやじ》の目玉にそいつを食らわせてやる瞬間は訪れた。当初僕を捉えて離さなかったいちじるしい興奮の感情が機能をやめたのに気づいて僕は嬉しかった。まったく鷹揚《おおよう》な心持ちで、申し分ないメクリン・レースの袖口から塵《ちり》をはたき落とす真似ができたとは言わないが、僕の感情は完全に平静だった。

神経系統を鎮めてくれたのは、あとちょっとで僕はこの親爺の下にダイナマイトの管をすべり込ませてやって、我々は快楽のためにのみこの世に生まれ落ちてきたわけじゃないことを教えてやろうとしているのだ、との思いだった。正当な見方をするなら、人差し指を振りたてて短く「チッ、チッ！」と言ったらそれで罰は済むような少年じみたほんのちょっとした過ちに対し、人から五ポンドを巻き上げるような治安判事は、熱いスプーンの上のエンドウ豆みたいに飛び上がらせてやって当然なのだ。

「僕は僕とスティッフィーの話をしているんです」

「スティッフィーじゃと？」

「ステファニーです」

「ステファニーじゃと？　わしの姪のか？」

「そのとおりです。貴方の姪御さんです。サー・ワトキン」うまいセリフを思い出して僕は言った。「光栄にも、僕は姪御さんのお手をとるお許しを貴方に乞うているんです」

「君は――何じゃと?」

「光栄にも、僕は姪御さんのお手をとるお許しを貴方に乞うているのです」

「わからんな」

「まったく簡単な話です。僕はスティッフィーと結婚したいんです。スティッフィーは僕と結婚したいんです。これでもうおわかりでしょう? 例のリボン状の海草の線でいきたいわけです」

間違いなく払っただけの元は取れた。「姪御さんのお手」をキューの合図に、御大は椅子からロケット発射するキジみたいに飛び上がった。今、彼は再び椅子に沈み込み、ペンで身体をあおいでいた。一瞬のうちにずいぶんと年老いたように見えた。

「姪が貴君と結婚したがっておるですと?」

「そういうことです」

「じゃが、わしは君が姪をご存じだとは気づかなかった」

「知ってますとも。僕たち二人は、もしこんなふうな言い方をお許しいただけるなら、うまいこといっしょにヒナギクの花を摘んだんです。ええそうですとも、僕はスティッフィーのことをよく知ってます。いやつまり、もし知らなかったら、僕は彼女と結婚したがったりはしないはずでしょう、そうじゃありませんか?」

御大はこの論理の正当性を認めたようだった。彼は静かになった。柔らかなうめき声を立てていた以外はだが。僕はもうひとつ、気の利いたセリフを思い出した。

「貴方は姪御さんを失うわけじゃありません。甥《おい》を手に入れるんですよ」

「しかしわしは甥なぞ要らんのじゃ、こん畜生め!」

うむ、無論もっともである。

御大は立ち上がり、「なんということじゃ！　なんということじゃ！」みたいに聞こえる言葉をつぶやきながら、暖炉のところへ行って弱々しい指でベルを押した。席に戻り、彼は執事が入ってくるまでずっと頭を抱え続けていた。

「バターフィールド」御大は低く、しゃがれた声で言った。「ステファニー嬢を見つけて、わしから話があると伝えてくれ」

それから舞台の滞りが発生したが、しかし予期したほど長くは待たされなかった。スティッフィーが登場したのはほんの一分かそこら後のことだった。彼女はこの召喚を予期し、そう遠くないところに待機していたのだろう。彼女は陽気さ明るさ満載で、軽快な足どりで入ってきた。

「わたしに御用ですか、ワトキン伯父様？　あら、ハロー、バーティー」

「ハロー」

「あなたがここにいたなんて知らなかったわ。ワトキン伯父様といっしょに楽しくお話をしていらしたのね？」

再び昏睡状態に陥ったバセット御大は、そこから復活すると死にかかったアヒルの臨終の咽喉《のど》声みたいな音を発した。

「〈楽しい〉というのは」彼は言った。「わしが選ぶ形容ではないな」彼は蒼白くなった唇をしめらせた。「ウースター君がたった今わしに、お前と結婚したいと話してくれたんじゃ」

スティッフィーはきわめて説得力に富んだ演技をしたと言わねばならない。彼女は彼を見つめた。彼女は僕を見つめた。彼女は両手を握り合わせた。彼女は頬を染めていたようにすら思う。

「まあ、バーティー！」

バセット御大はペンを壊してしまった。いつか壊れるものと案じていたのだ。

「ああ、バーティー！　あなたはわたしのことを、とても誇らしい気持ちにしてくださったわ」

「誇らしいじゃと？」バセット御大の声には、信じられないというような調子が込められていた。「お前は誇らしいと言ったのかの？」

「だってこれは男性が女性に贈りうる、最大級の賛辞でしょう。偉い人たちがみんなそう言ってるわ。わたし、素晴らしくうれしく、ありがたく思うわ……それで、えーと、そういうことだわ。だけど、バーティー、本当にごめんなさい。残念だけどそれはできないの」

世界中にジーヴスの朝のおめざくらい効果的に、人を深いところから引っぱりあげられるものがあろうとは、僕は今まで思ったことがなかった。だがこの言葉はバセット御大に、より迅速《じんそく》に、より活発に作用した。彼は椅子に骨なしの縮こまったふうで座る、壊れた男だった。だが今や彼は双眸《そうぼう》をきらめかせ、唇を引きつらせつつ飛び上がった。希望の曙光《しょこう》が輝きだしたことが見て取れた。

「できないじゃと？　お前はウースター氏と結婚したくはないのかな？」

「ないわ」

「彼はお前はしたがっておると言っておったが」

「あの人は別の人たちのことを考えてたにちがいないわ。だめなの、バーティー、ダーリン。できないのよ。わかっていただける？　わたしは他の人を愛しているの」

バセット御大は飛び上がった。

「あー？　誰じゃな？」

「世界で一番素敵な人よ」

「名前があるじゃろうて」

「ハロルド・ピンカーよ」

「ハロルド・ピンカーじゃと?……ピンカー……わしが知っておるただ一人のピンカーといえば……」

「副牧師よ。そう。彼のことなの」

「お前は副牧師を愛しておるじゃと?」

「ああ!」スティッフィーは言った。目をぐるりと回し、恐喝の有効性について話したときのダリア叔母さんみたいな顔つきになりながらだ。「わたしたち、内緒で何週間も前から婚約しているの」

バセット御大の態度から、この件に大いなるよろこびの報せとの見出しをつけて分類する用意がないのは明らかだった。彼の眉はしかめられていた。一ダースの生ガキをこれから平らげようと取り掛かったところ、一番最初に口に入れたのが傷んだやつだったときのレストランの食事客の眉みたいにだ。このニュースを告げる前にこの人物の機嫌をよくよくとっておかねばならないと僕に話した際、スティッフィーは人間本性について深い洞察力のあるところを見せていたのだと僕は理解した。彼もまた、世の親たちや伯父たちのもつほぼ普遍的見解であるところの、副牧師は帽子からバラの花を振りまいて歩きたくなるような相手ではない、という意見を共有していることが見て取れた。

「贈与財産の中にあった司祭館のこと、ご存じでらっしゃるでしょ、ワトキン伯父様? ハロルドとわたしが考えているのは、伯父様があれを彼にあげればすぐにわたしたちは結婚できるっていうことなの。お給金が増えるってだけじゃなくて、それで彼は出世の道を上がれるのよ。今までは彼の働きには限界があったの。副牧師のままじゃ彼には全然見込みなしだわ。だけど司祭館を渡してあげて、彼がそこから脱出するのを見ててちょうだい。彼が両手を唾で湿して本気で乗り出したら、上れない地位なんて文字通り、ありやしないんだから」

彼女は足の先から頭のてっぺんまで、少女らしい情熱で身体を震わせた。だがバセット御大の態度物腰のうちに少女っぽい情熱はなかった。うむ、無論あろうはずはない。だが僕が言いたいのは現実にそれがなかったということだ。

「馬鹿げたことじゃ！」

「どうして?」

「そんなことは金輪際……」

「どうしていけないの?」

「まず第一に、お前はまだまだ若すぎる……」

「そんなのナンセンスだわ。同級生の三人が去年結婚してるのよ。わたしなんか、近頃ヴァージンロードを歩いてくお子ちゃまに比べたらもうお婆さんだわ」

バセット御大は机に拳をバシンと打ち下ろした——と、僕はうれしく見ていたのだが、拳は上向に置かれていた紙綴じ機の上に着地した。これによって惹起《じゃっき》された身体的苦痛が、彼の口調に激烈さを加えた。

「全部が全部まったく馬鹿げたことじゃし完全に問題外じゃ。そんなことは一瞬だって考えるのは拒否する」

「だけどハロルドのどこがいけないって言うの?」

「お前の言い方で言えば、彼奴《きやつ》のどこもいけなくはない。熱心に職務にあたり、教区での評判もいいようじゃ――」

「彼ったら、メーメー言う仔ヒツジちゃんなの」

「さだめしの」

「彼ってフットボールのイングランド代表選手だったのよ」

「そうなんじゃろう」

「それでテニスもすごく上手なの」

「きっとそうに相違あるまい。じゃが、だからと言って彼奴がどうしてわしの姪と結婚せねばならんかの理由にはならん。彼奴は聖職給のほかに、どんな財産を持っておるのじゃ?」

「一年に五〇〇ポンドくらいよ」

「チッ!」

「でも、そんなに悪くはないわ。五〇〇ポンドといったら結構なお金よ。それより何より、お金なんか問題じゃないわ」

「たいへんな問題じゃ」

「伯父様本当にそうお考えなの?」

「そうじゃとも。実際的に考えねばならん」

「よしきた、ホーだわ。じゃあそうする。お金のために結婚するほうがいいなら、わたし、お金のために結婚するわ。バーティー、急いで。結婚式用のズボンの採寸に行ってもらわなきゃ」

彼女の言葉はいわゆる真性の興奮をひき起こした。バセット御大の「なんと!」と、僕の「おい、ちょっと、何てこった!」が互角でとび出して空中で正面衝突した。僕の魂の叫びのほうが、おそらく御大のそれよりも馬力の点では勝っていたと思う。僕はまさしく仰天していた。女の子というものはわけがわからないとは経験の教えるところであるし、ジェスチャーとしてこの恐るべき計画を彼女が貫徹しとおすことも十分あり得ると僕は感じていた。ジェスチャーのことなら誰に教えてもらうまでもない。その夏のブリンクレイ・コートにはそいつがいっぱいうじゃうじゃひしめき合っていたのだ。

「バーティーのところにはお金がうんうんうなってるんだから、伯父様の言うとおり、ウースター家の財産を棒に振るなんて馬鹿げてるわ。もちろん、バーティー、あたしはあなたを幸せにして差し上げるためだけに結婚するの。あなたのことをハロルドを愛したようには愛せないわ。でもワトキン伯父様が彼に対してこんなひどい偏見をお持ちでいらっしゃるから——」

バセット御大はまた紙綴じ機に拳を打ち下ろした。だが今度はそれに気づきもしないようだった。

「なあ、かわいい娘や、そんな馬鹿なことを言うんじゃない。まったくの誤解じゃ。お前はわしの言うことを完全に誤解しておるぞ。わしはこのピンカーという青年に対し、何らの偏見も抱いておりはせん。わしは彼が好きじゃし尊敬もしておる。もしお前が彼の妻になることにおのれの幸福があると本当に考えておるなら、わしは決してお前の行く手を邪魔したりはせん。断然、彼と結婚したまえ。さもなくば——」

御大はそれ以上は言わず、僕を長々と、さもおぞましげに見つめてよこした。そして、自分のひ弱な体力では僕を見ることにはとうてい耐えられないとでもいうように目線を外した。そしてまたすぐさま目線を戻して僕に短く、すばやい一瞥《いちべつ》をくれた。それから彼は両目を閉じて椅子に背をもたれ、ゼイゼイと息をしていた。僕を引き止めるものは何もないようだったので、僕はそっとその場を離れた。僕が最後に見た彼の姿は、あまり生気のない様子で姪の抱擁を受けているところだった。

僕は思うのだが、受け手の側にいるのがサー・ワトキン・バセットみたいな伯父さんである場合、姪の抱擁というのはきわめててきぱきと済まされる傾向となろう。ものの一分もするかどうかでスティッフィーは出てきて、速やかにダンスに突入した。

「なんて人でしょ！　なんて人でしょ！　なんて人でしょ！　なんて人でしょ！　なんて人でしょ！」腕を振り、その他ビアン・ネートルの徴候を示しながら彼女は言った。「ジーヴスのことよ」まるで今会ったバセット御大のことを指していると僕が思っているのではなかろうかと思いでもしたみたいに、彼女は説明した。「彼、この手が効くって言ったでしょ？　言ったわよね。彼の言った通りじゃなくて？　そうでしょ。バーティー、あたしジーヴスにキスしてもいいかしら？」

「そりゃだめだ」

「あなたにキスしてもいい？」

「勘弁してくれよ。僕が君にしてもらいたいことは、ビング君、あの手帖を返すことだ」

「でもあたし誰かにキスしなきゃいられないわ。ユースタス・オーツにキスしたらバカみたいじゃない」

彼女は話をやめた。憂鬱《ゆううつ》げな表情が彼女の顔面に宿った。

「ユースタス・オーツの奴ったら！」彼女はもの思わしげに繰り返した。「それで思い出したわ。このところのあわただしい出来事のせいで、あいつのこと忘れてたの。たった今ユースタス・オーツとちょっと言葉を交わしたところなの、パーティー、騒ぎが始まるのを待って階段のところで待機してる間にね。それであいつったらとんでもなく最低なの」

「あの手帖はどこだ？」

「手帖のことはいいの。今議論してるのはユースタス・オーツと彼のとんでもない最低さのことなの。あいつ、ヘルメットのことであたしを疑ってるのよ」

「なんと！」

「断然そうよ。あたしが容疑者第一号なの。あいつはあたしに、自分は探偵小説をたくさん読んでるんだって話してよこして、それで探偵がまず最初に探すのは動機だって言うの。その後が機会で、最後が手掛かりなんですって。それでね、あいつが指摘することには、あいつがバーソロミューにつらく当たった態度があたしの胸に遺恨を残してるから、あたしにはちゃんと動機があるんですって。それであたしが外出してたのを知ってるし犯行時刻の頃あたしに機会があったのはわかってるって言うのよ。それで手掛かりについてはね、会った時、あいつが何を持ってたと思う？　あたしの手袋の片方なの！　犯行現場付近で拾ったんですって――足跡を探索したりとか葉巻の灰を見つけてる間にだと思うわ。ハロルドがあたしに手袋を持ってきてくれたとき、片方しかなかったのを憶えてる？　彼、あのヘルメットをかっさらってる間に、あれを落っことしたのよ」

ハロルド・ピンカーの間抜けさ加減のこの最新の証明について思いをめぐらせるにつけ、一種の鈍い、殴りつけられたがごとき感覚が僕を圧した。頑丈な腕が僕の脳天を棍棒でガーンと打ちのめしてくれたみたいにだ。破滅を招く新方式を考えつく奴のやり方には、なんと言うかおぞましいまでの巧妙さがある。

「やってくれるぜ！」

「どういう意味よ、やってくれるぜってのいうのは？」

「ああ、でも奴がやったんだろ、そうじゃないの？」

「だからってそんな、汚らわしい、あざ笑うような、人を小バカにしたような調子で、やってくれるぜなんて言うことはないでしょ。自分がまるで途轍もなくお利口だとでもいうみたいじゃない。あたし、あなたのことがわからないわ、バーティー——あなたがかわいそうなハロルドのことをいつだって批判するってことがよ。あなたって彼のことがすごく好きなんだと思ってたのに」

「僕は奴のことを兄弟みたいに愛している。だがだからといって、今までヒビ人とエブス人について説教したことのあるカボチャ頭のやりそこないの中で、奴が一番だっていう僕の見解はいささかも揺らがないんだ」

「彼はあなたの半分もカボチャ頭じゃないわ」

「いや、カボチャ頭なんだ。少なく見積もっても僕の二十七倍はカボチャ頭だ。僕がやめにしたところから奴は始めるんだ。こういう言い方をしたらあるいは酷に過ぎるかもしれない。だが奴は、ガッシーよりもカボチャ頭だ」

目に見えて努力しつつ、彼女は癇癪《かんしゃく》を呑み込んだ。

「ええ、そのことはいいわ。肝心なのはユースタス・オーツがあたしを疑っていて、あたしは早いこと、引出し簞笥の中に入れてあるあのヘルメットをしまっておくもっと安全な保管場所を見つけなきゃいけないってことなの。ぼやぼやしてたらOGPU［ソ連の合同国家保安部］があたしの部屋を捜索に来るんだわ。ねえ、どこに隠したらいいと思って？」

僕は大儀そうにそいつをはねつけた。

「ああ、どうだっていいよ。自分で判断しろよ。それで本題に戻るんだが、あの手帖はどこにあるんだ？」

「ああ、パーティー、手帖のことばっかり言ってあなたってほんとにうんざりだわ。他の話はできないの？」

「できない。どこにあるんだ？」

「言ったらあなたきっと笑うわ」

僕は彼女を厳粛に見やった。

「いつの日か僕が再び笑える時は来るのかもしれない――この恐怖の館からうまいこと逃げおおせた暁にはだ。だが時期尚早のこの時点でそんなことができる見込みはごくごく薄いんだ。あの手帖はどこなんだ？」

「ええ、あなたがどうしても知りたいなら言うわ。あたし、あれをあのウシ型クリーマーの中に隠したの」

僕は想像するのだが、すべてが真っ黒になって人々の前を浮遊するという話をどなたもお読みになったことがおありではなかろうかと思う。僕がこの言葉を聞いたとき、スティッフィーは真っ黒になって僕の眼前を浮遊していた。ちらちら揺れる黒人女性を見てるみたいにだ。

「君は――何だって？」

「あたしはあれをあのウシ型クリーマーの中に隠したの」

「一体全体何のためにそんなことをしたんだ？」

「うーん、やっちゃえって思ったのよ」

「だけどどうやって僕はそいつを取り出したらいいんだ?」

かすかな微笑がこのおチビさんの可憐な唇に宿った。

「あら知らないわ。ご自分で判断なさいな」彼女は言った。「それじゃまたね、バーティー」

彼女は行ってしまった。僕はよろよろと手すりにもたれかかった。この恐ろしい打撃から立ち直ろうとしながらだ。だが世界は依然ちらちらちら揺れるのをやめなかった。そして一瞬の後、僕はちらちら揺れる執事に声を掛けられているのに気づいたのだった。

「失礼をいたします。マデラインお嬢様が、お嬢様のために少々お時間をお割きいただければ幸いであるとあなた様に申し伝えるようにと、わたくしにご要望でございました」

僕は愚鈍げにこの男を見た。夜明けに看守がやってきて、銃殺執行部隊の準備は整ったと告げたときの、刑務所の房にいる誰かみたいにだ。もちろん、僕にはこれが何を意味するかはわかっていた。この執事の声が何を意味するかを僕は理解していた——運命の声だ。マデライン・バセットが僕に少々お時間を割いてもらったらうれしいことは、ただひとつしかあり得ない。

「ああ、彼女が、そう?」

「はい、さようでございます」

「ミス・バセットはどこにいるのかな?」

「居間でございます」

「よしきた、ホーだ」

僕は古《いにし》えのウースター家の胆力でもって気をしっかり持った。あご先は上に向け、胸は反らしながらだ。

「案内してくれ」僕は執事に言った。そして執事は案内をしてくれた。

10. エウレカ！

居間のドアを通り抜けて聞こえてくる甘く切ない曲の音色も、前途の見通しをいくらも明るくしてはくれなかった。そして入室してマデラインがひどくうなだれてピアノの所に座っているのを見て僕は、今すぐまわれ右してこの場をおさらばしてしまいたいとの思いに駆られたのだった。しかしながら僕はこの衝動を克服し、とりあえずの「ヤッホー」の言葉で、次第を開始したのだった。

この発言は何ら速やかな反応を誘発しなかった。彼女は立ち上がり、それからおそらく三十秒ほど、悲しげな顔つきで僕を見つめた。まるである朝ちょっと早すぎる時間に世界中の悲しみに寄ってたかって朝食の皿の上に集まってこられてしまった、という時のモナ・リザみたいな具合にだ。とうとう僕が何か天気の話でもして間《ま》を塞ごうかと考え始めた段になって、やっと彼女は話し出した。

「バーティー――」

しかしそれは一瞬の閃光《せんこう》に過ぎなかった。彼女のヒューズはまたとんで、再び沈黙がそれに続いた。

「バーティー――」

だめだ、またもや不時着だ。

僕はちょっと緊張を感じ始めていた。こういう耳の聞こえない人と口の利けない人の寄り合い会議みたいなのは以前、この夏のブリンクレイ・コートでも経験があった。でもあの時には、僕はちょっとした演技的所作を投入してうまくその場の緊張を解くことができたのだ。ブリンクレイの食堂で冷たい軽食を前にして行われた、あの以前のおしゃべりについてはご記憶かも、あるいはご記憶でないかもしれない。あの時にはカリード・エッグやチーズ・ストローが合間合間を塞いでくれてずいぶん役に立ってくれた。そういう食べ物不在の状況で、今や僕らは直接の対峙《たいじ》を余儀なくされたわけで、それでそういうのはいつだって間《ま》の悪いものだ。

彼女の唇は合わせ目を解かれた。僕にはこれから何かが浮上してくるのがわかった。二、三度息をごくっと呑《の》んで、それから彼女は良好なスタートを切った。

「バーティー、私があなたにお目にかかりたかったのは……ここに来てくれるようにってお願いしたのは……つまりこう言いたかったから……あなたにこうお話ししたかったからなの。バーティー、私とオーガスタスとの婚約は、終わったわ」

「そうだってね」

「ご存じなの？」

「ああ、奴が話してくれた」

「それじゃああなたには、ここにお呼びしたわけがおわかりね。私が言いたかったのは……」

「うん」

「私は喜んで……」

「ああ」

「あなたを幸せにして差し上げたいの」

例の扁桃の軽いトラブルがぶり返してきたようで、彼女はしばらくの間言葉を止めていたが、またしばらく咳き込んだ後でとうとうそいつを切り出してきた。

「私、あなたの妻になります、バーティー」

僕は思うのだが、こういうことを言われてしまった後となっては、ほとんどの男は不可避のことに抵抗したってもう無駄なあがきだと降参することだろう。しかし僕は頑張った。こんな生死に関わる重大問題が懸案であるならば、ありとあらゆる手段を尽くしてみるだけみなければバカだというものだ。

「そりゃあすごくご親切なことだな」僕は礼儀正しく言った。「光栄痛み入りますよだ。だけど君はちゃんと考えたのかい？　よくよく思案はしたのかい？　哀れなガッシーの奴に、ちょっと酷な真似をしたとは思わないのかい？」

「何ですって！　今夜あんなことがあった後で？」

「ああ、その件で君に話があるんだ。僕はいつも思うんだが、何か思い切ったことをする前にさ、世知にたけた男と二言、三言言葉を交わしてそれで事の本当の真相を知るってことをしておくのが大事なんだ。後になって手をぎゅっと握り締めて〈ああ、あの時これを知ってさえいたら！〉って言うのは嫌だろう。僕の意見じゃ、すべてをよくよく重ねて検討した後じゃなきゃ軽々しく結論に到達しちゃならないんだ。もし君に僕がどう思うか訊く気があるなら言うけど、君はガッシーのことを誤解している」

「誤解ですって？　私はこの目ではっきり見たのよ――」

「ああ、でもそいつを正しい角度から見たわけじゃないんだ。説明させてくれないか」

「説明の余地なんてあり得ないわ。もうそのことについてお話しするのはやめにしましょ、バーティー。私、オーガスタスのことはもう私の人生から抹消しているの。今夜まで、私は彼を愛という金色の霧を通してしか見てこなかったし、彼のことを完璧な男性だと思っていたわ。でも今夜、彼は本当は何者か、その本性を露わにしたの――好色なサテュロス、だったんだわ」

「だけど僕はそこのところについて話がしたいんだ。まさしくそこのところで君はしくじってるんだな。わかるかなあ――」

「そのお話はもうやめにしましょ」

「だけど――」

「お願い！」

「ああ、よしきた、ホーさ」

僕は言葉を止めた。女の子が聞く耳を持たない時にトゥ・コンプランドル、セ・トゥ・パルドネで行けるものではない。

彼女は顔を背《そむ》けた。間違いなくもの言わず涙をこぼすためだ。そして続いて短い沈黙があり、その間彼女はハンカチで目頭を拭っていた。それで僕はそこから目を背け、ピアノの上に載っていたポプリ・ポットを取り、鼻先をうずめた。

いま再び彼女は話し始めた。

「無駄よ、バーティー。もちろん私にはわかっているわ。どうしてあなたがそんなふうにお話しなさるのか。あなたの優しくて寛容な精神のせいなの。あなたはご自分の友人を助けるためなら、どんなことだってなさるんだわ。たとえそれが、あなた自身の幸福をだいなしにするとしても。だけれど、あなたが何をおっしゃっても私の決心は変わらないの。オーガスタスと私は、もう終わったのよ。今夜から、彼は私にとってはただの思い出――あなたと私が強く結びつけばつくほどに薄らいでゆく思い出、なの。あなたは忘れるための手助けをしてくださるのよ。あなたが私の横についていてくだされば、いつかオーガスタスの呪《のろ》いを拭い去れる日が来るんだわ……さあ、そろそろパパのところに行ってお話ししたほうがいいと思うの」

僕は飛び上がった。僕を甥《おい》として引き受けることになると思った時のパパバセットの顔を、僕はまだまざまざと思いおこせた。間一髪で逃げおおせたあの記憶に魂の根底までうち震えている時に、僕が義理の息子になろうとしているという話を持ち込むのは、ちょっとあんまりが過ぎるのではなかろうかと僕は感じた。僕はパパバセットが好きではないが、それでも人には人間らしい本能というものがある。

「ああ、何てこった！」僕は言った。「そんなことしちゃだめだ！」

「でも私はそうしなければならないの。パパは私があなたの妻になるってことを知らなきゃならないわ。パパはあと三週間で私はオーガスタスと結婚すると思っているのだもの」

僕はこいつをとくと考えた。無論彼女の言うところはもっともだ。こういうことについては、逐次父親に報告を怠らずにいなければならぬものだ。そういうことを怠って、哀れな親爺《おやじ》さんがシルクハット姿でボタンホールに花飾りを挿して教会にお出ましして みたらば、結婚式はお流れで誰もその話をしてくれてなかったことを知ったなんて破目にさせるわけにはいかない。

「うーん、今夜話すのはやめにしよう」僕は言い張った。「ちょっとは興奮を冷まさせてやろうよ。君のお父上はたった今、すごく激しいショックを受けたばかりなんだ」

「ショックですって？」

「そうなんだ。まだ本来の体調に回復しちゃいないんだ」

心配げな色が彼女の目に宿り、そのため両目が少しばかりとび出した。

「それなら私の思ったとおりだわ。たった今、お父様が図書室から出てらっしゃるところにお会いしたんだけれど、いつものお父様とちがうわって思ったの。ひたいを拭いながらおかしなゼイゼイ言う声を出してらしたわ。それで私がどうかなすったのって訊いたら、この世に我々はみな十字架を背負って生まれ落ちてるんだっておっしゃるの。だけど不満を言うべきじゃない、最悪の事態は逃れ得たんだからって。私には何をおっしゃろうとしてるのかまるでわからなかった。それからお父様は暖かいお風呂に入ってアスピリンを三錠飲んでそれから寝るっておっしゃったの。そのことなの？　何が起こったの？」

すべての話を明らかにしたところで、すでに十分複雑な状況にことさらに混迷を深めさせるだけだと僕は見て取った。したがって僕は、ただひとつの側面についてのみ触れることにした。

「スティッフィーが君のお父上に副牧師と結婚したいって言ったんだ」

「ステファニーが？　副牧師とですって？　ピンカーさんのこと？」

「そうだ。スティンカー・ピンカーの奴さ。それでそいつは君のお父上をものすごく激しく動揺させたんだ。君のお父上はちょっと副牧師アレルギーらしいな」

彼女は心動かされた様子で息を荒げていた。犬のバーソロミューがロウソクを食べ終えたすぐ後みたいな具合にだ。

「でも……でも……」

「何？」

「でもステファニーはピンカーさんを愛しているの？」

「そりゃそうさ。疑問の余地はない」

「でも、それなら――」

僕は彼女が何を考えているかわかったので、すぐさま逃さずそいつをつかみ取った。

「それなら彼女とガッシーの間には何事もあるはずがないって、君はそう言いたいんだろ？　そのとおりさ。これでわかったろ？　僕は最初からまさにそのことが言いたくてずっとうずうずしてたんだ」

「だけど彼は――」

「そうだ。僕は奴がやったことを知っている。だけど奴がそうした動機は、吹き寄せられた雪くらいに純粋なんだ［「吹き寄せられた雪のごとく白く」『冬の夜語り』四幕四場］。いや、もっと純粋かもしれない。そのことについて全部話してやるよ。それで僕が話し終えたときには、君は奴が非難されるよりは哀れまれるべきだって考えてるって方に百対八をつけてやったっていいんだ」

バートラム・ウースター氏によき明快なる物語をうち語れと与えよ。しからば彼はそれをよく語らんである。結婚式の日の朝食でスピーチをしなければならないという見通しにガッシーが肝《きも》をつぶしていたというところから説き起こし、僕は彼女を一歩、また一歩とその後の展開にいざなっていった。僕はまったくいやになっちゃうくらい明晰にやったと言ってかまうまい。最終章に到達するまでに、僕は彼女を、まだちょっとひねくれた目つきはしているものの、しかし確実に確信の瀬戸際で躊躇《ちゅうちょ》しているというところまで持ってきたのだった。

「それであなたはステファニーはその手帖を、パパのウシ型クリーマーの中に隠したっておっしゃるのね？」

「ウシ型クリーマーのどん底に突っ込んだんだ」

「でも私そんなとんでもない話、生まれてから聞いたことがないわ」

「奇ッ怪な話、そうさ。でも信じられる話ではあるだろう、そうじゃないか？　考慮に入れなきゃいけないのは個々人の心理なんだ。スティッフィーみたいな心理なんか金をもらったって持ちたくないって思うかもしれないけど、でもそれが彼女の心理なんだ」

「この話が全部作り話じゃないってことは確かなのね、バーティー？」

「一体全体どうしてそんな？」

「私にはあなたの利他的な資質がよくわかっているからよ」

「ああ、君の言いたいことはわかる。だがちがう、そうじゃないんだ。これは完全な公式発表なんだ。君には信じられない？」

「信じるわ。もしあなたがステファニーがそこに入れたっておっしゃったところに手帖が見つかればだけれど。行って見てきたほうがいいわね」

「僕が行こう」

「私が行くわ」

「わかった」

彼女は急いで出て行った。それで僕はピアノの所に座って『ハッピー・デイズ・アー・ヒア・アゲイン』を一本指で弾いた。それが僕に思いつく唯一の自己表現の方法だったのだ。できればカリード・エッグをひとつか二つ頂戴させてもらった方がよかった。というのは緊張のあまり僕は弱っていたからで、だが、すでに述べたように、カリード・エッグはそこにはなかったわけだ。

僕は大いに元気を回復していた。僕は何時間も骨の髄まで汗みどろになった後、とうとうテープを切って一着でゴールしたマラソン選手みたいな気分だった。僕の元気一杯さを絶対的に純粋混じりけないものでなくしているのは唯一、この不吉な悪霊の館にあっては、常に何かしらかの予見不能な事柄が飛び出してきてハッピー・エンディングをだいなしにするのではあるまいかというそこはかとない不安だけだった。トトレイ・タワーズがこれほどやすやすとタオルを投げ入れて降参してこようとは僕にはどうしても信じられなかった。何か奥の手を用意しているにちがいない、と僕には感じられた。

僕は間違っていなかった。数分後にマデライン・バセットが戻ってきた時、彼女の手に手帖はなかった。彼女は指定箇所に手帖らしきものを発見することは完全に不可能であったと報告してよこした。そして僕が彼女の発言から解釈したところでは、彼女はもはや当の手帖の存在について、その信奉者ではすっかりなくなっているみたいだった。

顔のど真ん中にバケツ一杯の冷たい水をぶちまけられたご経験がもしやおありかどうか、僕にはわからない。僕は幼年時代に一度、僕と意見を違えたある人物の手によってそいつを食らわされたことがある。あの時と同じ縦にたち割られるような感覚が、今や僕を圧倒していた。

僕は茫然自失し、途方に暮れていた。オーツ巡査が言ったように、不可解な事態が進行中のとき見識ある人物がまず打つ最初の一手は、動機を探り当てることである。それでスティッフィーが手帖はウシ型クリーマーの中にあると言ってそれがそこになかったときの動機というのは、僕には推量し得なかった。あの娘は僕にまんまと一杯食わせてくれた。だがなぜだ——不可解なのはそこだ——なぜ彼女は僕に一杯食わせたんだ?

僕は最善を尽くしてみた。

「本当によく見たのは確かなの?」

「絶対に確かよ」

「注意して見たかってことなんだけど」

「とっても注意して見たわ」

「スティッフィーは確かにそいつはそこにあるって誓ったんだ」

「本当?」

「本当? ってのはどういう意味さ」

「どういう意味かお知りになりたいならお話しするけど、私はそもそも手帖があったかどうかだって信じていないの」

「君は僕の話を信用しないの?」

「ええ、しないわ」

うむ、無論このあとでは、言うべきことは多くはないように思われた。僕は「あ?」とか何かその線で何か言ったと思う——定かではない——だがもし言ったとしたら、それで僕はアウトだった。僕はドアのところまでじりじり下がって、一種幻惑状態で思案に暮れたまま、部屋をとび出したのだった。

あれこれ思案に暮れているという時、人がどうなるものかはご存じだろう。没頭し、集中する。外界の現象は心に像を結ばない。僕は寝室に向かう廊下を半分は過ぎていたところだったと思う。そこで起こっていたけだものじみた騒動が、僕の意識を貫通し、僕の歩を止めさせ、耳目を開かしめたのだった。

僕が今お話ししているこの騒動は、一種のガンガン叩く騒動だった。あたかも誰かが何かをガンガン叩いているがごとき騒動である。それで僕が「ヤッホー、誰かがガンガン叩いてるぜ！」とひとり言を言うかどうかのところで、僕はそのガンガン叩いてる誰かが誰であるかを視認したのだった。そいつはロデリック・スポードで、奴がガンガン叩いているのはガッシーの寝室のドアだった。僕が近づくと、奴はこの木造部にさらなる打撃を加えているところだった。

この光景には僕のいら立った神経系を即座に鎮静させる効果があった。僕は自分が新しく生まれ変わった男になったみたいな気分だった。なぜかをお話ししよう。

自分に制御の及ばない圧倒的な力に翻弄されているときに突然、鬱積《うっせき》した感情のはけ口にできる相手を見つけたときの安心と安堵の感覚を、おそらく誰もが体験されたご経験がおありではなかろうか。実業家であれば事がうまくはこばない時は下っぱの事務員にあたる。下っぱの事務員は事務所のボーイを叱りつける。事務所のボーイはネコをけとばす。ネコは表に出てもっと小さいネコを探す。それでそいつはその会見終了の後、田舎に行ってネズミをあさり回る、と、そういうものだ。

今の僕がそうだった。パパバセットとかマデライン・バセットとかスティッフィー・ビングとかそういう連中に破裂寸前まで痛めつけられ、また容赦なき宿命に追っかけ回された末、自分にはまだロデリック・スポードの奴をいてこましてやれるのだとの思いに、僕は心の慰めを見いだしていたのだった。

「スポード！」僕は厳しく叫んだ。

奴は拳を振り上げたまままいったん停止し、怒りで紅潮した顔を僕のほうに向けた。そして、この言葉を発したのが誰かを見て取ると、奴の目から赤い炎が消え去った。奴は追従的にくたくたっとしおれてみせたのだった。

「おい、スポード、これは何の騒ぎだ？」

「ああ、こんにちは、ウースター君。結構な晩ですな」

僕は例の鬱積した感情を吐き出しにかかった。

「どんな晩かなんてことはどうだっていいんだ」僕は言った。「こいつは一体何てこったただ、スポード。こりゃああんまりだろう。こんなことをされちゃあ、男としては思い切った手段をとらないわけにはいかなくなるだろうが」

「しかし、ウースター君――」

「こんな言語道断の物騒な大騒ぎでこの家をかき乱して、一体どういう了見なんだ？　怒れるカバみたいに逆上して回るこういう性癖を抑制するようにって僕が言ったのを君はもう忘れたのか？　僕があれだけ言ってやった後なんだから、君は今夜の残りを丸くなって良書でもひもときながら過ごしているものと思ってたんだ。だがちがった。君は改めてまた僕の友達に暴行を加え、痛めつけてやろうっていう執拗な努力を続けてるんだ。僕は君に警告せねばならない、スポード。僕の忍耐力は無限というわけじゃないってことをな」

「しかし、ウースター君、貴君はおわかりでないのです」

「僕が何をわかってないんだって？」

「自分がこのギョロ目のフィンク＝ノトルから受けた挑発を貴君はご存じないのです」切ないまでの憧憬《しょうけい》の表情が奴の顔に浮かんだ。「自分はあいつの首をへし折ってやらねばならぬのです」

「君は彼の首をへし折ったりなんかしないんだ」

「うーむ、奴をドブネズミみたいに振り回してやるのです」

「ドブネズミみたいに振り回すのもだめだ」

「だが奴は自分のことを、もったいぶったバカと言ったのです」

「いつガッシーはそんなことを言ったんだ？」

「実際に言ったというわけではないのです。書き記したのですよ。ほら、これを見てください」

僕の飛び出した眼の前に、奴はポケットから小さくて茶色い革装の手帖を取り出してよこした。またアルキメデスの話にもう一度だけ戻るが、置換の原理を発見した時の彼のことを描写してジーヴスが言った言葉は、短いものだったが僕の胸に深い印象を残した。その時起こったにちがいない事象のきわめて鮮明な映像まで、僕はまぶたにはっきりと思い浮かべることができる。僕にはつま先で湯加減を見ている男の姿が目に浮かぶ……浴槽に足を踏み入れ……身体を湯に浸す。僕は心に浮かぶ彼の姿に、それに続くすべての儀式を添えてみた——ヘチマたわしに石鹸をつけ、頭をシャンプーし、そして歌声がほとばしり出……

そしてそれから、歌声が高音部に移行してゆくにつれ、突如沈黙が起こる。彼の声は途切れた。

せっけん水の奔流の中に、彼の目が不思議な光を帯びて輝くのが見える。ヘチマたわしが手から落ちるが無視された。彼は勝利の叫びを放つ。「わかった！　ヤッホー！　置換の原理だ！」そして彼は飛び上がり、百万ドルの気分になる、と。

これとまったくおんなじ具合に、この手帖の奇跡的な登場は僕に影響を及ぼした。まったくおんなじだけの長さの驚愕《きょうがく》の沈黙があり、勝利の叫びがそれに続いた。そして思わず手を伸ばしたとき、僕の目は不思議な光を帯びて輝いていたにちがいない。

「その手帖をよこすんだ、スポード」

「ああ、貴君にご覧いただきたいのです、ウースター君。そうすれば自分の言っていることがおわかりいただけましょう。これを手に入れたのは」奴は言った。「実にまったく不思議な次第だったのです。サー・ワトキンのウシ型クリーマーを自分が保管していたほうが、あの方が喜ばれるのではあるまいかとふと思いついたのです。この近在には夜盗が多いのですよ」奴はあわててつけ加えた。「実に夜盗が多いのです。それにああいうフランス窓というものは、決して本当の意味で安全ではあり得ませんからな。それで自分は――あー――コレクション・ルームに行ったわけです。そしてそれをケースから取り出しました。と、驚いたことに、中から何かガタガタ言う音がするのです。それで開けてみると、この手帖を見つけたというわけです。見てください」奴は僕の肩の上からバナナみたいな指で示しながら言った。「ここが自分のアスパラガスの食べ方について奴が言っているところです」

ロデリック・スポードは僕がいっしょにその手帖を夢中になって熟読するものと考えていたようだ。僕がそいつをポケットに入れるのを見た奴のうちに、肉親との死別の悲しみのごとき感情を僕は見て取った。

「貴君がその手帖を保管なされるのですか、ウースター君？」

「そうだ」

「しかし自分はそれをサー・ワトキンにお見せしたいのです。あの方についてもずいぶんと言及があるのですよ」

「サー・ワトキンに無用の苦痛を与えるのはよそう、スポード」

「おそらく貴君のおっしゃる通りなのでしょう。それではこのドアをぶち破るのを続けてよろしいですか？」

「絶対にだめだ」僕はきっぱりと言った。「君がするのはこの場をとっとと出ていくことだけだ」

「とっとと出ていくですと？」

「とっとと出ていくだ。放っておいてくれないか、スポード。僕一人にしてもらいたい」

僕は奴が曲がり角の向こうに消え去るのを見、それから盛大にドアを叩いた。

「ガッシー」

返事はない。

「ガッシー、出てくるんだ」

「そんなことしたら僕はおしまいだ」

「出てこいよ、バカ。僕はウースターだ」

しかしそれでもまだすぐに結果は生じなかった。奴が後になって言ったことだが、奴はスポードが僕の声をうまく真似しているものと思ったのだそうだ。だがやがて僕が奴に、本当にこれが幼なじみにほかならないということを得心させると、家具を引きずって片づける物音がし、そして今やドアは開き、そろそろと慎重に奴が顔を出したのだった。雷雨の後で様子を伺うカタツムリみたいな具合にだ。

続く感動シーンについて詳述する必要はあるまい。包囲された駐留部隊の所にきわどいところで合衆国海兵隊が救出に到着したとかいった映画の中で、大体似たような場面をご覧になられたことがおありだろう。奴は僕にじゃれついてきたと言ったら、それで言いつくせると思う。奴は僕がロデリック・スポードを決闘の末に打ち負かしたとの印象を抱いているようで、またその印象はあえて訂正するまでもないものと思われた。件の手帖を奴の手の平に押しつけて、そいつをマデライン・バセットに見せるようにと奴を送り出し、僕は自室に戻ったのだった。

ジーヴスがいた。いつもどおりの職業上の責務をあれこれこなしながらだ。

この男にまた会ったら、僕をパパバセットとの会見という激しい神経的緊張の場に無理やり臨ませた件につき、毅然《きぜん》とした態度できっちり言い聞かせてやろうというのが僕の本来意図していたところだった。だが今僕は、とげとげしい憎悪の目ではなく、真心こもった笑顔で彼に向かった。結局のところ、彼の計画は思わぬ余得を生み出したのだし、非難などしている場合ではない。ワーテルローの戦いの後でウェリントン将軍は兵隊たちを叱りつけたりはしなかった。彼は皆の肩に手を置き、一杯おごったのだ。

「ああジーヴス！　そこにいたのか？」

「はい、ご主人様」

「さてと、ジーヴス、荷物をまとめてもらって構わないぞ」

「はて、ご主人様？」

「帰り支度だ。明日ここを発つ」

「と申されますと、ご主人様、あなた様におかれましてはトトレイ・タワーズにてのご滞在をご延長なされるお心積もりはおありでないのでございましょうか？」

僕は陽気で気楽な笑いをひとつ放った。

「バカなことを訊くなよ、ジーヴス。トトレイ・タワーズってのは、どうしようもなくそうしなきゃならないっていうんでなけりゃ、滞在延長したいなんて思うような場所か？　それで今やこの土地家屋内にぐずぐず留まってる理由はもはやないんだ。僕の仕事は終わった。明日の朝一番にここを発つ。だから一秒たりとも遅れずにスタートを切れるよう、荷づくり開始だ。たいして手間はかからないだろう？」

「はい、ご主人様。スーツケースが二つあるきりでございます」

彼はベッドの下からそれらを取り出し、大きいほうを開いて上着や何やらを放り入れ始めた。その間僕は肘掛け椅子に腰かけ、彼を最新の展開に通じさせておくべく話を続けた。

「さてと、ジーヴス。君の例の計画だが、きわめてうまくいったぞ」

「さようにお伺いいたして深甚に存じます、ご主人様」

「あのシーンが僕の夢に出没して当分の間僕を苦しめることになるまいとは言わない。君が僕をそんな境遇に追いやった件についてはコメントを控えよう。あれは優れものだったと言うに留めておく。伯父の祝福が、シャンペンのボトルからコルクが抜けるみたいにポンポン飛び出してきたぞ。それで聖体拝領台に向かうスティッフィーとスティンカーの前には、もはや何らの障害もない」

「それはきわめて満足な次第でございます、ご主人様。とおおせられますと、サー・ワトキンのご反応は予想通りであった、と?」

「予想通り過ぎるくらい予想通りだった。君は荒波に翻弄される帆船の姿を見たことがあるか?」

「いいえ、ご主人様。わたくしが海辺を訪れました折はいつも気候温和でございましたゆえ」

「うむ、その姿こそまさに義理の甥になりたいと僕に告げられた時のサー・ワトキンの姿なんだ。彼は『ヘスペルス号の難破』〔ロングフェローの詩〕みたいに見えたし、またそう振舞ったんだ。君は憶えているかな? そいつは荒涼たる海原を航行していて、それで船長は幼い娘を伴ってるんだ」

「はい、ご主人様。かの娘の青き目は妖精の亜麻布のごと、かの娘の頬は日の出の時のごと、またかの娘の胸は五月に花咲くサンザシのつぼみのごと、でございます」

「その通りだ。さてそれで僕がしていた話というのはだ、暴風に揺さぶられ、御大《おんたい》は浸水してガタガタになっていた。そこにスティッフィーが現れてそいつはみんな間違いで、婚約者《プロメッソ・スポーゾ》は本当はスティンカー・ピンカーだったんだと告げた時の御大のほっと安心のし様といったら限度なしだ。即座に結婚の承認を与えたぞ。あんなにすばやく言葉を発しろったって無理なんじゃないかな。だがどうして僕はこんな話をして時間を無駄にしているんだ、ジーヴス? こんなのは枝葉末節の問題だ。一面ニュースはこいつだ。大法官府もびっくりの大ニュースなんだ。僕はあの手帖を持ってる」

「さようでございますか、ご主人様?」

「そうなんだ。完全に掌握してる。スポードが持ってるのを見つけて奴から取り上げたんだ。今ガッシーがあれをバセット嬢に見せに行って、着せられた汚名を晴らしているところだ。今この瞬間にあの二人がひしと抱擁し合っていたとしても、僕は驚かないな」

「まことに願ったとおりの仕儀とあい成りました、ご主人様」

「君の言ったとおりだ、ジーヴス」

「それではもはやあなた様におかれましては、何らの思いわずらいもなしでございましょう」

「なしだ。途轍《とてつ》もなく安堵の思いなんだ。大きな重石が僕の双肩から転がり落ちたみたいな気分だ。歌って踊るのだってやれる。あの手帖を見せれば一発で片がつくってことに間違いはあり得ないんだ」

「おおせのとおりと拝察いたします、ご主人様」

「なあ、バーティー」と、この時、試練の時を経てきた者の空気を身にまといながら、いつの間に入ってきていたガッシーが言った。「恐ろしいことが起こったんだ。結婚はおしまいだ」

11．盗まれたウシ型クリーマー

僕はこの男を見つめた。ひたいを押さえ、根底から動揺しながらだ。

「おしまいだって？」

「そうだ」

「お前たちの結婚がか？」

「そうだ」

「おしまいだって」

「そうだ」

「何だって——おしまい？」

「そうだ」

モナ・リザが僕の立場だったらどうしただろうか、僕にはわからない。おそらく僕とおんなじようにしたことだろう。

「ジーヴス」僕は言った。「ブランデーだ」

「かしこまりました、ご主人様」

彼は救難の旅路へと出立していった。そして僕はガッシーのほうに向き直った。奴は頭の毛から麦わらを引き抜き始める前の時間を埋めようとしてるみたいに、茫然自失の体《てい》で部屋中をジグザグ歩いていた。

「僕には耐えられない！」奴がつぶやくのが聞こえた。「マデラインのいない人生なんて生きてる価値がない」

これは無論びっくり仰天すべき態度だが、とはいえ人の好みをとやかくは言えない。ある者にとっては魅力的な女の子がまたある者にとっては毒薬であり、逆もまた真なのだ。僕は思い出したのだが、僕のアガサ伯母さんだって、今は亡きスペンサー・グレッグソン氏の灼熱の熱情をかってはかき立てたのである。

さまよい歩いた末、奴はベッドのところに到着した。見れば奴はそこに放置されたままだった結んだシーツを見つめている。

「思うんだが」心ここにない、独白調の声で奴は言った。「あれで首が吊れるな」

僕はこういう思考の方向性には速やかに歯止めを掛けねばならないと決心した。この時までに僕はある程度、自分の寝室が諸国民の集会場みたいに扱われるのに慣れてきてはいたものの、バツ印の事件現場にされるのは断然とんでもないことだ。これは僕が強く感じた点である。

「ここで首吊り自殺をされるのは困る」

「でもどこかで首は吊らなきゃならないんだ」

「うーん、僕の寝室では吊らないでくれ」

奴は眉毛を上げた。

「君の肘掛け椅子に座ることについちゃあ、異議はあるか?」

「座ってくれ」

「ありがとう」

奴は椅子に掛け、どんよりした目で前方を見つめた。

「さてと、それじゃあ、ガッシー」僕は言った。「お前の話を聞こう。結婚はおしまいだとか何とかいうバカ話は一体何なんだ?」

「おしまいなんだ」

「だがお前はあの手帖を彼女に見せたんじゃなかったのか?」

「そうだ。僕はあの手帖を彼女に見せた」

「彼女は中身を読んだのか?」

「そうだ」

「うーん、彼女はトゥ・コンプランドルしたんじゃないのか?」

「そうだ」

「それでトゥ・パルドネだったんだな?」

「そうだ」

「それじゃあお前は事実をゆがめて言ってるにちがいないんだ。結婚がおしまいだなんてことはあり得ない」

「おしまいなんだ。話してやる。どういう時に結婚はおしまいでどういう時におしまいじゃないか僕にわからないとでも思ってるのか? サー・ワトキンが結婚を禁じたんだ」

これは僕の予測しなかったアングルだった。

「どうして？　けんかか何かしたのか？」

「そうだ。イモリのことでなんだ。彼は僕がイモリを浴槽に入れたのが気に入らなかったんだ」

「お前はイモリを浴槽に入れたのか？」

「そうだ」

反対尋問をする有能な弁護人みたいに、僕はこの論点を猛烈に攻撃した。

「どうして？」

奴の手はそわそわとわなないた。ワラをもつかもうとするみたいにだ。

「水槽を壊しちゃったんだ。僕の寝室においてあった水槽をさ。僕のイモリを入れてあったガラスの水槽なんだ。僕は寝室のガラスの水槽を壊しちゃったんだ。それで浴槽だけが唯一イモリを入れておける場所だったんだ。洗面台じゃ狭すぎるんだ。イモリたちには十分な空間が必要なんだ。それで僕はみんなを浴槽に入れた。水槽を壊しちゃったから。僕の寝室のガラスの水槽をさ。僕がイモリを飼ってたガラスの水槽なんだ――」

この心身の緊張下でこいつをこのまま続けさせていたら、おそらく奴は無限にこれを繰り返すものと僕は見て取った。それで僕は磁器の花瓶をマントルピースに鋭く叩きつけ、奴に静粛を求めた。

「わかった」破片を小ボウキで暖炉に掃き入れながら僕は言った。「続けてくれ。どういうわけでパパバセットがそこに入り込んでくるんだ？」

「彼は風呂に入りに行ったんだ。そんな遅い時間に誰かが風呂に入ろうだなんて僕は思いもしなかった。それで僕は居間にいた。すると彼が怒鳴り込んできた。こんなふうにさ。〈マデライン、あのいまいましいフィンク＝ノトルの畜生がわしの浴槽にオタマジャクシを入れおった！〉それで僕は頭に血がのぼっちゃったんだな。こう叫んだんだ。〈ああ、何てこった。このバカなクソジジイ、イモリたちに注意しろよ。さわるんじゃない。僕はきわめて重要な実験の真っ最中なんだからな〉って」

「わかった、それで――」

「僕は続けて彼に、満月がイモリの愛情生活に影響を及ぼすか否かを僕がどれほど確かめたいと思ってるかって話をした。すると不思議な表情が彼の顔に宿って、それから彼はちょっと震えた。そして彼は僕に、浴槽の栓を抜いたから僕のイモリたちはみんな排水管を流れていっちゃったって言ってよこしたんだ」

おそらく奴はここでベッドに身を投じ、顔を壁に向けたいところだったことだろうと僕は思う。だが僕はそれを阻止した。僕は「レス」すなわち本題にあくまでもこだわろうと決心していた。

「それでお前はどうしたんだ？」

「然《しか》るべく彼を叱りつけたさ。思いつく限りの悪口を浴びせてやった。実際、僕が知ってるだなんて思ってもみなかったような悪口も飛び出してきた。僕の潜在意識の中からふつふつと沸きあがってきたみたいなんだな。最初はマデラインがそこにいたという事実によって、ちょっと遠慮があったんだが、間もなく彼がマデラインに早く寝むようにって言って、それからは思う存分言いたいことが言えるようになった。それでとうとう僕が息つぎに一時停止したところで彼は結婚に異議を申し立てて、行ってしまったんだ。それから僕はベルを押し、バターフィールドにオレンジジュースを持ってこいと頼んだ」

僕はびっくりした。

「オレンジジュースだって？」

「気つけが要ったんだ」

「だけどオレンジジュースだって？　そんな時にか？」

「僕に必要なのはそいつだって思えたんだ」

僕は肩をすくめた。

「ああ、そうか」

無論こんなことは僕がしょっちゅう言っていることのたんなる証明に過ぎない。つまり、世の中はいろんな種類の人間でできあがっているということだ。

「実を言うと、今でもぐっと飲《や》りたい気分なんだ」

「お前のひじのところにボトルがあるぞ」

「ありがとう……ああ！　これだこれ！」

「ジャグごとどうぞだ」

「いや、いい。どこで止めるべきか僕はわきまえてる。さてと、そういうことなんだ、バーティー。親爺《おやじ》さんはマデラインと僕とを結婚させせない。それで僕は何とかして彼の機嫌を直す方法はないものかと考えてるんだ。残念ながらない。わかるだろ、僕は彼の悪口を言ったたってだけじゃない――」

「たとえばどんな悪口を言ったんだ？」

「うーん、ダニ男、って言ったのは憶えてる。それとスカンクだ。うん、そうだ。にごり目のスカンクって呼んだのは確かだ。だけど彼はそのことは許してくれるかもしれない。本当の問題は僕が親爺さんのウシ型クリーマーをけちょんけちょんにけなしたってところなんだ」

「ウシ型クリーマーだって！」

僕は鋭く声を発した。奴は思考の過程を言葉にし始めた。ひとつのアイディアが急速に萌《も》えいできた。しばらくの間、僕はウースター家の知能の全資源を投入してこの問題に解答を与えるべく努力していた。僕はそういう時、よく何かがゆるんでどこかに遊離し去ったみたいになる。だがここでウシ型クリーマーという語が発された時、我が脳みそは突然身体を震わせ、鼻先を地面につけて田野を横断し始めたのだった。

「そうなんだ。彼がそいつをどれだけ愛し、崇拝しているかを知っていればこそ、また、彼を傷つける辛辣な言葉を探していたればこそ、僕はそいつを現代オランダ製って言ったんだ。昨日の晩のディナーの席上の彼の発言から、それはそいつがそうあっちゃ一番いけないものだってことを僕は知った。〈お前とお前の十八世紀製のウシ型クリーマーか！〉僕は言った。〈けっ、現代オランダ製だ！〉とかまあそんな意味の言葉だ。この一撃は効いた。彼は紫色になって、破談を決めたんだ」

「聞くんだ、ガッシー」僕は言った。「僕に考えついたことがある」

奴の顔に明かりがさした。楽観主義が湧《わ》いてきていそいそと活動開始しだしたのが僕にはわかった。このフィンク＝ノトルという男はいつだって楽観主義の人物である。マーケット・スノッズベリー・グラマー・スクールの少年たちに向けた彼の演説をご記憶の方は、そのほとんどが若き悪党連中への、暗い側面は見ないようにとのアピールであったことをご想起されよう。

「そうだ。僕にはどうすればいいかわかったと思うんだ。お前がしなきゃならないのは、ガッシー、あのウシ型クリーマーをくすね取ることだ」

奴の唇は開かれ、だから僕は「えっ、何だって？」が飛び出してくると思ったのだが、そうではなかった。沈黙とあぶくがわずかにあっただけだ。

「そいつが一番大事な第一歩だ。ウシ型クリーマーを確保したところでお前は御大《おんたい》にそいつは自分の占有下にあるって告げて、それでこう言うんだ。〈さて、どうする?〉あの薄汚いウシを返してもらうためなら、お前が言うどんな条件だって奴は呑《の》むと僕は確信してる。お前だってコレクターってのがどんなもんかは知ってるだろう。みんながみんな、ほとんどイカれてるんだ。そうだ、僕のトム叔父さんはあれをものすごく欲しがってて、それで至高のコック、アナトールをあれと交換に譲り渡したっていいなんて考えてるんだぞ」

「僕がブリンクレイにいたときに働いてた男のことじゃないな?」

「その男だ」

「あのノネット・ド・プーレ・アニュエス・ソレルをこしらえた男のことか?」

「まさしくその芸術家のことだ」

「つまり君は、お前の叔父さんは、あのウシ型クリーマーを確保できるならアナトールを失ったって構わないと、そう考えてるって本当に言うんだな?」

「僕はそいつをダリア叔母さんの口からじきじきに聞いた」

奴は深く息を吸った。

「それなら君の言うとおりだ。君の計画ですべては解決だろう。無論、サー・ワトキンが例のシロモノを同じだけ高く買ってるとしてだが」

「買ってるんだ。そうじゃないか、ジーヴス?」僕は言った。結論を彼に委ねながらだ。彼はブランデーを持ってさらさらと流れ入ってきたところだった。「サー・ワトキンはガッシーの結婚を禁止したんだ」僕は説明した。「それで僕がガッシーに話してたのは、御大の決意を変えるために彼がすべきことは、あのウシ型クリーマーを入手して御大が父親の祝福をしてよこすまで返してやらないって言ってやることだってことだ。君も賛成してくれるな?」

「もちろんでございます、ご主人様。もしフィンク゠ノトル様が例のオブジェ・ダール、すなわち美術工芸品をお手になされましたならば、それはすなわちご命令を発し得るお立場に立たれたということとなりましょう。きわめて賢明なご計画でございます、ご主人様」

「ありがとう、ジーヴス。そうだな、悪くない。僕が自分で考えて、一瞬の間に戦略を練り上げなけりゃならなかったってことを考慮に入れるならな。もし僕がお前なら、ガッシー、すぐさまことを開始するな」

「おそれながら、ご主人様」

「話があるのか、ジーヴス?」

「はい、ご主人様。わたくしはただ今、もしフィンク゠ノトル様が本計画にご着手あそばされるならば、克服すべき障壁がひとつあると申し上げようといたしておりました」

「なんだ、それは?」

「ご自身のご利益保護がため、サー・ワトキンはオーツ巡査をコレクション・ルームの警備にご配備なされました」

「何だって!」

「はい、ご主人様」

ガッシーの顔からお日様の光が消えた。それで蓄音機のレコードが止まる時みたいな、恐怖に打ちひしがれたみたいな音を発した。

「しかしながら、わたくしは些少《さしょう》のフィネス、すなわち技巧を用いますならば、本要素を排除することは完全に可能であろうと思料いたすものでございます。ご記憶であそばされましょうか、ご主人様、チャフネル・ホールにて園芸用具小屋にサー・ロデリック・グロソップが閉じ込められあそばされ、あの方をお救いせんとのあなた様のご努力がダブソン巡査がドアの前に配置されたという事実により挫《くじ》かれた折のことでございますが？」

「鮮明に記憶しているぞ、ジーヴス」

「わたくしはあの折、巡査の婚約相手である小間使いのメアリーが、ラズベリーの茂み内にて話し合いたいことがあると申しておる旨ダブソン巡査に申し向けるならば、同人を誘導して持ち場を離れさせることが可能であろうと、僭越ながらご提案を申し上げました。そして当の計画は実行され、その有効性が実証されたのでございました」

「その通りだ、ジーヴス。だが」僕は疑わしげに言った。「今回はそんなのでうまくいくとは思えないんだ。憶えているだろう、ダブソン巡査は若くて熱心でロマンティックで――もしラズベリーの茂みの中に女の子がいると言われたら自動的にジャンプして飛び込んでいくようなタイプの青年だった。ユースタス・オーツのうちにダブソンの燃える炎はない。奴は長年の生活でよくよく消耗した、ごく落ち着いた妻帯者で、まずはまあお茶を一杯っていうような男だっていう印象を僕は持ってる」

「はい、ご主人様。オーツ巡査はあなた様のおおせの通り、ごく穏健な気質の人物でございます。しかしながら現在出来《しゅったい》しております緊急事にわたくしが適用いたさんとしておりますのは、ことの原理のみに過ぎません。個々人の心理に適したおとりを提供することが必要なのでございます。わたくしがご提案申し上げますのは、フィンク＝ノトル様におかれましては、あなた様がオーツ巡査のヘルメットを保有しておられるのを見た旨を巡査にお伝えあそばされるのがよろしいのではあるまいかということでございます」

「なんだと、ジーヴス！」

「はい、ご主人様」

「君のアイディアはわかった。うむ、申し分ない。うん、それでいこう」

ガッシーのどんよりとした目が、これらすべてまるでまるきりわけがわからないでいることを示していたので、僕は説明した。

「今夜早くに、ガッシー、このジャンダルムというか警官だな、こいつの帽子を何者かが奪い取ったんだ。それでそのことはとことん奴の骨身に堪《こた》えてるんだ。ジーヴスが言ってるのは、そいつを僕の部屋で見たってようなことをお前が奴に言ったら、奴はここに迷子の仔トラを探し求める母トラみたいに跳んでくるはずだから、お前の活動に何の妨げもない大地平が開けることになるってことだ。これが君のアイディアの核心だと言っていいな、ジーヴス？」

「おおせの通りでございます、ご主人様」

ガッシーは目に見えて晴ればれした顔つきになった。

「わかった。そりゃあいい計略だ」

「そうだな。いい計略のひとつだ。悪くはない。いい仕事だ、ジーヴス」

「有難うございます、ご主人様」

「それでうまくいくはずだ、ガッシー。奴に僕がヘルメットを持ってるって言って奴が跳んで出てゆくのを待ちかまえてガラスケースをさっと開けてウシをポケットに入れる。単純な計画だ。子供にでもやれる。だが唯一僕の慚愧《ざんき》に堪えない点は、そうするとダリア叔母さんがそいつを手に入れる見込みがまるでなくなりそうだってことだ。こいつがこんなにみんなの人気者で、まったく残念なことだな」

「はい、ご主人様。しかしながらトラヴァース夫人におかれましては、フィンク゠ノトル様のご必要は奥様のそれに比べて大きいことをご理解くださり、必ずやこのご落胆を一種のご諦念をもってご甘受あそばされることでございましょう」

「かもしれない。また、そうじゃないかもしれない。とはいえ、そういうことだ。個々人の利害が衝突する時にあっては、誰かが貧乏くじを引かなきゃならないんだ」

「まさしくおおせのとおりと存じます、ご主人様」

「みんなみんなにハッピーエンドをばらまけるってわけじゃない――ひとり頭ひとつってわけにはいかないんだ」

「さようでございます、ご主人様」

「一番肝心なのはガッシーの件を落着させるってことだ。そういうわけだから、それゆけ、ガッシー。それでとにかく急いでかかるんだ」

僕はタバコに火を点けた。

「実に素晴らしいアイディアだったな、ジーヴス。一体どうやってあんなのを考えついたんだ?」

「わたくしの念頭にこのアイディアを傾注してくれましたのは、ほかならぬ巡査自身でございます、ご主人様。遠からぬ以前、わたくしが同人と話をしておりました折のことでございました。巡査の申しようから、ヘルメットを奪取したのはあなた様であると同人が現実に疑っておりますことが理解されたのでございます」

「僕だって？　何でまたどうして？　何てこった、僕はあの男をほとんど知りもしないんだぞ。僕は、てっきり奴はスティッフィーを疑ってるもんだと思ってた」

「当初はそうでございました、ご主人様。また、本窃盗行為の背後にある動機形成力はビングお嬢様であるとの見解を依然巡査は採用いたしております。しかしながら巡査は現在では、お若いレディーには男性共犯者がおり、手荒い仕事のほうを片づけたとの確信を抱いております。また、わたくしの理解いたしますところでは、サー・ワトキンもこの説を支持しておられるものと拝察いたします」

突然、僕は図書室におけるパパバセットとの会見の冒頭部を思い出した。それでやっと彼が何を言わんとしていたかが理解できたのだった。あの時にはただのどうでもいいゴシップの応酬と思われた彼の発言が、恐るべき隠された意味を持っていたことを僕は今や理解した。僕らはただ最新のホットなニュースについておしゃべりしている二人の男に過ぎないものと僕は考えていた。ところがその間じゅうずっと、そいつは事情聴取というか尋問だったというわけなのだ。

「だけどどうして奴は僕が男性共犯者だなんて考えるんだ？」

「わたくしが理解いたしましたところでは、巡査は本日の午後、あなた様と路上にて遭遇いたした折にビングお嬢様とあなた様との間に見いだしたご親密さに驚愕《きょうがく》したとの由にございました。また犯行現場にこのお若いレディーの手袋を発見した際、巡査の疑念はますます強まったのでございます」

「どういう意味か、わからないな、ジーヴス」

「巡査はあなた様がビングお嬢様の恋のとりこであそばされるものと推察いたしておるのでございます、ご主人様。そしてお嬢様の手袋を心臓に添わせて身につけておられた、と考えております」

「そいつが僕の心臓に添わせて身につけられてたんだとしたら、どうして落っことされたりする余地があるんだ？」

「巡査の見解では、あなた様はそれにそっと唇をあてるために取り出されたのでございます」

「ちょっと待て、待てよジーヴス。これから警官のヘルメットをくすね取ろうっていう、その瞬間に、僕は手袋をそっと唇にあてるだなんて、そんなことをするのか？」

「明らかに、ピンカー様はそうなされました、ご主人様」

僕はある状況でスティンカーの奴がどうするかという話と、普通の、正常な、カッコー時計よりはほんの数オンスは脳みそが余計にある人間がどうするかという話は、全然まったく別の話だということを彼に説明し始めようとするところだったのだが、その時、ガッシーが戻ってきたことによって話を中断させられた。奴の様子の快活さから、事がうまく進んでいるらしいことが見て取れた。

「ジーヴスの言ったとおりだ、バーティー」奴は言った。「彼にはユースタス・オーツのことが本みたいに読み取れるんだ」

「例の情報を聞いて奴は興奮したのか？」

「あれより徹底的に興奮した警官なんて僕は見たことがないな。奴のまず第一の衝動は、すべてをなげうってすぐさまここに駆けつけようとすることだった」

「どうしてそうしないんだ？」

「そうするわけにはちょっとばかりいかないんだ。サー・ワトキンが奴にそこにいろって言ったたって事実を考えればさ」

僕にはその心理が理解できた。燃えさかる甲板の上に立ち尽くす例の少年の心理みたいなものだ。ただひとり彼のみがいまだ逃れゆかず［十九世紀前半の女流詩人フェリシア・ヒーマンズの詩「カサビアンカ」冒頭］、とかいうやつだ。

「となると、次なる手続きは、パパバセットに連絡して事実を通知して、行っていいかどうか許可をもらうことだな？」

「そうだ。じき何分かで奴はここに来ると思うぞ」

「それじゃあお前はここにいちゃだめだ。ホールで潜伏してなきゃいけないだろうが」

「今すぐ行くところだ。ここへは報告に来ただけなんだ」

「奴がいなくなった瞬間に潜り込むんだぞ」

「そうするさ。信頼してくれ。失敗の余地はない。君のアイディアは素晴らしいな、ジーヴス」

「有難うございます」

「僕がどんなに安心した心持ちでいるか想像してもらえるかなあ。あと五分ですべては解決だってわかってるってことがさ。ただひとつだけ今の僕が残念に思うことは、あの親爺にあの手帖を渡してきちゃったことだけだ」

奴はこのとんでもない言明をあんまりにも何でもなさそうに発したもので、僕はその内容を理解するのに一、二秒はかかった。そいつを理解し終えた時、強烈なショックが僕の身体組織にくまなく行き渡った。まるで電気椅子に身をもたれて座っていたら、関係当局者が電気のスウィッチを入れちゃったみたいな具合にだ。

「お前、御大に手帖を渡したのか？」

「ああそうだ。奴が立ち去っていく時に渡したんだ。まだ言い忘れてた悪口がありやしないかって思ってさ」

僕はマントルピースに置いた震える手で身体を支えていた。

「ジーヴス！」

「ご主人様？」

「ブランデーをもっとだ！」

「はい、ご主人様」

「それからまるでラジウムかなんかみたいに、そんな小さいグラスにちょっぴりずつ入れるのはやめるんだ。樽ごと持って来てくれ」

ガッシーはちょっと驚いたような顔をして僕を見ていた。

「何か問題があるのか、バーティー？」

「何か問題だって？」僕は陰気な笑いを放った。「ハッ！　さてと、これでだいなしだ」

「どういうわけだ？　どうして？」

「自分のしでかしたのがどういうことかわからないのか、可哀そうなバカだな！　もうウシ型クリーマーをくすね取ったって無駄だ。あの手帖の中身をバセット御大が読んだとしたら、どうしたって御大の機嫌をとるなんてのは無理だ」

「どうしてさ？」

「うーん、お前はあれがスポードにどれだけ影響を及ぼしたかを見ただろう。パパバセットがスポードよりも自分に関する不愉快な事実を読むのが好きなほうだとは、僕には思えないんだ」

「だけど彼はもう不愉快な事実を知ってるんだぞ。僕がどうやって叱りつけてやったかは話しただろう」

「ああ、だがそんなのは何とかなる。どうか忘れてください……熱い血潮のほとばしりのままに言ってしまったことです……不思議と我を忘れていたんです……とかまあ、そんなふうなやつだ。冷静に推論された意見、それも毎日毎日丹念に手帖に書き込まれてる、なんてのは全然まったく別ものなんだ」

僕はこれでこの話がやっと奴の胸に落ちたのがわかった。奴の顔にはまた緑がかった色調が戻ってきていた。奴の口は閉じたり開いたりして、まるで金魚が別の金魚に割り込んでこられて自分で取ろうと思って目星をつけてたアリのタマゴをくすね取って逃げられたみたいにパクパクしていた。

「わあ、なんてこった！」

「そうだ」

「どうしたらいい？」

「わからん」

「考えろ、バーティー、考えるんだ！」

僕はそうした。緊迫した思いでそうしたわけで、お陰でアイディアが湧《わ》いた。

「話してくれないか」僕は言った。「その洗練を欠いたケンカ騒ぎの締めくくりには、正確に言って何が起こったんだ？　お前は親爺さんに手帖を渡した。奴さんはその場でそいつを読んだのか？」

「いやちがう。彼はそいつをポケットに放り込んだ」

「それでお前が思うに奴さんはまだ風呂に入ろうとしてたんだな？」

「そうだ」

「それじゃあこの質問に答えてくれ。どのポケットだ？　つまりどの服のポケットかってことだ？　親爺さんは何を着てたんだ？」

「ガウンを着てた」

「羽織って——いいか、慎重に考えるんだぞ、フィンク＝ノトル君。ここのところにすべては掛かってるんだからな——シャツとズボンとか着てるその上に羽織ってたんだな？」

「うん、ズボンをはいてた。そう気がついたのを憶えてるんだ」

「それならまだ希望はある。お前と別れた後、親爺さんは身体装飾材料を脱ぎ捨てに部屋に戻ったはずだ。奴さんはだいぶカッカと来てたんだったよな？」

「うん、ものすごくだ」

「よし。人間本性に関する僕の知識からすると、ガッシー、カッカと頭に来てるオヤジってのは、うろうろほっつき回りながらポケットの中を手探りして手帖を取り出して、じっくりその中身を読もうなんてことはしないものなんだ。着てるものを脱ぎ捨てたら、とっととサル・ド・バンというか浴室に向かうんだな。手帖はまだ奴のドレッシング・ガウンのポケットの中にあるにちがいない——それでそいつは、間違いなく、ベッドの上か椅子の背に放りつけられてあるんだ——だからお前がしなきゃならないのは、親爺さんの部屋に忍び込んでそいつを取り返すってだけのことだ」

　この明晰《めいせき》な思考がよろこびの快哉《かいさい》と心の底からの感謝の雨あられを降らせるものと僕は予期していた。ところがその代わりに、奴は心もとなげに足をもじもじとよじり合わせただけだった。

「部屋に忍び込むだって？」

「そうだ」

「だけどさ、何てこった！」

「いったいどうした？」

「他に方法はないと、君は確信しているんだな？」

「もちろんないに決まってるじゃないか」

「わかった……君は僕のためにそいつをやってくれないかなあ、バーティー？」

「いや、やらない」

「たくさんの人たちはそういうことをやってくれるんだぞ。大事な学校友達を助けるためならさ」

「たくさんの人たちはバカだ」

「懐かしい僕らの母校での、あの日々を忘れたのか？」

「忘れた」

「僕が君に最後の一個のミルクチョコレートバーを半ぶんこしてやった時のことを、君は憶えてないのか？」

「いない」

「ふーん、僕は分けてやったんだ。そしたらいつか僕のために何かできる時が来たら、そしたらって君は……だが、こんな義務が――神聖な義務だって人は考えるかもしれないな――でもさ、君にとって何ほどの重みも持たないって、そういうことなら、もはやこれ以上言うべきことは何もないってことだな」

奴はしばらくその辺を行ったり来たりして、例の諺のネコみたいな真似をやっていたのだが、それから胸ポケットからキャビネ版のマデライン・バセットの写真を取り出すと、思い入れたっぷりにそいつを見つめた。そいつが奴にとっては必要な気つけ薬であったようだ。奴の目はぱっと明るくなり、顔からはさかなみたいな表情が消えた。奴は部屋から大股に歩き去ったが、すぐまた戻ってくると背後のドアをバシンと閉めた。

「おい、バーティー、スポードがそこにいる」

「それがどうした？」

「僕を捕まえようとした」

「お前を捕まえようだって？」

僕は顔をしかめた。僕は忍耐強い男である。だが冗談の度が過ぎるというものだ。僕があれだけ言い聞かせてやった後で、ロデリック・スポードがまだ降参していないだなんて信じられないことに思えた。僕はドアのところに行ってそいつをさっと開けた。ガッシーが言ったとおりだった。奴はまだそこでコソコソしていた。

僕を見て奴はちょっと気落ちしたふうだった。僕は冷厳な態度で奴に言ってやった。

「何か用か、スポード？」

「あ、いえ、何でもありません。ありがとうございます」

「さあ行け、ガッシー」僕は言った。そして奴が人間ゴリラの横を迂回《うかい》してにじり去って廊下の向こうに姿を消すまで見守ってやった。それから僕はスポードに向き直った。

「スポード」僕は率直に言った。「僕は君にガッシーをほって置くようにって言ったか、それとも言わなかったか？」

奴は僕を嘆願するがごときまなざしで見た。

「自分があいつに何かしてやるのをなんとか見のがしていただくわけには参りませんか、ウースター君？　ちょっと奴の帽子から背骨が飛び出すように蹴りを入れてやるだけのことなのです」

「絶対にだめだ」

「あー、もちろん貴君がそうおっしゃるなら」奴は不満げに頬を掻《か》いた。「貴君はあの手帖をお読みになられましたか、ウースター君？」

「いや」

「あいつは自分の口ひげのことを、台所の流しの横にぐちゃんとつぶれたゴキブリが残していったほのかに薄い変色したシミだと言ったのですぞ」

「奴にはいつだって詩人めいたところがあるんだ」

「そしてまた自分のアスパラガスの食べ方は、人間が万物の霊長だとの概念を覆すというのです」

「ああ、奴はそう言ってた。思い出した。これもだいたいのところ正しいだろう。僕もディナーの時に気がついた。君が今後気をつけなきゃいけないのは、この野菜を優しく腹の奈落の底に落とし込んでやることだ。落ち着いてやるんだ。がつがつ噛みつくんじゃない。自分は人間であってサメじゃないってことを忘れないようにするんだ」

「ハッハッハッ！〈人間であってサメではない〉ですか。うまいことを言うものですな、ウースター君。こりゃあ愉快だ」

ジーヴスがトレイにデカンターを載せて入ってきた時、奴はまだクックと笑っていた。とはいえ恐ろしく心の底からというわけではないようだと僕は思った。

「ブランデーでございます、ご主人様」

「待ちかねたぞ、ジーヴス」

「はい、ご主人様。またもや遅くなりましたことをお詫び申さねばなりません。わたくしはオーツ巡査に引き留められておりました」

「ああ？　また彼としゃべくってたのか？」

「それほど会話をいたしたというわけではございません。止血を施しながらのことでございましたゆえ」

「止血だって？」

「はい、ご主人様。巡査は事故に遭遇いたしたのでございます」

僕の一時的な不興はいずこへか消え去ってしまった。そして抑えがたい喜びがそれにとって代わった。トトレイ・タワーズでの暮らしは優しい感情を鈍らせ、僕の心を非情に変えた。したがってオーツ巡査が事故に遭遇したというニュースから僕が得たのは、ひとえに歓喜の念にほかならなかった。実際、僕をこれ以上喜ばせる知らせが唯一あるとしたらそれは――サー・ワトキン・バセットがせっけんで滑って転んでバスタブにまっさかさまに転落したというニュースのみであろうか。

「一体どうしてそんなことになったんだ？」

「深夜の略奪者よりサー・ワトキンのウシ型クリーマーを奪回すべく奮闘努力いたす際に暴行を加えられたのでございます、ご主人様」

スポードが一声叫んだ。

「ウシ型クリーマーは盗まれてはいないだろうな？」

「いいえ、スポード様」

ロデリック・スポードがこのニュースに大いに動揺したのは明らかだった。ご記憶かどうか、最初から奴はウシ型クリーマーに対して慈父のごとき感情を抱いていた。ぐずぐず居残って先まで聞こうとはせず、奴は全速力で疾走し去り、僕はジーヴスといっしょに部屋に入った。ことの詳細を聞きたくてうずうずしながらだ。

「何が起こったんだ、ジーヴス？」

「はい、ご主人様。巡査より理路整然たる談話を引き出すのはいささか困難でございましたが、巡査が焦燥し、落ち着かぬ心持ちでおりましたことは理解いたしました」

「間違いなくパパバセットと連絡が取れずにいたせいだな。知ってのとおり御大は入浴中だ。持ち場を離れてヘルメットを探しにここに来ていいかどうか許可をもらえなくていらついてたんだ」

「さように相違ございません、ご主人様。また焦燥した心持ちでおりましたがため、巡査はパイプを一服したいとの強力な欲求を経験いたしたのでございます。しかしながら、任務中の喫煙が発覚するリスクを犯すことは不本意でございましたから――すなわち、密閉された室内においてかような行為に及ぶならば、煙の残存によりさような事態が招来されるところとなりましょう――したがって巡査は外の庭園へとそぞろ出たのでございます」

「頭の回る男だな、オーツって奴は」

「巡査は背後のフランス窓を開放したままにいたしておりました。そしてややあって後に室内より発した突然の物音に、巡査の注意は喚起されたのでございました」

「どういう類いの物音だ？」

「人目を忍ぶコソコソした足音でございます、ご主人様」

「つまり誰かが人目を忍んでコソコソ歩いてたってことだな」

「まさしくさようでございます、ご主人様。続いてガラスの破壊される音がいたしました。巡査はすぐさま室内にとって返しました——またその際室内は、当然ながら漆黒《しっこく》の闇でございました」

「どうして?」

「なぜならば巡査が消灯いたしてあったからでございます」

僕はうなずいた。その趣旨は理解できた。

「サー・ワトキンの指示は、当夜の不寝番を暗中にて務めよというものでございました。略奪者に対し、当の部屋は無人であるとの印象を与えんがためにございます」

僕はもう一度うなずいた。汚い手だが、いかにも元治安判事の思いつきそうなやり方である。

「巡査はウシ型クリーマーの収められておりましたガラスケースに急行いたし、マッチを擦ったのでございます。それはほぼ即座に消えはいたしましたものの、オブジェ・ダールの消失を確認するには十分でございました。巡査がその発見に適応せんと努めておりました最中に、何者かがうごめく気配がいたし、振り向くと、ぼんやりした人影がフランス窓よりこっそりと抜け出す姿を認めたのでございます。巡査が庭園内まで追跡し追いついて検挙なるというまさしくその瞬間に、夜陰よりぼんやりした人影が突如現れ出《い》で——」

「同じぼんやりした人影がか?」

「いいえ、ご主人様。別ものでございます」

「今夜はぼんやりした人影が大いそがしなんだな」

するとその時ぼんやりした人影Bが闇の中から飛び出してきた。と——」

「そっちがよければそうしてくれ、ジーヴス。奴はぼんやりした人影Aに追いついたんだったな。

「おそらくAおよびBでよろしかろうかと存じますが?」

「各々パットとマイクと呼んだほうがいいな。さもないと話がこんがらがる」

「はい、ご主人様」

「巡査の鼻を殴打いたしたのでございます」

僕は感嘆の声を放った。もはやそいつは謎でも何でもなくなった。

「スティンカーの奴だ!」

「はい、ご主人様。疑いもなく、ビングお嬢様におかれましてはうかつにも本夜の計画変更のご通告をご失念あそばされたものと拝察いたします」

「それで奴は僕を待って潜伏してたんだな」

「さように想像いたすのが順当かと拝察いたします」

僕は息を深く吸い込んだ。僕の思いは巡査の傷ついた鼻の周辺に遊んでいた。何であれこういう次第にならなければ、今この男が言ったその場にはバートラム・ウースター氏がいたはずなのだ、と、僕は感じていた。

「この暴行により巡査の注意はそらされ、また彼の追跡対象の逃走は可能せしめられたのでございます」

「スティンカーはどうなったんだ?」

「巡査の人物同定をなされるとすぐさまあの方はご謝罪あそばされました、ご主人様。そして然《しか》る後に、お立ち去りあそばされました」

「奴を責めるまい。その点の判断は的確だった。さてと、これをどう解釈したものかわからないんだ、ジーヴス。このぼんやりした人影のことだ。つまりぼんやりした人影Aのことを言ってるんだが。一体誰だって言うんだ？　オーツはその点について何らかの見解を持っているようだったか？」

「きわめて確固たる見解を持ち合わせております、ご主人様。巡査はそれはあなた様であると確信をいたしております」

僕は彼を凝視した。

「僕だって？　一体全体どうしてこのおぞましい館で起こることは何でもかんでも僕のせいってことになるんだ？」

「そしてまた、サー・ワトキンの協力が得られ次第一刻も早くにここに参って、あなた様のお部屋を捜索せんとの心づもりでおりますものと拝察をいたします」

「どっちにしたってヘルメットの件で捜索するつもりなんだろう」

「はい、ご主人様」

僕は微笑を禁じえなかった。こいつはおかしい。

「面白いことになるぞ、ジーヴス。あの二人の嫌ったらしい連中がフェレットみたいに嗅ぎまわるザマを見てるのはさぞかし愉快だろうなあ。それで何にも見つからないで過ぎてゆく一瞬また一瞬と、どんどんどんどじ馬鹿マヌケみたいな気分になってくんだ」

「きわめて痛快でございますな、ご主人様」

「それで捜索が終了したとき、奴らは途方に暮れて立ち尽くすんだ。弱々しい謝罪の言葉を口ごもりながらな。僕としてはちょっとは意趣返しができるってもんだ。僕は腕を組み、すっくりと立ち上がってそれで——」

部屋の外からギャロップする親戚の蹄《ひづめ》の音がして、ダリア叔母さんがビュンと走り入ってきた。

「さあ、これをどこかに突っ込んどいて、バーティーちゃん」彼女は息を弾ませて、だいぶイカれてるみたいな気配だった。

そしてそう言いながら、彼女は僕の手中にウシ型クリーマーを押しつけたのだった。

12・小団円

僕が結婚して一族の仲間入りをしたいと聞いた衝撃でサー・ワトキン・バセットがふらふらとよろめいた様を先に描写した際、彼が発したがらがら声を、僕は死にかけたアヒルの臨終の咽喉《のど》声に譬《たと》えた。おんなじだけの恐怖に打ちひしがれて、今や僕はこのアヒルの双子の弟だ。しばらくの間、僕はそこに立っていた。弱々しくガアガア鳴きながらだ。それから強力な意思の力で自制心を取り戻し、鳥の真似はよしにした。僕はジーヴスを見た。ジーヴスは僕を見た。僕は無言だった。目を用いた言語の他はだ。しかし、経験を積んだ彼の感覚はあやまたず僕の思考を読み取っていた。

「ありがとう、ジーヴス」

僕はタンブラーを受け取ると、生のままのスピリッツをおそらくは半オンスほど飲み干した。そして、一時的なめまいを克服し、僕はこの年とった親戚にじっと眼をやった。彼女は肘掛け椅子にくつろいでいた。

ドローンズ・クラブその他の場において、バートラム・ウースター氏の異性に対する態度は常に変わらず、彼が最高の騎士道精神の持ち主たることを示すとは、きわめて広く認められているところである――しばしばパルフェ・ジャンティール、すなわち完璧に高潔な騎士［チョーサー『カンタベリー物語』「プロローグ」］

として語られるのを耳にする、あれのことだ。齢《よわい》六歳のみぎり、まだ熱き血潮のたぎっていた時代のこと、薄型ボウルで子守女のお団子髪のてっぺんにがつんと一発食らわしたことがあるのは確かだが、そんな過ちはほんの一時のものにすぎなかった。以来、僕ほど異性から苛烈な試練を加えられてきた男は数少ないはずだが、僕は一度たりとも女性に手を上げたことはない。そしてこの瞬間、危うく僕は身を引いて構えてこの崇拝してやまない叔母の頭の横側を張子のゾウ――トトレイ・タワーズにおける激烈な生の奔流にあって、マントルピース上で破壊を免れていた唯一の物――ではりとばしてやるところだったと述べる以上に、このときの僕の感情をうまく言い表すことはできないであろう。

これだけの葛藤が僕の胸中で進行している間、彼女はこの上ないほど快活な様子でいた。息ぎれから回復すると、彼女は能天気な陽気さでぺちゃくちゃしゃべり始め、そいつは僕をナイフのように切りつけた。彼女の態度物腰から、例の犬のダイアモンドとおんなじ線で、彼女は自分が何をしでかしたかを知らないのだ、ということがわかった。

「いい走りだったわ」彼女は言っていた。「バークス・アンド・バックスと出かけたとき以来だわね。スタートからフィニッシュまで妨害なし。正々堂々たる英国スポーツの精華ここにありってとこよ。でもね、バーティー、危ないところだったの。あのポリ公の熱い息があたしの首筋に感じられた時にはね。もしあの副牧師のお仲間が突然飛び出してきて、まさしく的確な瞬間に救いの手を差し伸べてくれてなかったら、あいつはあたしを捕まえてたはずなのよ。ああ、聖職者に神の祝福あれだわ。素敵な人たちだわよね。だけど家の中で警官が一体全体何をしてたのかしら？　誰も警官がいるだなんて教えてくれなかったわ」

「あれはオーツ巡査だ。トトレイ・イン・ザ・ウォルドの平和の油断なき守護者さ」僕は答えた。バンシー［アイルランドの伝説に出てくる泣き叫ぶ姿をした妖精、告死婆］みたいにわめいて飛び上がって天井に頭をぶつけないように、わが身をしっかりと押さえつけながらだ。「サー・ワトキンが彼の所有物を警備するためあの部屋に奴を配備したんだ。奴は待ちぶせしてたんだ。奴が期待してた訪問者は僕だったんだ」

「あんたが訪問者じゃなくてよかった。あの状況は完全にあんたに何とかなる範囲を超えてたわ、ねえあたしの可哀そうな仔ヒツジちゃん。あんたなんか気が動転しちゃって、剥製《はくせい》のウォンバットみたいに立ちすくんで、やすやすと敵の毒牙《どくが》に掛かっちゃってたわ。突然あの男が窓から入ってきたとき、あたしだって一瞬からだが麻痺《まひ》したって言うにやぶさかじゃないのよ。とはいえ、終わりよければすべてよしだわね」

僕は憂鬱《ゆううつ》げに首を振った。

「貴女は間違ってるよ、見当違いの僕の叔母さん。これは終わりじゃない。はじまりだ。パパバセットがこれから捜査網を張り巡らすんだよ」

「やらせときなさい」

「そして奴と巡査がこの部屋に来て捜索を開始したら？」

「そんなこと絶対にしやしないわ」

「するんだ。第一に、連中はオーツのヘルメットはここにあると思ってる。第二に、これはジーヴス経由で伝えられた巡査の見解なんだが、ジーヴスが奴の止血をしながら直接聞いてきたんだ、巡査が追いかけてるのは僕だそうだ」

彼女の快活さにかげりが生じた。そうなることとは予期していた。ニコニコしていた彼女の顔は、もはやニコニコをやめた。絶えず彼女に目をやりながら、決意の生き生きした血の色が憂鬱の青白い顔料で硬く塗りつぶされてしまうのを僕は見たのだった。

「フーン！　それはまずいわね」

「最高にまずい」

「ここでウシ型クリーマーが見つかったら、説明するのはちょっと難しいわね」

彼女は立ち上がった。そして思慮深げにゾウを破壊した。

「大切なのは」彼女は言った。「頭に血を上らせないことよ。こう自分に言い聞かせなきゃならないの。〈ナポレオンだったらどうしてたろう？〉ってね。彼は危機に強い男だった。頭の使い方を知ってたの。あたしたちはとっても賢明で、とっても利口なことを何かしなきゃならない。それであの下劣な連中をあっと言わせてやるんだわ。さてと、お願いよ。いい提案を出してちょうだいな」

「僕の提案は貴女が今すぐ出ていって、そのいまいましいウシ型クリーマーを持っていってしまってくれるってことだ」

「それで階段で捜索隊とかち合うってわけね！　だめよ、そんなこともわからないの。ジーヴス、アイディアはないかしら？」

「今現在はございません、奥様」

「うまいことサー・ワトキンの罪深い秘密を見つけられないかしら、スポードにやったみたいに？」

「いいえ、奥様」

「だめよね、要求が過ぎるってもんだわ。それじゃあブツをどこかに隠さなきゃならないわね。だけどどこに？　古典的な問題だわね。もちろんこれは——殺人者の人生をすごく難しくする——死体をどうするかって問題なのよね。例の『盗まれた手紙』の離れ業じゃうまくいかないかしら?」

「トラヴァース夫人が言及しておいでなのは故エドガー・アラン・ポーの高名な作品のことでございます、ご主人様」僕が話について行けてないのを見て、ジーヴスは言った。「重要書類の盗難に関する小説で、それを確保した作中人物は警察の裏をかき、当の書類を状差しに丸見えの状態にて収納し置くのでございます。彼の説によりますと、外見上一見して明白なものは往々にして見過ごされる、とのことでございました。疑いもなくトラヴァース夫人は、例のお品をマントルピース上に配置されてはいかがかとご示唆なさっておられるものと拝察をいたします」

僕はうつろな哄笑《こうしょう》を放った。

「マントルピースの上を見ろよ! 風に吹かれた大草原みたいに丸裸だぜ。そんなとこに置いたモノは何だってものすごく目立つだろうさ」

「そうね、そのとおりね」ダリア叔母さんは認めざるを得なかった。

「そのいまいましいシロモノをスーツケースにしまうんだ、ジーヴス」

「だめよ。連中は中をあらためるに決まってるわ」

「一時しのぎの痛み止めってだけでいいんだ」僕は説明した。「そいつを見てるのに我慢がならない。しまうんだ、ジーヴス」

「かしこまりました、ご主人様」

沈黙が続いた。それでダリア叔母さんが沈黙を破ってドアにバリケードして包囲攻撃に耐えたらばどうかと言ったとき、近づいてくる足音が聞こえたのだった。

「連中だ」僕は言った。

「急いでるみたいね」ダリア叔母さんが言った。

彼女の言ったとおりだった。走ってくる足音だった。ジーヴスはドアのところに行って外を見た。

「フィンク＝ノトル様でございます、ご主人様」

そして次の瞬間、勢いよくガッシーが入ってきた。

奴を一目見れば、洞察力ある観察者には、この男が健康のために走っているのではないことがわかっただろう。奴のメガネは追いつめられたふうにギラギラしていたし、奴の頭髪にはいらだったポーペンタインの針毛の感触以上のものがあった。

「夜明け前の牛乳列車が通るまでここに隠れててもいいかなあ、バーティー？」奴は言った。「ベッドの下で構わないんだ。君の邪魔はしないからさ」

「どうしたんだ？」

「でなきゃ、結わえたシーツのほうがいい。それで決まりだ」

分時砲のごとき鼻を鳴らす音が、ダリア叔母さんが歓迎ムードでいないことを示していた。

「でておいき、このバカのスピンク＝ボトル」彼女はぶっきらぼうに言った。「話し合いの最中なの。バーティー、あんたに叔母さんの願いを聞いてやろうって気持ちがちょっとでもあるなら、この男を両足で踏んづけて耳をつかんで外に放り投げてやってくれないかしら」

僕は手を振り上げた。

「待った！　僕は事の真相を知りたいんだ。シーツがなんのって騒ぎはやめにするんだ、ガッシー。説明してくれ。またスポードに追いかけられたのか？　もしそうなら――」

「スポードじゃない。サー・ワトキンだ」

ダリア叔母さんはまたフフンと鼻を鳴らした。ご好評にお応えしてアンコールをもう一度みたいな調子でだ。

「バーティー――」

僕はもう一度手を振り上げた。

「ちょっと待って、ご先祖様。サー・ワトキンってのはどういうわけだ？　どうしてサー・ワトキンなんだ？　一体全体どうしてあいつがお前を追い回すんだ？」

「あの手帖を読んだんだ」

「なんと！」

「そうなんだ」

「バーティー、あたしはただのか弱い女なの――」

僕は三度《みたび》手を振り上げた。叔母の話を聞いている場合ではない。

「続けてくれ、ガッシー」僕は重苦しい調子で言った。

奴はメガネを外すと震えるハンカチでそいつを拭いた。こいつが火炉の中を通り過ぎてきた男であることは見てとれた。

「君のところを出てから、僕は彼の部屋に行った。ドアが少し開いていたんで、僕はこっそり忍び入ったんだ。それで入ってみたら、彼が結局入浴しに行かなかったのがわかった。彼は下着姿でベッドの上に座っていた。あの手帖を読みながらさ。彼は顔を上げ、僕らの眼が合った。そいつが僕にとってどんなにショックだったか、君には想像もつかないと思う」

「いや、僕にはわかる。僕にはオーブリー・アップジョン牧師できわめてよく似た経験があるんだ」

「長く、すごくいやな沈黙があった。それから彼は一種ゴボゴボいうような音を発して、そして立ち上がった。顔はゆがんでいた。彼は僕の方向にジャンプしてきた。僕は逃げ出した。彼は追いかけてきた。階段じゃあクビ差の叩きあいだったんだ。玄関ホールのところで彼は狩猟用鞭を取ろうと立ち止まった。おかげでうまいこと引き離すことができたんだ。それで僕は――」

「バーティー、あたしはほんのか弱い女性に過ぎないの。でもあんたがこのムシケラをふんづけて、死骸を外に放りつけてくれるんでなけりゃ、あたしは自分に何ができるものかを確かめなきゃならないってことになるわ。未だ懸案の最重要課題が……あたしたちの今後の活動方針が未決定だってときに――一秒一秒がかけがえのない重要さを帯びてるって時に……この人はここに来て自分の命がどうのって話をしてくれるんだわ。スピンク＝ボトル、あんたって人はものすごくギョロ目のゴルゴンゾーラチーズのかたまりだわよ。出てってくれるの、くれないの？」

この肉親には有無を言わせぬ強烈さがある。興奮したとき、その威力はいつだって周囲を屈従せしめずにはおかないのだ。人に聞いたところでは、狩場に出ていた日々にあって、彼女は畑ふたつと雑木林いくつかおいた向こうまでも、己《おの》が意志を尊重させることができたのだそうだ。「くれないの？」という言葉は叔母の口から高性能の砲弾みたいに飛び出し、ガッシーはそいつを眉間にうけて十五センチくらい空中に浮かんだ。奴がテラ・フィルマ、すなわち大地に再び着地したとき、その態度は弁解がましく、和解を希望するがごとくであった。

「はい、トラヴァース夫人。これから出てゆくところです、トラヴァース夫人。シーツの用意ができ次第です、トラヴァース夫人。君とジーヴスで端っこを押えててくれればさ、バーティー――」

「あんたは窓からシーツを使って降ろしてもらおうっていうの？」

「はい、トラヴァース夫人。そうしたらバーティーの車を借りて、ロンドンまで運転して帰ります」

「結構な高さだわよ」

「えー、それほどでもありません、トラヴァース夫人」

「首の骨を折るかもしれなくてよ」

「あー、そんなことはないと思います、トラヴァース夫人」

「でも折るかもしれなくてよ」ダリア叔母さんは強弁した。「バーティー、いらっしゃいな」彼女は言った。本当に熱烈にわくわくしながらだ。「急いで。この男をシーツで降ろしてやるのよ、できるでしょ？　何ぐずぐずしてるのよ」

僕はジーヴスに向き直った。「準備はいいか、ジーヴス？」

「はい、ご主人様」彼はもの柔らかい咳払いをした。「フィンク゠ノトル様があなた様のお車にてロンドンにお帰りあそばされるのであれば、その際あなた様のスーツケースをお運びいただいてフラットに置きおいていただけるのではあるまいかと思料いたしますが」

僕はハッと息をのんだ。ダリア叔母さんもだ。僕は彼を見つめた。ダリア叔母さんもおんなじだ。僕らの目が合った。そして僕は彼女の目のうちに、疑いもなく彼女も僕の目のうちに見いだしているであろう敬虔な畏怖の念を認めていた。

僕は圧倒されていた。つい一瞬前、僕はスープの中から自分を救出してくれるものは何もありはしないと漠然と意識していた。すでに僕には運命の羽ばたきの音が聞こえてくるような気がしていた。それが今やこれだ！

ダリア叔母さんはナポレオンの話をしたとき、彼は緊急事態にあってすごくホットな人物だったと主張した。だがナポレオンだってこんなとびきり絶妙の作戦を思いつきはしなかったろうと、僕は賭けたっていい。またもや、過去においてきわめてしばしばそうであったように、この男はうまいことベルを鳴らして賞品の葉巻かココナッツをゲットできる次第となったわけだ。

「そうだな、ジーヴス」僕は言った。発声にいささか困難を覚えながらだ。「その通りだ。奴に持っていってもらえるな、そうだろう？」

「はい、ご主人様」

「お前、僕のスーツケースを持っていってくれるよな、ガッシー。お前に車を貸すと帰りは汽車にしないといけなくなるだろ。僕も明日の朝ここを発ちたいんだ。荷物をどっさり引きずってくだなんて億劫《おっくう》じゃないか」

「もちろんさ」

「それじゃあ僕らはお前にシーツをつたわせて降ろしたら、その後でスーツケースを落とす。用意はいいか、ジーヴス？」

「はい、ご主人様」

「それじゃあ、せえーの、だ！」

僕はこれまで、かくも普遍的なよろこびを関係者一同にもたらす儀式に列席したことはなかったように思う。シーツは破けたりはしなかった。そのことはガッシーを喜ばせた。誰も邪魔しに来る者はなかった。そのことは僕を喜ばせた。それで僕がスーツケースを落っことした時、そいつはガッシーの頭に当たった。そのことはダリア叔母さんを喜ばせた。ジーヴスに関して言うと、この忠実な男が危難の時にあって全員集合して若主人を救出できたことに深く満足していることが見てとれた。

通り経てきた疾風怒濤《しっぷうどとう》の感情のせいで、当然ながら僕は弱っていた。それでダリア叔母さんが我々の命の恩人に対してうまい言い回しで賛辞をつくした力強いスピーチの後、ちょっとでかけていって敵軍キャンプで何が起こってるか偵察してこようと言った時には、僕は嬉しかった。彼女が行ったことで僕は肘掛け椅子に沈み込むことができたわけで、もし叔母さんがあのまま居座っていたら、間違いなくずっと無期限で彼女はこの椅子に駐留しただろうからだ。僕は飛び上がってクッションの効いた座部に腰を掛けると、心臓からじかに出てきたみたいな低いうなり声を発した。

「これにて一件落着だな、ジーヴス！」

「はい、ご主人様」

「今ひとたび君の明敏な思考が、迫り来る大惨事を防いだんだ」

「さようにおおせいただき、ご親切痛み入ります」

「親切なんかじゃないぞ、ジーヴス。ものを考える男なら誰だって言うであろうことを言ってるに過ぎないんだ。ダリア叔母さんが話してる間、僕は話に割り込まなかった。彼女がここは自分の独壇場だって思ってるってわかったからだ。だが僕は無言のうちに彼女が語るすべての意見に同感してたんだって思ってもらっていい。君は唯一無類だ、ジーヴス。君の帽子のサイズはいくつなんだい？」

「八号でございます、ご主人様」

「もっと大きいと思ったぞ。十一号か十二号だろうってな」

僕は自分でブランデーをちょっと注いだ。そして座ってそいつをじっくりと舌の上で転がした。

緊張とストレスの後のリラックスは心地よかった。

「なあ、ジーヴス、ものすごく大変ななりゆきだったな、どうだ?」

「きわめて困難でございました、ご主人様」

「ヘスペルス号の幼い娘の船長がどんなふうに感じたか、わかって来ようってもんじゃないか。とはいえ、こういう試練や苦難は人格を陶冶《とうや》するためになるんだ」

「疑いもなくさようでございましょう、ご主人様」

「人格を高めるんだ」

「はい、ご主人様」

「しかしながらだ、全部終わってしまって残念だとは僕には言えない。もう十分だ。これですべておしまいだろう。いくら邪悪なこの館といえども、これ以上のショックは出して来られないに決まってるさ」

「わたくしもさようと拝察いたすところでございます、ご主人様」

「そうだ。これでおしまいだ。トトレイ・タワーズは太矢を射放って万策尽きたんだ。これで我々はやっと楽になった。嬉しいな、ジーヴス」

「たいそう嬉しく存じます、ご主人様」

「そうだろうな。それじゃ荷づくりを続けてくれ。そいつが済んでから眠りたいんだ」

彼は小型のスーツケースを開けた。僕はタバコに火を点けて、このバカ騒ぎから学び得た教訓をさらに強調し続けた。

「そうだ、ジーヴス。嬉しいって言葉がぴったりくるな。ほんのちょっと前、空中はV字型の大憂鬱で大にぎわいだったんだ。それでいまや東西南北、どこを向いたって地平線の限りひとつの雲もなしだ――とはいえガッシーの結婚式が駄目になったっていう事実を除けばだが。だがそれだって何とかなるさ。なあ、今回の一件は我々に、決して不平をかこつなかれ、決して絶望するなかれ、決して上唇を硬くするのをやめるなかれ、そして空がどれほど暗くとも、太陽はどこかで照り輝いているんだし、いつかまた微笑み現れてくれるってことを忘れずにいるようにって教えてくれるんだ」

僕は言葉を止めた。僕が彼の注意を確保していないことに気がついたのだ。彼は一心に物思うような表情で下方を見下ろしていた。

「どうかしたのか、ジーヴス?」

「ご主人様?」

「何かに気を取られてるようだが?」

「はい、ご主人様。わたくしはただ今、本スーツケース内に警官のヘルメットを発見いたしたところでございます」

13. 呪いのヘルメット

サー・ワトキン・バセットの田舎の邸宅に出動して以来僕を苛《さいな》んできた数々の苦難が、人格を高める効果を持つと主張した点で、僕は正しかった。少し、また少し、ほんの少し、ほんのまた少しと、そいつは僕を陶冶《とうや》してくれ、感性豊かなクラブマンにしてブールバールディエ、すなわち伊達男たる僕から、冷硬鋼の男へと変貌《へんぼう》を遂げさせていた。この疫病の館の事情に通じていない初心者であれば、今僕が受けたような知らせを突然受け取ったら、目玉をぐるぐる回して座っていた場所でバタンと卒倒したことであろうと僕は想像する。しかし僕は、トトレイ・タワーズでの生活を成立せしめている、次から次へとクソいまいましいことが起こるお約束のなりゆきによってタフに強化されていたから、慌てず騒がず問題を直視することができたのだった。

サボテンの上に腰掛けてしまったジャックウサギみたいに僕が椅子から飛び上がらなかったとは言わない。しかし立ち上がると僕は無意味なおしゃべりで時間を無駄にしてはいなかった。僕はドアのところに行って鍵を下ろした。それから口を閉ざし、青ざめた顔をしてジーヴスの許に戻った。彼はいまやスーツケースからヘルメットを取り出し、あご紐を持ち瞑想《めいそう》にふけるがごとくそいつを振り子のように揺すっていた。

彼の最初の言葉は、彼がこの状況を間違ったアングルから見ていることを示していた。

「もういささかは適切な」彼はわずかに非難を込めながら言った。「隠し場所を選ばれたほうがご賢明であられたものと拝察いたします」

僕は首を横に振った。微笑みすらしたかもしれない――むろん弱々しげにだ。僕の明敏な知性はこのことの根底にあるものを査知し得たのである。

「僕じゃない、ジーヴス。スティッフィーだ」

「ご主人様？」

「そのヘルメットをそこに入れた手は僕のじゃなくてS・ビングの手だ。彼女はそいつを自分の部屋に置いてたんだ。彼女は捜索が始まるかもしれないと恐れていた。僕が最後に彼女に会った時、彼女はもっと安全な場所を考えようとしていた。それでこれが彼女の考えるもっと安全な場所ってわけなんだ」

僕はため息をついた。

「いったいどうやったら人はスティッフィーみたいな頭を持てるんだ、ジーヴス？」

「確かにあちらのご令嬢様はいささか奇抜な行動をおとりでございます」

「奇抜だって？　彼女はコルネイ・ハッチ〔ロンドン郊外にある大規模な精神病院〕にまっしぐらだ。議論の余地なしだ。あっちのほうじゃ彼女のために赤いジュータンを敷いて出迎えてくれるさ。あの若いエビ娘のことを考えれば考えるほどに、人は恐怖でめまいを覚えるんだ。未来にじっと目を凝らしてみれば、そこに見えるものに人は慄然《りつぜん》とするんだ。このことを正視しなきゃならない、ジーヴス。スティッフィー、彼女は足の先から頭のてっぺんまで混じりけなしのキチガイ病院の保護房でできてるんだが、そいつがH・P・ピンカー牧師とこれから結婚しようっていうんだ。それでこいつ自身がまた前例なしの筋金入りの間抜けときてる。となるとこの二人の魂の融合が神の祝福するところじゃないって——このことだって正視しないといけない——考えない理由はないんだ。それからいわゆるだ、〈家内には小さき足のパタパタいう音〉［ロングフェローの詩「こどもの時間」］がするようになる。それで人が自問せずにおられないのは——この小さき足付近における人間の生命の安全性はいかがなものかってことだ。つまりこう想定するなら——そう想定せざるを得ないんだが——そいつらはこんな二人のキチガイ加減を盛り合わせで遺伝して受け継いでるんだ。哀悼《あいとう》の意をもって同情せずにはいられないじゃないか、ジーヴス。ステファニー・ビングとハロルド・ピンカーのブレンドの世話を軽々しく引き受けてしまった乳母に家庭教師、私立学校の先生たちにだ。マスタードよりも激辛の連中と付き合わなきゃならないだなんて知りもしないでさ。しかしながら」こうした思索を払いのけながら、僕はさらに続けた。「こんなことはみんな、いちじるしく興味深いものではあるけど問題の核心じゃない。あのヘルメットを直視して、またオーツ＝バセットお笑いコンビが今すぐにも捜索開始にここにやって来るってことを念頭に置くならば、君は何を勧めるかな?」

「申し上げるのはいささか困難かと存じます、ご主人様。かように大型の物件を隠匿《いんとく》するに真に有効な場所はそう滅多には存在いたしません」

「そうだな。このいまいましいシロモノは部屋じゅう一杯に充満しようって勢いだ、そうじゃないか?」

「疑問の余地なく、人目をひくものと愚考いたします、ご主人様」

「そうだな。当局のほうでこのヘルメットをオーツ巡査用にあつらえたとき、連中はいい仕事をしてるんだ。連中は奴を見栄えよく仕上げようとした。頭のてっぺんにピーナッツみたいに載っかってバランスを取ってるってふうにならないようにってな。それで連中はうまいことやった。こんなヘルメットは前人未到のジャングルにだって隠せるもんじゃない。そうだな」僕は言った。「如才《じょさい》のなさと人当たりのよさでもってどこまでいけるもんか見るしかないな。すぐにも連中はここにやってくるはずだ。ああ！　あれこそかの呪《のろ》いの手じゃないか、もし僕に誤りなかりせばだが、ジーヴス」

しかし、たった今ドアをノックした人物がサー・ワトキン・バセットだと想定した点で僕は誤っていた。聞こえてきたのはスティッフィーの声だった。

「バーティー、入れてちょうだい」

これほど会いたくてたまらない人物は他には絶無だったが、僕はすぐさま門を開け放ちはしなかった。賢慮の徳が予備的な質問調査を要求してよこしたのだ。

「君のクソいまいましい犬はいっしょか？」

「ちがうわ。あの子は執事に散歩に連れてってもらってるの」

「それならば、入ってよろしい」

入室した彼女は、バートラム氏が腕組みをして厳しい表情で彼女の前に立ちはだかる姿を目にした。しかしながら、彼女は僕の気難しげな外貌を気にも留めないふうだった。

「バーティー、ダーリン――」

ウースター氏の唇から漏らされた動物的なうなり声によって阻止され、彼女は言葉を止めた。

「バーティー、ダーリンはもう結構だ。君に言いたいことがひとつだけある、スティッフィー君。

僕のスーツケースにあのヘルメットを入れたのは君か？」

「もちろんあたしよ。その件で話がしたくて来たの。あたしがいい隠し場所を考えようとしてたのは憶えてるでしょ。脳みそをギュッて振り絞って考えたの。それで突然ひらめいたのね」

「それで今や僕がそいつを持ってるってわけだ」

僕の口調の苦々しさは彼女を驚かせたようだ。彼女は少女じみた驚きの表情を僕に向けた——大きく目を見開いて、ってやつだ。

「でもあなた気になんかしてないでしょ、バーティー、ダーリン」

「ハッ！」

「でもどうして？　あたしあなたは喜んであたしのこと助けてくれるって思ってたわ」

「ああ、そうかい？」僕は言った。胸に突き刺すつもりでだ。

「あたしの部屋であれがワトキン伯父様に見つかるわけにはいかないの」

「だから僕の部屋で見つかったほうがいいってか？」

「でもどうしてそんなことがあって？　伯父様にあなたの部屋を捜索したりなんか、できるわけがないじゃない」

「できるわけがないだって、えっ？」

「もちろんだわ。あなたは伯父様のお客人でしょ」

「だから御大《おんたい》は遠慮してくれるって君は思うわけか？」僕は苦くあざけるような冷笑を放った。「君はあの毒薬病原菌オヤジが持ちあわせてるだなんて過去の記録上どこを見たって言えないような、優しい感情とかもてなしの作法を尊重する心とかが、あの親爺《おやじ》さんに備わってるって言うのか。奴は絶対にこの部屋を捜索するっていう僕の言葉を信用してもらっていい。この時点でまだ到着してないってわけはただ、奴がガッシーを探し回ってるからに過ぎないと僕は思う」

「ガッシーですって？」

「御大は今のところ狩猟用鞭を持ってガッシーを追っかけてるんだ。だがそんなことをいつまでも続けてるはずがない。遅かれ早かれあきらめるだろうから、そしたら奴はここに来る。天眼鏡とブラッドハウンド犬で完全武装してさ」

この状況の深刻さがようやく彼女の胸に落ちた。彼女は狼狽《ろうばい》したキューキュー声を発した。彼女の目はちょっとスープ皿みたいに大きく見開かれた。

「ああ、バーティー！　それじゃああたしあなたを困った立場に追い込んじゃったのね」

「そう言ってもらうと塵《ちり》よけのシートみたいに事実がカヴァーできるな」

「そもそもあたしがハロルドにあんなものをくすね取ってって言ったのがいけなかったの。間違いだった。そう認めるわ。でもだからって結局のところ、ワトキン伯父様がここに来てそれを見つけたとしたって、たいしたことにはならないわよね、そうでしょ？」

「今のセリフを聞いたか、ジーヴス？」

「はい、ご主人様」

「僕も聞いた。そうかわかった。たいしたことにはならないって君は思うわけか？」

「だって、だからって今更あなたの名声がこれ以上傷つくわけじゃないでしょ？　誰だってあなたが警官のヘルメットを見たら手を出さずにはいられない人だってことは知ってるんだし。これもそのひとつってていうだけのことでしょう」

「ハッ！　それじゃあスティッフィー君、どうして君はアッシリア人が狼の群れのごとく攻め来《きた》るとき［バイロンの詩「セナケリブの破壊」冒頭］、僕がおとなしく罪を認めて真実を明らかに——何だったかな、ジーヴス？」

「世界に知らしめず、でございます、ご主人様」

「ありがとう、ジーヴス。どうして君は僕がおとなしく罪を認めて真実を明らかに世界に知らしめないと思うのかな？」

　彼女の目がこれ以上大きく見開かれ得ようとは思わなかったのだが、それはみるみるそうなったのだった。狼狽のキューキュー声がまたもや彼女の唇から洩れた。実際、その音量からして、おそらくキャーという悲鳴と呼んだほうが妥当であったろうと思う。

「だけど、バーティー！」

「何かな？」

「聞いて、バーティー！」

「聞いてるさ」

「それでもあなたが罪を引き受けてくれるんでしょ？　ハロルドにひどい罰を受けさせるわけにはいかないわ。今日の午後、そんなことになったら聖職衣剝奪《はくだつ》になるってあなた言ったでしょ。あたし絶対あの人を聖職衣剝奪なんかにさせない。もし聖職衣を剝奪されたりしたら、あの人どうなるの？　副牧師の面目丸つぶれじゃない。だからあなたがやったって言ってくれるでしょう？　だったらあなたがこの家から蹴り出されるってだけだし、それにあなただってこんなところにいつまでもいたいわけじゃないでしょう？」

「おそらく君は、君のとんでもない伯父上様がこの大罪の犯人をムショに送るって言ってることをわかってないんだな」

「えっ、そんなことないでしょ。悪くたってせいぜい罰金どまりのはずよ」

「そんなことはない。君の伯父さんは僕にはっきりとムショって言ったんだ」

「ないわけないわ。きっと伯父様の目には――」

「ない、いたずらっぽいキラキラはなしだ」

「じゃあ決まりだわ。あたしの大事なエンジェル・ハロルドを刑務所で服役させるなんてわけにはいかないの」

「君の大事なエンジェル・バートラムはどうなんだ？」

「でもハロルドは繊細なの」

「僕だって繊細だ」

「ハロルドの半分も繊細じゃないわ。バーティー、あなた難しいこと言わないでいてくれるわよね。あなたって話のわかるスポーツマンだもの。あなた前にあたしに、ウースター家の掟とは〈決して友達をがっかりさせないこと〉だって言ってらっしゃらなかったかしら？」

　彼女は実にうまいポイントをついてきた。ウースター家の掟に訴える者はバートラム氏の心の琴《きん》線《せん》に触れずにはおかれないのだ。僕の鋼鉄の鎧《よろい》が粉々に砕け散った。

「その通りだ――」

「バーティー、ダーリン！」

「わかってる、だけど、コン畜生！」

「バーティー！」

「ああ、わかった!」

「あなたが引き受けてくれるのね?」

「そうだと思うよ」

彼女は恍惚《こうこつ》としてヨーデルを歌いあげた。もし僕が身をかわさなければ、彼女は僕の首に腕を回して勢いよく抱きついてきていたものと思われる。明らかに彼女はそういう意図をもって前方にピョンと跳ねてきた。僕の敏捷さにくじかれ、彼女は今夢中の、例の春の踊りを大急ぎでやっつけ始めた。

「ありがとう、バーティー、ダーリン。絶対わかってくれるって信じてたわ。どんなに感謝してるか、それにどんなに尊敬してるか、言葉にならないくらいよ。あなたを見てるとカーター・パターソンを思い出すわ……んー、ちがうかしら、ちがうわ……ニック・カーター［十九世紀末の探偵小説シリーズの主人公］だったかしら……ちがうわ、ニック・カーターじゃない……ウースター氏があたしに思い出させるのは誰だったかしら、ジーヴス?」

「シドニー・カートン［ディケンズの『二都物語』の登場人物。愛する女性の夫の身代わりになって処刑される］でございます、お嬢様」

「そうだったわ。シドニー・カートンよ。でも彼なんてあなたに比べりゃ三流だわ、バーティー。とはいえあたしたちむやみに結論を急ぎすぎなんじゃないかしら。どうしてワトキン伯父様がやって来て部屋を探したらきっとヘルメットを見つけるって決めつけてるのかしら。隠し場所なんてごまんとあるはずじゃない」

それで僕が「三つあげよ!」と言う前に、彼女はクルクルとピルエットしながらドアのところに行き、クルクルとピルエットしながら出ていった。唇から歌声を放ちながら彼女が遠くに消え去ってゆくのが僕には聞こえた。

ジーヴスに向き直ったときの僕の唇はというと、苦い笑みにねじまがっていた。

「女ってやつは、ジーヴス！」

「はい、ご主人様」

「うむ、ジーヴス」デカンターに手を差し伸べながら僕は言った。「これでおしまいだ！」

「いいえ、ご主人様」

僕はビクッと暴力的に飛び上がったので、もう少しで上あごまで落っことすところだった。

「おしまいじゃないのか？」

「はい、ご主人様」

「君に何かアイディアがあるってことか？」

「はい、ご主人様」

「だが君は今さっき何も思いつかないって言ったばかりじゃないか」

「はい、ご主人様。しかしながらその後本件問題につき熟考いたしましたところ、現在わたくしは〈エウレカ！〉［我発見せり］と申し上げるべき立場にございます」

「何て言うんだって？」

「エウレカでございます、ご主人様。アルキメデスのごとくにでございます」

「エウレカって言ったのは彼だったか？　僕はシェークスピアだと思ったが」

「いいえ、ご主人様。アルキメデスでございます。わたくしがお勧めいたしますことは、そちらのヘルメットを窓より外に落とされてはいかがかということでございます。サー・ワトキンにおかれましては、家屋外までも捜索なされようとお考え及ばれる蓋然性《がいぜんせい》はあるまいと拝察いたすところでございます。後に手のすいたときに回収いたせばよろしかろうかと思料いたします」彼は言葉を止め、耳をすましながら立っていた。「このご提案がお心に沿いましたならば、ご主人様、いささか急がれるがよろしかろうかと存じます。こちらへと向かう足音が聞こえてまいったようでございます」

彼の言ったとおりだった。大気は足音で鳴動していた。バイソンの群れがトトレイ・タワーズの二階廊下を走り抜けているのでないとすると、敵は我々に向かっているのだ。アッシリア人の襲撃を察したヒツジの群れの敏捷《びんしょう》さで、僕はヘルメットをつかむと窓のところにとんでいって、そいつを闇夜に放った。僕がそいつをやり終えたのとほぼ時同じくしてドアが開き——登場順に名前を挙げると——まるで子供を喜ばせるために何かのゲームに参加しているみたいに、いかにも面白くてたまらないといった顔をしたダリア叔母さん、紫のガウンを着たパパバセット、ハンカチで鼻を押さえたオーツ巡査、が入ってきた。

「お騒がせしちゃってほんとにごめんなさいね、バーティー」齢《よわい》かさねた親戚が礼儀正しく言った。

「いや、全然構いませんよ」僕もまたおんなじように礼儀正しく言った。「皆さん僕に何かご用ですか?」

「サー・ワトキンがあなたのお部屋を捜索したいだなんて、とんでもないことを思いつかれたのよ」

「僕の部屋を捜索するですって?」

「わしはこの部屋を端から端まで捜索するつもりでおる」バセット御大が言った。ものすごくボッシャー街風を吹かせながらだ。

僕はダリア叔母さんをチラッと見た。眉毛を上げながらだ。

「わからないなあ。どういうわけなんです？」

彼女はいかにも僕がかわいくてならないといったふうに笑った。

「信じられないでしょうけどね、バーティー、でもサー・ワトキンはウシ型クリーマーはここにあるってお考えなのよ」

「なくなったんですか？」

「盗まれたのよ」

「まさか！」

「本当なの」

「それは、それは、それは」

「それでとっても気が動転しておいでなの」

「それはそうでしょう」

「とてもがっかりしてらっしゃるの」

「お気の毒な親爺《おやじ》さんだなあ」

僕はいたわるように、パパバセットの肩に手を置いた。今にして思えば、こうしたのはおそらく間違いだった。これで鎮静化することはなかったからだ。

「君の同情はいらん、ウースター君。またわしは君に親爺さん呼ばわりなどしてもらいたくはない。わしのウシ型クリーマーのみならず、オーツ巡査のヘルメットをも君の占有下にあると確信する確たる理由があるのじゃ」

ここは陽気な高笑いが必要なところだと思ったので、僕はそいつを発した。

「ハッハッハッ!」

ダリア叔母さんも参入してくれた。

「ホッホッホッ!」

「何てとんでもなくバカバカしいことを!」

「完全にバカげてるわ」

「いったいどうして僕がウシ型クリーマーなんかに用があるんです?」

「それに警官のヘルメットなんかにねえ?」

「そうですとも」

「こんなイカれた考え、あなた今まで聞いたことがあって?」

「ありませんとも。親愛なる我がホスト殿」僕は言った。「落ち着いて冷静になってこの件をはっきりさせましょう。親切で言わせてもらいますが、貴方は今まさしく崖っぷちにいるんですよ――まだ崖っぷちを越えてはいないかもしれませんが――ものすごくバカな振舞いをするっていう瀬戸際なんです。こういうことはしちゃあいけないことです、おわかりでしょう。何の証拠もなしに人を言語道断の罪で訴えるわけにはいかないんですよ」

「必要な証拠は揃っておる、ウースター君」

「それは貴方のお考えでしょう。僕に言わせれば、貴方が一世一代の大ヘマをしてるのはそこなんです。貴方の現代オランダ製のお道具がくすね取られたのは一体いつの話ですか?」

ツボを攻撃されて彼は震えた。鼻先はピンク色に変わった。

「あれは現代オランダ製ではない!」

「ええ、その点の議論は後にまわしましょう。肝心なのはこの点です。いつそいつは家屋内から消えたんですか?」

「まだ家屋内を離れてはおらん」

「それも貴方のお考えでしょう。さてと、そいつはいつ盗まれたんですか?」

「およそ二十分ほど前じゃ」

「ほらそこだ。二十分前、僕はこの部屋にいました」

これは彼をうろたえさせた。そうなるだろうと思っていたのだ。

「君は君の部屋にいたのか?」

「はい、僕の部屋にいました」

「一人でかね?」

「ちがいます、ジーヴスがいっしょでした」

「ジーヴスとは誰じゃ?」

「ジーヴスをご存じない? これがジーヴスです。ジーヴス……こちらがサー・ワトキン・バセットだ」

「それで君は何者かね?」

「彼は僕の忠実な執事なんです。君を僕の右腕と呼んでも構わないかな?」

「有難うございます、ご主人様」

「どういたしましてだ、ジーヴス。当然の賛辞だ」

パパバセットの顔が醜くゆがんだ。奴みたいな顔にこれ以上醜くゆがみようがあるとしてだが、醜い冷笑のせいでだ。

「残念ながらウースター君、君の従僕の立証されておらん言葉を君の決定的な無罪証明証拠として採用するわけにはいかん」

「立証されてないですって、そうかなあ？　ジーヴス、スポード氏のところに行って彼を呼び出してもらいたい。来てもらって僕のアリバイをちょっと補足してもらいたいって僕が言っていると伝えてくれ」

「かしこまりました、ご主人様」

彼はゆらめき消え去った。パパバセットは何か硬くてぎざぎざしたものを呑《の》み込んだみたいな顔をしていた。

「ロデリック・スポードがいっしょだったのか？」

「確かにいっしょでした。たぶん貴方は彼の言うことなら信用なさるんでしょう？」

「ああ、ロデリック・スポードの言うことならばわしは信用する」

「それじゃあよかった。すぐに来ますよ」

御大はもの思いにふけっているようだった。

「わかった。うむ、君がわしのウシ型クリーマーを隠匿《いんとく》しておると考えたのはわしの間違いじゃった。となると誰か別人が奪い取ったに相違あるまい」

「外部の犯行だわね、あたしに言わせてもらえればだけど」ダリア叔母さんが言った。

「おそらく国際ギャング団の仕業だ」僕は憶測を述べた。

「その可能性が高いわね」

「サー・ワトキンがあの品物を買ったってことは世間中の評判だと思うんだ。ほら、トム叔父さんがあれを買おうとしてたのは憶えてるだろ。間違いなく叔父さんはありとあらゆる種類の人たちにそいつがどこに行っちゃったかを吹聴《ふいちょう》して回ったにちがいないんだ。それでそういうニュースが国際ギャング団の連中のところに届くのはあっという間なんだ。連中は地面に耳をつけて聞いてるんだからさ」

「ほんと、ああいうギャングってのはずる賢いのよねえ」齢かさねた親戚が同意した。

パパバセットはトム叔父さんの名が口にされるのを聞いてちょっとたじろいだように見えた。良心の呵責《かしやく》ってやつだ、間違いない――こういう罪の意識というのは人を責め苛《さいな》むものなのだ。

「うむ、この件についてこれ以上話し合う必要はない」御大は言った。

「ウシ型クリーマーに関しては、君は合理的疑いを超えた証明を尽くしたと認めよう。それではオーツ巡査のヘルメットの件に移ることとする。これについては、ウースター君、わしはたまたまそれが君の占有下にあることを知っておるのじゃ」

「えっ、そうなんですか？」

「そうじゃ。巡査が目撃証人からこの点についてはっきりした情報を得ている。したがって遅滞なくこの部屋の捜索を進めることとする」

「本当にそうなさりたいんですか？」

「そうじゃ」

僕は肩をすくめた。

「わかりました」僕は言った。「わかりましたよ。それが貴方が解釈なさるホストの義務だとおっしゃるならどうぞお調べください。捜索していただいて結構です。ご自分の客人に快適な週末を過ごしてもらうという件に関して、貴方は一風変わったご見解をお持ちだと僕は言わねばなりませんね。僕が二度と再びこの地を訪れることはもう、ないと思ってください」

僕は先にジーヴスに向かって、この悪党とその手の者がフェレットみたいに嗅ぎまわる姿を見るのはさぞかし面白いことだろうと述べた。本当にそのとおりだった。これほど中身のつまったお楽しみを、今まで得たことがあったとは思わない。だがどんな楽しみにもいずれは終わりの時が来る。十分後、この人間ブラッドハウンド犬のやつらがこれでおしまい、さあ退散しようと思っているのは明らかだった。

仕事を終えて僕に向き直ったとき、パパバセットがしかめっ面だったと言ったら、まだ表現が控えめというものだ。

「貴君に謝罪いたさねばならないようです、ウースター君」彼は言った。

「サー・W・バセット」僕は返答した。「真実の言葉を貴方は初めて口にしましたね」

それで腕を組み合わせ胸を張ってすっくと立ち上がり、僕は御大にとことん思い知らせてやった。

その時僕が熱弁を振るった大演説の詳細は、残念ながら僕の記憶から消えうせてしまった。速記記録者がいなかったのがかえすがえすも残念である。ここで僕は僕自身の新境地を拓いたと言ってもまったく過言ではない。一度か二度ほど、大騒ぎのさなかで少々酔っ払った状態で、よきにつけ悪しきにつけ、僕はドローンズ・クラブの拍手喝采を勝ち取るほどの雄弁さで話したことがある。だが僕が今あるほどの高みに達したことはかつてない。バセット御大の詰め物の中身が、両手に山盛り一杯ずつ流れ出てゆくところが見えたはずだ。

しかしこの大演説の結末も近いというところで、僕は突然自分が聴衆の心をわしづかみにしてはいないことに気づいた。御大は聞いていなかった。僕の向こう側に目を向け、僕の視野の外にある何ものかをじっと見ていた。彼の表情からすると、その光景はそいつをちょっと見るために振り向いてみるだけの価値のあるものらしかった。

サー・ワトキン・バセットの注目を釘付けにしていたのは執事だった。彼は入り口のところに立ち、銀色の盆を右手に捧げ持っていた。そしてその盆の上には、警官のヘルメットが載っていた。

14・すべて世は事も無し

スティンカー・ピンカーの奴がオックスフォードを卒業する前にロンドンの危険地区に社会奉仕に行っていた時のこと、ある日の午後、ベスナル・グリーン［ロンドン東部の郊外］で光明を広めている際、不意に呼び売り商人に腹を蹴られた折に奴が経験した感覚について、かなり詳しく話してくれたことを思い出す。奴の話では、そいつは不思議な夢みたいな感覚と、濃い霧の中に歩き入ってしまったみたいなおかしな錯覚を奴に与えたそうだ。それで僕がなぜこんな話をするかというと、この瞬間の僕の感情も驚くほどそれと似通っていたということが言いたいからだ。

この執事と最後に会った時、それはつまり彼が僕のところにマデライン・バセットが僕が時間を少し割いてくれれば大変嬉しいと言っていると告げにきた時のことであるのだが、もしご記憶であれば、彼はちらちらちらちらついていたと僕は述べた。それで僕が今見つめているものは、ちらちらちらつく執事と言うよりは、一種膨張する狭霧《さぎり》の中でぼんやりした執事調の何かが振動している様と言ったほうがいいみたいだった。やがて僕の目からウロコが落ち、それでやっとその場に在席した一同の反応に注目することができるようになった。

皆が皆、そいつをすごく重大だというふうに受けとめていた。パパバセットは、僕が英文学の時間に白ネズミを導入した件で五十回書き取りを命じられた詩に出てくる男みたいに、新たな惑星が視界の内に流れ現れた時の天文観察者〔キーツ「初めてチャップマン訳のホーマーを披見して」〕みたいに端的に感じていた。ダリア叔母さんとオーツ巡査は、太平洋を望む頑健なコルテスと互いに盛んな憶測で見つめあっているその家来たちがダリエンの頂で黙って立っている〔キーツ同詩より〕ところに各々似ていた。

皆が動き出すまでにはだいぶ時間がかかった。それから長いこと行方不明だった子供を見つけた母親みたいに感極まった叫び声をあげ、オーツ巡査が前方に躍り出てヘルメットをつかみ取り、目に見えて恍惚《こうこつ》とした様でそいつをひしと胸に抱きしめた。

この動きが呪《のろ》いを破ったみたいだった。誰かがスウィッチを押したみたいに、バセット御大《おんたい》が復活した。

「どこで——どこでそいつを手に入れたのじゃ、バターフィールド?」

「花壇の上で見つけましてございます、サー・ワトキン」

「花壇の上じゃと?」

「変ですねえ」僕は言った。「本当に不可解です」

「はい。わたくしはビングお嬢様の犬を散歩させておりまして、たまたまその途中に館の脇を通りましたところウースター様が何かを窓から落とされるお姿を拝見いたしたのでございます。それは下の花壇に落下いたしました。検分いたしましたところ、こちらのヘルメットでございました」

バセット御大は深く息を吸った。

「ありがとう、バターフィールド」

執事はそよ風のように姿を消した。そしてバ御大は身体をくるりとこちらに向けると、キラリと光る鼻メガネを僕に向けた。

「そうか！」彼は言った。

人が〈そうか！〉と言う時、気の利いたやり返しなどできるものではない。僕は思慮深い沈黙を維持した。

「チッ！」

「何かの間違いだわ」ダリア叔母さんが言った。彼女にふさわしい勇猛果敢さで発言権を奪取しながらだ。「おそらくどこかほかの窓から落ちたのよ。暗い晩には間違えやすいんだわね」

「それともあの男が嘘をついてるってことも考えられるわ。そうよ、それがもっともらしい説明だわね。あたしにはすべてわかった。あんたのところのバターフィールドがやったんだわ。あの男がヘルメットを盗んで、それで捜索が始まって悪事の露見間近だってわかったから、ずうずうしい小細工をしてそいつをバーティーに押しつけようとしたのよ。ねえ、バーティー？」

「だとしても僕は驚かないな、ダリア叔母さん。僕は全然驚かないよ」

「ええそうよ。そうにちがいないわ。一瞬一瞬と真実は明らかになってくるってもんだわ。ああいう聖人面した執事を一センチだって絶対信用しちゃだめなのよ」

「一センチだってだ」

「あの男はうさんくさい目つきをしてるって思ったの」

「僕もさ」

「あらあなたも気がついてた？」

「すぐ気づいたさ」

「彼はあたしにマーガトロイドを思い出させるの。あなたブリンクレイにいたマーガトロイドを憶えてる、バーティー？」

「ポメロイの前にいた男？　頑丈そうな奴？」

「そうよ。いつも立派な大司教様みたいな顔をしてるの。あの顔にみんなだまされちゃったのね。あたしたち絶対的に彼を信用してたわ。それでその結果が何？　あの男は魚ナイフをくすね取ったの。それでそいつを質屋に入れた金を全額ドッグ・レースですっちゃったんだわ。このバターフィールドって男も、マーガトロイドの仲間だわね」

「もしかして親戚かもしれない」

「だとしても驚かないわ。さてと、さあこれですべては解決したことだしバーティーは品性になんの傷も負わずにお咎《とが》めなしで済んだんだから、皆さんもうおやすみになったらいかがかしら？　もう時間も遅いことだし、あたしは八時間の睡眠をとらないと、ボロ雑巾みたいになっちゃうのよ」

彼女は話の流れに、〈みんな友達なんだし〉とか、心のこもった〈もうこの話はやめましょ〉とかいったふうの快い空気を導入してくれていたわけだから、バセット御大がまったく見解を異にしているのを知って僕はすごくショックだった。御大はすぐさまものすごく不快な見解を表明した。

「誰かが嘘をついているという貴女の説に関しては、トラヴァース夫人、わしは完全に賛成いたしますぞ。しかしそれがわしの執事だと主張する点については、わしは貴女に異を唱えねばなりませんな。ウースター氏は実に利口でした――すこぶる巧妙でありました――」

「ああどうも、有難うございます」

「――しかし、貴女が言われるように、ウースター氏を品性になんら傷負うことなくお咎めなしとするわけには、残念ながら参りませんな。実際、率直に申し上げるなら、わしには彼をお咎めなしとする気は毛頭ありません」

御大は冷たい、人を脅しつけるような態度で鼻メガネを僕に向けてよこした。こんなにも見たくない顔つきの顔をこれまで見たことがあったかどうか、僕には思い出せない。

「ご記憶でおられるかな、ウースター君、図書室で談笑した際、わしは貴君に、わしが本件をきわめて深刻に考えておるということをお伝えした。貴君が同様の犯罪を犯してボッシャー街でわしの前に被告人として立ったときと同様、五ポンドの罰金を科することで満足してはどうかとの君の提案を、わしは受け入れられぬと宣言した。オーツ巡査の人身に対するこの理不尽な暴行の犯人は、逮捕された暁には実刑判決を宣告されることになろうとわしは君に断言したはずじゃ。この判断を変更する理由はない」

この言明への反響はさまざまだった。ユースタス・オーツは明らかにこれに大賛成だった。彼はヘルメットに寄せていた顔を上げ、すばやく激励するような笑みを送った。規律・訓練の世界の鉄の抑制なかりせば、「ヒア、ヒア！」と言っていたところだろうと僕は思う。他方、ダリア叔母さんにはこれが気に入らなかった。

「待って頂戴な、サー・ワトキン、本当になんてことかしら」彼女は諫《いさ》めるように言った。一族の者の利益が脅かされたときにはいつだって準備万端怠りなしなのだ。「そんなことはできなくてよ」

「奥さん、わしにはそうできるし、またそうするつもりなのですよ」御大はユースタス・オーツの方向に手をひねって向けた。「巡査！」

彼は「この男を逮捕せよ！」とも「任務遂行せよ！」とも付け加えなかった。しかしこの公僕はこれから二人でデュエットでもするみたいに寄り添っただけで、ふくれた顔でそこに立っていた。

手錠を取り出して僕の手首に嵌《は》めるものと思っていたのだがちがった。彼はただ僕の横に、まるで

趣旨を理解した。彼は熱意あふれる態度で前方に重々しく進み出た。僕は彼が僕の肩に手を置くか

ダリア叔母さんはまだ嘆願と説得をやめなかった。

「だけどあんた人を自邸に招いておいて、中に入った瞬間に涼しい顔して客人を刑務所に放り込むなんて真似はできない相談だわ。それがグロスターシャーのもてなしの心だっていうなら、グロスターシャーに神の救いあれってもんだわよ」

「ウースター氏はわしの招待でここに来たわけではない。娘の招待客じゃ」

「だからってちがいはないでしょう。そんな言い逃れはできないわ。この子はあんたの客人よ。あんたのうちの塩を口にしてるの。そうそうその件についちゃ、話の出たついでに言っときたいんだけど、今夜のスープは塩が利きすぎだったわね」

「あれ、そう思った？」僕は言った。「僕はちょうどいい加減だと思ったけどなあ」

「そんなことない。しょっぱすぎたわ」

パパバセットが割り込んできた。

「うちのコックの落ち度については謝罪いたさねばなりますまい。だいぶ前に替えておってよかったはずなのですがの。さてと、本題に戻るといたしますか。ウースター氏は逮捕されました。明日、必要な手続きを経たうえで――」

「それで今夜この子はどうなるの？」

「村内に小さいながら設備の揃った交番がありましてな、オーツ巡査が統轄《とうかつ》しております。彼が確

実にウースター氏に宿泊設備を用意してくれることでしょう」

「あんたまさかこんな時間に可哀そうなこの子を交番に引きずってこうだなんて言うんじゃないでしょうね？　少なくとも今夜くらいはちゃんとしたベッドで眠らせてやれるんでしょ」

「さよう。その点に異論はない。あまりに過酷な真似はいたしたくありませんからな。では明朝までこの部屋に留まってもよろしい、ウースター君」

「あ、どうもありがとうございます」

「ドアは施錠いたしますぞ――」

「はい、どうぞ」

「鍵はわしが預かります――」

「全然オッケーです」

「さらに、これから朝までオーツ巡査は窓の下で警備を務めることとする」

「はっ、判事殿？」

「これによりウースター氏の窓より物品を落下せしめる性向は抑制されよう。すぐ配置につくがよい、オーツ」

「了解、判事殿」

この公僕の声には静かなる苦悩の響きがあった。自己満足の思いが消えうせてゆくのは明白だった。八時間の睡眠を確保する点に関して、明らかに彼はダリア叔母さんと見解を一《いつ》にしていた。悲しげに敬礼し、意気沮喪《そそう》した体《てい》で彼は部屋を出ていった。ヘルメットを取り戻しはしたものの、果たしてヘルメットだけが人生のすべてだろうか、と彼が自問を始めていることが見てとれた。

「さてとトラヴァース夫人、もしよろしければ貴女と内密に話がしたいのですがの」

二人は行ってしまい、僕は一人きりになった。

鍵がガチャンと閉められたとき、いささか胸えぐられる思いであったと告白するに僕はやぶさかでない。ある意味、最初の何分間かは寝室にひとりきりになれて嬉しかった。他方、自分が今やいわゆる不名誉な監禁下にあり、脱出できそうにはないという事実を僕は考量せねばならない。

無論、こういうことは僕にとって初めての体験ではなかった。ボッシャー街の独房の外で鉄格子がガチャンと音を立てるのを、僕は聞いた経験がある。だがあの時には、最悪でも裁判官席から譴《けん》責《せき》を受けるか、あるいは結果的にそうであったように、小切手帳にパンチを食らわされるだけだろうと思うことで自らを勇気づけることができた。あの時僕は、今直面しているような、明日の朝、目が覚めたら刑務所で三十日の刑期を開始せねばならず、そこでは朝のお茶を飲むことはもとより不可能であろうというような前途の展望に直面してはいなかった。

また僕は無実であるとの意識もたいした助けにはならなかった。スティッフィー・ビングが僕のことをシドニー・カートンみたいだと思っているという事実によっても心慰められはしなかった。僕はこの男に一度も会ったことはない。だが僕の理解するところでは彼は女の子の願いをかなえるために非難の矢面に立ったかどうかしたということで、その一事をもってして僕の胸のうちに途方もないアホだと刻印されるに十分である。シドニー・カートンとバートラム・ウースター――僕は感じた――彼ら二人とも選ぶところなしだ。シドニー――バカだ。バートラム――右に同じだ。

僕は窓辺に近寄って外を眺めた。一晩中立って警備につけとの指示に対してオーツ巡査の示した嫌悪の念を思うにつけ、権威の目のなかりせば、彼が任務をなげうって甘美なるまどろみに身を投じていはしまいかとのささやかな期待が僕にはあった。だがちがった。芝生の上を行き来しながら、不寝番の態勢で彼はいた。それで石鹸を奴に投げつけてやったら少しは傷ついた心が慰撫されはしまいかと洗面台の所に行ったところで、僕はドアの取っ手がガチャガチャいうのを聞いた。

僕は横飛びしてドアに唇をあてた。

「ハロー」

「わたくしでございます、ご主人様。ジーヴスでございます」

「ああ、ハロー、ジーヴス」

「ドアが施錠されておるようでございますが、ご主人様」

「僕の言うことを信用してくれ、ジーヴス。見ての通りだ。御大が鍵を掛けた。鍵は奴が持ってる」

「ご主人様?」

「僕は逮捕されちゃったんだ」

「さようでございますか、ご主人様?」

「何て言った?」

「〈さようでございますか、ご主人様?〉と申し上げました」

「ああそうだったか? うん、そうなんだ。その通りだ。どういうわけか話してやろう」

僕は彼に事実のプレシーというか概要を説明した。ドアを挟んで聞き取りは困難だったが、僕の語りは礼儀正しい舌打ちを引きだした。

「ご不運でございました、ご主人様」

「ものすごくだ。うむ、ジーヴス、君のほうで報告はあるか?」

「わたくしはスポード様をお探し申し上げましたが、あの方はご庭園をご散策にお出かけになられたところでございました。もうまもなくお帰りあそばされるものと拝察をいたします」

「うーん、もうあいつに用はないんだ。事態の急速な展開により、もはやスポードが役立つ時代は終わった。君のほうで他に報告することはもうないかな?」

「ビングお嬢様といくつかお言葉を交わしてまいりました」

「僕も彼女とお言葉を交わしたいところだ。彼女は何て言ってた?」

「お嬢様はたいそうご落胆のご様子と拝見いたしました。お嬢様とピンカー牧師様とのご結婚は、サー・ワトキンのお禁じあそばされるところとなりました由にございます」

「なんてこった、ジーヴス! どうしてだ?」

「ウシ型クリーマーを強奪した男にまんまと逃走を許した件においてピンカー様の果たされた役割につき、サー・ワトキンはご不興を示されておいでのご様子にございます」

「どうして君は男と言うのかな?」

「賢明を期すためでございます、ご主人様。壁に耳ありでございますゆえ」

「君の言わんとするところはわかるぞ。巧妙だな、ジーヴス」

「有難うございます、ご主人様」

この最新の展開に僕は思索をめぐらせた。グロスターシャー地方では今日の午後は痛みうずく心がどしゃ降りの模様だ。僕がこんな危難にあるのは全部スティッフィー・ビングのせいだという事実にもかかわらず、僕はこのキ印娘の幸福を願っていたし、彼女が大不幸でいることを悼《いた》んだ。

「それじゃあガッシーのだけじゃなくスティッフィーのロマンスまでスパナでぶっ壊したってこと

なんだな？　あの親爺《おやじ》は今夜はえらいこと職権濫用してまわってるみたいだな、ジーヴス」

「はい、ご主人様」

「それじゃあ僕の知る限り何もかもどうしようもないみたいじゃないか。何とかしようはあると思うか、ジーヴス？」

「いいえ、ご主人様」

「それでまた別件に目を転ずるなら、君は僕をここから出す方策を持ち合わせてはいないんだな？」

「未だ適切な方策を考案いたしてはおりません、ご主人様。現在あれこれ考慮をめぐらせております最中でございます」

「よくよく考慮をめぐらせてくれ、ジーヴス。労をいとわずな」

「しかしながら今現在ははなはだ漠たるものに過ぎません」

「思うに、例の、フィネスが入ってるやつだな？」

「はい、ご主人様」

　僕は首を横に振った。もちろんまったく時間の無駄というものだ。彼には僕が見えないわけだから。それでもなお、僕は首を振った。

「繊細で小ずるい手でいこうったってだめだジーヴス。必要なのは迅速《じんそく》な行動だ。僕に浮かんだ考えがあるんだ。サー・ロデリック・グロソップが園芸小屋に閉じ込められてダブソン巡査が出口を全部固めて警護していたときの話をあれからしていないが、あの時の事態に対処してパパストーカーが考えたアイディアを君は憶えてはいないかな？」

「わたくしの記憶が正しければ、ストーカー様は彼《か》の警官に身体的暴行をお加えあそばされました。

記憶いたしますところ、〈シャベルで奴の頭をぶっ叩け！〉が、その折のご表現でございました」

「正解だ、ジーヴス。その通りの言葉だった。あの時僕らはそのアイディアをはねつけたが、今や僕には、彼は少なからぬ量の堅実な良識を示していたように思われるんだ。ああいう実利的なたき上げの男には、ことの本質に直接切り込んで枝葉末節の問題にかかずらわらないすぐれた美質があるんだ。オーツ巡査は僕の部屋の窓の下で警備中だ。僕のところにはまだ例の結わえたシーツがあるから、あれをベッドの脚かどこかに縛りつけるのは簡単だ。だから君がどこかでシャベルを借りて忍び寄ってくれれば——」

「おそれながら、ご主人様——」

「頼むぞ、ジーヴス。ノッレ・プロセクウィをやってる場合じゃない。君がフィネス好きなのはわかっているが、だがそいつが今なんの役にも立たないことは君にだってわかるはずだ。シャベルだけが役立つ時が来たんだ。君は行ってブツを背中に隠しながら奴と話をして、それで心理的な隙《すき》を待ち構えて——」

「失礼をいたします、ご主人様。どなた様かがこちらにおいででございます」

「うむ、僕の言ったことをよく考えておいてくれ。来たのは誰だ？」

「サー・ワトキンとトラヴァース夫人でございます。あなた様にご用の様子と拝察をいたします」

「なかなかこの部屋に一人きりにはなれないみたいだなあ。まあいい、入ってもらおう。我々ウースター家の者はいつだって来客は歓迎だ」

しかしながら、しばらくしてドアの鍵が開けられると、入室したのはひとりわが親戚のみであった。彼女はお気に入りの肘掛け椅子に突進すると、深々とそこに腰を下ろした。彼女の表情は陰鬱《いんうつ》だった。パパバセットがよくよく考え直した上で僕の釈放を決心したと宣言しに来たのではあるまいかとの希望を胸にもてあそぶ余地はないみたいだった。それでまさしくそれこそが彼女がここに宣言しに来たことでないとすると、僕は破滅なのだ。

「ねえ、バーティー」ずいぶんと長いこと黙って思案にふけった後で、彼女は言った。「荷づくりを始めて構わないわよ」

「えっ?」

「おしまいにしてくれるって」

「おしまいにするだって?」

「そうよ。不起訴にしてくれるって」

「つまり僕はムショに行かなくてもいいってこと?」

「そうよ」

「僕は空気のごとく自由だってこと? この表現でよければだけど」

「そう」

僕は嬉しがるのに大忙しで、僕が踊っているバック&ウイング［黒人のダンスとアイルランドのクロックダンスが入り混じった急テンポのタップダンス］を血肉を分けたこの齢かさねた親戚がいっしょに踊ってくれてはいないことに気づくまでにいささか時間がかかった。彼女は依然陰鬱な表情のままでいて、僕は彼女をちょっと責めるような目で見た。

「叔母さんあんまり嬉しそうに見えないけど」

「ううん、嬉しいわよ」

「そうは見えないな」僕はちょっと冷たく言った。「甥《おい》が絞首刑になる瀬戸際から生還したっていうんだから、ちょっとは飛んだり跳ねたりしてくれたっていいと思うんだけど」

深いため息が彼女の口から洩《も》れた。

「あのね、問題なのはね、バーティー、この件には落とし穴があるってことなの。あのハゲタカ親爺は条件をつけてよこしたのよ」

「どういう条件？」

「アナトールを欲しいんですって」

僕は彼女を見つめた。

「アナトールを欲しいんですって」

「そうなの。それがあんたの自由の値段なの。もしあたしがあいつにアナトールを渡したら、不起訴にしてやるって言うの。あのいまいましい脅迫者ジジイったら！」

苦悩の痙攣《けいれん》が彼女の顔立ちをゆがめた。彼女が脅迫のことを高く評価して語り、心の底からそれに賛意を表明してからさほど時間は経っていないが、とはいえ脅迫から本当の意味での満足を得ようと思うならば、そいつをするほうの側に人は立たねばならない。するほうでなく、されるほうの側に立ち、今この女性は苦しんでいるのだ。

僕もいい気分ではなかった。物語りの折々に、しばしばこの唯一無比の芸術家、アナトールに対して抱いている感情についてお話しする機会があった。またサー・ワトキン・バセットがブリンクレイ・コート滞在の折、いかにして彼を彼女の雇用下から奪い取ろうとしたかという話をこの親戚が僕にしたとき、どれほど僕の魂が根底から揺さぶられたかを読者諸賢はご記憶のことと思う。

無論、この魔術師の作品を賞味したことのない者に、賞味したことのある者の思考図式において彼のローストやボイルドの品々が占める途方もないまでの重要性を理解させることは困難だろう。たとえ一度でも彼の料理を口にした者は、それを食べ続けられる身の上でいられるのでなければ、己《おの》が人生から詩や意味は剝奪されたと感じずにはいられないのだ。ダリア叔母さんがこの驚嘆すべき男を、甥っ子を刑務所から救い出すためだけなんかに犠牲にしようとしているとの思いは、僕を深く、激しく、感動させずにはおかなかった。

かくも大いに心揺すぶられたことがかつてあったかどうか、僕にはわからない。僕は涙ぐんで彼女を見つめた。彼女は僕にシドニー・カートンを思い出させた。

「叔母さんは本当に僕のためにアナトールをあきらめようだなんて思ってるの?」僕はあえぎながら言った。

「もちろんよ」

「もちろん絶対にだめさ! そんなのは絶対に認めない」

「だけどあんたは刑務所なんかに行けないでしょう」

「行けるさ! 僕が行くことで、あの至高のマエストロがこれまでどおり元の持ち場で働いてくれるならば僕は行く。バセット親爺の要求なんかに屈しちゃだめだ!」

「バーティー、あんた本気でそう言ってくれるの?」

「そうさ。第二管区刑務所で三十日過ごすくらい何さ? つまらないことだ。逆立ちしたってできるさ。バセットに暴虐の限りを尽くさせてやろうじゃないか。そしたら――」僕は優しい声で付け加えた。「刑期満了になって僕が外の世界に再び自由人として釈放されたその暁には、アナトールに力の限りを尽くしてもらおうよ。一月の間、パンと水と薄がゆだかなんだか知らないけどああいう施設で連中が食べさせてくれるシロモノを食べて暮らした後なら、類い稀な食欲が湧《わ》いてこようってものさ。僕が出所したその晩のディナーは、伝説と詩歌に留められるものとならんことを」

「きっとそうなりますとも」

「その概要を今のうちに詳しく練っておこうよ」

「今やるべきね。キャヴィアで始める？　それともメロンがいいかしら？」

「キャヴィアとメロン、両方だ。その後に滋養のつくスープが続く」

「ポタージュがいい？　コンソメがいい？」

「コンソメだな」

「あんたアナトールのヴルーテ・オー・フルール・ド・クールジェットのことを忘れていやしない？」

「ちょっと待った。だけど彼のコンソメ・オー・ポム・ダムールはどうさ？」

「たぶんあんたの言うとおりね」

「僕もそう思う。僕の言うとおりだと思うよ」

「メニューはあんたに任せたほうがいいみたいだわね」

「それが一番賢明だな」

僕は鉛筆と紙を執った。そしておよそ十分後、結果を報告する態勢が整った。

「それではこれが」僕は言った。「刑務所で思いついたものを今後追加するとして、僕が今考えるメニューだ」

そしてそこにはこう書かれていた。

Le Diner
晩餐

Caviar Frais
フレッシュ・キャヴィア

Cantaloup
カンタロープ・メロン

Consommé aux Pommes d'Amour
トマトのコンソメ

Sylphides à la créme d'Écrevisses
ザリガニのクリーム煮シルフィード風

Mignonette de poulet petit Duc
小公爵の若鶏のミニョネット

Points d'àsperges à la Minstinguette
アスパラガスの穂先ミスタンゲット風

Suprême de fois gras au champagne
シャンパン風味フォアグラ・シュープレーム

Neige aux Perles des Alpes
アルプスの真珠の淡雪

Timbale de ris de veau Toulousaine
仔牛の胸腺のパイ・トゥールーズ風

Salad d'endive et de céléry
アンディーヴとセロリのサラダ

Le Plum Pudding
プラムプディング

L'Étoile au Berger
羊飼いの星

Bénédictins Blancs
ベネディクタン・ブラン

Bombe Néro
ボンブ・ネロ・アイスクリーム

Friandises
焼菓子

Diablotins
チョコレート・ボンボン

Fruits
果物

「これで大体いいかなあ、ダリア叔母さん？」

「そうね、書き落としはそんなにはないみたいね」

「それじゃああいつを呼んで要求を拒否してやろう。バセット！」僕は叫んだ。

「バセット！」ダリア叔母さんが怒鳴《どな》った。

「バセット！」天地を轟《とどろ》かす声で、僕はわめいた。

御大が入ってきた時、まだその声は鳴り響いていた。彼は苛立ったふうだった。

「いったい全体なんでお前らはわしをそんなふうに怒鳴りつけてよこすんじゃ？」

「ああ来た来た、バセット」僕は時間を無駄にすることなく、すぐさま本題に入った。「バセット、僕らはあんたの要求を拒否する」

この男は明らかに虚をつかれたようだった。彼はもの問いたげな目でダリア叔母さんを見た。バートラム氏が錯乱してわけのわからないことを口走っていると思っているみたいだった。

「この子が言ってるのは」わが親類は説明した。「アナトールを渡したら全部なしにしてくれるっていうあんたの馬鹿げた申し出のことよ。こんな馬鹿な話聞いたことがないわ。その件で大笑いさせてもらってたところなの。ねえ、バーティー?」

「笑いすぎて首がすっ飛んじゃったさ」

御大は驚愕した様子だった。

「あんたはあの話を拒絶すると言うんですかな?」

「もちろん拒絶するわ。あたしの甥っ子が自分が不快な思いをしないでいるってだけのために叔母さんの家に悲しみとつらい別れをもたらして平気でいられるだなんて一秒だって思ったりして、あたしもこの子のことを見くびってたもんだわよ。あたしたちウースター家の者はそんな人間じゃないのよね、バーティー?」

「ちがうさ」

「自分のことを一番にするんじゃないのよね」

「しないに決まってるんだ」

「あたし、あんな申し出を伝えてこの子を侮辱すべきじゃなかったわ。謝罪するわね、バーティー」

「大丈夫さ、わが血肉たる僕の叔母さん」

彼女は僕の手をぎゅっと握り締めた。

「おやすみ、バーティー。そしてさようなら——それともオー・ルヴォアール、かしらね。また逢いましょうね」

「もちろんさ。野原がヒナギクの花々で白く彩られるときに、それよりは前じゃないとしても」

「ところであんた、ノネ・ド・ラ・メディテラネ・オー・フヌイユのこと忘れてやしない?」

「そうだ忘れてた。それにセル・ダニョー・オー・レテュ・ア・ラ・グレックもだ。記録簿に付け足しといてくれる?」

敷居をまたぎながら肩越しに賞賛と尊敬をこめた目線をおくってよこし、彼女は行ってしまった。後には短く傲岸《ごうがん》な沈黙が続いた。ややあって、パパバセットがわざとらしい、不快な声で言った。

「さあてと、ウースター君、してみると君は結局自分のしでかした愚行の罰を受けねばならぬようじゃの」

「そうさ」

「貴君をわしの館で一晩過ごさせてやる件について、わしの気は変わったと君に告げねばならんな。君は交番に行くのじゃ」

「報復だな、バセット」

「とんでもない。貴君の便宜のためだけにオーツ巡査が当然享受すべき睡眠を奪われるべしとする理由はないからの。巡査を呼びにやるとしよう」彼はドアを開けた。「おい、お前!」

これはジーヴスに向けるにはきわめて不適切な呼びかけである。しかし忠実なこの男は憤慨した素振りも見せなかった。

「はい?」

「館の表の芝生にオーツ巡査がおる。彼を呼んでくるように」

「かしこまりました。ところでスポード様があなた様に何かお話しあそばされたいご様子と拝察いたしますが」

「はて?」

「スポード様でございます。ただ今廊下をこちらに向かっておいであそばされます」

バセット御大は部屋に戻った。不機嫌そうな様子だ。

「ロデリックにはこんな時に邪魔をしてもらいたくはないものじゃ」彼は不満げに言った。「いったい何の用事でわしに会いたいなんぞと言うものか、見当がつかん」

僕はちょっと笑った。ことの皮肉がおかしかったのだ。

「彼はここに――ちょっと遅すぎたけど――あのウシ型クリーマーがくすね取られたとき、僕といっしょにいたと言いに来るんですよ。そうやって僕の無実の罪を晴らそうとしてくれてるんですね」

「わかった。なるほど君の言うとおり、いささか遅きに失したようじゃな。彼にはわしから説明してやらずばなるまい……ああ、ロデリック」

R・スポードの巨体が入り口に現れた。

「入りたまえ、ロデリック、入りたまえ。だがわざわざ来てもらうには及ばなかったのじゃ。ウースター氏はわしのウシ型クリーマーの盗難には無関係じゃと証明したのじゃからな。その件でわしに話があったのじゃろう、ちがうかの?」

「え、えーと、ちがいます」ロデリック・スポードは言った。

この男の顔には、おかしな、ギクシャクとした表情があった。奴の目に光はなく、あのサイズのものを指でいじくることが仮に可能だとしてだが、口ひげを指でいじくっていた。奴は何か不快な任務のために、已《おの》が心を鼓舞しているように見えた。

「え、えーと、ちがいます」彼は言った。「実は、自分がオーツ巡査から盗んだヘルメットのことで、ご迷惑をおかけしたと聞いたものですから」

水を打ったようにあたりは静まりかえった。バセット御大は目をむいた。僕も目をむいた。ロデリック・スポードは相変わらず口ひげを指でいじくり続けていた。

「馬鹿なことをしました」彼は言った。「今ならわかります。自分は、あー、抑え難い衝動に屈したのです。そういうことは時にあるものでしょう、そうではありませんか？　自分がオックスフォード時代に警官のヘルメットを盗《と》ったことがあるという話をご記憶でしょう。黙っておられればと思っておったのですが、ウースター君の従者からウースター君が盗ったと貴方がお考えだと聞きまして、そういうことならばもちろん、ここに来てお話しせねばなりません。これで話は全部です。自分はこれから部屋に戻って寝みます」ロデリック・スポードは言った。「おやすみなさい」

彼はにじり去り出ていった。そしてまた水を打ったような静けさが活動開始した。このときのサー・ワトキン・バセットよりももっとすごく間抜けに見える人物というのはいるとは思うのだが、僕はまだ見たことがない。御大の鼻先は鮮紅色に染まっていた。彼の鼻メガネは鼻の先っちょに四十五度の角度でぐんにゃりとぶら下がっていた。僕たちの関係のそもそものはじめから、終始変わらず僕をバカにし続けてきたこの男だが、僕はこの時、哀れなこの悪党をほとんど気の毒に思った。

「ふっ、ふふふふーん！」御大は長々と言った。

彼はしばらくの間、声帯と格闘していた。ねじまがって絡みついているらしい。

「ど、どうもわしは貴君に謝罪いたさねばならぬようですな、ウースター君」

「もう何も言わないで下さい、バセット」

「こんなことになって申し訳ない」

「お詫びは結構。僕の無実は証明された。重要なのはそれだけです。これで僕はここを自由に出立《しゅったつ》できるわけですね？」

「ああ、そうじゃとも、そうじゃとも。おやすみなさいじゃ、ウースター君」

「おやすみなさい、バセット。言うまでもないことですが、今回の件があなたにとって教訓になればいいと思いますね」

　僕は冷たく会釈して彼を送り出した。そしてそこに立ったまま考えに浸っていた。何がなんだか皆目《かいもく》わからなかった。動機を探せという例のテスト済みのオーツ方式でやってみたが、途方に暮れたと告白せねばなるまい。これはつまりシドニー・カートン精神が再び突然降臨したものかと、推測するほかはなかった。

　そして突如目もくらむばかりの閃光《せんこう》が僕の脳裏にひらめいた。

「ジーヴス！」

「ご主人様？」

「ご主人様？」

「君がこの件の背後にいるのか？」

「〈ご主人様？〉なんて言い続けるのはよすんだ。僕が何の話をしてるかはわかってるだろう。スポードを焚きつけて罪をかぶらせたのは君か？」

　僕は彼が微笑んだとは言わない――彼はほとんど決して笑わないのだ――しかし口唇部正横後部筋肉が、確かに一瞬かすかに震えたように見えた。

「僭越ながらわたくしはスポード様に、罪をお引き受けあそばされるのはご立派な行為であるとご提案を申し上げました。わたくしの議論の骨子は、あの方はあなた様をたいそうなご不快からお救いなされると同時に、ご自分ではなんらの不利益も負われることはない、というものでございました。わたくしはあの方に、サー・ワトキンはご自身の伯母上様とご婚約でおいでのわけでございますから、あなた様に科刑なさろうとお考えの刑罰をご量刑あそばされる可能性ははなはだ僅少《きんしょう》であろうとご指摘申し上げました。その方の伯母上様とご婚約されておられるという場合、人はその紳士を刑務所に送ろうといたすものではございません」

「深遠な真理だ、ジーヴス。だがそれでもまだよくわからないな。つまり奴はすぐによしきた、ホーって言ったのか？　四《し》の五《ご》の言わずにさ？」

「正確に申しますと四の五のおおせられなかったわけではございません、ご主人様。告白申し上げねばなりませぬが、当初あの方はお気乗りのなされぬご様子であそばされました。あの方のご決心には、わたくしがかように申し上げたことが影響したものと拝察いたすところでございます。すなわち、わたくしは――」

僕は一声叫んだ。

「ユーラリーについてすべて知っている、と？」

「はい、ご主人様」

このユーラリー問題の真相を究めたいという猛烈な欲望が僕を圧した。

「ジーヴス、話してくれ。スポードの奴はいったいその女の子に何をしたんだ？　殺したのか？」

「おそれながらわたくしにそれを申し上げる権限はございません、ご主人様」

「頼むぞ、ジーヴス」

「おそれながら、ご寛恕を願います、ご主人様」

僕はあきらめた。

「ああ、そうか！」

僕は服を脱ぎ捨て始めた。そそくさとパジャマを着こみ、僕はベッドにもぐり込んだ。シーツは解き難く結び合わせてあったから、毛布の間にじかに身を入れねばならなかった。だが一晩我慢するくらいはなんでもないことだ。

急速な事態の変転は、僕をもの思いがちにした。僕はひざに腕を回して座り込み、運命の素早い逆転に思いをめぐらせていた。

「不思議なもんだな、人生ってのは、ジーヴス」

「たいそう不思議でございます、ご主人様」

「今自分がどこにいるのか、自分じゃあ絶対にわからないんだな？　簡単な例をとろう。半時間前、僕は気楽なパジャマに着替えてここに座って君が帰り支度しているのを見ていようだなんて思いもしなかった。あの時にはまるきりちがう未来が僕の前に立ちはだかっているみたいに思えたんだ」

「はい、ご主人様」

「呪いは我が許に達した［テニスンの詩「シャロット姫」］と言うこともできたろうな」

「まことにおおせの通りでございます、ご主人様」

「しかし、今や我が悩みは、君ならこう言うところだが、なんとかの上の露のごとく消えうせたんだ［「山の上の露のごとく」スコット「湖上の貴婦人」の一部］。君に感謝だ」

「お役に立ち得まして深甚に存じます、ご主人様」

「君はかつてないほどの喜びを運んできてくれた。とはいえジーヴス、いつだって問題はあるものだ」

「ご主人様?」

「〈ご主人様?〉って言い続けるのはやめてもらいたいものだな。僕が言っているのは、ジーヴス、この界隈では愛し合う心が引き裂かれていて、いまだ引き裂かれ続けてるってことだ。僕は大丈夫だ――僕はな――だがガッシーは大丈夫じゃない。スティッフィーだって大丈夫じゃない。この点が玉に瑕《きず》、香油の中のハエ［『コヘレトの言葉』十・一］なんだ」

「はい、ご主人様」

「とはいえ、その点について言うなら、僕はかねがね理解できないでいたんだが、どうしてハエは香油のなかに入っちゃいけないんだろう。どういう実害があるって言うんだ?」

「ところで、ご主人様――」

「何だ、ジーヴス?」

「わたくしがただいまお訊ね申し上げようといたしておりましたのは、あなた様におかれましては、サー・ワトキンに対し不当逮捕ならびに証人の面前における名誉毀損につき訴訟を提起なさるご所存はおありか否かということでございます」

「そんなことは考えてもみなかった。法的措置に訴えるべきだと君は思うのか?」

「疑問の余地はございません、ご主人様。トラヴァース夫人とわたくしとで圧倒的な証言をご提供申し上げることが可能でございます。間違いなく、あなた様はサー・ワトキンより高額の損害賠償をご請求できるお立場におありでございます」

「うーん、君の言うとおりなんだろうな。スポードがああ言った時、御大があれほどカンカンになったのはきっとそのせいなんだな」

「はい、ご主人様。訓練を積んだあの方のリーガル・マインドは、すぐさま危難を察しられたに相違ございません」

「あんなに鼻の赤くなった男を、僕は今まで見たことはないと思うんだ。君はどうだ?」

「ございません、ご主人様」

「とはいえ、これ以上彼を悩ませるのはよくないように思う。本当にあの親爺さんを木っ端微塵に粉砕してやりたいのかどうか、僕にはわからないんだ」

「わたくしはただかように思いいたしておりましただけでございます、ご主人様。すなわち、かくなる訴訟を提起せんとの脅威をあなた様がお示しあそばされるならば、サー・ワトキンは不快事を回避されんがためバセットお嬢様とフィンク＝ノトル様、ビングお嬢様とピンカー牧師様のご婚約をご許可あそばされるのではありますまいか、と」

「すごいぞ、ジーヴス! 金を巻き上げるって言って、御大を脅すんだな、どうだ?」

「まさしくおおせのとおりでございます、ご主人様」

「今すぐ実行に移そう」

　僕はベッドから跳ね起きるとドアのところに急いだ。

「バセット!」僕は叫んだ。

　すぐには反応はなかった。おそらくあの男は巣穴に逃げ込んだものと思われた。しかし、何分も辛抱強く一定間隔でボリュームを上げながら「バセット!」と叫び続けた後、遠くからパタパタいう足音が聞こえてきた。そして現れたサー・ワトキン・バセットは、先の機会に示したのとはだいぶちがった精神でいるみたいだった。今回はまるで呼び鈴にいそいそと応えるウエイターの風情だ。

「はい、ウースターさん」

　僕は彼を部屋に招じ入れると、またベッドに飛び乗った。

「何かおっしゃりたいことがおありですか、ウースターさん？」

「お前に言いたいことは一ダースくらいあるんだ、バセット。だがさしあたって言っておきたい点はこれだ。警官に僕を逮捕させて部屋に監禁させたお前の得手勝手な行動が、訴訟を提起する根拠になるんだ。何に対する訴訟だったかな、ジーヴス？」

「不当逮捕ならびに証人の面前における名誉毀損でございます、ご主人様」

「そいつだベイビー。これでお前から何百万もふんだくれるんだ。さあどうする？」

　御大は扇風機みたいに震えた。

「どうしたらいいか教えてやろう」僕は続けた。「お前は娘のマデライン・バセットとオーガスタス・フィンク＝ノトルの結婚、それと姪のステファニー・ビングとH・P・ピンカー牧師の結婚にOKをだすんだ。それで今すぐそうするんだ」

　彼のうちで短い葛藤があったようだった。もし僕と目が合わなかったら、そいつはもっと長いこと続いていたやもしれない。

「よくわかりました、ウースターさん」

「それとあのウシ型クリーマーの件だ。あいつを奪った国際ギャング団があれをトム叔父さんに売る蓋然性《がいぜんせい》はきわめて高い。闇の世界の情報システムのお陰で、連中は叔父さんが買い手になるってことを知ってるんだ。もし今後あのウシ型クリーマーが叔父さんのコレクションに加わってるのを見たとしても、キャンキャン吠《ほ》えたりはしないことだ」

「よくわかった、ウースターさん」

「それともうひとつだ。お前は僕に五ポンド借りがある」

「どういうことですかな？」

「ボッシャー街でお前が僕から巻き上げた分の返済だ。出発前に受け取らせてもらいたい」

「明朝小切手を書きましょう」

「朝食のトレイの上に載せてもらいたい。おやすみだ、バセット」

「おやすみなさい、ウースターさん。あそこに見えるのはブランデーですかな？　よろしければ一杯頂きたいのじゃが」

「ジーヴス、サー・ワトキン・バセットにたっぷり注《つ》いでやってくれ」

「かしこまりました、ご主人様」

彼は嬉しげにグラスを飲み干し、とっとと出ていった。おそらくは結構いい人物なんだろう、わかり合えた暁には、だが。

ジーヴスが沈黙を破った。

「荷づくりが完了いたしました、ご主人様」

「よし。それじゃあ眠るとするか。窓を開けてくれないかな？」

「かしこまりました、ご主人様」

「今夜の天気はどんな具合だ？」

「不安定でございます、ご主人様。たいそう激しく雨が降り始めてまいりました」

僕の耳にクシャミの音が飛び込んできた。

「ハロー、あれは誰だジーヴス？　誰かあそこにいるのか？」

「オーツ巡査でございます、ご主人様」

「まさか君は、奴が任務完了になってないだなんて言うんじゃなかろうな？」

「いいえ、ご主人様。サー・ワトキンは他の諸事にお気をおとられのあまり、巡査に不寝番の必要はもはやなしとお伝えなされることをご失念あそばされたものと拝察いたします」

僕は満足のため息を洩《も》らした。僕の一日を完璧たらしむるに必要なのはまさしくこれだった。ベッドにもぐり込んで湯たんぽでピンク色のつま先を暖めていられるときに、オーツ巡査がミディアンの軍隊みたいに雨の中を彷徨《ほうこう》している［J・M・ニールが一八六二年に発表した賛美歌の歌詞から］と思うことは、不思議に甘美な幸福感を僕に与えてくれた。

「完璧な一日の終わりだな、ジーヴス。君の例のヒバリのやつは何といったかなあ？」

「ご主人様？」

「それと思うに、カタツムリだ」

「はい、了解いたしました、ご主人様。〈時は春、日は朝《あした》、朝は七時、片岡《かたをか》に露みちて――〉」

「だがヒバリはどうした、ジーヴス？　それにカタツムリは？　ヒバリとカタツムリが出てくるはずだっていう確信が僕にはあるんだが」

「これからヒバリとカタツムリにまいります、ご主人様。〈揚雲雀《あげひばり》なのりいで、蝸牛《かたつむり》枝に這《は》ひ――〉」

「そらそら来たぞ。それで決めゼリフは？」

「〈神、そらに知ろしめす。すべて世は事も無し〉でございます［ブラウニングの詩「ピパの歌」］」

「それで決まりだ。僕だってそんなにはうまく言えない。だがしかし、ジーヴス、もうひとつだけあるんだ。僕はどうしても君にユーラリーに関する内幕話をしてもらいたいんだな」

「おそれながら、ご主人様――」

「絶対に秘密にする。僕のことはわかってるだろうが――声なき墓石だ」

「ジュニア・ガニュメデス・クラブのルールはきわめて厳格でございます、ご主人様」

「わかってる。だが融通を利かせてくれないか」

「申し訳ございません、ご主人様――」

「ジーヴス」僕は言った。「あの秘密情報を教えてくれたら、僕は君のあの、世界一周クルーズに行くことにする」

彼の心が揺らいだ。

「それでは、ごくごくご内密のお話ということで、ご主人様――」

「もちろんだ」

「スポード様はご婦人用の下着のデザインをなさっておいでございます、ご主人様。そちらの方面にたいそうご才能がおありで、数年来秘密裡にそのお仕事に携わっておいでtogether".replace("together","でいらっしゃいます。あの方はボンド街にございますユーラリー・スールなるブティックの創設者にして経営者であらせられます」

「ウソだろう?」

「いいえ、ご主人様」

「なんてこった、ジーヴス！　奴がそいつを表沙汰にしたがらないのももっともだな」

「はい、ご主人様。このことがあの方の追随者の方々に対するご権威を失墜させるは必定と思料いたします」

「やり手の独裁者にして婦人下着デザイナーっていうわけにはいかないからな」

「はい、ご主人様」

「どっちかどっちだ。両方ってわけにはいかない」

「おおせのとおりでございます」

　僕は考え込んだ。

「うむ、聞いた甲斐《かい》はあった、ジーヴス。気になって眠れないところだったんだ。おそらく例のクルーズもそんなにクソいまいましいもんじゃないんだろうな、結局のところはさ?」

「ほとんどの紳士は愉快だとおおせになられます、ご主人様」

「そうなのか?」

「はい、ご主人様。新しいご友人にお目にかかれます」

「そのとおりだ。考えてもみなかった。新しい友達ができるな。何千何万の友達だ。だがスティッフィーはいない」

「まさしくさようでございます、ご主人様」

「明日切符を買ったほうがいいな」

「すでに購入済みでございます、ご主人様。おやすみなさいませ」

　ドアが閉まった。僕は明かりを消した。しばらくの間、僕はオーツ巡査の規則的な足音を聞いて横たわりながらガッシーとマデライン・バセットとスティッフィーとスティンカー・ピンカーの奴のことと、彼らの愛情生活において今や勝利を収めるに至った幸せいっぱいぶりに思いを馳せていた。僕はまたウシ型クリーマーを手渡されたトム叔父さんと、心理の一瞬を捉えて叔父さんから『ミレディス・ブドワール』のために高額の小切手をせしめたダリア叔母さんの姿を思い描いた。ジーヴスの言ったとおりだった、と僕は感じた。カタツムリなのりいで、ヒバリは枝に這い――それとも反対だったか――神、そらに知ろしめしてすべて世は事も無しだ。

そして今やまぶたは閉じられ、筋肉は緊張を解き、息は穏やかに、規則的になった。もつれた煩《わずら》いのなんとかに何だったか忘れたが何かをしてくれる眠り［『マクベス』二幕二場「もつれた煩いの細糸をしっかり撚り直してくれる眠り」］が、僕の全身に癒しの波となって押し寄せてきた。

訳者あとがき

（物語の内容に一部触れているところがあります）

「ウースター家の掟」の第一条は「汝、友を落胆させるべからず」であり、その第二条は「汝、女性の求愛を拒絶するなかれ」である。この金科玉条がため、バーティー・ウースターはマデラインに「私、あなたを幸福にして差し上げたいの」と寄って来られたらばそれを拒否できず、ビンゴに「俺たちはいっしょに学校に行った友達じゃないか」と言われれば、いかなる厄介事をも引き受けざるを得ないのだ。騎士道の人バーティー・ウースターの行動様式をバーティー・ウースターの行動様式たらしめているのが書かれざるこの掟であり、アガサ伯母さんの横暴とアナトールの料理を楯に無理難題を押しつけてくるダリア叔母さんの脅威と並んで、バーティーにとっての恒常的締めつけとなる規範がまさしくこの掟にほかならない。

本書『ウースター家の掟』*The Code of the Woosters*（一九三八）は、ウッドハウス・コレクション第二冊目の『よしきた、ジーヴス』の続編にあたり、舞台こそダリア叔母さんのブリンクレイ・コートからサー・ワトキンのトトレイ・タワーズに移るものの、『よしきた』同様田舎の大邸宅を舞台にした長編で、同じくガッシーとマデライン・バセットの恋の行方がひとつのサブプロットとなる（また、『よしきた』同様、各章の章題は訳者が新たにつけたものであることをお断りしておかねばならない）。この恋の行方を握るのが茶革の手帖で、この手帖を握るのがスティッフィー・ビング。スティッフィーとバーティーの親友スティンカー・ピンカー牧師が恋仲で、この二人の恋の成就が別のサブプロットとなる。サー・ワトキンの魔手から銀のウシ型クリーマーを奪回し、アナトールをダリア叔母さんの雇用下に確保することがバーティーの帯びた密命であり、本書の本筋であるのだが、ここにロデリック・スポードの暗い秘密、オーツ巡査のヘルメット、世界一周クルーズを巡るジーヴス対バーティーの攻防戦、その他、プロット、サブプロットが入り乱れ、解き難くもつれあい、更に件の掟の一条と二条がバーティーを絡めとり翻弄する。本書は物語の複雑さという点ではウッドハウス作品中屈指であろうし、五十七歳の円熟期にあった大作家の、まさに面目躍如たる大傑作である。

本書の刊行は一九三八年十月だが、執筆はその前年、当時ウッドハウス夫妻が住んでいた北フランスのル・トゥケでなされた。英米両国からの二重課税問題の解決策として、ウッドハウスは一九三五年にこの地に家を購入し、両国での年間居住期間を短縮させる方策を選んだ。お気に入りの滞在地であったレ・ストレンジのハンスタントン・ホールが人手に渡ってしまったこともあり、静かに落ち着いて執筆に専念できる場所として作家が選んだのがこの地だった。一九三六年にMGMの招きで再びハリウッドに渡ったウッドハウスは、ブロードウェイ・ミュージカル『ロザリー』（一九三六）の映画化と、長編 *A Damsel in Distress*（一九一九）を原作とした同題の映画（邦題は『踊る騎士』一九三七年）の脚本を手がけている。後者は監督ジョージ・スティーヴンス、主演はフレッド・アステアとジョーン・フォンテーンで、ジョージ・ガーシュインが音楽を担当した最後の作品となった。妻エセルは大掛かりなパーティーを催してはハリウッド暮らしをエンジョイしたが、作家はこの地での暮らしをあまり楽しまなかったようだ。予定を短縮して十月末に米国を発ったウッドハウス夫妻は翌月ル・トゥケの自宅に戻り、すでに始めていた『掟』の執筆を本格化させた。

多くの彼の作品同様、本作もまず最初に『サタデー・イヴニング・ポスト』誌に連載された。当時すでにヒレア・ベロックに「当代最高の作家。現存する英国最大の作家。我々の職業の頭領」との賛を献ぜられ、人気実力作品数共に当代一との名声を確立していた大ウッドハウスも、一流誌の辣腕編集者の前には盲従を強いられたようだ。親友ビル・タウンエンド宛書簡集、*Performing Flea*（一九五三）には一九三七年十一月二十二日付で次のような手紙が収録されている。

——それを読むと、『ポスト』の方じゃ自分のところでこの小説を買うのが当然と思っているようだ——僕は最初の五万語を送った——だが向こうは書き出しの箇所はカットする必要があると考えたんだ。「演技の滞りが多すぎる」ってのが編集のブラントの台詞だった。それで読み返したところ、確かに彼らの言うとおりだってことがわかった。

僕が最初に配置した展開はこんな具合だ。

1. バーティーがダリア叔母さんに会いにでかける。
2. 彼女は病気のアガサ伯母さんのために花を買いに行けと彼に告げる。
3. バーティーはフラットに戻る。するとダリア叔母さんが電話をかけてよこして仕事がもうひとつあるって言うのを忘れてたと告げる——骨董屋に行く仕事だ。
4. バーティーは花屋に行き、トラブルに遭う。

5. バーティーはフラットに戻ってきてジーヴスの肩にすがってむせび泣く。
6. バーティーは骨董屋にでかけてまたもやトラブルに遭う。

それでご想像の通り僕はそこの箇所を何十回も書き直して、たった今、かくあるべしってところをやっと摑んだところだ。こうだ。

1. バーティーはダリア叔母さんのところにでかける。彼女は彼に骨董屋に行けと告げる。
2. バーティーは骨董屋にでかける。最初花屋で起こることにしていた場面があって、それから骨董屋の場面が起こる。

これで十五頁カットになったが値打ちはまったく下がっていない。それで僕が何を言いたいかっていうと、三十七年間も作家をやって生計を立ててきてまだこんなバカな間違いをやるなんてのはまったくそら恐ろしい話じゃないかってことだ。一体全体どうしてバーティーを何度も何度もフラットに帰さなきゃならないんだ。そこでは何にも起こらないっていうのにだ。皆目わからん。

これだけやるのに集中して五日かかった――

年が明けて、一九三八年一月四日付書簡で、ウッドハウスはこう書いている。

『ウースター家の掟』の仕上げに大汗をかいているところだ。僕はどうも以前のような活力や言葉の駆使能力を失ってしまったようだ。ラ・フレイエールで『サンキュー、ジーヴス』の結末を書いていた時、僕は一日に二十六ページ書き上げたものだった。今じゃやっと何とかかかんとか引っ張り出して書いてるような始末だ。長い執筆期間の間に二回も中断されて、それで疲れ果てたせいだと思う。とはいえ、書きあがったものを見れば満更でもない。

無論、満更ではないはずだ。本書を読了されたばかりの読者諸兄諸姉は、本作品がまごうかたなき珠玉の大傑作であることに同意されよう。苦心推敲の後は一縷《いちる》も留められるところなく、かくも複雑なプロットがひとつの論理破綻なしに組み上げられ、筆には一気呵成に書き上げられたかのごとき即興的、自生的な勢いがあって精緻な技巧を感じとらせない。名場面、名台詞、名会話が惜しげもなく散りばめられたお花畑を、絶叫コースターで上下左右にぶん回され、疾走させられるようなめくるめく高揚感、陶酔感が本書にはある。

ウッドハウス描く女性には理不尽なかわい子ちゃんが多いが、その極北をかいま見せてくれるのがスティッフィー・ビングであろうか。獰猛《どうもう》な小型犬を忠実な僕《しもべ》とし、無茶で感情的で発作的で横暴で、盛大に涙を流して泣き、嬉しければ花を撒き、クルクルとピルエットして去るちいさな少女。彼女は私にジュリエットを思い出させる。それも英国ロイヤル・バレエ『ロミオとジュリエット』の名舞台、コヴェント・ガーデンの伝説となったアレッサンドラ・フェリの、抱きしめたらば折れてしまいそうにか細くて空気よりも軽い、幼く可憐なジュリエットの姿である。

そう思って見ると、本作には『ロミオとジュリエット』を思わせるモチーフのなんと多いことだろうか。ブロンプトン・ロードの骨董屋でのパーティーとパパバセット、ロデリック・スポードとの邂逅の場面は、舞台幕開けヴェローナの街広場でのキャピュレット家とモンタギュー家の者たちの諍《いさか》いの場面を思わせる。悲劇の予感を湛《たた》えた荘重な舞踏会の群舞はトトレイ・タワーズの晩餐だ。

いがみ合う家と家。許されざる恋人たち。禁じられた恋。運命に翻弄される登場人物たち。忠実な乳母は愛犬バーソロミューにあたろうか。バルコニーの場面だってある。この獰猛な小型犬に追われて衣装簞笥と引出し簞笥上に跳び載ったバーティーとジーヴス主従を背景に置くその名場面では、スティンカー牧師のロミオは梯子から落っこちるのだ。

ロミオが不幸な偶然のいたずらからジュリエットの策謀を知らされず、彼女の死を信じて毒薬を仰ぐがごとく、スティンカー牧師も状況の変更を知らされず、バーティーだと信じたオーツ巡査の顔面を殴打する。どこも悪くない善人なのにジュリエットに毛嫌いされた末、ロミオに刺されて命を落とし、その亡骸すら二人の恋人たちの死出の道行きの余計者にしか見えない気の毒なパリス伯爵は、本書で言えばバーティーだ。二人の若い恋人の稲妻のごとく激しい恋は、出逢いから秘密の結婚までたった一夜を要するのみだった。トトレイ・タワーズにお茶の時間前に到着したバーティー主従が、めくるめく疾風怒濤の事件の荒波にこれでもかこれでもかと翻弄され、希望と絶望の淵を転々とした挙句に一気に一件落着となるまではわずかに半日を要するのみ。四百頁に近いこの大著の大部分も、ロミオとジュリエットの恋物語と同じくたった一夜のできごとなのだ。

他に本書において初めて紹介されるのが、ジーヴスが所属する「カーゾン街にある紳士お側つき紳士のためのクラブ」Junior Ganymede Club である。英語発音をそのまま表記するとジュニア・ガニミード・クラブとなるのだが、ガニミードというのはギリシア神話に登場する絶世の美少年ガニュメデスのことで、トロイアの王子であったがあまりの美貌のため全能神ゼウスの目に留まるところとなり、鷲に姿を変えたゼウスによって地上から誘拐されてオリュンポスの神々にネクトルを注ぐ給仕となった。この「神々の給仕」、美貌のガニュメデスの名を戴くところに、誇り高きクラブの矜持《きょうじ》が伺えよう。イギリスじゅうの名士たちの暗い秘密を記したきわめて危険性の高いこのクラブのクラブブックは、やはり案の定、後の長編では盗難にあってバーティーたちを苦しめることになる。

スポードにはモデルがいる。英国ファシスト同盟の創設者にして党首であったサー・オズワルド・モズレーである。黒衣に身を固めた彼と彼の追随者たちは「黒シャツ党」を名乗った。スポードの「黒ショーツ党」は、無論このパロディーである。注意されたいのは本書の刊行が第二次大戦開戦の前夜である点で、当時ドイツではヒトラーが、イタリアではムッソリーニが台頭し、ヨーロッパじゅうにファシズムの嵐が吹き荒れていた。この時モズレーはユダヤ人を弾圧したり街宣活動をやって街頭で乱闘騒ぎを起こしたりと大活躍だったわけだから、本書でウッドハウスがしたことは現役政治家に対する公然たる批判ということになる。本書刊行の二年後、ル・トゥケの自宅でドイツ軍の侵攻に遭い、捕虜となってドイツに連行されて抑留生活を強いられたウッドハウスは、アメリカ向けのラジオ番組に出演して親独的ともとれるトークをしたため、後年ナチ協力者との汚名を着せられそのため生涯苦しむこととなった。とはいえ、作家の名誉のため付言するならば、ウッドハウスが実際に語ったのはこんなところであったのだ。「人生行路に踏み出したばかりの若者が、しばしば私にこう訊ねてきます。《どうやって被抑留者になったのですか?》と。まあ、やり方は色々あるでしょう。私がとったのはフランス海岸部のル・トゥケにヴィラを買ってそこに住み、ドイツ人がやってくるのを待つ、という方法です。おそらくこれが最善かつ最も簡単な方式でしょう。まずヴィラを買う。あとはドイツ人がやってくれる、というわけです」(一九四一年六月二十八日、第一回ベルリン放送より)。静かに落ち着いて、愛犬と共に執筆に専念するため選んだルゥ・トケの地が、作家生涯の汚点のポアン・ダピュイとなったことには、皮肉との思いを禁じえない。

とまれ作家を弁護してウッドハウジアンが引き合いに出すのが本書で彼がモズレーをあからさまに笑いものにしたこのあてこすりであり、その際引用するのが第七章でバーティーがスポードに向かって切ってのけたあざやかな啖呵なのである。

『ＢＢＣ・ヒストリー・マガジン』二〇〇六年一月号は、同誌が選ぶ「二十世紀最悪の英国人」としてサー・オズワルド・モズレーを選出した。歴史家の投票により各世紀各一名の最大の極悪人が選出されたものだが、参考までに十九世紀代表の極悪人は切り裂きジャック、十二世紀代表はジョン王であった。ちなみにつけ加えると、現ＦＩＡ（国際自動車連盟）会長のマックス・モズレー氏は、サー・オズワルドのご子息である。

本書を読了して何よりも嬉しいのは、本作がバーティー・ウースターの完全勝利の書である点である。ある時は妄想の出ているキチガイ扱いされ、ある時は深夜にライトなしのボロ自転車で無意味な往復三十四キロの自転車旅行を強いられ、問題解決のためにはいつでも常に泥をかぶらされ続けてきた悲運の貴公子バーティーが、騎士道的な自己犠牲の精神を示してその魂のありようの高貴さを証明した時、裁かれ、処罰を下されたのは、スポードでありサー・ワトキンでありオーツ巡査であった。暗黒塔に巣食う闇の勢力に鉄槌《てっつい》が下されたことに読者は快哉《かいさい》を叫ぶが、よろこびはそれだけではない。『それゆけ』で友人のため、ひとりホテル住まいを強いられて茫然と立ち尽くし途方に暮れるバーティーの許にジーヴスがいそいそと通って甲斐甲斐しく着るものを用意してくれたとき、我々は「ああ、ジーヴスはバーティーのことが本当に好きなんだ」と、涙が出るほど嬉しく思った。今回我々は、バーティーが愛してやまないダリア叔母さんへの思いが決して一方通行ではないことを知り、再び安堵し、じわじわと胸温まる思いにさせられるのである。ダリア叔母さんはバーティーが殴られてゼリーにされるくらいならばウシ型クリーマー奪回ならずともやむなしと考えてくれた。そしてバーティーが一月の拘禁刑に服するくらいなら、比類なきアナトールを失っても構わないとさえ思ってくれたのだ。「よかった!」と我々は感動する。バーティー・ウースターは愛されていたのだ、と。

森村たまき

P・G・ウッドハウス (Pelham Grenville Wodehouse)

1881年イギリスに生まれる。1902年の処女作『賞金ハンター』以後、数多くの長篇・短篇ユーモア小説を発表して、幅広い読者に愛読された。ウッドハウスが創造した作中人物の中では、完璧な執事のジーヴス、中年の英国人マリナー氏、遊び人のスミスの三人が名高い。とりわけ、ジーヴスとバーティーの名コンビは、英国にあってはシャーロック・ホームズと並び称されるほど人気があり、テレビドラマ化もされている。第二次世界大戦後、米国に定住し、1955年に帰化。1975年、サーの称号を受け、同年93歳の高齢で死去した。

*

森村たまき (もりむらたまき)

1964年生まれ。中央大学法学研究科博士後期課程修了。専攻は犯罪学・刑事政策。共訳書に、ウルフ『ノージック』、ロスバート『自由の倫理学』(共に勁草書房)、ウォーカー『民衆司法』(中央大学出版局) などがある。

ウッドハウス・コレクション
ウースター家の掟

2006年 3月14日　　初版第1刷発行
2018年10月20日　　初版第3刷発行

著者　P・G・ウッドハウス

訳者　森村たまき

発行者　佐藤今朝夫

発行　株式会社国書刊行会
東京都板橋区志村1-13-15
電話03(5970)7421　FAX03(5970)7427
http://www.kokusho.co.jp

装幀　妹尾浩也

印刷　㈱シーフォース

製本　㈱村上製本所

ISBN978-4-336-04761-8